ro
ro
ro

ro
ro
ro

Stewart O'Nan wurde 1961 in Pittsburgh/Pennsylvania geboren und wuchs in Boston auf. Bevor er Schriftsteller wurde, arbeitete er als Flugzeugingenieur und studierte an der Cornell University Literaturwissenschaft. Für seinen Erstlingsroman «Engel im Schnee» erhielt er 1993 den William-Faulkner-Preis. Er veröffentlichte zahlreiche von der Kritik gefeierte Romane, darunter «Emily, allein» und «Die Chance», und eroberte sich eine große Leserschaft. Stewart O'Nan lebt in Pittsburgh.

«Stewart O'Nan, dieser Meister des barmherzigen Realismus, ist einer der besten Autoren der amerikanischen Gegenwartsliteratur.» *Frankfurter Allgemeine Zeitung*

«O'Nan ist ein bemerkenswert einfühlsamer, präziser und unprätentiöser Erzähler, dem es immer gelingt, Menschen, die aus dem amerikanischen Traum gefallen sind oder zumindest an dessen Rand stehen, lebensecht zu charakterisieren.» *Neue Zürcher Zeitung*

STEWART O'NAN

Henry persönlich

Roman

Aus dem Englischen
von Thomas Gunkel

ROWOHLT TASCHENBUCH VERLAG

Die Originalausgabe erschien 2019 unter dem Titel
«Henry, Himself» im Verlag Viking, New York.

Die Arbeit des Übersetzers am vorliegenden Roman
wurde vom Deutschen Übersetzerfonds gefördert.

Veröffentlicht im Rowohlt Taschenbuch Verlag,
Hamburg, August 2021

Redaktion Mirjam Madlung
Covergestaltung any.way, Barbara Hanke/Cordula Schmidt,
nach einem Entwurf von Anzinger und Rasp, Müchen·
Coverabbildung © Alec Soth/Magnum Photos/Agentur Focus·
Satz aus der Legacy bei Pinkuin Satz und Datentechnik, Berlin
Druck und Bindung GGP Media GmbH, Pößneck, Germany
ISBN 978-3-499-00092-8

Die Rowohlt Verlage haben sich zu einer nachhaltigen Buchproduktion verpflichtet. Gemeinsam mit unseren Partnern und Lieferanten setzen wir uns für eine klimaneutrale Buchproduktion ein, die den Erwerb von Klimazertifikaten zur Kompensation des CO_2-Ausstoßes einschließt.
www.klimaneutralerverlag.de

Für meinen Vater
und dessen Vater

Der Herbstwind
Auf seinem Weg
lässt er die Scheuche tanzen

Buson

In Memoriam

Seine Mutter gab ihm den Namen Henry, nach ihrem älteren Bruder, einem Geistlichen, der im Ersten Weltkrieg gefallen war, als könnte er dessen Platz einnehmen. Der Familiengeschichte zufolge war der tote Henry ein weichherziger Junge gewesen, ein Retter hilfloser Regenwürmer und aus dem Nest gefallener Sperlinge, was seine Berufung zum Seelenretter bereits erahnen ließ. Zweitbester Absolvent im Priesterseminar, hatte er sich freiwillig zum Felddienst in Europa gemeldet und Gedichte und Kohlezeichnungen vom Alltag in den Schützengräben nach Hause geschickt. Das Buntglasfenster in der Kirche, das einen barfüßigen Christus zeigte, mit einem eigensinnigen Lamm wie eine Stola um den Hals, war dem liebenden Angedenken an den Right Reverend Henry Leland Chase, 1893–1917, gewidmet, die pseudogotische Inschrift so kunstvoll, dass sie fast unlesbar war, und wenn sie sich sonntags nach vorn zu ihrer Kirchenbank begaben, neigte seine Mutter jedes Mal beim Vorübergehen den Kopf, als wollte sie die Frömmigkeit seines Onkels nochmals betonen. Als kleiner Junge glaubte Henry, der edle Tote liege dort begraben und modere unter dem kalten Steinfußboden der Calvary Episcopal Church, wie in den mittelalterlichen Kathedralen Europas, in spinnwebverhangenen Katakomben, wo auch er selbst eines Tages liegen würde.

Mit acht Jahren wurde Henry von seiner Mutter als Messdiener angemeldet, eine Aufgabe, zu der er sich nicht berufen fühlte, und in der gewichtigen Stille und bei den schwülstigen Liedern pulte er in seinen weiten Ärmeln an den Fingernägeln, besorgt, er könnte sein Stichwort verpassen. In seinen Albträumen erschien er in Baseballausrüstung, mit klackenden Stollenschuhen, zu spät zur Prozession, wenn die heilige Versammlung den Gang entlangdefilierte. Das Kreuz war schwer, und er musste sich auf die Zehenspitzen stellen, um mit dem Messingstab die große Osterkerze anzuzünden. Beerdigungen waren am schlimmsten, sie fanden samstagnachmittags statt, wenn sich all seine Freunde hinten im Park in ihrem geheimen Clubhaus trafen. Die trauernde Familie drängte sich neben dem Sarg und betete mit Pater McNulty für die Seelenruhe des geliebten Menschen, doch kaum waren die Kerzen gelöscht und der Gottesdienst vorbei, hatte der Bestattungsunternehmer das Sagen und kommandierte die Sargträger herum wie Bedienstete, während sie den Sarg die Stufen hinunterschleppten und in den Leichenwagen schoben. Immer wieder stellte sich Henry den Onkel vor, wie er, die Nase nur wenige Zentimeter vom geschlossenen Deckel entfernt, in einem Zug die bombenzernarbten französischen Felder durchquerte oder im dunklen Laderaum eines Schiffes mit dünner Stahlhaut durchs kalte Wasser glitt. Es hieß, er habe so viele Freunde und Bekannte gehabt, dass der Totenbesuch – im Wohnzimmer seiner Großeltern, wo seine Schwester Arlene ihm «Heart and Soul» auf dem Baldwin-Klavier beibrachte – drei Tage und Nächte gedauert hatte.

Arlene wurde nach Arlene Connelly benannt, der Lieblingssängerin seiner Mutter, was Henry ungerecht fand.

In Gesellschaft nannte seine Mutter ihn stets Henry Maxwell und seinen Onkel Henry Chase, um Verwechslungen vorzubeugen. Auf diese Unterscheidung verzichtete ihr Zweig der Familie und taufte ihn Little Henry.

Henry machte zwar nie großes Getue, aber ein selbstgewählter Spitzname, etwas Raues, Männliches wie Hank oder Huck, wäre ihm lieber gewesen. Er empfand «Little Henry» als ein Unglück, und in ungestörten Momenten, wenn er auf der Werkbank seines Vaters im Keller nach einer Rolle Drachenschnur kramte, sich an einem Regentag in der Abstellkammer unterm Dach vor Arlene versteckte oder nach Mitternacht mit einem stibitzten Gebäckstück die Hintertreppe hinaufstieg, fühlte er sich von einem Geist überwacht, weder wohlgesinnt noch böswillig, eher eine stille Erscheinung, die jeden seiner Schritte wie ein Richter zur Kenntnis nahm. Seine Mutter erzählte nie genau, wie sein Onkel gestorben war, und es blieb Henry überlassen, sich mit der düsteren Phantasie eines Kindes vorzustellen, dass eine deutsche Granate den Soldaten wie eine Stoffpuppe blitzartig durch die Luft geschleudert und seine Glieder auf verkratertes Niemandsland gestreut hatte, ja dass der eine Arm in Stacheldrahtgeflecht verheddert und die Hand noch um ein kleines goldenes Kreuz geklammert war.

Auf der Kommode seiner Mutter stand in einem Silberrahmen mit Fingerabdrücken und umringt von anderen, uninteressanteren Verwandten aus der Zeit vor Henrys Geburt ein verblasstes Foto ihres Bruders auf dem Steg in Chautauqua. Voller Stolz hielt er einen glitzernden Muskellunge hoch. Jedes Mal, wenn Henry ins Schlafzimmer seiner Eltern schlich, um über dieses Bild zu grübeln, als wäre es der Schlüssel zu seiner Zukunft, sagte er sich, dass der Fisch genau wie sein Onkel längst tot war, wohingegen Haus und Steg noch immer am Seeufer standen und sie jeden Sommer wie ein Bühnenbild erwarteten. Wie beides genau zusammenhing, wusste er nicht, nur dass er sich beim Betrachten des jungen und glücklichen, noch nicht zum Geistlichen ernannten Henry Chase irgendwie schuldig fühlte, als hätte er ihm etwas gestohlen.

Ahnentafel

Die Pittsburgher Maxwells – es gab keinerlei Verbindung zur Automarke oder zur Kaffeefirma – stammten aus den Mooren North Yorkshires und waren rings um Skelton am zahlreichsten gewesen. Ursprünglich Schafhirten oder Pachtbauern, zogen ihre Nachfahren nach Unterzeichnung der Magna Carta in das eigentliche Dorf, wurden zunächst Zunftgenossen und dann Kaufleute, und einer von ihnen, John Lee Maxwell, war schließlich als Steuereintreiber und Diakon in der anglikanischen Kirche tätig. Mehrere Generationen später segelte ein furchtloser oder vielleicht in Ungnade gefallener Spross dieser Abstammungslinie, John White Maxwell, auf der *Godspeed* nach Jamestown in der Kolonie Virginia, wo er die vierzehnjährige Susanna Goode zur Frau nahm. All das ergab sich aus einer von einem pensionierten Apotheker aus Olathe, Kansas, namens Arthur Maxwell erstellten Ahnentafel, von der Emily, deren AOL-Adresse in der Woche von Thanksgiving einer Massenmail hinzugefügt worden war, unbesehen zwei Exemplare als Weihnachtsgeschenke für ihre beiden erwachsenen Kinder Margaret und Kenny erstand. Anstelle von ledergebundenen Goldschnittausgaben mit Erinnerungswert trafen, mehrere Tage nachdem die Kinder die Enkelkinder und so viele Essensreste, wie Emily ihnen aufdrängen konnte, eingepackt hatten und geflüchtet waren, mit der normalen Post in einem zerdrückten Amazon-Karton zwei vollgestopfte Ringordner mit lächerlichen Fotokopien ein, in denen es von Druck- und

Sachfehlern wimmelte, darunter auch das falsche Todesjahr seines Onkels.

Henry beging den Fehler zu lachen.

«Freut mich, dass du es witzig findest», sagte Emily. «Ich hab dafür ziemlich viel Geld bezahlt.»

«Wie teuer waren die?»

«Spielt keine Rolle. Ich hol's mir zurück.»

Er bezweifelte, dass das möglich war, nickte aber bedächtig. «Wenn das alles hier stimmt, ist es faszinierend. Hier steht, wir waren Pferdediebe.»

«Ich bin damit unzufrieden. Es sollte ein besonderes Geschenk sein. Inzwischen ist es sowieso zu spät. Im Moment denke ich, ich sollte es einfach zurückschicken.»

Sie waren fast fünfzig Jahre verheiratet, doch noch immer musste er den männlichen Drang unterdrücken, ihr zu erklären, wie die Welt funktionierte. Zugleich würde sie eine allzu schnelle Zustimmung als Beschwichtigung ansehen, ein noch schlimmeres Vergehen, und so entschied er sich, wie so oft in Angelegenheiten von geringer Bedeutung, für die ungefährlichste Reaktion und schwieg.

«Und?», fragte sie. «Hast du gar keine Meinung?»

Er hatte vergessen: Indifferenz war nicht erlaubt.

«Ich finde es interessant. Behalten wir doch ein Exemplar für uns.»

«Also wirklich», sagte sie, die Hand auf der Stelle, die sie gerade las. «Das hätte ich auch selbst gekonnt. Ich schicke ihm eine E-Mail.»

Die Feiertage setzten ihr zu. Es hätte nicht die Ahnentafel sein müssen, es hätte auch Rufus sein können, der sich auf den Teppich erbrach, oder eine beiläufige Bemerkung Arlenes über den Kartoffelbrei. In letzter Zeit ließen die unbedeutendsten Kleinigkeiten sie an die Decke gehen, und obwohl sie zuweilen freimütig zugab, schon immer eine Plage gewesen zu sein, ein Einzelkind, das seinen Kopf durchzusetzen wusste, befürchtete er als ihr Ehemann, dass ihre Ungeduld auf eine tiefere Frustration über das Leben und damit auch über ihre Ehe hindeutete. Im jetzigen Fall hoffte er, dass sie sich beruhigen und irgendwann einlenken würde, dass die lästige Aufgabe, die Ordner wieder einzupacken und zur Post zu bringen, schwerer wog als ihr Ärger. Ihre Launen waren vergänglich, und der Mann hatte sich offenbar viel Arbeit gemacht. Wie um das Problem zurückzustellen, räumte sie den Karton auf die Zederntruhe in Kennys früherem Zimmer, wo er im neuen Jahr noch stehen sollte (1998, unglaublich), bis sie eines Tages beim Mittagessen fragte, ob sie noch Paketklebeband hätten.

«Hast du dein Geld zurückbekommen?»

«Erst, nachdem ich ihm tausendmal auf die Nerven gegangen bin. Er hat gesagt, wir könnten die Exemplare behalten, aber das will ich nicht. Er muss begreifen, dass er so was nicht tun darf.»

«Richtig.» Also auch sein Exemplar. Er war ein Verräter, er hatte Gefallen daran gefunden, mehr über seine Cousins in Kentucky und über General Roland Pawling Maxwell, den Helden von Yorktown, herauszufinden.

«Ich wollte es dir nicht sagen, sie haben sechzig Dollar pro Stück gekostet. Für sechzig Dollar sollten sie was hermachen, aber davon kann keine Rede sein.»

«Stimmt», sagte er, aufrichtig schockiert über den Preis. Bei all ihren Unterschieden, sparsam waren sie beide.

«Es ist schade, denn es gab noch andere, die ich hätte bestellen können.»

«War eine schöne Idee.»

«Wenn du's versuchen willst, nur zu. Ich mach das nicht noch mal.»

«Wenigstens hast du dein Geld zurück.»

Wieder hatte er das Wesentliche nicht begriffen. Sie hatte sich für die Kinder etwas Besonderes einfallen lassen, und daraus war ein Debakel geworden.

Er würde nie verstehen, warum sie sich diese Niederlagen so zu Herzen nahm. Man konnte doch nichts daran ändern.

«Tut mir leid», sagte er.

«Warum? Ist ja nicht deine Schuld. Lass mich einfach wütend sein. Dazu hab ich ein Recht.»

Er musste später noch neue Wischerblätter für den Olds besorgen. Das Postamt lag auf seinem Weg.

«Das wäre hilfreich», sagte sie. «Wenn es dir nichts ausmacht.»

Es machte ihm nichts aus, doch als er allein im Olds mit laufendem Gebläse die Highland Avenue entlangfuhr, musterte er den Karton auf dem Sitz neben ihm und runzelte die Stirn, als hätte sie ihn reingelegt.

Um ein Haar

Er hatte sein ganzes Leben in Highland Park verbracht, deshalb wäre es verzeihlich gewesen, wenn er das Stoppschild an der Bryant Street – vor mehr als zehn Jahren dort aufgestellt – als neu betrachtet hätte, aber in Wahrheit nahm er es an jenem Nachmittag gar nicht wahr. Er war noch mit dem Grund für Emilys Unzufriedenheit beschäftigt, als er bemerkte, dass vorne ein Schulbus anfuhr, groß wie ein Güterwagen, und er ihn mit voller Breitseite rammen würde, wenn er nicht stoppte. Zu spät, der Fahrer sah ihn und hupte, und erst im letzten Moment stieg Henry auf die Bremse. Die Reifen quietschten, und die Schnauze des Olds senkte sich. Der Karton flog vom Sitz, prallte gegen das Armaturenbrett und knallte auf den Boden.

Es fehlten nur ein, zwei Meter. Er hatte Glück, dass die Straße trocken war.

«Verdammt», sagte er, denn es war seine Schuld. Das Schild befand sich hinter ihm. Er hatte es nicht mal gesehen.

Der Fahrer riss die Arme in die Luft und starrte ihn wütend an.

«Tut mir leid», sagte Henry und hob die Hände zum Zeichen, dass es nicht böse gemeint war. Über ihm blickten Kinder, vielleicht noch Erstklässler, aus den Fenstern, zeigten auf ihn, schnitten Grimassen und hüpften auf ihren Sitzen wie auf Trampolinen. Er war die Attraktion. So was kam allabendlich in den Lokalnachrichten, der alte Knacker, der statt auf die Bremse aufs Gas trat und mitten in einer chemischen Reinigung landete.

Henry rechnete damit, dass der Fahrer herausspringen und ihn anbrüllen würde, doch der Bus machte die Kreuzung frei und fuhr weiter. Der nächste Wagen wartete, bis Henry abgebogen war.

Er nickte. «Danke.»

Er hätte gern beteuert, dass er ein vorsichtiger Fahrer war, anders als Emily, die nachts nichts sah und über Bordsteine bretterte, und auf der restlichen Strecke zum Postamt und danach auf dem Heimweg konzentrierte er sich, die Lippen zusammengekniffen und der Blick zu jedem Auto schießend, das aus einer Seitenstraße hervorschaute. Es war nur ein einziger Fehler, aber einer genügte schon, und er befürchtete, es könnte nicht zum ersten Mal passiert sein, er hatte es vielleicht bloß nicht gemerkt. Gegen Ende seines Lebens hatte sein Vater nicht mehr gut sehen können. Wenn sie ihn besuchten, gab es an allen vier Ecken seiner Stoßstangen Spuren von andersfarbigem Lack. Obwohl ihn die Polizei mehrmals wegen zu langsamen Fahrens angehalten hatte, weigerte er sich, den Führerschein abzugeben. Nach dem Tod seines Vaters öffnete Henry die Garage von dessen Eigentumswohnung und entdeckte, dass die gesamte Front des Cutlass eingedrückt war, als hätte er eine Mauer gerammt.

Sein Vater hatte ihm im Park das Fahren beigebracht, auf der kurvigen Straße rings um den See. «Je größer der Abstand zwischen dir und dem Vordermann, umso besser», hatte sein Vater gesagt. «Man weiß nie, was er anstellt. Am besten hältst du dich so weit wie möglich von ihm entfernt.» Henry hatte diese Weisheit an seine eigenen Kinder weitergeben wollen, doch sie glaubten, im Fahrunterricht alles Nötige gelernt zu haben. Als Jugendlicher hatte Kenny ihren Kombi am Silvesterabend auf Glatteis zu Schrott gefahren, wobei Tim Pickering sich das Bein brach, und Margaret hatte, als sie spät von einer Party nach Hause kam, einen Teil vom Zaun der Prentices demoliert, den Henry sie bezahlen ließ. Er hatte gehofft, die Unfälle würden ihnen eine Lehre sein. Doch er war sich da nicht so sicher.

An der Bryant Street hielt er diesmal vor dem Stoppschild. Als er nach Hause kam, wendete er den Olds am Ende der Einfahrt in drei Zügen, fuhr ihn rückwärts schnurgerade in die Garage, bis die Hinterreifen das Kantholz berührten, das er am Boden befestigt hatte.

Emily stand am Spülbecken und schälte Möhren.

«Wie lief's auf dem Postamt?», fragte sie.

«Ohne Zwischenfälle.»

Erst als er die Schlüssel aufhängte, fielen ihm die Scheibenwischer ein.

Versteckspiel

Henry betrachtete seine Familie zwar nie als reich, aber ihr Haus in der Mellon Street hatte, wie viele der um die Jahrhundertwende in Highland Park errichteten Häuser, Buntglasfenster auf den Treppenabsätzen und in den Dienstbotenzimmern unterm Dach. Als er geboren wurde, gab es keine Dienstboten mehr, und die zweite Etage wurde als Abstellfläche genutzt, Gas- und Wasseranschluss waren gekappt, sodass die Fensterscheiben im Winter innen mit Reif überzogen waren. Dort, inmitten der verstaubten Stubenwagen und aufgerollten Teppiche, der ausrangierten Lampenschirme und abgelegten Kleidungsstücke aus den wilden Zwanzigern, spielten er und Arlene Vater-Mutter-Kind und taten so, als würden sie in der Küche Mahlzeiten zubereiten oder in der Wanne ein Bad nehmen. Als Erstgeborene regierte Queen Arlene nach göttlichem Recht. Je nach ihrer Lust und Laune waren sie Mutter und Baby, Lehrerin und Schüler oder Mann und Frau (das schloss Umarmungen und ernste Gespräche an einem imaginären Esstisch ein), und manchmal spielten sie ein Spiel, bei dem sie das Dienstmädchen und er der Butler war, und übernahmen so in aller Unschuld die Rollen der früheren Zimmerbewohner. Egal, um welches Szenario es sich handelte, irgendwann verlor Henry das Interesse, und Arlene musste ihn besänftigen, indem sie sich auf sein Lieblingsspiel einließ, Verstecken.

Er versteckte sich gern, denn das konnte er gut. Wenn Arlene in der Schule war und es nichts zu tun gab, übte er allein, zwängte sich in Überseekoffer und geflochtene Wäschekörbe, kauerte in der moderigen Finsternis und lauschte seinem Herzschlag und den wuselnden Mäusen. Wenn er den Rost herausnahm, konnte er sich sogar in den Backofen zwängen.

«Ich geb's auf», rief Arlene aus dem Flur. «Komm raus, komm raus, wo auch immer du bist. Komm schon, Henry. Ich hab doch gesagt, ich gebe auf.»

Er wartete, bis sie nach unten ging, ehe er wieder zum Vorschein kam. Er hütete sich, seine besten Verstecke preiszugeben.

Wenn er Arlene suchen musste, war sie sehr berechenbar, zu ungeduldig. Sie versteckte sich hinter Türen oder in Wandschränken und wartete bis zum letzten Moment, um schreiend hervorzuspringen. Er schlich mit angehaltenem Atem umher, die Finger vor sich zu Klauen geformt, auf einen Angriff gefasst, und trotzdem kreischte er.

Das Haus existierte noch. Seine Eltern hatten es zu lange behalten, bis in die siebziger Jahre, und es erst verkauft, nachdem sein Vater ausgeraubt und ihnen ihr Wagen gestohlen worden war. Der neue Besitzer teilte es in Wohnungen auf und machte aus dem hinteren Garten einen asphaltierten Parkplatz. Seitdem war die Veranda vermodert und ersetzt worden durch Fertigbetonstufen, die das Ganze entblößt aussehen ließen. Buntglas und Schieferdach waren verschwunden, die verzierten Giebel mit Vinyl verkleidet. Vor ein paar Jahren hatte das Haus wegen einer Zwangsversteigerung für achttausend in der Zeitung gestanden, es hatte ihn gelockt, doch in der Straße standen Crack-Häuser. In Sommernächten, wenn sie bei offenem Fenster schliefen, konnten sie vereinzelte Schüsse auf der anderen Seite von Highland hören, die wie Hammerschläge klangen. Ob am Tag oder nachts, er mied die Mellon Street, und obwohl die Grafton Street noch nicht an Wert verlor, befürchtete er, Emily und er würden irgendwann vor demselben Dilemma stehen.

«Beziehungsweise du. Denn ich bin dann tot.»

«Das ist nicht witzig», sagte sie.

Mit vierundsiebzig war er fünf Jahre älter als sie, und außerdem übergewichtig, sein Cholesterin ein Problem. Es stand außer Frage, dass er zuerst sterben würde. Als sie noch jünger waren, hatten sie Scherze darüber gemacht, was sie mit der Versicherungssumme anfangen würde. Doch jetzt schimpfte sie ihn aus.

«Ich will dich bloß vorbereiten.»

«Lass es», sagte sie. «So schnell stirbst du nicht.»

«Das weiß man nie», sagte er, «es kann jederzeit passieren», doch sie hatte sich umgedreht, das Gesicht abgewandt, gekränkt.

«Hör bitte auf.»

Er entschuldigte sich, massierte ihre Schultern und schlang von hinten die Arme um sie, ein Wink für Rufus, sich wie ein Ringrichter zwischen sie zu drängen und die Umklammerung aufzubrechen.

«Da ist jemand eifersüchtig», sagte er.

Emily griff nach ihm. «Du weißt, dass ich das nicht ausstehen kann.»

«Ich weiß.»

«Ich sorge mich um dich, und du machst dich bloß über mich lustig.»

«Das wollte ich nicht.»

«Ich glaube, du hast keine Ahnung, was du mir antust, wenn du so etwas sagst. Sonst würdest du es sein lassen.»

Er verstand ihre Sichtweise und versprach, rücksichtsvoller zu sein, doch irgendwie fühlte er sich unschuldig. War es nicht besser, über den Tod zu lachen?

Draußen wurde es langsam dunkel. Sie musste das Abendessen zubereiten und entließ ihn. Er zog sich zu seiner Werkbank im Keller zurück – genau wie sein Vater, dachte er –, wo er den Briefkasten, den Kenny und Lisa ihnen zu Weihnachten geschenkt hatten, für Chautauqua präparierte. Der alte (wer wusste schon, wie alt) war durchgerostet, von den Jahreszeiten zerfressen, und als Henry die Schablonen ausschnitt und sie auf das glatte neue Metall klebte, wurde ihm bewusst, dass der hier, genau wie das Sommerhaus, ihn überleben würde. Sein Vater war allein in seiner Eigentumswohnung in Fox Chapel gestorben, bis zum Schluss stur auf seine Unabhängigkeit beharrend, obwohl sie ihm Kennys Zimmer angeboten hatten. Beim Ausräumen der Wohnung hatte Henry auf dem Nachttisch eine dicke Biographie von Teddy Roosevelt entdeckt, mit der sein Vater fast durch war. Wie zum Gedenken hatte Henry das Buch, statt es auf den Stapel für den Ramschverkauf der Bücherei zu legen, nach Hause mitgenommen, um es zu lesen. Jetzt lag es oben irgendwo, das Lesezeichen seines Vaters immer noch an derselben Stelle.

Über ihm ging Emily durch die Küche. Du hast keine Ahnung, hatte sie ihm vorgeworfen, aber das stimmte nicht. Er war sich nicht sicher, warum er es tat. Er war nicht absichtlich grausam. Irgendwann – den exakten Zeitpunkt konnte er nicht mehr bestimmen – hatte sich der Scherz in die witzlose Wahrheit verwandelt. Das durfte er nicht vergessen, doch nach dem Vorfall neulich wusste er nicht genau, ob ihm das gelingen würde. Er hebelte die Dose Rustoleum auf, vermischte alles mit einem Stäbchen und rührte das glänzende Weiß wie Schlagsahne um, nahm einen sauberen Pinsel und beugte sich konzentriert über seine Arbeit, stützte den Arm auf der Kante der Bank ab und trug geduldig in einer dicken Farbschicht die Ziffern auf, damit sie lange hielten.

Frühlingslied

Das ganze Schuljahr hindurch nahm Arlene zweimal pro Woche Klavierunterricht am YWCA in Shadyside. An den anderen fünf Tagen übte sie, vom stetigen Ticken des Metronoms begleitet, auf dem Klavier im hinteren Wohnzimmer und arbeitete sich Seite um Seite durch ein weiteres rotes Thompson-Buch. «Spinnliedchen». «Hasche-Mann». «Träumerei». Den Höhepunkt des Jahres bildete ein Osterkonzert, zu dem sie sich kleideten wie zum Kirchgang und an dessen Ende Henry auf den Fingerzeig ihrer Mutter hin die Bühne betrat und Arlene, auch wenn ihr ein halbes Dutzend Fehler unterlaufen waren, einen Strauß rote Rosen überreichte. Als seine Mutter ihm kurz vor dem Schulanfang eines Abends beim Essen fragte, ob er Lust habe, wie seine Schwester Klavierunterricht zu nehmen, war die Frage rhetorisch gemeint. Sie hatte ihn bereits angemeldet.

Der flehende Blick zu seinem Vater zeigte ihm, dass Widerspruch zwecklos war. Wie in allen Fragen waren seine Eltern sich einig. Henrys Erziehung fiel wie die von Arlene in den Zuständigkeitsbereich seiner Mutter, und jede weitere Beschwerde würde sie ihm übelnehmen. Henry saß entrüstet vor seinem Hackbraten und gab sich geschlagen. Wie lange hatten sie das geplant?

Er gab sich alle Mühe, es geheim zu halten, denn ihm war klar, dass seine Freunde erbarmungslos sein würden, wenn sie es herausfanden. Das YWCA war, wie der Name schon sagte, eine Einrichtung für Frauen, das hieß, es war eine doppelte Schmach. Als er in das Gewand eines Messdieners geschlüpft war, hatten sie ihn schon bezichtigt, ein Kleid zu tragen. Die Beleidigung hatte einen Ringkampf ausgelöst, der damit endete, dass Chet Hubbard versehentlich Henrys Kragen zerriss. Beim Geräusch des zerreißenden Stoffs waren die sie anstachelnden Clubmitglieder totenstill geworden, als läge ein Verstoß gegen eine heilige Regel vor. Während Chet sich zu entschuldigen versuchte, inspizierte Henry den Riss – unübersehbar, irreparabel –, wohl wissend, was ihn zu Hause erwartete. Das Einzige, wovor er sich noch mehr fürchtete, als Muttersöhnchen genannt zu werden, war seine Mutter.

Jetzt betrat er eine Welt, die komplett weiblich und fremdartig war. Die Lehrerinnen am YWCA waren Studentinnen vom Frick Conservatory, überspannte junge Frauen, die aus der ganzen Welt herbeiströmten, um bei Madame LeClair zu lernen, die bei Liszt gelernt hatte, der wiederum bei Czerny gelernt hatte, der bei Beethoven persönlich gelernt hatte, eine Herkunftslinie, mit der sich seine Mutter gleichermaßen vor Verwandten und Essensgästen brüstete, als könnte Henry oder Arlene ein unentdecktes Genie sein. Um das Geld für Kost und Logis zu verdienen, halfen Madame LeClairs Studentinnen den Töchtern aus Pittsburghs aufsteigender Mittelschicht bei ihrem Spiel vom Blatt und ihrer Fingerfertigkeit und brachten sie Note um Note, Takt um Takt weiter. Bei dem Konzert erhoben sie sich, um ihre Schülerinnen vorzustellen, und setzten sich dann wieder in die erste Reihe, um die unvermeidlichen Schnitzer mit heiterer Gelassenheit zu ertragen. Sie blieben zwei, manchmal drei Jahre, bevor sie zu einem Leben auf Konzertbühnen aufbrachen und man nie wieder von ihnen hörte.

Arlenes Lehrerin Miss Herrera war zurückgekehrt, doch die von Henry war neu. Miss Friedhoffer war eine gertenschlanke Deutsche mit rotblondem Haar und einem leichten Überbiss, deren unberingte Finger anderthalb Oktaven umspannten. Sie war größer als seine Mutter, aber schlank wie ein Mädchen, was ihre Hände noch sonderbarer erscheinen ließ. Der Übungsraum war eine kleine Kammer – bloß das Klavier und an der gegenüberliegenden Wand eine mit Notenlinien versehene Tafel, kein Fenster. Miss Friedhoffer schloss die Tür und nahm neben Henry auf der Bank Platz. Zu seiner Verwirrung war sie geschminkt, ihre Wangen rosig vom Rouge. Durch ihre Körperhaltung hatte sie etwas Wachsames, wie ein strammstehender Soldat.

«Setz dich gerade hin», sagte sie und zog behutsam seine Schultern zurück. «Lockere deine Ellbogen. So, hier.»

Mit zehn war für Henry die Gesellschaft junger Frauen, ob fremdartig oder nicht, ungewohnt. Die Lehrerinnen in der Schule waren im Alter seiner Mutter oder noch älter, die Mädchen in seiner Klasse boshaft und hochnäsig. Mit ihrem Akzent und dem Lippenstift wirkte Miss Friedhoffer wie jemand aus einem Spionagefilm. Als sie über die Tasten hinweggriff, um seine Handgelenke festzuhalten, duftete sie warm und hefig, wie frisches Brot. Am Hals hatte sie ein karamellfarbenes Muttermal von der Größe einer Zehn-Cent-Münze, das wie eine riesige Sommersprosse aussah. Unter ihrer blassen Haut zuckte eine bläuliche Ader.

«Wir fangen mit dem C an», sagte sie, deutete mit dem manikürten Fingernagel darauf, und Henry gehorchte. «Gut. So. Wenn du weißt, dass hier das C ist, kann dir nichts mehr passieren. Dann weißt du immer, wo du bist.»

Sie drückte die Taste und sang: «C, C, C, C. Jetzt du. Sing

mit. Gut. Jetzt gehen wir einen Ganztonschritt zum D hinauf, hier.»

Anfangs zuckte er zusammen, wenn sie seinen Rücken tätschelte, damit er sich gerade hinsetzte. Doch schon bald ahnte er es voraus und freute sich darauf, dass sie seine Fingerhaltung korrigierte. Er stellte sich vor, wie sich die Leute über ihre Hände lustig gemacht hatten, als sie in seinem Alter war. Wie ein Ritter hätte er sie am liebsten vor ihnen beschützt. Während er durch die Dur-Tonleiter stolperte, merkte er, dass sie neben ihm mitsummte und ihre Beine sich fast berührten, und als der Unterricht vorbei war und sie die nächste Schülerin hereinließ, blieb er an der Tür stehen, das steife neue Übungsheft unter den Arm geklemmt, als hätte er etwas vergessen.

«Auf Wiedersehen, Henry», sagte sie und belohnte ihn mit einem Lächeln. «Üb schön.»

«Danke», sagte er. «Mach ich.»

In der Straßenbahn dachte er, dass ihm sein Name zum allerersten Mal gefallen hatte.

«Wie war dein Unterricht?», fragte seine Mutter.

«Ganz gut.»

Später, beim Abendessen, stellte ihm sein Vater die gleiche Frage.

«War okay.»

«Seine Lehrerin ist hübsch», spottete Arlene.

«Stimmt das?» Sein Vater war amüsiert.

Henry wurde auf dem falschen Fuß erwischt. Er dachte, nur er könnte Miss Friedhoffers wahre Schönheit sehen.

«Magst du sie?», fragte sein Vater.

Jede Antwort, die Henry geben konnte, würde falsch klingen. Er zuckte mit den Schultern. «Ich glaub schon.»

«Anscheinend ist sie eine Deutsche», sagte seine Mutter. Sie würde den Deutschen nie verzeihen, dass sie seinen Onkel umgebracht hatten.

«Ich bin mir sicher, dass sie in Ordnung ist», sagte sein Vater.

«Ganz bestimmt.»

Dass seine heimliche Liebe verboten war, gab seinem Verlangen eine opernhafte Schuld. Um ihr Herz zu erobern, beschloss er, ein perfekter Schüler zu sein, nur war das Üben ohne ihre inspirierende Anwesenheit eine Plackerei, und trotz allerbester Absichten hinkte er schon bald hinterher. Statt sich auf die Wonne von Miss Friedhoffers Gesellschaft zu freuen, fürchtete er, sie zu enttäuschen, und dachte sich eine Reihe von Krankheiten aus, die ihn zu einem verdächtigen Zeitpunkt befielen. Nach einem Treffen mit Miss Friedhoffer beauftragte seine Mutter Arlene, ihn zu beaufsichtigen. Jetzt kommandierte sie ihn fünf Tage in der Woche vom Sofa aus herum, während er im Wohnzimmer die eine Stunde lang übte, sah von ihrem Buch auf, wenn er zu lange verstummte, und Tag für Tag, Seite um Seite, begann er sich wie durch ein Wunder zu verbessern.

«Das ist sehr gut, Henry», sagte Miss Friedhoffer und sah ihn an. «Du siehst, was passiert, wenn du übst.»

Als sie ihm in die Augen blickte, verspürte er eine lähmende Hilflosigkeit, als könnte sie seine Gedanken lesen. Er malte sich aus, wie sie ihn in die Arme schloss und ihr warmer Duft ihn umhüllte, seine Wange an ihrer glatten Seidenbluse lag. Stattdessen befeuchtete sie die Fingerspitze und blätterte zur nächsten Seite, zu einer Übung, die seine linke Hand kräftigen sollte.

Die Wahrheit ließ sich nicht lange verbergen. Als er und

Arlene an einem grauen Donnerstag im November die Straßenbahn verließen, warteten Marcus Greer und sein kleiner Bruder Shep darauf einzusteigen. Henry befand sich noch in dem entrückten Traumzustand, der ihn nach dem Unterricht ergriff, und besaß nicht die Geistesgegenwart, sein Buch zu verstecken. Der rote Umschlag war ein verräterischer Hinweis. Marcus nickte anzüglich grinsend, um ihm zu zeigen, dass er es gesehen hatte, und am nächsten Tag machte sich Henry nach einer langen, ruhelosen Nacht auf das Schlimmste gefasst. Er kam früh in der Schule an, die Klingel hatte noch nicht geläutet. Seine Freunde warteten an der üblichen Stelle auf der Treppe, neben dem Fahnenmast. Aus einem Gefühl für ausgleichende Gerechtigkeit hoffte er, Marcus würde etwas zu ihm sagen, doch noch bevor Henry bei ihnen angekommen war, rief Charlie Magnuson, der bei der Mutprobe, mit dem Fahrrad die Stufen hinunterzufahren, seine Schneidezähne eingebüßt hatte: «Hey, Mozart!»

Als seine Mutter ihn im Büro des Direktors fragte, warum er sich mit einem Freund geprügelt habe, sagte Henry die Wahrheit. «Weil ich Klavierunterricht nehmen muss.»

«Das ist keine Antwort», sagte seine Mutter.

«Ich weiß, dass du nicht gern zum Unterricht gehst», sagte sein Vater später, als sie nach dem Essen zu zweit in seinem Arbeitszimmer waren. Er saß in Hemdsärmeln an seinem Rollschreibtisch. Auf der Schreibunterlage verstreut lagen aufgerollte Baupläne für das Gebäude, an dem seine Firma in der Innenstadt arbeitete. Es gab keinen Stuhl für Henry, der wie ein Häftling dastand, die Arme seitlich am Körper. «Wir alle müssen im Leben Dinge tun, auf die wir keine Lust haben. Wir tun sie für die Menschen, die wir lieben, oder zum Wohl der Allgemeinheit. Manchmal tut man sie zu seinem eigenen Besten, ohne es in diesem Augenblick zu wissen. Gefällt es dir, jeden Tag zur Schule zu gehen?»

Henry zögerte, da er nicht genau wusste, ob er antworten sollte. «Nein.»

«Nein, aber du verstehst, dass es zu deinem Besten ist. Deine Mutter und ich wollen aus gutem Grund, dass ihr beide Unterricht nehmt, deshalb schlage ich vor, dass du das Beste draus machst.»

Henry wollte fragen, ob sein Vater je Klavierunterricht nehmen musste, doch es hatte keinen Sinn, das Ganze in die Länge zu ziehen. Er hatte gegenüber allen Beteiligten seinen Tribut entrichtet und bekommen, was er wollte. «Ja, Sir», sagte er bußfertig, schüttelte seinem Vater die Hand, um die Vereinbarung zu besiegeln, und dann war er frei.

In jenem Winter lebte er dafür, mit Miss Friedhoffer zusammen zu sein. Für die Klarheit, die sie in der Abenddämmerung dem Himmel verlieh, wenn er und Arlene auf die Straßenbahn warteten und der Abendstern in der Oberleitung gefangen war. Zu Weihnachten schenkte er ihr eine Dose Kekse, die er selbst glasiert hatte, und eine Karte mit einem selbstgezeichneten Tannenbaum, auf der Frohe Weihnachten stand. *Für Fraulein Friedhoffer*, hatte er in Druckschrift geschrieben. Er kannte noch immer nicht ihren Vornamen.

Für die Aufführung wählte sie Schumanns «Frühlingslied» aus, dessen beschwingtes Tempo für Henry nicht leicht zu meistern war. Zur Freude seiner Mutter übte er zusätzlich nach der Schule. Sie kam aus der Küche mit einem Geschirrtuch hereingeschlendert, stand in der Tür und lobte ihn jedes Mal, wenn er strauchelte. «Das klingt wunderbar», sagte sie, doch sie war seine Mutter. Er wusste, es war nicht gut genug. Er musste perfekt sein und versetzte das Metronom von neuem in Schwingung.

Sie hieß Sabine. Ihr Name stand im Konzertprogramm, direkt neben seinem. Sie trug zu diesem Anlass das Haar geflochten und ein schwarzes Paillettenkleid, als wollte sie selbst auftreten. Hinter der Bühne hörte er, gekleidet wie zum Kirchgang und in seine Noten vertieft, das Gemurmel des Publikums. Die jüngsten Schüler spielten zuerst. Früher hatte Henry über ihre Fehler gelacht; jetzt begriff er, wie grausam das gewesen war. Ein Mädchen verspielte sich ständig und kehrte in Tränen aufgelöst zurück. Ein anderes stockte, völlig ratlos, mitten in einer Chopin-Etüde und musste von ihrer Lehrerin gerettet werden. Als Nächstes war Henry dran.

Er hatte noch nie vor Publikum gespielt, und als Miss Friedhoffer ihre Einführung beendet hatte und er aus den Kulissen ins blendende Licht hinaustrat, erschreckte ihn der Applaus. Er verebbte, bevor Henry die Bank erreichte, nur noch seine Schritte waren zu hören. Im Dunkeln hustete jemand. In der Kirche konnte er sich hinter Pater McNulty und dem ganzen Pomp und Gepränge verstecken. Hier ruhten alle Blicke auf ihm.

Sein Notenheft raschelte, als er es auf den Ständer legte. Mechanisch richtete er sich auf und lokalisierte das eingestrichene C, lockerte die Ellbogen und Handgelenke und ließ die Hände über den Tasten schweben. Ihre Stimme im Kopf, zählte er, bevor er zu spielen begann.

Zu Hause hatte er es geschafft, nur mit ein paar kleinen Wacklern durch das ganze Stück zu gelangen, aber da hatte er das Metronom gehabt. Jetzt musste er allein den Takt halten, und auch wenn er und Miss Friedhoffer daran gearbeitet hatten, er hatte nicht ausreichend geübt. Kaum hatte er angefangen, da spürte er schon, dass seine linke Hand hinterherhinkte, und begann schneller zu spielen. Er versuchte, sich zurückzuhalten, ihr Summen heraufzubeschwören, um das Tempo zu verlangsamen, doch seine Finger schienen sich von selbst zu bewegen, als wären sie von ihm losgelöst. Von einem fernen Aussichtspunkt tief in seinem Kopf sah er sich selbst beim Spielen zu. Die Töne klangen korrekt, wenn auch überhastet, statt panischer Angst überkam ihn fassungsloses Staunen, und er trat ganz aus sich heraus, seine Gedanken wirbelten davon, hinaus ins Publikum, wo er sich Miss Friedhoffer in ihrem schwarzen Kleid und seine Eltern vorstellte, den gesamten dunklen Zuhörerraum. Er war da und zugleich nicht da. Er hörte das Klavier, leise, wie aus einem anderen Raum, obwohl es direkt vor ihm stand, sein verschwommenes Spiegelbild im polierten Lack gefangen. Sein Fuß klopfte den Takt. Seine Finger hoben und senkten sich wie von selbst und preschten durch das Stück, die vertrauten Berge und Täler. Komm zurück, sagte er sich, als könnte er es erzwingen, gerade als er bei den letzten Takten angelangt war. Er hob die Hände, und die letzten Töne gingen in Stille über. Einen Augenblick dachte er, er hätte die Orientierung verloren und an der falschen Stelle aufgehört, ja dass noch ein Refrain käme, doch dann brach das Publikum in Beifall aus. Als wäre er gerade erwacht, wandte er sich um und sah Miss Friedhoffer nicken und ihm zulächeln. Er hatte es geschafft. Es war ihm unmöglich erschienen, und trotzdem hatte es geklappt. In seiner Erleichterung vergaß er, sich zu verbeugen, und verschwand direkt nach hinten in die Kulissen, wo Arlene bei den älteren Mädchen darauf wartete, dass sie an die Reihe kam.

«Glück gehabt», sagte sie.

Er widersprach nicht. Er wusste, dass es stimmte.

Sie selbst hatte weniger Glück, dennoch überreichte ihre Mutter ihnen beiden Rosen.

Anschließend fand in der Turnhalle ein Empfang mit Punsch und Keksen statt. Dort belohnte ihn, stellte er sich tagträumend vor, Miss Friedhoffer mit einem Kuss. Stattdessen überreichte sie ihm eine Urkunde und ein neues Heft, mit dem er im Lauf des Sommers üben sollte. Auf den Umschlag hatte sie in ihrer perfekten Handschrift seinen Namen geschrieben. Wochen später, als ihm der September noch unglaublich weit weg vorkam, zeichnete er die Schwünge mit dem Finger nach und erinnerte sich, wie ihre Hände seine geführt hatten.

Wieder schwor er sich zu üben, doch sobald die Ferien angefangen hatten, verbrachte er den ganzen Tag im Park. Im August waren sie in Chautauqua, wo es kein Klavier gab, und selbst Arlene geriet in Verzug. Er hatte sich damit abgefunden, Miss Friedhoffer zu enttäuschen, als ihm seine Mutter eine Woche vor Schulbeginn plötzlich sagte, er bekomme eine neue Lehrerin.

Miss Friedhoffer war nach Deutschland zurückgekehrt. Mehr als das wussten sie nicht.

Er würde in Zukunft bei Miss Segeti aus Ungarn Unterricht haben, in die er sich in seinem Kummer, unfreiwillig, ebenfalls verlieben sollte.

Auf der Highschool hatte er Flammen, die er zum Anbeten und Verzweifeln fand, und richtige Freundinnen, die ihn in schuldbeladene Wollust versetzten, doch Miss Friedhoffer vergaß er nie. Als seine Division im Krieg durch eine ausgebombte Kleinstadt im Elsass rumpelte, überrollten sie ein altes Klavier, das dann, zu Kleinholz zerschmettert, mitten auf einer Straße lag, die Tasten wie Zähne über das Kopfsteinpflaster verstreut, und da fragte er sich, was wohl aus ihr geworden war. Sie hätte inzwischen Ende dreißig sein müssen. Vielleicht war sie tot, begraben unter den Trümmern einer Kirche wie der in Metz, wo sie sich, als sie vorbeigezogen waren, wegen des Gestanks die Nasen hatten zuhalten müssen. Nachts sickerten, egal, wo ihre Kolonne hielt, Frauen ins Lager ein und gingen von Zelt zu Zelt, oft mit hohläugigen Kindern im Schlepptau. Er stellte sich vor, wie sie die Zeltklappe zurückschlug und ihn erkannte, und obwohl jeder wusste, dass es den Vorschriften der Armee zuwiderlief, beschloss er, sie irgendwie zu retten.

Als er und Emily sich nach dem Krieg kennenlernten, spielte sie im Salon ihrer Studentinnenverbindung für ihn, und ihre Haltung und ihre schmalen Finger riefen ihm den stickigen Übungsraum und den Geruch von Kreidestaub ins Gedächtnis. Er kannte die Melodie aus Dutzenden von Konzerten.

«Mendelssohn», sagte er und setzte sich neben sie auf die Bank.

«Spielst du auch?»

«Eigentlich nicht. Als Kind hatte ich mal Unterricht.»

«Jetzt bist du dran.»

«Nein, das ist schon Jahre her.»

«Bitte. Mir zuliebe.»

Er ließ die Hände über den Tasten schweben und versuchte, sich das «Frühlingslied» ins Gedächtnis zu rufen. Nach ein paar Takten zerfaserte es. Er war überrascht, dass er sich überhaupt noch daran erinnerte.

«Nicht aufhören», sagte sie und setzte ein, wo er unterbrochen hatte, so langsam, dass er mitspielen konnte. Er hatte ihr nie davon erzählt, wie also sollte sie wissen, als er ihren Hals küsste, was sie zu einem Ende gebracht hatte?

Eines Morgens kurz nach dem Überfahren des Stoppschilds hockte er auf allen vieren in der Küche, den Kopf unters Spülbecken getaucht, und versuchte, den Fettfang abzumontieren, als plötzlich aus dem Radio im Wohnzimmer die vertrauten ersten Töne des Schumann-Stücks herüberdrangen. Er legte den Schraubenschlüssel hin, zog sich an der Küchentheke hoch und wollte es Emily erzählen, doch ihr Sessel war leer. Rufus, neben dem Kamin zusammengerollt, hob kurz den Kopf und ließ ihn dann wieder sinken.

Das Klavier stand in der Ecke, gekrönt vom alten Metronom seiner Mutter aus der Mellon Street. Weder Margaret noch Kenny hatten den Unterricht zu schätzen gewusst, und irgendwann hatte Emily die Streitereien mit den beiden sattgehabt. Zu Weihnachten hämmerten die Enkelkinder darauf herum, aber den Rest des Jahres stand es, abgesehen von Bettys Staubwischen alle vierzehn Tage, unbehelligt da.

Wie lange war es her, dass sie zusammen darauf gespielt hatten? Damals sangen sie immer Duette. *Button up your overcoat, when the wind is free. Take good care of yourself, you belong to me.* Auf ihren Partys versammelten sich alle um das Klavier und schmetterten alte Lieblingslieder. Das war vor Ewigkeiten, als die Kinder noch klein waren. Doch die Nachbarschaft hatte sich verändert. Gene Alford war tot, Don Miller und auch Doug Pickering. Von der alten Gang war er der letzte Überlebende.

Er hob den Deckel an und klappte ihn mit einem Klacken zurück, enthüllte die Tastatur, zog die Bank hervor und setzte sich aufrecht hin. Rufus kam, um sich das Ganze anzuschauen.

«Mal sehen, was der alte Bursche noch so draufhat.»

Er streckte die verkrumpelten Finger, sammelte sich und spielte die ersten Takte. Immer noch da, nach all den Jahren. Ihm fiel noch mehr ein, und er spielte weiter, erstaunt über sein Gedächtnis. Miss Friedhoffer wäre stolz.

Mit dem Wäschekorb auf dem Weg nach unten, blieb Emily wie vom Blitz getroffen stehen, und beide drehten sich zu ihr um. «Was in aller Welt machst du da?»

«Üben», sagte er.

Ist das nicht romantisch?

Für den Valentinstag wählte er eins ihrer alten Lieblingsrestaurants aus, das Tin Angel. Auf dem Mount Washington thronend, über den Abgrund kragend, bot es einen Ansichtskartenblick auf die Landspitze und ein Prix-fixe-Menü mit Filet Mignon und Mousse au Chocolat. «Sieh mal einer an», sagte Emily. «Schwer elegant.» Sie gingen kaum noch woanders hin als in den Club, und sie ergriff die Chance, um vorher zum Friseur zu gehen und den Pelz auszulüften. Sie würde ihn brauchen. Die gefühlte Temperatur lag weit unter null. Sie waren spät dran, und Henry sollte Rufus nach draußen lassen und ihm seinen Hundekuchen geben. Er nutzte die Gelegenheit und ließ den Olds warm laufen. Im Scheinwerferlicht funkelte der verharschte Schnee. Emily zog klugerweise ihre Stiefel an und nahm die Stöckelschuhe mit. Eine frische Schneedecke machte die Steinplatten tückisch, und er bot ihr seinen Arm an.

Die Highland Avenue war von Reifenspuren durchzogen, die Ampeln schaukelten im Wind. Die Brücken würden heikel sein. Er würde langsam fahren müssen und möglichst nicht bremsen. Wenn sie zu spät kamen, dann war es halt so.

Als sie den Bigelow Boulevard entlangrollten, sagte Emily: «Ich frage mich, wie es Margaret geht.»

Ihr Name war ein Alarmsignal. Er konzentrierte sich auf die Straße.

«Ich muss sie anrufen. Ich glaube, Weihnachten ist nicht so gut gelaufen.»

Sein erster Gedanke war – ungerechtfertigt –, dass sie wieder trank. «Wann hast du mit ihr gesprochen?»

«Letzten Mittwoch, als du beim Zahnarzt warst. Sie und Jeff kommen nicht klar.»

«Das ist doch nichts Neues.»

«Immer dasselbe. Er will, dass sie einen Entzug macht.»

«Und sie will nicht.»

«Sie sagt, sie hat erst im Herbst eine Kur gemacht.»

Davon wusste er nichts. «Und er findet, sie soll noch eine machen.»

Im Dunkeln konnte er ihr Gesicht nicht sehen. So ließ es sich einfacher reden, körperlos, kühl und unbeteiligt, als ließen sich Margarets Probleme durch Logik lösen.

«Ich weiß nicht», sagte Emily. «Ich habe das Gefühl, nicht die ganze Geschichte zu kennen.»

«Vielleicht könnten wir Jeff eine E-Mail schreiben.»

«Das dürfte nicht hilfreich sein. Sie würde denken, dass wir seine Partei ergreifen. Ich muss sie einfach mal anrufen. Ich habe es immer hinausgeschoben, weil ich eigentlich keine Lust dazu habe. Ist das nicht schrecklich?»

Nein, hätte er am liebsten gesagt, schrecklich ist bloß, wie sie dich behandelt, aber darüber hatten sie schon zu oft gestritten. Er würde stets verlieren. Er sollte sich schämen, dass er Margaret nicht verzeihen konnte; als hätten sie die ganzen Jahre ihr Unrecht getan und nicht umgekehrt.

«Ich finde, du bist sehr geduldig mit ihr.»

«Das glaube ich nicht», sagte Emily. «Aber trotzdem danke. Ich wollte dir nicht die Laune verderben, es ging mir bloß durch den Kopf. Ich mache mir Sorgen um sie.»

«Das weiß ich.»

Er wartete darauf, dass sie weitersprach. Auch wenn er es

nie zugeben würde, er redete gern so mit ihr, hörte gern, wie sie sich über Familienmitglieder und Freunde - sogar über Margaret - ausließ, als weihte sie ihn in Geheimnisse ein. Sie wusste alles über ihre Nachbarn und jeden im Club, war über deren Leben auf dem Laufenden, als wären sie Figuren aus ihrer Lieblingsseifenoper. Sie wusste mehr über das, was in der Gemeinde vorging, als er, obwohl er dem Kirchenvorstand angehörte. Erst heute hatte er ein Telefongespräch mit Louise Pickering belauscht, bei dem Emily spekuliert hatte, ob Kay Miller wohl das Haus verkaufte. Er war ein zurückhaltender Mensch, doch ihr Tratsch faszinierte ihn. Es war auch beruhigend zu wissen, dass sie meistens übereinstimmten. Im Lauf ihrer Ehe war ihm klargeworden, dass er, vielleicht willentlich, kaum etwas von den Kämpfen anderer ahnte, nicht mal derer, die ihm besonders nahestanden, und auch wenn er Emily mitunter vorwarf, vom großen Ganzen nichts zu verstehen, ohne sie wüsste er gar nichts.

«Sie wird keine Entziehungskur machen», sagte Emily. «Sie sagt nein, und dann trennen sie sich. Genau das befürchte ich.»

«Du meinst, er sucht einen Vorwand?»

«Ich schätze, es gäbe viele, wenn er einen braucht. Viele Männer hätten sich nicht so viel bieten lassen wie er.»

«Ich auch nicht.»

«Du hast es leicht. Deine Frau ist perfekt.»

«Verrat's ihr nicht. Sonst steigt es ihr noch zu Kopf.»

«Zu spät. Ehrlich gesagt, ich glaube, er ist nur noch wegen der Kinder da. Ich weiß nicht, ob das gut oder schlecht ist.»

«Für Margaret oder für beide?»

«Vielleicht muss er sie verlassen. Vielleicht ist das die einzige Möglichkeit, dass sich was ändert.»

Diese Aussicht machte ihn sprachlos. Sie würde die Kinder und das Haus verlieren und wieder bei ihnen wohnen. Er sah es vor sich, wie sie hinter geschlossener Tür in ihrem alten Zimmer hauste und im Bademantel zum Essen herunterkam.

«Tut mir leid. Ich hätte nicht davon anfangen sollen.»

«Nein», sagte er. «Gut, dass du's getan hast.»

«Ich verspreche, es nicht mehr zu erwähnen.» Sie hob die Hand wie zum Schwur.

«Bis morgen.»

«Bis morgen.»

Mit surrender Heizung glitten sie durch die Innenstadt und zur Fort Pitt Bridge hinauf. Die Fahrbahn war glasiert.

«Auf dem Fluss schwimmt Eis», sagte sie, doch er wechselte gerade die Spur und konnte nicht hinschauen.

Sie fuhren auf einen verschneiten Parkplatz am Fuß der Standseilbahn – eine weitere Überraschung für Emily. Es war ein alter Lieblingsort. Aus der Provinz nach Pittsburgh verpflanzt, war sie der Seilbahn genauso verfallen wie der Stadt und Henry.

«Du bist närrisch», sagte sie.

«Ich hab gedacht, wo wir schon mal hier sind ...»

Er suchte einen Platz in der Nähe der Treppe.

«Ich weiß nicht, ob ich in diesen Schuhen so weit gehen kann», sagte sie.

«Behalt einfach die Stiefel an.»

«Ich betrete das Tin Angel nicht in meinen schäbigen alten Stiefeln, danke. Du musst mich tragen.»

Er entschied sich für die beste Alternative und schlurfte über den festgefahrenen Schnee, während sie bei ihm eingehakt war.

Zu seinem Entsetzen wartete bereits ein anderes Paar – jung und wettergerecht gekleidet. Er hatte gehofft, er und Emily würden allein sein, als hätte er wie ein Industriemogul eine Privatkabine bestellt. Er überlegte, ob sie auf die nächste warten sollten, doch Emily bibberte. Schließlich kam die Bahn – leer –, und sie fuhren aufwärts, machten eine Kurve und blickten auf die dampfende Stadt hinab, auf den Verkehr auf der Brücke und die Lichter der Wolkenkratzer, die sich im dunklen Wasser spiegelten. Eisschollen trieben flussabwärts, in Richtung Cincinnati, Cairo, St. Louis. Auf halber Strecke begegneten sie der anderen Kabine, die nach unten glitt. Er beugte sich zu Emily hinüber, um einen Kuss zu erhaschen, und sie hielt ihm die Wange hin und tätschelte seinen Arm, als wäre es ein Versprechen.

In der Grandview Avenue war vor den Restaurants alles vollgestopft mit Autos, und die Leute vom Parkservice liefen zwischen Parkplatz und Straße hin und her. Er hatte an das Le Pont gedacht, wo sie ihren fünfundzwanzigsten Hochzeitstag gefeiert hatten, aber bei ihrem letzten Besuch waren sie beide vom Essen enttäuscht gewesen. Überraschenderweise war es geschlossen, die Fenster mit weißem Packpapier abgeklebt.

«Wann ist das denn passiert?», fragte er.

«Schon vor Monaten. Ich hab's dir gesagt. Es kam in den Nachrichten.»

«Man sollte meinen, dass jemand an den Räumlichkeiten interessiert ist.»

«Sie verlangen bestimmt ein Vermögen dafür.»

Im Tin Angel war es warm und laut. In der Bar spielte ein Pianist, vor sich ein Glas voller Trinkgeld, mit leichter Hand «Anything Goes». Ihr Fensterplatz erwartete sie. Neben einer flackernden Votivkerze stand in einer kristallenen Langhalsvase eine einzelne rote Rose. Die Empfangsdame führte Emily zu dem Platz mit Blick auf die Stadt, während Henry auf den Ohio hinunterblickte. Wirbelnder Schnee trieb im Dunkeln, schwebte wie Bodensatz. Er konnte den donutförmigen Betonklotz des Three River Stadium am North Shore erkennen und daneben, undeutlicher, das Skelett vom neuen Zuhause der Steelers.

Als Erstes brachte der Kellner beiden ein Glas Champagner.

Henry prostete Emily zu. «Auf uns.»

«Auf uns. Mmm, gut. Du weißt, dass all das nicht nötig gewesen wäre.»

«Kommt nicht in Frage, dass du am Valentinstag kochst.»

«Wir hätten einfach in den Club gehen können.»

«Da gehen wir ständig hin.»

«Dafür bin ich auch dankbar. Ich weiß, ich kann mich glücklich schätzen.»

«Da sind wir schon zwei.»

Sie stießen an und tranken, aber nach dem Gespräch im Wagen arbeitete es noch in ihm. Hatten Margaret und Jeff einfach Pech gehabt und passten nicht zueinander? Das konnte doch nicht alles sein. In einer Ehe ging es um Ausgeglichenheit, darum, sich zu ergänzen. Er fragte sich, was die beiden an diesem Abend wohl machten, und ungebeten wie eine Heimsuchung sah er plötzlich Arlene vor sich, wie sie in ihrer Wohnung vor dem Fernseher saß. Hatte sie ebenfalls Pech gehabt? War sie unglücklich, wie er manchmal befürchtete, oder war sie allein glücklicher, und er bedauerte sie zu Unrecht?

Da es ein Prix-fixe-Menü war, brauchten sie nichts zu bestellen. Ihr Krabbencocktail kam, die Tierchen waren speichenförmig um den Rand eines Martiniglases drapiert. Trotz des Prilosec würde der Meerrettich in der Cocktailsoße ihm später Magenprobleme bereiten, doch einstweilen genoss er jeden einzelnen aromatischen Bissen.

Als er sein zweites Glas Champagner zur Hälfte geleert hatte und zu «Night and Day» mit dem Kopf wippte, sah er plötzlich im Fenster sein Spiegelbild, seinen gespenstischen Zwilling, der über dem Abgrund schwebte.

«Da draußen tobt ein Schneesturm», sagte Emily. «Merkst du, wie kalt es ist?»

«Der Wind ist stärker geworden.»

«Wir sollten einfach hier übernachten.»

«Ich frage mich, ob's hier Brunch gibt.»

Ihr Filet war perfekt – außen dunkel, innen rot –, und wieder beglückwünschte er sich, das richtige Restaurant ausgesucht zu haben. Ringsum feierten andere unbeschwerte Paare und stießen auf ihr Glück an. Er leerte sein Glas. Der letzte Schluck war herb, geradezu sauer, und er dachte an Margaret, die sich nicht mal an einem solchen Tag ein Tröpfchen gönnen durfte.

Weihnachten war nicht gut gelaufen. Was bedeutete das? Er hatte sie und Jeff kabbeln, aber nie offen streiten gehört. Als Jugendliche hatte sie oft unschöne Szenen am Esstisch gemacht und einen Streit vom Zaun gebrochen, der zu einem Brüllduell ausuferte, dann hatte sie ihren Stuhl zurückgestoßen und war nach oben gerannt, hatte Emily in Tränen aufgelöst und ihn und Kenny verwirrt zurückgelassen. Jetzt, angeblich nüchtern, war sie am Telefon reizbar und kurz angebunden, verstummte schnell, wenn sie ausgefragt wurde. Nach allem, was Emily gelesen hatte, vermutete sie, dass Margaret manisch-depressiv war, eine Diagnose, die, ob sie nun stimmte oder nicht, kein großer Trost war. Henry fand, dass sie versagt hatten. Er bedauerte Jeff, als hätten sie ihn warnen sollen.

«Ich würde das wirklich gern aufessen», sagte Emily, «aber dann schaffe ich keinen Nachtisch mehr.»

«Nimm's mit für morgen Mittag», sagte er.

Er hätte zu seiner Mousse au Chocolat gern einen Cognac getrunken, bestellte aber verantwortungsbewusst einen Kaffee.

«Ich fürchte, das gehört nicht zur Diät», sagte sie.

«Das gilt auch für alles andere.»

«Ich erzähle Dr. Runco nichts davon, wenn du's auch nicht tust.»

«Abgemacht.»

Zusammen mit der Rechnung brachte der Kellner die Reste für Emily, wie dort üblich verpackt in Aluminiumfolie, die zu einem Schwan geformt war.

«Das erinnert mich an England», sagte sie. In London hatte man ihr schon einmal so ein Ding mitgegeben, und im Taxi hatte es auf ihren guten Mantel getropft. Diesmal inspizierte sie es genau und sah nach, ob die Tischdecke schon befleckt war. «Man kann nicht vorsichtig genug sein.»

«Vorsicht ist die Mutter der Porzellankiste», sagte er.

«Danke, es war wunderbar.»

«War wirklich schön, oder?»

«Kannst du noch fahren?»

«Ja.»

Das Garderobenmädchen half Emily in ihren Pelz und hielt ihnen beiden die Tür auf. «Seien Sie vorsichtig, draußen ist es glatt.»

Die geparkten Autos waren schneebedeckt, aber auf dem

Gehsteig war Salz gestreut – bis auf das vernachlässigte Stück vor dem Le Pont. Er trug den Schwan, während Emily sich an seinem Arm festhielt und sie im Wind die Köpfe einzogen.

«Tut mir leid», sagte sie stöckelnd. «Ich hätte die Stiefel mitnehmen sollen.»

«So weit ist es ja nicht.»

In der Station war es still und warm. Abgesehen von dem Mann am Kartenschalter und dem Ingenieur in seinem erhöhten Kontrollraum war es menschenleer. Die Bahn war gerade losgefahren, und ihr Dach verschwand aus dem Licht der Scheinwerfer. Während Emily das Durcheinander historischer Fotos an den Wänden betrachtete, sah er sich das Zahnrad an, von dem das Kabel ablief, und ihm fiel wieder ein, wie er sich am College mit Seilzugproblemen beschäftigt hatte, mit den entgegengesetzten Pfeilen der Diagramme. $\sigma 1 = \sigma 2 + \sigma 3$. Die Standseilbahn war eine simple Maschine, die schon vor der Geburt seines Vaters in Betrieb gewesen war und noch lange nach seinem und Emilys Tod Touristen auf den Mount Washington befördern würde. Während er auf den Schnee hinausschaute, versuchte er, sich die Stadt von damals vorzustellen, die Hüttenwerke und Eisenbahnbrücken, die belebten Rangierbahnhöfe auf der Landspitze. Die Firma seines Vaters hatte im Gulf Building die elektrischen Leitungen verlegt, jahrzehntelang das höchste Gebäude der Stadt, bis, lange nach dem Ausscheiden seines Vaters, das U. S. Steel Building errichtet wurde. Im Laufe seines eigenen Lebens war die Skyline so unübersichtlich geworden, dass er nicht mehr wusste, was sich in jedem Gebäude befand, und während er darauf wartete, dass die andere Kabine aus der Dunkelheit auftauchte, musste er sich wieder mal des Gefühls erwehren, der Vergangenheit anzugehören.

«Ist sie bald da?», fragte Emily.

«Sie kommt schon.» Zum Beweis deutete er auf das Rad.

«Hoffentlich, denn ich muss mal.»

«Da gibt es eine Toilette.»

«Hier geh ich nicht.»

Als die Kabine schließlich eintraf, war sie leer. Sie setzten sich in eine Ecke, schmiegten sich aneinander gegen die plötzliche Kälte. Er war überzeugt, dass im letzten Moment noch ein anderes Paar hereinplatzen würde, doch der Warnton ertönte, und die Tür schloss sich. Das Glöckchen klingelte zweimal, und als hätte man sie losgeschnitten, ging es ruckelnd abwärts.

Er schloss die Augen, während sie sich küssten, hatte das Gefühl zu fallen.

Sie lachte. «Deshalb also wolltest du die Standseilbahn nehmen.»

«Kannst du dich an unsere erste Fahrt erinnern?»

«Ich weiß noch, dass du ein perfekter Gentleman warst.»

«Vielleicht nicht perfekt.»

«Du wirst gleich voll mit Lippenstift sein.»

«Das hoffe ich.»

Unten ließ er sie an der Treppe warten, während er den Wagen holte. Der Parkplatz war nicht geräumt, und als er über den festgefahrenen Schnee eilte, glitt er aus. Er fuchtelte mit den Armen, um das Gleichgewicht nicht zu verlieren, und der Schwan flog durch die Luft. Henry landete hart auf dem Hintern, und seine Brille verrutschte.

«Alles in Ordnung?», rief Emily.

«Ja», sagte er, doch ihm tat das Steißbein weh. Vielleicht hatte er sich das Knie verstaucht. Er stand auf und überprüfte es. «Nichts gebrochen.»

«Sei vorsichtig.»

«Danke.»

Der Hals des Schwans war verkrümmt. Er bog ihn zurecht und ging wieder los, vorgebeugt wie ein Schlittschuhläufer, sich an den geparkten Autos abstützend, um zum Olds zu gelangen. Emily wartete, deshalb schaltete er Scheibenwischer und Gebläse an und fuhr zu ihr, bevor er die Scheinwerfer und die anderen Fenster freikratzte. Er hatte sich eindeutig am Knie verletzt.

«Bist du dir sicher, dass alles in Ordnung ist?», fragte Emily. «Es sah aus, als hättest du dich verletzt.»

«Nur meinen Stolz.»

«Sei froh, dass du dir nicht die Hüfte gebrochen hast.»

Seit Audrey Swanson nach einem Sturz an einem Blutgerinnsel gestorben war, war das Emilys Schreckgespenst.

«Wenn die Deutschen mich nicht umbringen konnten, schafft das auch ein kleiner Sturz nicht.»

«Ich mach mir keine Sorgen wegen der gottverdammten Deutschen», sagte sie. «Ich mach mir Sorgen um dich.»

Er rollte im Schneckentempo über die Brücke. Ein Schneepflug fuhr mit klirrenden Ketten an ihnen vorbei, und der Schild schob eine brechende Schneewelle vor sich her. Am Heck war ein Streugerät befestigt, das Asche verteilte.

«Wie fährt es sich?»

«Nicht besonders gut.»

Auf dem Bigelow Boulevard mussten sie wegen eines Unfalls langsamer fahren, ein holzverkleideter Kleinbus wie der von Margaret hing auf der Mittelleitplanke. Die Polizei hatte Leuchtfackeln aufgestellt, die alles in rosafarbenes Licht tauchten. Als sie vorbeischlichen, befürchtete Henry, dass sie zu Hause den Berg nicht schaffen würden.

«Schaffen wir's den Berg rauf?», fragte Emily.

«Genau das hab ich mich auch gerade gefragt.»

«Genau deshalb sind wir verheiratet. Beide Pessimisten.»

«Stimmt», gestand er.

«Ich muss immer noch aufs Klo.»

«Soll ich irgendwo halten?»

«Ich will bloß nach Hause.»

Wegen eines weiteren Unfalls war die Bloomfield Bridge gesperrt. Zwei Streifenwagen standen mit kreisendem Blaulicht Schnauze an Schnauze, um die Straße zu blockieren.

Die Umleitung führte den Verkehr durch Oakland. Emily half ihm, sich zurechtzufinden.

«Sieht nicht so schlimm aus», sagte sie über die Baum Boulevard Bridge.

Auch die Highland Avenue war in gutem Zustand, doch sie passten jetzt beide auf, und es gab keine richtige Gelegenheit für ein Gespräch. Das ewige Margaret-Problem musste warten.

Als sie in die Grafton Street bogen, rechnete er mit einer Eisbahn und war überrascht zu sehen, dass die Straße geräumt war. Er war fast enttäuscht, als hätten sie eine Herausforderung verpasst. Die Einfahrt war freigeschaufelt – ohne Zweifel John Cole, der ihn vor einem Herzinfarkt bewahrte. Das Garagentor öffnete sich, und Henry fuhr den Olds vorwärts hinein, Stück für Stück, bis die Vorderreifen an das Kantholz stießen.

«Also», sagte Emily, «das war ja ziemlich aufregend.» Sie belohnte ihn, wie immer nach einer abendlichen Unternehmung, mit einem flüchtigen Kuss.

«Willst du deine Stiefel nicht anziehen?»

«Das lohnt sich doch nicht mehr.»

Er widersprach nicht. Sie wartete, bis er ihr über die Steinplatten half. Sein Knie war vom Sitzen ganz steif, und er war froh, langsam gehen zu können. Drinnen bellte Rufus ununterbrochen, als wären sie Einbrecher.

«Sei still», sagte Henry und ging mit einer Hand seine Schlüssel durch. «Wir sind's doch bloß.»

«Schließ die Tür auf», sagte Emily. «Sonst mach ich mir in die Hose.»

Er stellte den Schwan auf die Hollywoodschaukel, um Emily ins Haus zu lassen, und Rufus stürmte an ihm vorbei, hockte sich in den Schnee und blickte die ganze Zeit über die Schulter. Es war zu kalt, auch für ihn. Sobald er fertig war, kam er wieder hereingeflitzt und rannte hinter Emily her die Treppe hoch.

«Ja», sagte Henry, «du hast mir auch gefehlt», und schaltete den Strahler aus.

Er stellte den Schwan in den Kühlschrank und hängte seinen Mantel auf. Jetzt, wo sie wieder zu Hause waren, spürte er, wie die Nähe des Miteinanderausgehens verblasste. Er wollte einen Scotch und rief nach Emily, um zu fragen, ob auch sie Lust auf einen Drink hatte.

«Ein Gläschen Portwein wär schön, danke.»

Als er ihr an der Anrichte den Portwein eingoss, musste er an Margaret und die Vorstellung von Glück und Zufriedenheit denken. Wie viel im Leben war Zufall, und wie viel war Arbeit, und ganz praktisch betrachtet, was sollten sie tun?

Er stellte Emilys Glas neben ihren Sessel und entfachte ein Feuer, dessen Flammen im Luftzug flackerten. Er trat an den Kaminsims und wärmte sich. Seine Hose war an den Knien feucht, zwei dunkle Flecke. Das Knie selbst war schmerzempfindlich und leicht geschwollen. Er würde es später kühlen.

Rufus kam als Erster nach unten und sah jeden ihrer Schritte voraus. Sie trug wieder ihren Pullover und hatte ihr Buch dabei. Henry, noch immer in Jackett und Krawatte, lächelte, um seine Enttäuschung zu verbergen. Er hätte das Licht dimmen oder ganz ausschalten sollen.

«Ich schätze, du hast es noch geschafft.»

«Gerade so.»

Sie blieb am Bücherregal stehen, um QED einzustellen, und plötzlich war das Zimmer vom feierlichen Pomp eines Trompetenkonzerts erfüllt. Sobald sie Platz genommen hatte, ließ auch Rufus sich nieder und rollte sich auf dem Kaminvorleger zu ihren Füßen zusammen.

In Chautauqua waren sie, als sie noch frisch verheiratet waren, vom Schlittschuhlaufen hereingekommen und hatten am Feuer miteinander geschlafen, ohne großes Vorspiel, sie hatten einfach ihre Sachen abgestreift und waren übereinander hergefallen. Sie hatten es nicht erwarten können, allein zu sein. Er dachte, dass das immer noch galt, doch diese Phase ihres Lebens war längst vorbei.

Er hob sein Glas. «Frohen Valentinstag.»

«Frohen Valentinstag. Ich danke dir, es war herrlich.»

«Stimmt.»

Er beugte sich vor, um ihr einen Kuss zu geben, den sie keusch erwiderte, und ihre Lippen schmeckten nach Portwein. Er drückte ihre Hand, nahm sein Glas vom Kaminsims und setzte sich ihr gegenüber, ihre Sitzplätze festgelegt wie die Position der Sterne. Das Feuer flackerte. Rufus zuckte. Sie würde unweigerlich ihr Buch nehmen, und sie wäre verloren für ihn. An diesem Abend, nach all ihren Missgeschicken, wollte er mehr.

«Und», sagte er, «was war Weihnachten los?»

Doppelrabatt-Tage

Gleich zu Beginn ihrer Ehe, sobald sie von ihrer Hochzeitsreise zu den Niagarafällen zurückgekehrt waren und ihren eigenen Hausstand gründeten, übernahm Henry voller Stolz seine eheliche Pflicht als Geschirrspüler. Als Kleinster zu Hause, immer und überall dabei, hatte er es bei seiner Mutter gelernt, hatte später beim Küchendienst in der Grundausbildung seine Fähigkeiten vervollkommnet und schließlich am College Schichten im Schenley Grill übernommen und dort genug Geld verdient, um mit Emily ausgehen zu können. Er war schnell und gründlich, auch wenn er manchmal laut mit den Töpfen rumorte, hatte professionellen Respekt vor Messern und eine hohe Schmerzgrenze bei heißem Wasser. Wenn Emily den Nachtisch serviert hatte, wurde sie aus der Küche verbannt, bis diese wieder makellos war. Als die Kinder alt genug waren, übernahmen sie die Aufgabe widerwillig, denn sie wurde auf ihr Taschengeld angerechnet, eine kurze, von Streitereien geprägte Phase, unvergesslich wegen der mangelnden Qualitätskontrolle – geschmolzene Tupperware-Deckel und vom Abfallschredder zerfressenes Besteck. Seit 1977, als Kenny nach Emerson ging und nur noch in den Ferien nach Hause kam, erledigte Henry die Arbeit allein und war für die Bestandsaufnahme seiner Utensilien verantwortlich. In den letzten Tagen war er mit der grünen Flasche Cascade unterm Spülbecken sparsam umgegangen und hatte sie kopfüber zwischen einen Eimer und einen Plastikkorb mit Zwiebeln geklemmt, um noch an die letzten Tropfen zu gelangen. Als Emily ihn spätnachmittags bat, beim Giant Eagle rote Paprika zu besorgen, sah er das als günstige Gelegenheit.

Er war überzeugt, dass sie einen Gutschein besaßen. Vor ein paar Wochen hatte er doch einen aus der Sonntagsbeilage ausgeschnitten, aber bei Geschirrspülmitteln wusste man nie, da änderte sich alles schnell. Er sah in Emilys kleiner Mappe an der Seite des Kühlschranks nach, und zu seiner großen Genugtuung fand sich dort unter dem Stichwort KÜCHE ein doppelter Gutschein für einen Dollar Rabatt, einer für Cascade und einer für Cascade Sparkling Rinse; beide Gutscheine galten bis zum 15. März. Er brauchte nur den für Cascade, deshalb faltete er die gepunktete Linie, erst zur einen und dann zur anderen Seite, damit er den Strichcode nicht beschädigte, und trennte die beiden vorsichtig voneinander.

«Sonst noch was?», fragte er.

«Nein. Ich brauche die Paprika fürs Abendessen, also *allez vite, s'il vous plaît.*»

Das hieß, zum Giant Eagle in East Liberty. Normalerweise kauften sie im großen neuen Jyggle im Waterworks auf der anderen Flussseite ein, wo Fleisch, Obst und Gemüse besser waren. Der Laden in East Liberty war eng und schmutzig, so unkultiviert wie das ganze Viertel, ein Überbleibsel aus den fünfziger Jahren. Seine Mutter hatte dort jahrelang eingekauft und war erst nach dem Mord an Martin Luther King nach Edgewood gewechselt. Nicht dass es gefährlich war, aber er würde nicht wollen, dass Emily zu dieser Tageszeit allein dorthin fuhr. Wahrscheinlich hatte sie ihn deshalb gebeten. Es war seine Aufgabe. Er schnappte sich die Jacke und seine Pirates-Kappe und machte sich auf den Weg.

Auf zum Markt, zum Markt, zum Kauf eines fetten Schweins, hatte seine Mutter immer gesagt und ihn für den Weg zur Straßenbahn eingemummt. Wenn er brav war, durfte er sich eine Nascherei aussuchen – zum Beispiel eine Schachtel Tierkekse, die wie ein Zirkuswagen aufgemacht war, mit einem Schnurgriff zum Tragen. Er tunkte sie gern in Milch und biss ihnen die Köpfe ab, er mochte es gern, wenn sich der Ingwerkeks in seinem Mund in süßen Brei verwandelte. Er war ein pflegeleichtes Kind gewesen, beflissen wie Kenny, ein weiterer Grund, warum er Margaret nie verstehen würde. Manchmal verstand er auch Emily nicht.

Da kein Schnee mehr lag, dauerte die Fahrt nur fünf Minuten. Es war Hauptverkehrszeit, noch nicht richtig dunkel, ein Strom von Scheinwerfern kam ihm entgegen. An der Bushaltestelle neben der Einfahrt des Einkaufszentrums warteten Angestellte des Altersheims in bauschigen Mänteln und Krankenhauskitteln und stießen Dampfwölkchen aus, an ihren Armen hingen blaue Plastiktüten. Hinter dem Wartehäuschen lümmelten sich, kreuz und quer dort abgestellt, ein Dutzend Einkaufswagen.

Auf dem Parkplatz wimmelte es von Leuten, die auf dem Nachhauseweg etwas einkauften, und er musste in der Reihe parken, die am weitesten entfernt war. Sein Knie fühlte sich immer noch steif an und ließ ihn vor Schmerz zusammenzucken. An der Eingangstür versperrte ein ausgemusterter Streifenwagen den Fußgängerübergang, und ein Sammeltaxifahrer half einer korpulenten Frau mit lila Turban auf den Beifahrersitz. Auf einem handgeschriebenen Schild im Schaufenster stand DOPPELRABATT-TAGE, eine vielversprechende Ankündigung. Normalerweise gaben sie bei Artikeln, die mehr als neunundneunzig Cent kosteten, keinen doppelten Rabatt. Er wünschte, er hätte auch den anderen Gutschein mitgenommen. Irgendwann würden sie neues Spülmittel brauchen.

Im Vorraum waren keine Handkörbe mehr, und in den wenigen Einkaufswagen lag Abfall. Drinnen, die Arme vor der Brust verschränkt, überwachte ein Sicherheitsbeamter, der die Statur eines Linebackers hatte, mit unverhülltem Drohgebaren den Eingang. Reflexartig tippte Henry sich an die Kappe. Der Mann zuckte mit keiner Wimper.

«Stoffel», murmelte Henry, als er an ihm vorbei war.

An der Kasse herrschte lautes Gedränge, die Schlangen zogen sich bis in die Gänge. Die abgehängte Decke und die trübe Neonbeleuchtung verstärkten noch das klaustrophobische Gefühl. Auch wenn er leugnen würde, rassistisch zu sein – ein Vorwurf, den Margaret als Jugendliche gern der Stadt im Allgemeinen und Highland Park im Besonderen gemacht hatte –, war er erleichtert zu sehen, dass er nicht der einzige Weiße im Laden war. Unter den Wartenden stand die halb auf ihren Gehstock und halb auf den Wagen gestützte Evvie Dunbar aus der Kirchengemeinde. Mit ihrem Glockenhut und dem dazu passenden Kamelhaarmantel stach sie sofort ins Auge. Er fixierte sie in der Hoffnung, sie würde in seine Richtung schauen, doch sie war auf die Boulevardblattregale konzentriert. Eine Ewigkeit hatte sie in einem der Vorkriegs-Apartmenthäuser drüben an der Fifth Avenue gewohnt. Kaufte hier wahrscheinlich aus Gewohnheit ein, was er mutig, in ihrem Alter vielleicht sogar tollkühn fand. Doch er konnte es verstehen. Warum wechseln, nach so vielen Jahren?

Die Obst- und Gemüseabteilung war zwar viel kleiner als im Waterworks, aber die Paprikaschoten sahen überraschend gut aus – glattschalig und glänzend. Er packte die beste ein und begab sich in den hinteren Teil des Ladens, wo er im Gang mit den Shampoos sah, dass die Rasierklingen, die er immer benutzte, hinter einer komplizierten Plastikauslage verschlossen waren. Er konnte sich nicht vorstellen, dass sie ein Problem darstellten, und doch hatte jemand die Vorrichtung patentieren lassen.

Gegen jegliche Logik stand das Geschirrspülmittel nicht beim Waschpulver. Er versuchte es im nächsten Gang, und da stand das Cascade mit dem von ihm bevorzugten Zitronenduft.

Aus Erfahrung wusste er, er musste das Kleingedruckte lesen. Manchmal musste man zwei Stück kaufen oder eine bestimmte Größe, damit es in Frage kam. Manchmal durfte der Händler den Rabatt nicht verdoppeln. In diesem Fall war er ziemlich zuversichtlich, doch als er den Gutschein aus seiner Tasche kramte, war es nicht der für normales Cascade, sondern für Sparkle Rinse.

«Verdammter Mist.»

Er überzeugte sich noch einmal davon, biss sich auf die Unterlippe und starrte den Gang entlang, als hätte ihm jemand einen Streich gespielt.

Vermutlich hatte er den anderen wieder in die Mappe gesteckt. Hatte ihn beim Abreißen umgedreht. Aber warum hatte er nicht zur Sicherheit noch einmal nachgesehen? Irgendein Zwischenschritt war ihm entfallen. Vielleicht hatte er den Gutschein zwar angeschaut – so wie vermutlich das Stoppschild –, aber ohne zu sehen, was dort stand. Kurz vor seinem Tod hatte sein Vater immer wieder dieselbe Geschichte über eine Konkurrenzfirma zum Besten gegeben, die zum ersten Mal das Morsezeichen-Licht auf dem Grant Building getestet hatte. Er erzählte das Ganze so oft in Gesellschaft, dass es Henry davor graute und er ständig auf den ersten Satz wartete. Immer und immer wieder hörten er und Emily sich an, wie das Licht die ganze Nacht den vorbeigleitenden Flugzeugen das Wort P-I-T-E-T-S-B-K-R-R-H zublinkte, und jedes Mal lachten sie beide und sahen sich hilflos an. Jetzt war er an der Reihe.

Auch wenn es um Mathematisches ging, hatte er das Hirn seines Vaters. Mit dem doppelten Sparkle-Rinse-Gutschein konnte er zwei Dollar Rabatt erhalten, das Cascade zum normalen Preis kaufen und streng genommen bei null landen. Er konnte auch am nächsten Tag wiederkommen, aber durch seinen Fehler aus dem Konzept gebracht, gab er seiner Ungeduld nach und nahm eine Flasche von beidem.

Vor der Expresskasse ging es nicht schneller voran als an den übrigen Kassen, und der Verkehr auf dem Heimweg war zäh.

«Danke», sagte Emily und nahm ihm die Tüte ab. «War viel Betrieb?»

«Du rätst nie, wen ich dort gesehen habe. Evvie Dunbar.»

«Ausgerechnet.»

«Ich würde sagen, sie ist Stammkundin.»

«Gott schütze sie», sagte Emily. «Und jetzt husch. Ich hätte schon vor einer halben Stunde anfangen sollen.»

Während sie die Paprika wusch, ging er zum Kühlschrank und sah in der Mappe nach. Da war der Gutschein, den er suchte, überraschend wie die Auflösung am Ende eines Kartentricks.

Nach dem Essen spülte er das Geschirr und war zufrieden, die alte Flasche zu leeren – der Beweis, dass er die richtige Entscheidung getroffen hatte. Er quetschte die Luft heraus, um in der Recyclingtonne Platz zu sparen. Donnerstag war Mülltag, die allwöchentliche Säuberung, die oben und im Erdgeschoss stehenden Abfallkörbe wurden frisch ausgekleidet, Rufus' gefrorener Kot aufgeschaufelt und eingetütet, die rollbare Plastiktonne für den mit Hydraulik ausgestatteten Müllwagen am Bordstein abgestellt, damit sie geleert werden konnte, während sie schliefen, und trotz allem hatte Henry das Gefühl, er hätte irgendwas übersehen. Am nächsten Tag fuhr er, ohne Emily davon zu erzählen, extra nach East Liberty, um den Gutschein einzulösen, und auch wenn er seine zwei Dollar Rabatt bekam und den anderen eine Nasenlänge voraus war, erinnerte er sich jetzt jedes Mal, wenn er die Geschirrspülmaschine füllte und die Flasche Cascade wieder zu ihrem Zwilling unterm Spülbecken stellte, nicht an das eingesparte Geld, sondern an den Schock beim Anblick des falschen Gutscheins, und beschloss mit der Empörung eines Betrogenen, in Zukunft aufmerksamer zu sein.

Die Unannehmlichkeit

Sein Knie war noch immer geschwollen und fühlte sich kein bisschen besser an. Im Medizinschränkchen lag eine elastische Bandage von vor ein paar Jahren, als Emily sich beim Federballspiel mit den Enkelkindern den Fuß verknackst hatte. Er wusste nicht, ob sie helfen würde. Nachts legte er den schicken, in ein Handtuch gewickelten Eisbeutel um, seine Haut unter der Decke wurde taub. Morgens war die klebrige Masse im Beutel warm und sein Knie steif. Beim Treppensteigen musste er vorsichtig sein. Es tat weh, wenn er zu lange an der Werkbank stand, und er begann einen Hocker zu benutzen und setzte sich von Zeit zu Zeit anders hin. Das Schmerzmittel brachte nichts. Seine jährliche Kontrolluntersuchung war für die nächste Woche anberaumt, und statt für einen zusätzlichen Arztbesuch zu bezahlen, beschloss er, sie abzuwarten und Dr. Runco dann um Rat zu fragen, eine Entscheidung, die Emily dumm fand.

«Deshalb haben wir doch eine Krankenversicherung.»

«Ich glaube nicht, dass sie mich so kurzfristig einschieben können.»

«Jetzt nicht mehr», sagte sie. «Aber vielleicht, wenn du gleich angerufen hättest, als es passiert war.»

«Ich hab nicht gedacht, dass es so schlimm ist.»

«Du kannst kaum noch gehen.»

Es war nicht nötig zu übertreiben. Er war nicht der törichte Macho, für den sie ihn hielt, er war eher verhalten optimistisch und hatte gehofft, wenn er etwas langsamer machte und das Knie im Auge behielt, könnte es von allein heilen. Er wollte nicht wie Hubie Frazier sein, der sich mit achtzig erst die Hüfte und dann die Knie machen ließ, um weiter Tennis spielen zu können. Obwohl Henry sein Hinken in der Öffentlichkeit zu kaschieren versuchte, hielt er sich in dieser Hinsicht gern für uneitel.

Das Wetter war nicht hilfreich. Als es schneite, ließ er Jim Cole wieder den Weg freischaufeln, konnte sich aber nicht verkneifen, noch Salz zu streuen.

Sein Knie war dick und mit Flüssigkeit vollgesogen. In der Kirche konnte er sich nicht hinknien und balancierte seinen Hintern auf der harten Kante der Bank, stützte sich an der Lehne vor ihm ab und legte die Stirn auf seine gefalteten Hände. «Wir bekennen, dass wir gegen dich gesündigt haben», deklamierte er mit geschlossenen Augen, «in Gedanken, Worten und Werken.» In der Stille hatte er Zeit, die Woche Revue passieren zu lassen. Bei den Gutscheinen war er gierig gewesen und in der Schlange und gegenüber den anderen Fahrern ungeduldig. Er musste zugeben, dass er immer zu stolz sein würde. Immer glauben würde, im Recht zu sein. Nicht zuhören würde. Groll hegen würde. Er musste netter zu Margaret sein und aufhören, sich selbst zu bemitleiden, weil er alt und nutzlos war. «Amen», sagte er zusammen mit der Gemeinde, doch ihm fiel noch mehr ein. Verbitterung. Missgunst. Falschheit. Wenn man einmal anfing, seine Sünden aufzuzählen, nahm es kein Ende.

Als er am Montagmorgen mit Rufus hinten im Garten war und die Futterröhren für die Vögel auffüllte, rief ihn Emily plötzlich von der Küchentür aus und wedelte mit dem Telefon. «Es ist Linda aus der Arztpraxis.»

Er blieb in seinen Stiefeln auf der Matte stehen, damit der

Boden nicht nass wurde. Er verstand nicht, warum Emily nicht einfach eine Nachricht entgegennehmen konnte.

«Mr. Maxwell», sagte Linda. «Leider müssen wir Ihren Termin am Mittwoch verlegen. Dr. Runco muss Urlaub nehmen.»

«Ist alles in Ordnung?»

Emily sah ihn an, als wären es schlimme Neuigkeiten. Er zuckte mit den Schultern. Es konnte alles Mögliche bedeuten.

«Es ist eine Privatangelegenheit, aber vielen Dank. Dr. Prasad und Dr. Binstock werden sich um seine Patienten kümmern, aber im Augenblick sind wir unterbesetzt. Wir hoffen, Sie haben Verständnis.»

«Natürlich», sagte Henry.

«Danke. Entschuldigen Sie bitte die Unannehmlichkeiten.»

«Sicher, ich versteh schon.»

Sie würden erst in drei Wochen wieder anfangen, mit Dr. Prasad. Henry bat Linda, Dr. Runco alles Gute zu wünschen.

«Was ist los?», fragte Emily.

«Er nimmt sich eine Zeitlang frei.»

«Wie lange?»

«Hat sie nicht gesagt.»

«Klingt nicht gut. Vielleicht weiß Patsy irgendwas.»

Sie nahm das Telefon mit ins Wohnzimmer, war bereits an der Sache dran, während er wieder nach draußen ging, um die Futterröhren weiter aufzufüllen. Er und Dr. Runco gehörten beide zum '49er Abschlussjahrgang der Pitt. Henry ging schon seit mehr als dreißig Jahren zu ihm. Dr. Runco war ein guter Skifahrer, hatte eine Ferienwohnung in Okemo und drei Söhne, der jüngste in Kennys Alter, doch außer seinen Urlaubsplänen wusste Henry nur wenig über sein Privatleben. Einmal waren sie ihm und einem seiner Söhne zufällig bei einem Pirates-Spiel begegnet, und Henry war, vielleicht zu Unrecht, erstaunt gewesen, dass er Bier trank. Er war schlank und forderte Henry ständig auf abzunehmen, ein anhaltendes Unvermögen, das Henry quälte, weil er seine Vorliebe für Süßes als Charakterschwäche betrachtete.

Er verschloss die letzte Futterröhre und sammelte die Tüten ein. Rufus schnupperte an den verschütteten Sonnenblumenkernen. «Komm schon, Dickerchen. Wir sind fertig.»

Rufus ignorierte ihn.

«Komm!», rief Henry, und Rufus flitzte an ihm vorbei zur Tür. «Warum muss ich alles zweimal sagen?»

Beim Abendessen wussten sie durch Emilys Kirchennetzwerk, den University Club und Bekannte von den Friends of the Library, dass Dr. Runco auf der Krebsstation in St. Margaret's lag. Henry war überrascht, dass sie seine Prognose nicht kannten.

«Man sollte meinen, dass er eine ambulante Behandlung arrangieren könnte», sagte Emily. «Das Krankenhaus ist der letzte Ort, wo ich sein wollte.»

Henry mochte keine Vermutungen anstellen und kaute sein Chicken à la King.

«Natürlich kann es sein, dass ihm unter den gegebenen Umständen nichts anderes übrigbleibt. Die Chemo schwächt deinen Körper. Ich erinnere mich noch an Millie, sie war völlig von der Rolle. Man braucht jemanden, der einen pflegt. Er ist doch noch verheiratet, oder?»

«Soweit ich weiß.»

«Schreckliche Sache. Für dein Knie ist es auch nicht gerade hilfreich.»

«Mein Knie kommt schon wieder in Ordnung.»

«Wer weiß, wie es in drei Wochen aussieht. Ich finde, du hast zu lange nichts unternommen. Vielleicht sollten wir es woanders probieren.»

«Ohne Überweisung kriege ich in drei Wochen nirgends einen Termin.»

«Und wenn es ein Notfall ist?»

«Es ist kein Notfall. Ich kann doch gehen.»

«Solltest du aber wahrscheinlich nicht.»

«Der Himmel ist blau», sagte Henry.

«Es ist Nacht, also ist er schwarz, Klugscheißer. Gut. Wenn du die nächsten drei Wochen rumhumpeln und es noch schlimmer machen willst, nur zu, aber erwarte nicht, dass ich die Krankenschwester spiele, wenn sie operieren müssen.»

Achtundvierzig Jahre, und noch immer konnte er sich nicht daran gewöhnen, wie schnell ihre Stimmung umschlagen konnte. Manchmal entschuldigte sie sich, doch er hatte gelernt, nicht darauf zu warten. Er hätte gern geglaubt, dass sie es nicht so meinte, aber es war der Ton, der so verletzend war – als hätte er sie, wie ein halsstarriges Kind, absichtlich an die Grenzen ihrer Geduld gebracht.

Ging es wirklich um sein Knie oder eher darum, dass er und Dr. Runco beide gleich alt waren? Er verübelte ihr nicht, dass sie Angst hatte. Er wusste nur nicht, was er tun konnte, außer ihr zu versprechen, dass er nicht sterben würde.

Am nächsten Morgen rief er in der Praxis an, um zu fragen, ob sie seinen Termin vorziehen könnten, falls jemand absagen sollte. Er hatte immer Zeit, und sie wohnten nur drei

Minuten entfernt. Er sagte, sein Knie bereite ihm Schmerzen, was nicht gelogen war. Linda sagte, sie merke ihn vor. Er entschuldigte sich und bat sie noch mal, Dr. Runco alles Gute zu wünschen, doch als er aufgelegt hatte, dachte er, dass es irgendwie falsch klang. Da er selbst seine Privatsphäre schätzte, konnte er sich nichts Schlimmeres vorstellen, als wenn alle Bescheid wussten über die eigenen Angelegenheiten, besonders wenn man hilflos war, und während er sich den ganzen Morgen mit der Steuererklärung beschäftigte, wurde er jedes Mal, wenn ihm die Sache in den Sinn kam, missmutig, und er presste die Lippen zusammen, als wäre er das Objekt seines eigenen unangebrachten Mitleids.

Als Linda ein paar Tage später anrief, um zu sagen, dass ein Termin abgesagt worden war, dachte er, Emily würde sich freuen.

«Das ist jetzt wie lange her, einen Monat? Wärst du rechtzeitig dort gewesen, würde es dir längst bessergehen.»

«Ich bin froh, dass sie mich dazwischenschieben konnten», sagte er und ließ es dabei bewenden. Ein Patt oder ein Remis.

Er rechnete damit, dass Dr. Prasad Inder war, wie mittlerweile viele Ärzte in der Stadt, älter und gnomenhaft, mit Brille, starkem Akzent und weißem Laborkittel, und war auf den hochgewachsenen jungen Mann mit aufgekrempelten Hemdsärmeln und Lederkrawatte nicht vorbereitet, der ihm die Hand schüttelte wie ein Autoverkäufer. Er war Amerikaner, sein Lächeln das offenkundige Ergebnis eines kieferorthopädischen Eingriffs, das Haar gegelt und seidig glänzend wie das eines Models. Er legte Henrys Akte zur Seite und ging in die Hocke, um sein Knie abzutasten, während Henry den Sturz und die Symptome schilderte.

Nein, er habe vorher keine Knieprobleme gehabt. Abgesehen von seinem Cholesterinwert sei er ziemlich gesund.

Der Arzt legte eine Hand an Henrys Schienbein und forderte ihn auf, Gegendruck auszuüben.

«So fest Sie können.»

«Fester geht's nicht», sagte Henry.

Der Arzt umfasste seine Ferse. «Ziehen Sie. Tut das weh?»

«Es fühlt sich schwach an.»

Dr. Prasad stand auf. «LCP. Wahrscheinlich nur ein Teilabriss, aber zur Sicherheit machen wir ein MRT.»

Hinteres Kreuzband. Er dürfe gehen, solle aber Treppen möglichst meiden. Der Arzt verschrieb ihm ein entzündungshemmendes Medikament und vier Wochen Krankengymnastik. Es gebe eine gute Praxis in Oakland und eine weitere in Squirrel Hill, falls das einfacher sei. Es gehe jetzt darum, dass er seine Übungen mache und dem Knie die besten Heilungschancen verschaffe.

«Hat Carmen schon Ihre Größe und Ihr Gewicht ermittelt?»

«Ja», sagte Henry, wohl wissend, was als Nächstes kam. Seltsamerweise fehlte ihm Dr. Runco während der Belehrung am meisten.

Emily hatte recht – er hätte gleich anrufen sollen, nachdem es passiert war. Doch das gestand er ihr nicht. Sie schien zufrieden zu sein, dass nicht operiert werden musste. An den Einzelheiten seiner Krankengymnastik war sie nicht sonderlich interessiert. «Und, hast du irgendwas gehört?»

«Nein.»

«Hast du Linda gefragt?»

«Nein.»

«Du musst fragen. Wie willst du sonst irgendwas erfahren? Ich wusste's doch, ich hätte mitkommen sollen. Du treibst mich wirklich in den Wahnsinn.»

Wie immer verstand er nicht, was er falsch gemacht hatte. «War nicht meine Absicht.»

«Das weiß ich», sagte sie. «Deshalb ist es ja so frustrierend.»

Der zweite Fastensonntag

Bei den Maxwells war Sonntag der Melde-dich-bei-deiner-Mutter-Tag, deshalb hielt er über der umgedrehten Küchenschublade, die er wieder zusammenleimte, inne, als am Spätnachmittag das Telefon klingelte, blickte zu den Deckenbalken hinauf und wartete darauf, dass Emily ranging. Die erwarteten Schritte kamen nicht. Der Apparat klingelte vier-, fünfmal, bevor der Anrufbeantworter ansprang, und anstatt eine Nachricht zu hinterlassen, legte der Anrufer auf. Er hatte gedacht, Emily säße am Kamin und löste ihr Kreuzworträtsel, doch möglicherweise machte sie ein Nickerchen. Es war der ideale Tag dafür, grau und regnerisch, der Parkplatz an der Kirche war ein See. Er beugte sich in die Wärme seiner Arbeitslampe, drückte einen Wulst Klebstoff die letzte Fuge entlang, schraubte den Deckel auf die Tube und presste die beiden Teile behutsam zusammen. Während er sie festhielt, klingelte das Telefon abermals.

«Hier geht's ja zu wie im Taubenschlag», sagte er.

Wieder keine Nachricht.

Es war ein neuer Epoxidkleber, der in dreißig Sekunden wirken sollte. Henry stand mit der Schublade da, achtete darauf, dass er kein Epoxid an die Hände bekam, und zählte leise bis sechzig, bevor er die Lade auf eine saubere Zeitung legte und die Schraubzwingen anbrachte. Es war ein interessantes Problem. Bei normalem Gebrauch war die Schublade strapazierfähig genug, doch während des Kochens hatte Emily in Anfällen von Frustration die Gewohnheit, sie derartig zuzuknallen, dass der überfüllte Besteckkasten gegen die Rückwand stieß und die drei Verbindungen schwächte, bis sie schließlich den Dienst versagten. Ohne die Rückwand als Rahmen löste sich der Boden allmählich von den Seitenwänden, und wenn Emily Wochen später irgendwann die Schublade zu schnell aufzog, kippte der gesamte Inhalt ohne Vorwarnung hinten heraus. Statt zu versuchen, den Schaden gering zu halten, zerrte Emily dann die Bruchstücke heraus, schleuderte sie fluchend auf den Boden und sagte, sie bräuchten neue Schränke, in seinen Augen eine leere Drohung, da sie sich das nicht leisten konnten. Seine Strategie bestand wie beim Olds und dem Rest von Grafton Street Nummer 51 darin, alles am Laufen zu halten und so wenig Geld wie möglich auszugeben, ein Plan, der nur aufging, weil er handwerklich geschickt war. Nach seinem Tod würde das Haus auseinanderfallen, doch dann hätte sie ja, wie er oft witzelte, seine Versicherung. Bis dahin spielte er den Hausmeister, allzeit bereit.

Den Anweisungen zufolge sollte er den Klebstoff fünf Minuten lang aushärten lassen, um die maximale Festigkeit zu erreichen. Er gab ihm dreißig Minuten, was ihm selbst genügend Zeit ließ, die Küche wiederherzurichten, bevor Emily sich ans Abendessen machte. Er überzeugte sich, dass der Deckel festgeschraubt war, hängte die zusätzlichen Schraubzwingen an die Werkzeugwand und schaltete die Lampe aus.

Oben lief leise ihre Musik. Sie saß, so wie er sie verlassen hatte, in ihrem Sessel und löste das Kreuzworträtsel. Neben ihr, mit der Tastatur nach unten, lag das Telefon auf dem Beistelltisch, für den Fall, dass die Kinder anriefen.

«Ich dachte, ich hätte das Telefon klingeln gehört.»

«Stimmt. Ich bin davon ausgegangen, dass du nicht gestört werden wolltest.»

«Und wer war's?»

«Wer ruft denn immer um diese Zeit an?»

Das hieß Arlene. «Die Kinder.»

«Ein kleiner Tipp: Jemand, der keine Nachricht hinterlassen kann.»

«Sie ruft nicht jeden Sonntag an.»

«Aber letzten Sonntag.»

«Sie brauchte Hilfe bei der Türklingel.»

«Ruf zurück», sagte Emily. «Sie hat bestimmt was zu tun für dich.»

Er würde diese sinnlose Eifersucht nie verstehen und dachte, es läge daran, dass er ein Mann war. Was er über Frauen wusste, hatte er von seiner Mutter und Arlene und dann von Emily und Margaret gelernt, alle willensstark und unnachgiebig, wenn auch nicht immer vernünftig. Wie viel Energie sie hineinsteckten, um alten Groll aufzuwärmen. Winzigsten Kränkungen nachspürend, merkten sie sich alles und bildeten neue Allianzen, die ihnen unweigerlich um die Ohren flogen. Zu Arlenes Verdruss war ihre Mutter von Emily angetan, erst recht, nachdem die Kinder geboren wurden, während Arlene, wie Margaret einst das Lieblingskind, Margarets Vertraute wurde. Als ihre Mutter noch lebte, war es eine Bewährungsprobe, mit den vieren zusammen zu sein. Schon früh hatte er von seinem Vater gelernt, wie man den Diplomaten spielte, verständnisvoll gegenüber allen, doch als Ehemann war er letztlich Emily zur Loyalität verpflichtet, auch wenn er manchmal, wie im Fall von Margarets Gewicht, mit ihren Methoden nicht einverstanden sein mochte. Er sah, dass Kenny gegenüber Lisa die gleiche Rolle übernahm, als wäre das unvermeidlich, und wünschte, er hätte ein besseres Beispiel abgegeben. Die Leute waren nicht weniger problematisch, wenn man sich liebenswürdig gab.

Er nahm das Telefon mit in die Küche, gefolgt von Rufus, der hoffte, er würde ihn nach draußen lassen. Henry benutzte es als Vorwand, um hinten auf der Veranda zu stehen und dabei zuzusehen, wie er sich im lückenhaften Schnee ein Fleckchen suchte. Regen tropfte von der Platane.

«Da bist du ja», sagte Arlene.

«Tut mir leid. Ich war im Keller beschäftigt und konnte nicht ans Telefon gehen.»

«Ich dachte, du bist vielleicht auf der Heim- und Gartenausstellung.»

«Nein.» Vor Jahren waren sie einmal dort gewesen. «Und, was ist los?»

Es war ihr Müllschlucker. Sie war gerade dabei gewesen, Zitronenschnitten für den Kuchenbasar der Bücherei zu backen, als der Abfallschredder plötzlich den Geist aufgab. Ob er mal vorbeikommen und ihn sich ansehen könne?

«Hast du den Schalter überprüft?»

«Natürlich als Allererstes.»

«Okay», sagte er, «ich komme vorbei», auch wenn er keine Ahnung hatte, was er in dem Fall tun konnte.

Er befahl Rufus, sich auf die Matte zu stellen, und wischte ihm die Pfoten ab, wobei er sich auf sein gesundes Knie stützte. Die Krankengymnastik half, aber er musste die Küchentheke benutzen, um sich hochzuziehen. «Braver Junge, komm, wir holen dir ein Leckerli.»

Er brachte das Telefon wieder zum Beistelltisch.

«Und?»

«Ihr Müllschlucker funktioniert nicht.»

«Grüß sie von mir.»

«Mach ich», sagte er.

Praktischerweise wohnte Arlene nur zehn Minuten weit weg, in Regent Square. Sie hatte die obere Hälfte eines Zweifamilienhauses gemietet, nur ein paar Straßen vom Frick Park entfernt. Ihre Wohnung war mit den Möbeln ihrer Mutter aus der Mellon Street vollgestellt, an den Wänden hingen dieselben, aus ihrer beider Kindheit vertrauten Bilder, auf den Regalen standen dieselben Bücher, alles war bestens erhalten und doch irgendwie falsch, aus dem ursprünglichen Zusammenhang gerissen. Emily nannte es das Wachsmuseum, und auch wenn Henry Arlenes Geschmack (und den seiner Mutter) verteidigte, graute ihm vor seinen Besuchen, als hätte er seine Schwester durch die Heirat und die Gründung einer eigenen Familie im Stich gelassen.

Ihre Straße war mit roten Backsteinen gepflastert und rutschig. Vor dem Haus fand er eine Parklücke, fuhr hinein und ließ den Olds ausrollen. Er hatte seinen Werkzeugkasten mitgebracht und schleppte ihn den Weg hinauf wie ein Klempner.

Sie musste nach ihm Ausschau gehalten haben. Als er sich der zerbröckelnden Vordertreppe näherte, kam sie auf den Balkon und warf ihren Schlüssel herunter - zu diesem Zweck an einem weißen Plastikfallschirm befestigt, der ihn aber nicht verlangsamte. Sie waren weder Iren noch Katholiken, dennoch hing an ihrer Tür ein farbenfroher Kranz zum St. Patrick's Day, zu frisch, um noch aus ihrer Zeit als Lehrerin zu stammen.

Sie erwartete ihn oben an der Treppe. «Was macht das Knie?»

«Wird schon.»

«Sieht aus, als könntest du dich besser bewegen.»

«Und wie geht's dir?»

«Ich bin bereit für den Frühling.»

Sie trug eine Schürze mit Zuckerstangenmuster und darunter eine scharlachrote Strickjacke, die wie ein Bademantel um sie herum hing. Als Kind war sie größer gewesen als er, bis er ins neunte Schuljahr kam. Jetzt wirkte sie jedes Mal, wenn er sie sah, gebeugt und abgezehrt, als würde sie dahinschwinden.

«Tut mir leid, dass ich dich belästigen muss. Ich hab gedacht, es kann nicht bis morgen warten.»

«Macht doch nichts. Ich hoffe bloß, dass ich irgendwas tun kann.»

Im Wohnzimmer roch es nach Karamellzucker und ihren Zigaretten. Wie ihr Vater in seiner Wohnung machte sie, um Strom zu sparen, kein Licht. Aus einer Ecke in der Dunkelheit leuchtete ein Aquarium, grell wie ein Bierschild. Sie führte ihn an ihrem alten Esszimmertisch vorbei in die Küche, wo sie die wenigen Werkzeuge, die sie besaß, bereitgelegt hatte, darunter einen Hammer.

Wie ein Detektiv reckte er sich übers Spülbecken und leuchtete mit seiner Taschenlampe in den Abfluss.

«Er hat einen Heidenlärm gemacht, bevor er stehenblieb, aber bei Zitronen ist das immer so. Das Ding ist eben alt.»

«Der hier?», fragte er und drückte den Schalter am Fenster. Nichts.

Er drehte den Hahn auf, um zu sehen, ob der Abfluss verstopft war. «Immerhin kannst du das Wasser laufen lassen.»

«Gut zu wissen», sagte sie, als hätte er irgendwas unternommen.

Sie hatte den Schrank unterm Spülbecken ausgeräumt,

damit er an den Schredder herankam – alt, aber in solidem Zustand, keine Sicherungen. Ein gerippter Schlauch lief von der Geschirrspülmaschine zu dem Zylinder, festgehalten mit einer Schelle. Er ließ den Finger an der Unterseite des Schlauchs entlanggleiten, um sich zu vergewissern, dass er nicht undicht war. Er war sich sicher, dass es ein elektrischer Defekt war, ein überhitzter Motor oder eine überhitzte Spule, was außerhalb seiner Möglichkeiten lag. Arbeitszeit und Kosten für Ersatzteile lohnten vermutlich keine Reparatur, und das war gut so – ihr Vermieter musste für einen neuen Müllschlucker aufkommen –, und dennoch, wo sie so dabeistand und ihm zusah, konnte er nicht aufgeben.

Wenn in Jackass Flats irgendwas schieflief, sagten die Techniker: «Das ist nichts Kompliziertes», und hatten damit immer recht. Der Reaktor oder das Triebwerk fiel nie aus. Die Konstruktion funktionierte. Es war immer etwas Banales wie ein Relais oder ein Druckmessgerät, das sie am Abschuss hinderte. Die Lösung konnte so einfach sein wie: Ist der Stecker in der Dose?

Er war drin. Er zog ihn heraus, zählte bis fünf und steckte ihn wieder hinein.

«Versuch's jetzt mal.»

«Tu ich doch.»

«Okay, schalt ihn aus.»

Er stellte die Taschenlampe in die Ecke, sodass sie direkt nach oben leuchtete, drehte sich wie ein Mechaniker auf den Rücken und stieß die Lampe um, die ihm aufs Gesicht knallte. «Herrgott noch mal.» Es war eng, und er drehte sich auf die Seite und lag unbequem auf der Hüfte. Sich verrenkend, einen Arm unter sich eingeklemmt, griff er nach der Verbindung zwischen Abflussrohr und Zylinder, PVC befestigt mit einer gerippten Überwurfmutter. Er hatte seine Schraubenschlüssel dabei. Er konnte das ganze Ding ausbauen, aber das würde eine Weile dauern, und dann konnte sie die Spüle nicht benutzen. Blind tastete er sich an dem Verbindungsstück und dem Rohr entlang, das zu der ausgeschnittenen Öffnung in der Rückwand führte, überprüfte beides auf Feuchtigkeit, und als er nichts entdeckte, untersuchte er den Boden des Zylinders. Das Metall war warm, ein Zeichen, dass der Motor heißgelaufen sein könnte, und als er die Bodenplatte kontrollierte und offene Löcher und Ausbuchtungen spürte, vielleicht Schraubenköpfe, tauchten seine Finger in eine Vertiefung und stießen auf einen Plastikstift, der dem Druckknopf eines Kugelschreibers glich und nachgab, als er ihn berührte. Henry drückte ihn hinein. Er schien an Ort und Stelle zu bleiben.

«Versuch's noch mal.»

Der Motor surrte, der Schredder ratterte und drehte leer.

Aus. An. Alles in Ordnung.

Mit gerötetem Gesicht und leicht benommen schlängelte Henry sich aus dem Spülschrank und rappelte sich wieder auf.

«Was hast du gemacht?»

«Am Boden ist ein Rückstellknopf. Wahrscheinlich war der Schredder überhitzt. Wirf deine Zitronen ab jetzt lieber in den Müll.»

«Danke», sagte sie, als hätte er sie gerettet. Er war froh, gekommen zu sein.

Sie wollte ihm einen Teller Zitronenschnitten mitgeben, aber Emily würde sie nicht würdigen können, deshalb nahm er nur eine, das klebrige, noch warme Mittelstück, das er im Wagen hinunterschlang, während er im Schneematsch die

Penn Avenue entlangfuhr. Aus Versehen atmete er Puderzucker ein und wäre fast daran erstickt, wischte sich dann die Krümel vom Hemd. So gut wie die Zitronenschnitten ihrer Mutter, hätte er am liebsten gesagt, großherzig nach seinem Sieg. Obwohl es bloß Dusel gewesen war und der Zuckerrausch schon bald nachlassen würde, war er einstweilen unmäßig stolz auf sich, voller Wohlwollen – wie Scrooge – gegenüber der ganzen Welt.

Er hatte das Gefühl, schnell gewesen zu sein, doch als er nach Hause kam, hatte Emily mit der Zubereitung des Abendessens schon angefangen – Lammbraten, mit Rosmarinzweigen garniert. Um auf der Küchentheke Platz zu schaffen, hatte sie den Besteckkasten in die Ecke an der Tür verbannt. In der Spüle herrschte ein Durcheinander aus Rührschüsseln und Messbechern.

«Wie geht's Arlene?», fragte sie theatralisch, als würde er es von ihr erwarten.

«Gut.»

«Hast du ihren Müllschlucker repariert?»

«Ja.»

«Prima. Ich hab dein Ding da drüben hingeräumt, es war im Weg. Lass mich das hier bloß eben in den Backofen stellen, danach kannst du machen, was du willst.»

Er wartete, bis sie am Spülbecken Karotten schälte, um die Schublade heraufzuholen und wieder in ihr Fach zu schieben. Er sprühte einen Spritzer Silikonspray auf die Rollen, öffnete und schloss die Schublade, damit es sich verteilte, und stellte den Besteckkasten wieder an seinen Platz.

«Ta-da», sagte er.

«Mal sehen, wie lange es hält», sagte sie und probierte es aus. «Jedenfalls danke.»

Der Rekord

Jeden Abend vor dem Zubettgehen sahen sie sich den Wetterbericht an, doch als der Frühling schließlich kam, war es ein Schock. Als sie eines Morgens aufwachten, hing Nebel in den Bäumen, und Rotkehlchen hüpften auf dem Rasen. Am Mittag war der Schnee geschmolzen, und im Rinnstein glitzerte das abfließende Wasser. Die Sonne schien sie dafür zu belohnen, dass sie den Winter überlebt hatten. Die Krokusse neben der Kellerluke und die Narzissen rings ums Vogelbad streckten die Köpfe heraus. Während Emily mit ihrem Reisbauernhut und auf Knieschonern Unkraut jätete, schaufelte er den getauten Kot auf, bündelte die herabgefallenen Zweige und malte sich aus, wie Ella und Sam Ostereier suchten. Emily zufolge war es zum Mulchen noch zu früh, deshalb begnügte er sich damit, die Futterröhren abzubauen, die Spelzen aufzusaugen und Rufus mit dem Schlauch zu terrorisieren. Auch wenn es noch so kalt war, dass er eine Jacke tragen musste, riss Emily alle Fenster auf und lüftete.

Am nächsten Tag sollte es sogar noch schöner werden. Während der tiefe Süden von Tornados heimgesucht wurde, rechneten die Wetteransager damit, dass es bis zum Wochenende so bleiben würde, bei Temperaturen um zwanzig Grad. Am Freitag bestehe die Chance, dass der bisherige Rekord von 1889 gebrochen werde.

Die Wärme war noch ein zartes Pflänzchen, ein Glücksfall, und dennoch konnte er nicht widerstehen, den Olds aus der Garage zu holen und das Salz abzuwaschen. Er befreite den

Grill aus seinem Winterquartier, und da der kaum noch über Propangas verfügte, hatte er einen Vorwand, zum Home Depot zu fahren, wo ihn das Gartencenter mit Torfballen und Säcken voll Grassamen in Versuchung führte. Auf dem Parkplatz hatten sie ein provisorisches Gehege mit Hartriegeln, Judasbäumen und Fertigschuppen errichtet. Auf der Heimfahrt hörte er einen Teil des Pirates-Spiels in Bradenton, eine weitere Verheißung des Sommers.

Emily taute auf dem Schneidebrett Steaks auf.

«Du kannst Gedanken lesen.»

«Ich sag's dir nur ungern», erwiderte sie. «Das ist nicht so schwer.»

Der Grill sprang beim ersten Versuch an. Er schloss den Deckel, heizte ihn auf zweihundertfünfzig Grad und schlürfte sein Iron City. Das Grillen dauerte nicht lange. Beide aßen ihr Steak gern blutig.

Hätte er die Verandamöbel heraufgeholt, hätten sie draußen essen können. Später machten sie mit Rufus einen Spaziergang um den Block, wobei sie einem weißen Pudel begegneten, der Jean-Luc hieß, zwei kläffenden Pekinesen, mit denen Rufus nichts zu tun haben wollte, und mehreren neuen Bewohnern, die Kinderwagen schoben. Die Hecken trieben Knospen, und es roch nach Schlamm. In der Sheridan Avenue spielten ein paar Kinder Straßenhockey, die Schläger prallten aneinander, und er musste an Kenny und seine Freunde denken, an seine eigenen Kindheitsfreunde, an die Spiele, die sie in der Abenddämmerung ausgetragen hatten, während die Straßenlaternen flackernd angingen und Nachtfalken durch die Dunkelheit herabschossen. Sie nannten sie Nachtfalken, wussten aber nicht genau, was für Vögel es waren. Seit damals hatte er nie wieder welche gesehen und fragte sich, ob er und seine Freunde sie sich bloß ausgedacht hatten. Inzwischen gab es niemanden mehr, der es ihm sagen konnte. Selbst wenn, was spielte es für eine Rolle? Er hatte sie gesehen. Er erinnerte sich an sie, auch wenn er sich irren sollte.

Emily hatte gern frische Luft, deshalb schliefen sie bei offenem Fenster. Als er um vier Uhr aufstand, um zu pinkeln, war es im Zimmer eiskalt. Rufus hatte sich ins Bad verzogen und lag ausgestreckt auf den beheizten Fliesen. Henry versuchte, wieder einzuschlafen, doch die Vögel hatten schon angefangen zu zwitschern. Ein Auto kroch die Straße entlang, rumpelte über einen Gullydeckel und blieb dann mit laufendem Motor direkt vor ihrem Fenster stehen. Eine Wagentür ging auf, es folgten Schritte und das dumpfe Geräusch, mit dem die Zeitung auf den Weg zum Haus klatschte, danach auch bei den Coles, den Marshes und den Buchanans, die ganze Straße entlang bis zur Highland Avenue. Die Austrägerin hieß Mary, eine Nigerianerin mit unaussprechbarem Nachnamen, die ihnen jedes Jahr eine Weihnachtskarte mit Rückumschlag schickte, der für das Trinkgeld bestimmt war. Sie hatten sie noch nie zu Gesicht bekommen, doch einmal hatte er auf dem Weg zurück ins Bett ihren Wagen erblickt, einen kastenförmigen Kombi, der tagsüber vermutlich als Sammeltaxi diente. Es kam ihm übertrieben vor. Er hatte seine Route immer zu Fuß erledigt, und er war damals zehn gewesen. Er konnte noch jedes Haus vor sich sehen, die Route Straße für Straße abgehen, während seine Tasche allmählich leichter wurde. Und das tat er jetzt, rief sich die Türen und Veranden ihrer Nachbarn ins Gedächtnis, warf die Zeitungen wie Tomahawks, und plötzlich war er in Deutschland, an dem Kanal, wo sie den untergegangenen

Panzer gefunden hatten, nur dass auf einmal Duchess da war, noch am Leben, und er kniete sich hin, schlang die Arme um sie und sagte, sie sei seine Brave, seine Gute, sie sei sein feinstes, bestes Mädchen.

Er erwachte in der Kälte, in die Decke gemummelt.

«Mit offenem Fenster ist es viel schöner», sagte Emily. «Wie hast du geschlafen?»

«Mir war tatsächlich ein bisschen kalt.»

«Sollen wir die Plätze tauschen?»

«Nein.»

Es war ein Ritual, wie der Kirchenbasar oder die Blumenausstellung. Ohne das wäre die Jahreszeit unvollkommen gewesen.

Als er Rufus nach draußen ließ, musste er an Duchess denken. Wie lange war sie inzwischen tot? Schon ein Jahr länger, als sie Rufus hatten, also vier Jahre. *Duchess, Duchess, wie du durch die Pfützen patschtest.* Immer schnarchend oder schlabbernd, war sie so sehr sein Hund gewesen, wie Rufus Emilys Hund war. Sie fehlte ihm noch, auch wenn er inzwischen seltener an sie dachte, was ihm falsch vorkam, nach der großen Zuneigung.

Er zog im Wohnzimmer die Vorhänge zurück, schloss die Haustür auf und holte die Zeitung – kein Tomahawk, sondern zusammengefaltet in einer grünen Plastiktüte. Er streifte die Hülle ab und warf sie auf dem Weg zum Frühstückstisch in den Küchenmüll, als die Schlagzeile ihn erstarren ließ: FÜNF TOTE BEI SCHIESSEREI IN HIGHLAND PARK.

«Was ist los?» Emily nahm ihm die Zeitung ab. «Mach mal die Nachrichten an.»

Ein Werbespot lief, dann wurde über eine Kirche in McKees Rocks berichtet, wo es angeblich das beste Fischessen in der

Fastenzeit gab. Am unteren Rand des Bildschirms lief in blutroter Schrift die Nachricht, dass die Polizei noch nach zwei Verdächtigen fahnde. Später am Morgen habe der Bezirksstaatsanwalt den Tatort aufgesucht und eine Erklärung abgegeben. Nicht zufällig kandidierte er für das Amt des Generalstaatsanwalts, und die Vorwahl stand kurz bevor.

«Das ist so sinnlos», sagte Emily. «Eine der Toten war schwanger. Wo ist 1431 Euclid Avenue?»

«Oben am Park, auf der anderen Seite der Highland Avenue.»

«So nah?»

Er wollte sie nicht beunruhigen. «Wahrscheinlich ging's um Drogen. Da drüben gibt's jede Menge Mietwohnungen.»

Ein Schriftzug kündigte eine Eilmeldung an.

«Da haben wir's», sagte sie.

«Die Polizei spricht von einem Überfall», begann der junge schwarze Reporter, der normalerweise von Wasserrohrbrüchen oder von Autos berichtete, die in Häuser gerast waren. Er stand in einer Backsteingasse, die mit gelben Tatortschildern übersät war, das im Vordergrund trug die Nummer 33. Die Kamera schwenkte über einen Garten, in dem ein billiger Grill zwischen umgestürzten Stühlen stand.

«Das sind unsere Gartenstühle», sagte Emily, und es stimmte. Alle aus der Gegend kauften im Home Depot ein.

«Die Polizei sagt, dass gestern Abend gegen neun Uhr jemand mit einer Handfeuerwaffe Kaliber vierzig genau hier stand und Schüsse in ein Nachbarschaftstreffen hinter diesem Haus in der Euclid Avenue feuerte. Als Partygäste in Panik auf die Hintertür zurannten, eröffnete ein zweiter Verdächtiger, der sich hinter diesem Zaun versteckt hatte, mit einem Sturmgewehr das Feuer auf sie.»

«Komisch, dass wir nichts gehört haben», sagte Emily.

«Noch dazu bei offenem Fenster.»

«Neun Uhr.»

«Da haben wir uns diesen Film angesehen.»

«Bei dem ich eingeschlafen bin.»

Genau wie sie hatte die Familie, die 1431 Euclid Avenue wohnte, mit Grillen das gute Wetter gefeiert, im Laufe des Abends waren Freunde dazugekommen. In der Grafton Street hatten sie das auch immer gemacht. Doug Pickering hatte die Gartenfackeln angezündet, damit alle wussten, dass die Bar eröffnet war, und dann brachten alle ihre Stühle mit und bildeten einen Kreis, der immer größer wurde, wenn neue Leute aufkreuzten, während die Kinder im Garten herumrannten und Fangen spielten. Der Gedanke, jemand könnte sie überfallen, wäre völlig absurd gewesen. Auf dieser Seite der Highland Avenue würde so etwas nie passieren, aber das hätte er vor dreißig Jahren über die Mellon Street auch gesagt. Die Euclid Avenue war von dort die nächste Straße in ihre Richtung. Die einzige wirkliche Überraschung war die Waffe, ein AK-47.

«Wer tut so was?», fragte Emily.

Ein Soldat, wollte Henry sagen. Ein junger Kerl, der denkt, er befindet sich im Krieg. Er sah vor sich, wie der Militärbulldozer damals beim Räumen der Brücke einen Berg von Toten wie Schutt weggeschoben hatte. Im flachen Wasser waren, mit dem Gesicht nach unten, weitere Leichen getrieben, als versuchten sie, ans Ufer zu schwimmen. «Keine Ahnung. Es ist schrecklich.»

«Ich hoffe, sie finden die Leute.»

«Der Staatsanwalt hat bestimmt alle Polizisten auf den Fall angesetzt.»

Als sie später am Vormittag die Himbeersträucher an der Einfahrt zurückschnitten, flog ein Hubschrauber über sie hinweg, dicht gefolgt von einem zweiten. Statt sich zu entfernen wie der Rettungshubschrauber, verharrten sie dröhnend, mit wirbelnden Rotoren, an Ort und Stelle, als bereiteten sie sich auf einen Angriff vor. Sie blieben während der Mittagsnachrichten und schossen Live-Bilder, die Henry und Emily sich beim Essen ansahen.

«Was ist mit Channel 2», fragte Emily, «können die sich keinen leisten?»

Von oben wirkten das Haus und der Garten unscheinbar. Henry musste an Gettysburg denken, das große Schlachtfeld, inzwischen in nichtssagende Wiesen verwandelt. Anstelle eines marmornen Obelisken und diverser Denkmäler mit dorischen Säulen dienten hier Teddybären und Blumen, die rings um einen Telefonmast aufgehäuft waren, dem Gedenken an die Toten. Drei von ihnen waren Schwestern. Der Bezirksstaatsanwalt sagte, ein männliches Familienmitglied, das noch im Koma lag, könnte das Ziel eines Vergeltungsschlags für eine frühere Schießerei gewesen sein. Führende Persönlichkeiten planten für Freitagabend einen Trauermarsch und eine Mahnwache. Es gab eine Website, wo die Leute für einen extra eingerichteten Fonds spenden konnten, um den Familien der Opfer zu helfen.

«Überleg mal, wie viel eine Beerdigung heute kostet», sagte Emily. «Und dann stell dir vor, du müsstest drei auf einmal bezahlen.»

Seine eigene hatte er sich oft ausgemalt, bekümmert über das Chaos, das er ihr hinterlassen würde. «Kann ich nicht.»

Beide Hubschrauber kehrten um fünf Uhr zurück, als könnte es etwas Neues zu sehen geben. Innerhalb der Absperrung lagen die umgekippten Stühle. Die noch junge Großmutter, die ihre drei erwachsenen Töchter verloren hatte, rief dazu auf, Frieden zu bewahren. «Wer das getan hat, muss sich nicht vor mir verantworten, sondern vor Gott.» Die Polizei setzte für Hinweise zehntausend Dollar Belohnung aus.

«Meinst du, sie wissen es nicht?», fragte Emily.

«Die Polizei?»

«Die Familie. Irgendjemand weiß Bescheid. Die erzählen uns nicht alles.»

«Das können sie bestimmt nicht.» Auch wenn er ihr im Innersten zustimmte und genauso neugierig war wie sie, kam es ihm falsch vor, Mutmaßungen anzustellen, als wäre es einer ihrer Krimis. Letztlich spielte es keine Rolle, wer sie umgebracht hatte. Das Rätsel war, wie es mit ihrer Nachbarschaft - mit der Welt - so weit hatte kommen können.

In jener Nacht im Bett lauschte er, während sie den Schlaf der Unschuldigen schlief, dem Summen der Straßenlaterne, dem Wind in den Bäumen und dem fernen Verkehrslärm und rechnete ständig mit Schüssen. Beim Konvoifahren im Krieg hatte er gelernt, wie man ein kurzes Nickerchen machte und beim leisesten Geräusch aufwachte. Sobald sich die Fahrzeugschlange in Bewegung gesetzt hatte, döste er ein, doch wenn jemand leicht auf die Bremse getreten war, schreckte er auf wie ein Wachhund. Im Feldlager war er den ganzen Tag auf der Pritsche geblieben. Jetzt konnte er sich glücklich schätzen, zwischen den Toilettengängen sechs Stunden Schlaf zu finden. Rufus trat gegen die Kommode und strampelte im Schlaf. Ein Zug rollte durch East Liberty, sein Pfeifen ein Klageton, eine Warnung, und er dachte an die Brücke bei Freiburg, daran, wie sie hinterher gelacht hatten, weil alles so einfach gewesen war. Der Feind hatte aus Jugendlichen und alten Männern bestanden, örtlichen Bauern, die für dieses letzte Gefecht noch eingezogen worden waren, bewaffnet mit ihren eigenen Jagdgewehren. Das Kaliber-50-Maschinengewehr zerfetzte sie. Er schob Gurt um Gurt nach, während Embree den Lauf immer wieder über den Boden schwenkte und Asphaltbrocken aufspritzen ließ. Als sie später beim Wegräumen der Leichen halfen, stieß Embree auf einen Enthaupteten. «Ooh», sagte er wie Elmer Fudd und legte sich den Finger aufs Kinngrübchen, «war ich das?», und vor Erleichterung, Erschöpfung oder aus Dankbarkeit, am Leben zu sein, lachten sie. In der Euclid Avenue waren die Mörder nicht dageblieben, um zu sehen, was sie angerichtet hatten. Das war der entscheidende Unterschied, dachte Henry. Wenn man hinterher aufräumen musste, verstand man überhaupt erst, was etwas, das man getan hatte, bedeutete.

Wie versprochen war der Freitag der schönste Tag der Woche. Über Nacht waren beim Hartriegel der Coles und der Magnolie der Millers die Knospen aufgeplatzt, die ganze Stadt in Blüte, überflutet von Pollen. Am Spätnachmittag überstieg die Temperatur fünfundzwanzig Grad. Unter diesen Umständen kam es ihm falsch vor, dass sie den Rekord brechen sollten. Der Wetteransager feierte es mit einem virtuellen Konfettiregen, als hätten sie etwas gewonnen. «Morgen erwarten uns Regenschauer, also genießen Sie es.» Die Ermittlungen hatten nichts Neues erbracht, es gab nur immer die gleichen Sprüche von Familie und Staatsanwalt. Die erste Beerdigung sollte am Nachmittag des folgenden Tages stattfinden. Als er und Emily nach dem Abendessen, kurz vor Sonnenuntergang, Rufus ausführten, stellte sich

Henry vor, sie würden zu dritt die Highland Avenue überqueren, zur Euclid Avenue weitergehen und sich aus Solidarität dem Marsch anschließen. Aber er befürchtete, sie wären nicht willkommen.

Am nächsten Morgen überlegte er, dort vorbeizufahren. Er musste zum Home Depot, um Säcke für Gartenabfälle zu besorgen, und auch wenn die Euclid Avenue nicht an der Strecke lag, würde er nur fünf Minuten länger brauchen. Er wusste nicht genau, was er erwartete, über das hinaus, was schon in den Nachrichten zu sehen gewesen war, und er wusste auch nicht, was, abgesehen von der räumlichen Nähe und dem Reiz des Verbrechens, die Morde für ihn so anziehend machte. Er fand den Gedanken makaber, ungebührlich. Welche Art von Neugier versuchte er zu befriedigen? Es mochte einmal sein Viertel gewesen sein, doch er hatte seit fünfzig Jahren keinen Fuß mehr hineingesetzt. Der einzige Ort, mit dem er etwas zu tun hatte, war die Mellon Street, und auch da kannte er niemanden, und niemand kannte ihn. An der Highland Avenue bog er links ab nach East Liberty und in Richtung Home Depot. Statt stolz darauf zu sein, dass er widerstanden hatte, fragte er sich, warum er überhaupt in Versuchung gekommen war, und vermutete, wenn die Euclid Avenue auf seinem Weg gelegen hätte, wäre er auch die Gasse entlanggefahren.

Der Regen kam und in seinem Gefolge die Kälte. In der Nacht schliefen sie bei geschlossenem Fenster. In den frühen Morgenstunden glaubte er zu hören, dass sich ein Hubschrauber näherte. Als er übers Haus flog, folgte der Doppler-Effekt, und das pfeifende Geräusch des Rotors verwandelte sich in das Dröhnen eines Düsenflugzeugs, einer harmlosen Frachtmaschine unterwegs nach New York oder Boston.

Die Berichterstattung war gnadenlos, unentrinnbar. In der Sonntagszeitung stand ein langer Artikel über *Redlining* und Waffengewalt. In der Kirche las der Geistliche bei den Gebeten für die Menschen die Namen der Toten vor, und beim anschließenden Kaffeetrinken sagten Judy Reese und Martha Burgwin, sie hätten von ihrer Putzfrau, deren Tante die Großmutter kenne, gehört, der Ex-Freund der mittleren Tochter sei Drogendealer. Henry nahm an dem Gespräch nicht teil und entschuldigte sich, um den Kekstisch abzugrasen. Später, als Kenny anrief, war es das Erste, wovon er und Emily sprachen. Als sie das Gerücht nachbetete, stellte Henry zu seiner Überraschung fest, dass er verärgert war, als würde sie Geheimnisse ausplaudern.

«Es ist der reinste Zirkus», sagte Henry, als sie ihm endlich das Telefon gab. «Bis ihr herkommt, hat sich mit Sicherheit alles beruhigt. Dann wird jemand in Homewood erschossen, und die ganzen Fernsehcrews ziehen dorthin.»

Er riss zynische Witze, wie so oft, wenn er mit Kenny telefonierte. Eigentlich glaubte er nicht, was er sagte, er schwadronierte bloß herum, doch dann passierte genau das. Ein Mann, den man aus einer Bar geworfen hatte, kehrte mit einer Waffe zurück und erschoss drei Menschen, darunter den Inhaber, eine feste Größe in Homewood, dafür bekannt, dass er das Pop-Warner-Team trainierte. Viele seiner ehemaligen Spieler nahmen an dem Trauermarsch teil. Man überlegte, einen Sportplatz nach ihm zu benennen.

Unterdessen hinkten die Beerdigungen für die Opfer aus der Euclid Avenue hinterher, vermischten sich mit denen in Homewood, und die Nachrichten warfen alles in einen Topf, als bestünde eine Verbindung zwischen den Schießereien. Zunächst hatte Henry vorgehabt, etwas für den Fonds zu spenden, der eingerichtet worden war, um den Familien zu helfen. Doch plötzlich war er unschlüssig, misstraute seinen Beweggründen, fürchtete, sie könnten rührselig oder herablassend sein. Sie hatten schon in der Kirche und an United Way gespendet, deren Programme den Vierteln zugutekamen. Mehrmals überlegte er, die Sache mit Emily zu besprechen oder ohne ihr Wissen anonym über den Computer zu spenden, doch als die Tage verstrichen und die Toten zur letzten Ruhe gebettet wurden, war sein Bedürfnis nicht mehr so dringlich, und am Ende unternahm er nichts.

Frühling im Anmarsch

Ausgerechnet Margaret erinnerte ihn daran, die Uhren umzustellen. Er hatte es irgendwie gewusst, doch wie so viele unwesentliche Dinge war es in der wachsenden Zahl unerledigter Aufgaben und Besorgungen untergegangen. Sie hatten tagtäglich im Garten gearbeitet, und bei Einbruch der Dunkelheit war er bettreif gewesen.

«Ist es schon wieder so weit?»

«Ich weiß», sagte sie. «Ich wache sowieso zu früh auf. Ich muss nicht noch eine Stunde Schlaf verlieren. Du hast doch von der Studie gehört, die besagt, dass die Zeitumstellung zu Unfällen führt.»

«Nein.»

«Die Leute schlafen am Lenkrad ein.»

«Kann ich mir vorstellen», pflichtete er ihr bei, aber nachdem sie sich verabschiedet hatten, dachte er, dass es ihr ähnlich sah, sich an das Morbide zu klammern. Sie war ein komischer Vogel, wie seine Mutter einmal gesagt hatte. Wenigstens hatte sie nüchtern geklungen, aber da er seinen Scotch schon fast ausgetrunken hatte, konnte er es vielleicht nicht allzu gut beurteilen.

«Ich wüsste gern», sagte Emily, «warum sie am Donnerstagabend anruft. Was hat sie denn den ganzen Sonntag gemacht?»

«Soll ich raten?»

«Lass das. Sei so gut.»

Sie würden es nie erfahren. Wie alle Suchtkranken war sie

geheimnistuerisch, eine geübte Lügnerin. Als kleines Mädchen hatte sie Schokoriegel in ihrem Wandschrank versteckt. Als Jugendliche waren es Zigaretten gewesen, dann Gras und Pillen. Emily hatte regelmäßig ihre Schuhkartons kontrolliert. Jetzt würde sie überall im Haus Flaschen bunkern - im Keller, im Wäscheschrank oder hinten in den Kleiderschränken. Jeff sagte, er behalte das im Auge, doch sie hatte nur eine Teilzeitstelle. An den Nachmittagen war sie meistens allein, bis die Kinder aus der Schule kamen.

Vielleicht war sie trocken. Es ließ sich nicht sagen. Er dachte, er sollte nachsichtiger sein, aber nach all den Problemen hatte er gelernt, seine Hoffnungen zu dämpfen. Ihm machte man nur ein einziges Mal etwas vor.

Vor ihrem Anruf hatte er überlegt, ob er noch einen Dewar's trinken sollte. Jetzt tat er es aus Prinzip und erinnerte sich an seine Familiengruppe bei den Anonymen Alkoholikern. Er würde keine Geisel ihrer Probleme sein.

«Du kriegst bestimmt einen Brummschädel», sagte Emily.

«Den hab ich schon, und zwar euretwegen», sagte er und zeigte auf sie und Rufus. Am Morgen hatte sie recht gehabt. Am liebsten hätte er Margaret die Schuld gegeben.

«Du solltest auf mich hören», sagte Emily.

«Ja, sollte ich.»

«Mir ist es egal, wir mulchen trotzdem.»

«Solange wir es gemächlich angehen.»

Die Aufgabe schien jedes Jahr vertrackter zu sein, denn der Garten ergriff allmählich Besitz vom Grundstück. In der Garage kramte er ein verkrustetes Paar Arbeitshandschuhe hervor und belud die Schubkarre mit einer Schaufel, zwei Rechen, einer Forke und einem Kantenstecher, deren Stiele wie ein Bug nach vorn ragen mussten, damit er es durch das

Tor schaffte. Seine alte Schere war stumpf. Es ging schneller, wenn er das Plastik mit bloßen Händen zerriss. Der Mulch war feucht und kalt und stank wie Kompost. Auf halbem Weg zum Vogelbad hatten sie fast alles verbraucht, und Henry musste wieder zum Home Depot fahren, um neuen zu besorgen. Mit jedem Sack senkte sich das Heck des Olds tiefer, und die Federung quietschte. Am Ende des Tages war noch die ganze rechte Seite zu erledigen. Ihm tat das Kreuz weh. Bei Emily waren es die Finger. Beide nahmen eine Schmerztablette und gingen früh ins Bett.

Am Samstag hing der Himmel tief, und das Home Depot war überlaufen. Sie brauchten den ganzen Morgen, um fertig zu werden, und ein dunstiger Nieselregen benetzte ihre Gesichter und durchnässte ihre Kleidung. Rufus sah ihnen gelangweilt von der Verandatür aus zu. Es war ein Tag zum Drinnenbleiben, dachte Henry, doch der Garten sah gut aus, und er war froh, fertig zu sein. Nach einer heißen Dusche aßen sie Tomatensuppe mit Käsetoast, früher ein Lieblingsessen der Kinder. Emily machte ein Nickerchen und ließ ihm die Freiheit, im Keller zu werkeln. Er stellte an seinem Transistorradio das Pirates-Spiel in Bradenton ein, stöpselte die Stichsäge ein und schnitt die Teile für ein Gewürzregal zu, das er für Chautauqua anfertigte. Er schmirgelte und beizte alles auf der Werkbank und geriet in einen angenehmen Rhythmus. Das Spiel ging ins zehnte Inning und endete mit einem unbefriedigenden Unentschieden. Als er auf die Uhr blickte, sah er mit Bestürzung, dass es schon kurz vor fünf war.

Nach den Lokalnachrichten erinnerte der Sprecher die Zuschauer daran, die Uhren vorzustellen. Die landesweiten Nachrichten zeigten einen Bericht dazu, warum Ben Franklin die Sommerzeit erfunden hatte und dass mehrere Staaten sie wieder abschaffen wollten. Henry brauchte ihnen nicht zu sagen, wie willkürlich Zeit war. Jahrelang war er einem starren Zeitplan gefolgt und um halb sechs aufgestanden, damit er um sieben im Labor war. Jetzt wusste er nicht mal, welchen Wochentag sie hatten, geschweige denn, welches Datum. Um den Kalender kümmerte sich Emily, wies ihn wie eine Sekretärin auf Termine und die Geburtstage der Enkel hin, doch meistens gehörte seine Zeit ihm selbst. Wie ein Farmer verfolgte er die Jahreszeiten, mit einem Auge das Wetter im Blick. Eine Stunde zu verlieren oder zu gewinnen, das spielte für ihn keine Rolle. Es war eine Frage simpler Relativität, wie beim Jetlag. Die Sonne hatte sich nicht bewegt, nur die eigene Position.

Wie alles Mechanische im Haus der Maxwells fielen die Uhren in seine Verantwortung. Er wartete, bis Emily so weit war, sich ins Bett zu begeben, und ging im Erdgeschoss von Zimmer zu Zimmer. Sie benutzte den Herd und die Mikrowelle tagtäglich, behauptete aber, nicht zu wissen, wie man die Zeit umstellte. Was würde sie anfangen, wenn er tot war? Sein Computer und die Atomuhr auf dem Bücherregal würden sich automatisch umstellen. Er zog die Schwarzwälder Kuckucksuhr am Frühstückstisch auf, wobei er den Vogel zum Leben erweckte, drehte dann den Schlüssel im Zifferblatt der Standuhr, und als der Minutenzeiger eine ganze Umdrehung vollendete, ertönte ihr Gongschlag. Nachdem er die Türen abgeschlossen und das Licht ausgeschaltet hatte, sah er, dass die Stereoanlage noch leuchtete.

«Knifflig», sagte er, weil er das immer vergaß.

Oben hatte Emily das Licht im Bad für ihn angelassen und lag lesend im Bett, der dösende Rufus zu ihren Füßen. Henry kümmerte sich um die Radiouhren in den Kinderzimmern und die Banjo-Uhr im Hobbyraum, bevor er die Uhr seines Vaters eine Stunde vorstellte und sie auf die Kommode legte.

«Jetzt sind wir offiziell in der Zukunft.»

«Was?» Emily ließ ihr Buch sinken.

«Für die nächsten paar Stunden leben wir in der Zukunft.»

«Toll», sagte sie. «Ich lese gerade.»

Die neue Zeit kam ihm falsch vor. Eigentlich war es noch nicht spät, doch er hatte keine Lust zu lesen und fand es unnötig, seine Lampe einzuschalten. Vom Heben der Mulchsäcke schmerzte sein Rücken. Er streckte sich und nahm die Wärme der Heizdecke in sich auf. Er hatte vergessen, seine Schmerztablette zu nehmen. Zu spät. In drei Stunden würde er sowieso aufstehen müssen, um zu pinkeln.

Schließlich schlug Emily ihr Buch zu und drehte sich, auf einen Ellbogen gestützt, von ihm weg.

«Ich stelle meinen Wecker auf acht», warnte sie ihn vor.

«Ich schätze, wir brauchen keinen Wecker», sagte er, doch am Morgen träumte er noch und wollte nicht aufstehen.

Es war zu früh. Der Rücken tat ihm weh, und seine Augen brannten, als hätte er zu lange vor dem Computer gesessen. Beim Zähneputzen entglitt ihm die Kappe der Zahnpastatube und hüpfte über die Waschtischplatte. Er versuchte, sie mit einer Hand zu fangen und streifte sie vom Glas der Duschkabine, woraufhin sie in die Ecke hinter der Toilette rollte. Steif, vorgebeugt, sich auf den geschlossenen Deckel stützend, griff er nach der Kappe, als sich plötzlich sein Rücken verkrampfte und er sich ächzend aufrichten musste. «Verdammt.»

Das einzig griffbereite Werkzeug war der Pümpel, den er unverzüglich verschmähte. Schließlich benutzte er ein

Handtuch, mit dem er schlaff in der Ecke herumwedelte. Beim dritten Versuch erwischte er die Kappe, aber als er sie hervorzog, stieß er an die Toilettenrolle, sodass der Halter aus der Federung heraussprang und das Papier sich auf dem Boden entrollte.

«Nichts ist einfach», sagte er, eine Feststellung, die sein Vater auf das Universum bezog, wenn er wegen einer verschlissenen Schraube oder eines stehengebliebenen Motors frustriert war, und wohlüberlegt, mit der grimmigen Effizienz eines Auftragsmörders, wickelte er die Rolle auf und hängte sie wieder an ihren Platz, spülte die Kappe ab, schraubte sie auf die Tube und stopfte das Handtuch in den Wäschekorb.

Wie jedes Frühjahr war die Uhr im Olds die letzte, die er umstellte, wofür er nur einen Knopf drücken musste. Nach dem Vorfall im Bad fuhr er vorsichtig, in Erinnerung an Margarets Worte. In der Kirche betete er für sie, für alle, die sich in den Klauen einer Sucht befanden, und ihre Angehörigen. Ausnahmsweise freute er sich darauf, mit ihr zu reden. Er wollte ihr von dem Missgeschick mit der Zahnpastakappe erzählen und sagen, sie habe recht gehabt – nur eine Kleinigkeit, bei der sie übereinstimmten, aber immerhin etwas. Er wusste, sie würde sich gern vorstellen, wie er den Narren spielte und seine Tollpatschigkeit übertrieb, um sie zum Lachen zu bringen. Als sie noch ein kleines Mädchen war, hatte er sich immer Geschichten für sie ausgedacht. *Bitte*, hatte sie gesagt. *Bitte-bitte? Okay. Es war einmal ein mutiges kleines Hühnchen, das hieß Margaret.* In der Geschichte ging es um einen Fuchs, einen Hund und einen Hühnerstall, er konnte sich nicht mehr erinnern. Vielleicht wusste sie es noch. Er wartete den ganzen Nachmittag auf ihren Anruf, aber vergeblich.

Der Fürchterliche Vierer

Am Karfreitag sollten Kenny, Lisa und die Enkelkinder gegen fünf landen, das hieß, Henry würde sowohl auf der Hin- als auch auf der Rückfahrt im Tunnel mit dem Stoßverkehr zu kämpfen haben. Die ganze Woche wappneten sie sich für die Invasion, brachten das Haus in Ordnung, machten Betten und leerten Kommoden. Emily plante die Mahlzeiten wie ein General, ihre Rezepte auf dem Esszimmertisch ausgelegt. Weihnachten war ihr Kartoffelbrei versalzen gewesen, und auch wenn Arlene sie darauf hingewiesen hatte, erinnerte sie sich vor allem daran, wie schnell Lisa ihr zugestimmt hatte.

«Sie hätte nichts zu sagen brauchen», sagte Emily. «So hätte es ein höflicher Gast gemacht. Von Arlene erwarte ich nichts anderes. Du würdest so was doch nicht tun, oder?»

«Nein.» Seine Mutter hatte ihm beigebracht, alles auf seinem Teller zu essen, ohne sich zu beklagen, ein Rat, den er wohl oder übel ein Leben lang beherzigt hatte.

«Nein, denn das ist unhöflich. Ich mache nie wieder welchen.»

«Aber ich esse deinen Kartoffelbrei gern.»

«Sag ihr das. Vielleicht macht sie dir dann welchen.»

Sie und Lisa waren gleich zu Beginn aneinandergerasselt, sie passten einfach nicht zusammen, doch als er Emily bei Penn Mac im Strip District dabei zusah, wie sie für die Appetithappen am Samstag teuren Ökokäse aussuchte, spürte er, dass sie Lisa immer noch zu beeindrucken hoffte, so wie sie es vor Jahren bei seiner Mutter getan hatte. Seine Mutter hatte sie deswegen gemocht, weil Emily sich bemühte – ein Kleinstadtmädchen, das so offenkundig überfordert war und im Club die Butter mit dem Fischmesser auf ihr Brötchen strich. Seine Mutter hatte die Gabe gehabt, als Hausherrin dafür zu sorgen, dass alle sich wohlfühlten. Lisa verspürte keine derartige Verpflichtung, und er hätte Emily am liebsten gesagt, sie solle sich keine Gedanken machen. Es gab Menschen, die sich nicht um einen scherten, egal, wie sehr man sich auch bemühte.

Am Donnerstag, mitten in ihren Vorbereitungen, sollte Henry Golf spielen gehen. Fred Knapp war aus Sarasota zurück und hatte für zehn Uhr einen Platz in Buckhorn bekommen. Henry erklärte sich bereit abzusagen, doch Emily sagte, er solle fahren. Es war für ihn das erste Mal, und das Wetter war perfekt. Sie hatte alles, was sie für die Lasagne brauchte, und wollte den ganzen Tag kochen. Da stünde er sowieso nur im Weg.

«Vielleicht kommen wir nächste Woche mal raus», sagte er.

«Ich muss erst den heutigen Tag überstehen.»

Als er seine Schläger in den Olds lud, dachte er, dass er nach fünfzig Jahren immer noch daran arbeiten musste, sie richtig einzuschätzen. Nicht dass er falschlag. Sie klang, als fühlte sie sich ausgenutzt, doch wenn er bliebe, wäre alles noch schlimmer. Sie wollte wirklich, dass er fuhr. Zugleich war es ihr wichtig, dass er das Opfer würdigte, das sie brachte, obwohl sie, wenn jemand fragte, sagen würde, es sei kein Opfer, sie koche gern.

Golf war einfacher. Ihre Vierergruppe spielte schon seit Mitte der siebziger Jahre zusammen, als sie alle noch im

Labor standen, und ihr Spiel war, genau wie ihre Persönlichkeit, unumstößlich. Fred, der das ganze Jahr hindurch spielte, hatte einen weiten Abschlag und einen phantastischen Slice, wohingegen Cy Wallace kurz blieb und den Ball schnurgerade das Fairway entlangschlug. Henrys Stärke war das Chippen, während sein Partner Jack Beeler von seinem Putten lebte. Gemeinsam hatte der Fürchterliche Vierer im Lauf der Zeit ein Dutzend Firmenturniere gewonnen, und auch wenn sich jeder Einzelne von ihnen inzwischen bemühte, unter achtzig Schläge zu kommen, war der Wettkampf mit Zählkarte - nach lebenslangem Streben der höchste Preis - umso heftiger. Der Verlierer bezahlte das Mittagessen.

Auf dem Parkway in Richtung Innenstadt staute sich der Verkehr bis Churchill, und auch wenn er es nicht eilig hatte, kam er sich wie ein Schulschwänzer vor, als er an dem Stau vorbeibrauste. Murrysville war auf eine langweilige Art exotisch, eine einzige lange Einkaufsmeile mit Läden, die er nie betreten würde. Neben ihm schlängelte sich ein Bach, während er in die Hügel hinaufdrang, die Straße gesäumt von Briefkästen und Ranchhäusern, vor denen Landschaftsgärtner auf Rasentraktoren über ausgedehnte, mit Forsythien und Wunschbrunnen gesprenkelte Rasenflächen glitten. Er konnte sich nicht vorstellen, hier draußen zu wohnen, obwohl es näher zum Labor und wahrscheinlich billiger war. Bestimmt auch ungefährlicher. Es war zu spät. Er war in der Stadt geboren und würde auch dort sterben. Er konnte nicht erklären, warum, doch der Gedanke erfüllte ihn mit Stolz.

Entworfen von Arnold Palmer, sollte Buckhorn das Herzstück einer exklusiven neuen Siedlung werden, eine Gemeinde aus maßgefertigten Häusern, die sich um einen Golfplatz scharten, auf dem Meisterschaften ausgetragen wurden. Die Bauarbeiter hatten erst die hinteren neun Bahnen fertiggestellt, als die Bank alles zwangsversteigern ließ. Zurück blieb ein Gewirr leerer Stichstraßen und eine im Schilf am zweiten Abschlag vor sich hin rostende Planierraupe. Der Platz war gut gepflegt, doch die neun Löcher waren für Ligaspiele nutzlos, und mitten in der Woche konnte man sich darauf verlassen, dass er frei war. Als Clubhaus diente der stehengelassene Trailer des Bauleiters, an den eine druckimprägnierte Veranda und eine Snackbar angebaut worden waren. Jacks Caddy war neben den Golfwagen geparkt, und Jack saß auf der hinteren Stoßstange und zog seine Spikes an. Außer zwei schlammverschmutzten Pick-ups am anderen Ende des Parkplatzes waren nur zwei riesige Geländewagen und eine Corvette nebeneinander geparkt.

«Sind sie schon auf dem Platz?», fragte Henry.

«Vermutlich. Ich hab sie nicht gesehen. Wie war dein Winter?»

«Gut, und deiner?»

«Lang.»

«Versteh schon. Aber es wird nicht besser.»

«Da kommen sie», sagte Jack, als Fred und Cy zusammen anhielten. «Besser spät als nie.»

Cy fuhr einen neuen Acura. Neben Henrys Olds sah er futuristisch aus, eckig und kantig wie ein Tarnkappen-Kampfjet. Emily hätte gesagt, der Wagen sei zu jung für ihn.

«Was ist los», fragte Jack, «hast du in der Lotterie gewonnen?»

«Das ist das Modell vom letzten Jahr. War ein günstiges Angebot.»

«Ziemlich schick.»

Fred war für die Jahreszeit ungewöhnlich braun und trug eine alte Windjacke mit Westinghouse-Logo, wie Henry eine zu Hause hatte.

«Wie war's in Florida?», fragte Henry.

«Die reinste Hölle – heiß, überlaufen und voll von New Yorkern.»

Sie hatten den ganzen Tag Zeit, um sich alles zu erzählen, und kramten in ihren Taschen und tauschten die Geldbeutel und Schlüssel gegen Handschuhe, Abschlagstifte und Ballmarker aus. Da die Saison noch nicht offiziell eröffnet war, betrug der Preis für achtzehn Löcher und einen Wagen nur fünfundzwanzig Dollar, ein echtes Schnäppchen. Sie setzten ihre Pirates-, Steelers- und Nike-Kappen auf, schnallten die Taschen fest und brachen auf. Wie immer fuhr Jack, er trat das Gaspedal durch, und Henry krallte sich in den ans Dach montierten Haltegriff, als sie über den zerfurchten Weg holperten, der Wind kalt an ihren Wangen.

Der Platz gehörte ihnen, denn die Dreiergruppe war nirgends zu sehen, was die Illusion förderte, dass Buckhorn ihr Privatclub war. Die Eins war wie die meisten Eröffnungsbahnen ein Par vier von mittlerer Länge, schnurgerade, mit jeder Menge Fairways. Henry streckte sich und machte zusätzliche Übungsschwünge, um den Rücken zu lockern. Der Tau färbte das Gras silbern und hielt die Fußabdrücke fest, und Henry rieb den Schlägerkopf seines Drivers mit einem Handtuch trocken. Niemand konnte sich erinnern, wer beim letzten Mal gewonnen hatte, was einen Alzheimer-Witz nach sich zog. Fred nahm Aufstellung und legte einen Mordsschlag hin, der in die Höhe flog, dann in einem scharfen Slice abdrehte und im Rough landete. «Ja, gibt's denn so was?»

Cy traf nicht richtig. Der Ball streifte den Damenabschlag,

wirbelte Sprühwasser auf und blieb dann im nassen Gras liegen.

«Mies, mies, mies.»

«Immerhin ist er geradeaus geflogen.»

Jack ließ Henry den Vortritt.

Er prüfte den Wind, bevor er seinen Ball spielte. Im Idealfall wollte er auf die Anhöhe gleich links von der weißen Hundertfünfzig-Yard-Markierung gelangen. Da er dazu neigte, die vordere Schulter zu öffnen, zog er sie etwas ein. Mit gesenktem Kopf durchschwingen. Sein Übungsschlag war einwandfrei. Er richtete sich wieder aus und sprach den Ball mit dem Schlägerblatt an. Bei der Ausholbewegung versuchte er, sich Zeit zu lassen. Er musste ihn nicht schmettern, doch er war nervös und hatte es zu eilig, beugte das vordere Bein ein wenig, um mehr Kraft in den Schlag zu legen, drehte die Hüfte zu früh auf und schlug einen Hook ins Rough.

«Schrecklich.»

«Du hast freie Bahn, Jack.»

«Nur kein Druck.»

Sein Drive war lang und gerade und schaffte es mühelos auf die Anhöhe.

«Guter Schlag, Jack», sagte Henry.

«Da hat jemand richtig gefrühstückt.»

«Ihr habt mir den Weg gezeigt.»

«Den falschen Weg.»

Das Rough schien hoch zu sein, doch Henry gelang ein schöner Rettungsschlag mit dem Vierer-Eisen und ein ordentlicher Chip, bevor er mit seinem Putt zu kurz blieb und einen Bogey spielte.

«Schlag den Ball doch», sagte er und drückte seinen Titleist, als wollte er ihn zerquetschen.

Am zweiten und dritten Loch war er als Letzter dran, was er nicht leiden konnte, und spielte auch dort einen Bogey. Sein Rücken war in Ordnung, genau wie sein Kurzspiel, er brachte seinen Driver bloß nicht in Schwung. Jack war der Einzige, der zurechtkam. Fred war völlig von der Rolle. Cy verlor einen Ball in einem Garten und einen anderen im Teich auf der sechsten Bahn. Doch sie hatten sich den richtigen Tag ausgesucht, besonders bei dem verrückten Wetter in letzter Zeit. Fred reichte Sonnencreme herum. Henry zog seine Jacke aus und warf sie in den Korb. Er wartete auf Jacks Schlag und stand völlig reglos da, die Arme verschränkt, den Abschlagstift zwischen den Zähnen. Über dem Wald kreisten Habichte im Aufwind, während in der Nähe eine Nagelpistole ertönte. Die Bäume trieben Knospen, helle Wolken schwebten durch den zu blauen Himmel, und obschon es nicht stimmen konnte, glaubte er zu spüren, dass die Welt sich drehte und er sich mit ihr. Er sah es als eine Verheißung. Der Winter war vorbei, und der Sommer kam, so unaufhaltsam wie die Bäche, die, angeschwollen von kaltem Schmelzwasser, tosten.

Als er nach der Hälfte durchs hohe Gras watete und einen mit einem Dreier-Holz geschlagenen Irrläufer suchte, stieß er auf einen frischen Haufen Hirschköttel, die wie schwarze Bohnen aussahen, und verspürte den gleichen elementaren Schauer. Wie der kleine Junge, der er mal gewesen war, der kleine Fische geangelt und Eichhörnchen verfolgt hatte, lauschte er, als er sich dem Teich auf der zwölften Bahn näherte und sich durch ein Minenfeld aus Gänsekacke schlängelte, auf das Platschen von Fröschen. Vor ein paar Jahren hatte eine Schar wilder Truthühner direkt vor ihm einen Feldweg überquert, und auch wenn er sie nie wiedergesehen hatte, hielt er heute, wie immer, nach ihnen Ausschau. Ein im Verborgenen klopfender Specht, ein piepsendes Backenhörnchen, drei Schildkröten, die sich auf einem Baumstamm sonnten – alles diente ihm als Fingerzeig dafür, dass er öfter nach draußen gehen musste.

Er würde nicht gewinnen, aber auch nicht verlieren, und entspannte sich, spielte Par auf der Fünfzehn und kam mit seinem zweiten Schlag auf der sechzehnten Bahn so nah ans Loch, dass er durch einen kinderleichten Putt einen Birdie erzielte. Bei der Siebzehn verschenkte er den Schlag wieder, zerbrach sich den Kopf über sein Vorgehen, versenkte den Ball in einem Bunker und schloss mit einem weiteren Bogey. Nach dem letzten Putt reichten sie sich wie Profis die Hand.

«Gutes Spiel, Henry.»

«Gutes Spiel.»

Er schaffte eine 83er-Runde, nicht schlecht fürs erste Mal. Jack, der den ganzen Tag solide gespielt hatte, durfte die Karte nach Hause mitnehmen. Cy spendierte wegen seiner Strafschläge das Essen – Sandwiches und Bier auf der Veranda. Sie gingen ihre Lieblingsschläge noch mal durch und beklagten ihre verpatzten Chips und verkorksten Putts. Die Sonne war warm und der Platz leer. Sie waren versucht, zu bleiben und noch eine Achtzehner-Runde zu spielen, doch sie mussten zurück. So schlenderten sie zu ihren Wagen und zogen wieder die Schuhe an.

«Irgendwelche großen Pläne für Ostern?», fragte ihn Jack.

«Mein Sohn kommt mit seiner Familie aus Boston.»

«Schön. Wir fahren zu meiner Tochter in D.C. Sieben Stunden im Auto.»

«Viel Glück», sagte Henry.

Auf der Heimfahrt staunte er, dass er den Besuch – und

Lisa – völlig verdrängt hatte. Deshalb liebte er Golf. Auf dem Platz konzentrierte er sich auf den nächsten Schlag und ließ von seinen Sorgen ab. Doch jetzt kehrten sie zurück, unentrinnbar wie die Fast-Food-Restaurants, Gärtnereien und Fliesen-Discounter von Murrysville, und als er von einer Ampel zur nächsten schlich, ärgerte er sich und versuchte, sich die Ehrfurcht ins Gedächtnis zu rufen, die er beim Betrachten der über die Hügel ziehenden Wolken empfunden hatte, aber der zarte Bann war gebrochen, und er kam sich töricht vor, weil er geglaubt hatte, es könnte etwas bedeuten.

Während Rufus in der Garage bellte, nahm Henry seine Schläger aus dem Kofferraum, um für das Gepäck am nächsten Tag Platz zu schaffen. Er war müde, und die Tasche war schwer. Nächste Woche würde er wieder rausfahren, vielleicht mit Emily, deshalb lehnte er die Tasche an die Trittleiter.

«Ja», sagte er zu Rufus, «ich bin zu Hause. Ungeheuer aufregend.»

Emily hatte die Hintertür offen stehen, und er hörte ihre Musik. Sie rührte in irgendwas auf dem Herd und blickte auf, als Rufus sich vor ihm durch die Fliegentür drängte.

«Wie war's?»

«Schön. Was kann ich tun?»

Sie deutete mit der freien Hand an ihm vorbei.

In der Ecke hinter der Tür die Trümmer von Besteckkasten und Schublade.

«Verdammt und zugenäht», sagte Henry.

«Allerdings», sagte Emily.

Der designierte Fahrer

Er hasste US Airways. Die Landung war bereits zweimal verschoben worden, wegen des Regens in Philly, und am Schalter konnte man ihm nichts sagen. Als die Ankunftszeit auf dem Monitor wieder nach unten rutschte, rief er zu Hause an, um Emily, die Arlene zu Gast hatte, auf den neuesten Stand zu bringen. Sie hatte inzwischen ein paar Gläser Wein getrunken und lachte über die Absurdität des Ganzen. Sie würde das Essen warm halten, doch wenn man die Fahrt einrechnete, würden sie erst weit nach neun am Tisch sitzen.

«Fangt schon mal an», sagte Henry.

«Sind schon dabei. Wir essen die Vorspeise.»

Im Hintergrund fügte Arlene irgendetwas hinzu, doch in der Flughafenhalle war es so laut, dass er nicht mal Emily richtig hören konnte. Er kam mit dem Handy nicht gut zurecht. Immer hatte er das Gefühl, als würde er brüllen.

«Die Kinder sollten aber was essen», sagte sie. «Für sie gibt es keinen Grund zu hungern.»

Das Zugeständnis war überflüssig. Henry hatte es nicht erwähnt, um Emily nicht zu verärgern, doch sie hatten schon vor gut einer Stunde gegessen. Er selbst hatte Hunger. Am Ende des Tages ließ seine Energie nach. Er hätte einen Kaffee vertragen können, doch dann könnte er später nicht schlafen, und schuldbewusst, wohl wissend, dass er sich den Appetit verdarb, kaufte er sich an einem Kiosk einen Clark-Riegel und schlang ihn hinunter, wobei das zähe Nougat an seinen Backenzähnen kleben blieb.

Oben, in der einzigen Bar außerhalb des Sicherheitsbereichs, wurden im Fernsehen die Höhepunkte vom Masters gezeigt. Er schaute zu, bis ein Eishockeyspiel kam, und schlenderte dann durch die Halle, inspizierte die Buntstiftzeichnungen von Schulkindern und las etwas über die Tuskegee-Flieger.

Dem Monitor zufolge hatte inzwischen das Boarding stattgefunden, war der Flieger unterwegs.

«Halleluja», sagte Emily.

Er wartete in einer Vorhalle zwischen den Mietwagenschaltern und beobachtete, wie die ankommenden Passagiere zwei lange Rolltreppen herabglitten, die rutschenartig aus der Decke ragten, und wie Gruppen von Angehörigen sich unten versammelten, sie erkannten und vortraten. Waren gerade Frühlingsferien? Viele schienen Studenten zu sein. Jedes Wiedersehen erinnerte ihn daran, wie er vor Jahren mit Emily auf Kenny gewartet hatte, als er von Emerson zurückkam. Damals war Margaret mit einem ihrer Kiffer-Freunde zusammengezogen und hatte nicht mehr mit ihnen geredet, wodurch Kenny zu einem Einzelkind geworden war. Die Ferien waren ruhig gewesen, Kenny war abends mit Freunden von der Highschool ausgegangen, hatte lange geschlafen und ihr ganzes Bier getrunken. Henry war damit zufrieden gewesen, ihn zu Hause zu haben. Emily hatte natürlich mehr gewollt. Nach dem Abschied von Kenny war sie im Wagen in Tränen ausgebrochen, und auch wenn Henry Mitleid verspürte – Kenny hatte jetzt sein eigenes Leben, genau wie sie beide, und so musste es auch sein.

Als Henry damals zur Grundausbildung aufbrach, hatte seine Mutter an der Penn Station Tränen vergossen, denn sie wusste, dass man ihn in den Krieg schickte. Sein Vater hatte ihm die Hand geschüttelt und ihm in die Augen geblickt, als wäre es ein weiterer Pakt zwischen ihnen. Er hätte sich geschämt, wenn sein Vater ihn umarmt oder ihm einen Kuss gegeben hätte, und war erleichtert gewesen. Später im Leben, nach dem Tod seiner Mutter, hatte sein Vater bei Taufen, Beerdigungen und kitschigen Fernsehfilmen geweint; das Alter hatte die letzte Schutzschicht abgestreift. Jetzt spürte Henry, wie auch ihn diese Erweichung ergriff, eine hilflose Trauer um die Vergangenheit und ein grenzenloses Mitleid mit der Welt, und auch das war in Ordnung. Alter schützt vor Torheit nicht.

Eine Maschine war eingetroffen, und ein paar Leichtfüßige mit Trolley-Taschen kamen vor dem großen Andrang die Rolltreppe auf der linken Seite herunter. Ringsum standen die Leute auf, um einen besseren Blick zu haben, und versperrten ihm die Sicht, weshalb er ebenfalls aufstand. Manchmal war an der Kleidung zu erkennen, wo die Passagiere herkamen – Red-Sox-Kappen für Boston, Shorts für Florida. Er sah keine Phillies- oder Villanova-Klamotten, bloß ein Navy-Sweatshirt, was alles Mögliche bedeuten konnte. Die Menschenmenge lichtete sich rasch und löste sich auf, und die Rolltreppe war wieder leer.

Der Monitor sagte, dass die Maschine am Flugsteig stand.

Die Rolltreppe zur Rechten verteilte einen neuen Schwung frischer Ankömmlinge. Henry stellte sich gegenüber von den Rolltreppen auf, in der Hoffnung, die Kinder zu entdecken, bevor sie ihn sahen. Eine Familie hielt Schilder zur Begrüßung eines Soldaten hoch. Als Henry die Schlange nach einer Uniform absuchte, entließ die andere Treppe eine zweite Welle, darunter eine Jugendliche mit Down-Syndrom in einem zu großen Flyers-Trikot.

Er schlängelte sich vorsichtig durch die Menge und steuerte auf die Gepäckausgabe zu, als er plötzlich Ella winken sah, und hinter ihr kam Kenny, gefolgt von Lisa, die eine Hand auf Sams Schulter gelegt hatte, als könnte er stürzen.

Henry postierte sich an der Seite, damit sie nicht im Weg stehen würden.

Ella war als Erste bei ihm, strahlende Augen und spindeldürr, mit einem riesigen Rucksack. In seinen Armen fühlte sie sich wie ein Vögelchen an, nur Haut und Knochen.

«Da ist ja meine Ella Bella.»

«Hallo, Grampa.»

«Was hast du denn da drin, Backsteine?»

«Hausaufgaben.»

«Sei vorsichtig», sagte Lisa und hielt den verschlafen wirkenden Sam zurück. Unter einem Auge prangte ein lila Halbmond, der wie ein Veilchen aussah. «Er hat eine Nebenhöhlenentzündung. Wir wären fast nicht gekommen.»

«Tut mir leid, Kumpel. Das ist kein Spaß.» Henry drückte Sams Schulter. Auch Weihnachten war er krank gewesen, mit Darmgrippe, und Emily behauptete, er hätte sie an Rufus weitergegeben, ein Verdacht, den Henry seltsam fand.

Er gab Lisa einen flüchtigen Kuss. «Und wie läuft's?»

«Wenn wir nicht den ganzen Tag am Flughafen verbringen», sagte sie, «wunderbar.»

«Die gute alte Höllenqual-Airline.»

«Hallo, Dad.» Kenny umarmte ihn – das war die neueste, willkommene Entwicklung, doch es fühlte sich noch ungelenk an, wie bei zwei Fremden, die tanzen lernen. «Danke, dass du uns abholst.»

«Ihr solltet nicht den Bus nehmen müssen.»

«Tut mir leid, dass wir so spät sind.»

«Ist doch nicht eure Schuld.»

«Es war ein langer Tag.»

Henry hatte Mitgefühl und erinnerte sich an ihre Urlaube, wo Ungeduld in stummen Ärger, brachiales Auftreten und schließlich Resignation übergegangen war. «Ihr seid da. Das ist alles, was zählt.»

An der Gepäckausgabe herrschte Stau, zu viele gleichzeitig eingetroffene Flüge, und als sie losfuhren, war es schon nach neun. Er ließ Kenny mit Emily telefonieren.

«Ja, haben sie», sagte er ins Telefon. «Wir bisher nur eine Kleinigkeit. Okay, ich dich auch.»

Er klappte das Handy zu. «Die beiden warten mit dem Essen auf uns.»

«Hab ich doch gesagt», meldete sich Lisa vom Rücksitz.

«Ich fand, sie sollen schon anfangen», sagte Henry.

«Schon gut», sagte Kenny. «Ich hab tatsächlich ein bisschen Hunger.»

Wenigstens gab es keine Verkehrsprobleme. Abgesehen von ein paar Flughafenbussen war die Autobahn leer, und Reklametafeln tauchten aus der Dunkelheit auf. Sie fuhren schweigend, und Sam schlief an Lisa gelehnt ein. Als sie aus dem Tunnel kamen und die Lichter der Innenstadt sich wie Oz vor ihnen erhoben, ließ Henry den Anblick unkommentiert.

Emily und Arlene erwarteten sie auf der hinteren Veranda. Hinter der Fliegentür jaulte Rufus aufgeregt.

«Wir dachten schon, ihr schafft es nicht», sagte Emily und schloss Ella in die Arme.

Sie ignorierte Lisas Warnung und gab Sam einen Kuss, doch der wich zurück und verbarg das Gesicht am Körper seiner Mutter.

«Er ist erschöpft», erklärte Lisa, die nur eine kurze Umarmung zuließ.

«Das gilt bestimmt für euch alle», sagte Emily und reichte sie an Arlene weiter. «Danke, dass ihr gekommen seid.»

«Ist doch klar, Mom», sagte Kenny. «Danke für die Einladung.»

«Ich bringe ihn nach oben.» Lisa wartete nicht auf Kennys Antwort, sondern schob Sam einfach zur Tür. Als sie die Fliegentür öffnete, drängte Rufus heraus und sprang Ella an.

«Platz!», sagte Emily. «Sofort!»

Henry stellte die Taschen ab, die er trug, um ihr zu Hilfe zu eilen, aber Emily hatte ihn schon am Halsband gepackt.

«Was machst du denn da?», sagte sie. «Das darfst du nicht! Also wirklich. Gut, lasst uns essen. Ich weiß nicht, wie's euch geht, aber ich sterbe vor Hunger.»

Henry dachte, Lisa würde sich vielleicht entschuldigen, aber das tat sie nicht. Als er das Gepäck in Kennys Zimmer ablieferte, brachen sie und Kenny ihr Gespräch ab, als fühlten sie sich ertappt.

«Ich glaube, sie hat es nicht absichtlich getan», sagte Henry in der Küche.

«Sie hat nicht nachgedacht», entgegnete Emily.

«Was kann ich tun?»

«Nichts. Ist schon alles erledigt.»

Im Müll lag ein zerbrochenes Weinglas. Auf der Veranda war es ihm nicht aufgefallen, aber Arlene war betrunken und lallte. Er musste sie später nach Hause fahren und verzichtete auf den Chianti, wodurch ihm das Abendessen endlos vorkam. Nachdem die Lasagne den ganzen Abend im Backofen gestanden hatte, war sie trocken, die obere Schicht ganz spröde. Emily aß ihre Portion nicht auf und entschuldigte sich bei allen. Kenny gönnte sich einen Nachschlag und half Ella, die Teller abzuräumen.

Lisa und Ella wollten nach oben.

«Möchtet ihr keinen Nachtisch?», fragte Emily. Sie hatte Henry extra für eine Mandeltorte zu Prantl's geschickt.

«Ich bin mir sicher, dass sie großartig schmeckt, aber wir sind schon seit sechs Uhr früh auf.»

«Danke für das Essen», sagte Ella und gab Emily einen Kuss auf die Wange.

«Ja», sagte Lisa, «danke.»

«Tut mir leid, dass es nicht besser war.»

«Es hat gut geschmeckt.» Lisa versuchte, höflich zu sein, doch Henry bemerkte einen leichten Unmut und wusste, dass Emily sich später darüber auslassen würde.

Kenny blieb da und aß ein großes Stück. Für Kaffee war es zu spät. Stattdessen trank er einen Scotch, Emily ein Glas Portwein.

Jetzt, da alle anderen versorgt waren, konnte Henry Arlene nach Hause bringen. Im Wagen nickte sie ein und murmelte irgendwas vor sich hin. Er musste die Schlüssel aus ihrer Handtasche kramen und ihr die Treppe hinaufhelfen. Die Fische drifteten im leuchtenden Aquarium. Auf ihrem alten Esszimmertisch lagen ein Stapel Zeitschriften und zusammengeschnürte Zeitungen, fertig fürs Altpapier. «Du bist ein guter Bruder», sagte sie immer wieder, während er ihr aus den Schuhen und ins Bett half. Er ließ das Licht im Bad an, für den Fall, dass sie es später noch brauchte, vergewisserte sich, dass die Tür abgeschlossen war, und fragte sich, in welchem Zustand sie am nächsten Tag bei der Blumenausstellung sein würde.

Während er die Highland Avenue entlangfuhr – die letzte

Mission des Abends war erfüllt –, dachte er an den Dewar's, der wie eine Belohnung auf ihn wartete, und an die Aussicht auf ein gutes Gespräch, nur sie drei wie in alten Zeiten, doch als er nach Hause kam, war das Licht im Esszimmer aus, und im Haus war es still. Jemand hatte das Geschirr gespült – wahrscheinlich Kenny, stets pflichtbewusst –, das Geschirrtuch über den Backenofengriff gebreitet. Oben waren alle Türen zu, der Flur eine geschlossene Kiste. Emily schnarchte, einen Arm über sein Kissen gestreckt. Er wollte immer noch einen Scotch und stellte sich vor, wie er hinunter zur Anrichte schlich und ihn im Dunkeln trank wie Margaret oder am Ende sein Vater, allein in seiner Wohnung, in Boxershorts und Socken phantasierend wie ein verrückter König. Der Gedanke bekümmerte ihn, und statt sich der traurigen Bruderschaft anzuschließen, zog er seinen Schlafanzug an, schlich an dem vor dem Bett schlafenden Rufus vorbei und glitt neben Emily, darauf bedacht, sie nicht zu wecken.

Tulpenfieber

Schon ein Leben lang ging er zur Blumenausstellung. Von Anfang an, in der goldenen Ära der Stadt, war der Gartenverein seiner Großmutter Chase für die Tulpen zuständig gewesen, die den Haupteingang des Phipps Conservatory einrahmten. Abgesehen von den beiden Jahren, als er in Europa war, hatten er und Arlene jeden Frühling beim Jäten der großen Beete geholfen, von denen die Besucher im Innern des prachtvollen Beaux-Arts-Gewächshauses begrüßt wurden, und sogar aus dem Krieg hatte er sich in seinen Briefen nach Hause danach erkundigt, wohlwissend, dass seine Großmutter das zu schätzen wusste. Er war kein Dichter wie sein Onkel, doch der Glaspalast des Phipps Conservatory kam ihm phantastisch und unglaublich zerbrechlich vor, da um ihn herum alles dem Erdboden gleichgemacht war.

Genau wie Ostern war die Blumenausstellung ein Zeichen für Wiedergeburt und die Unverwüstlichkeit des Lebens, und in jenem ersten Nachkriegsfrühling, noch bevor er Emily kennenlernte, brachte er zahllose Stunden mit der Pflege der Beete und der Erinnerung an die schmalen Straßen und Bergstädtchen des Schwarzwalds zu. Dort, mit den Knien im Matsch, in unentwirrbare Gedanken verstrickt, fand er Sloan, vielmehr sie fand ihn.

Sie war eine Whitney, bekanntermaßen mit einem Mellon verlobt. Er kannte sie seit Kindertagen, aus der Kirche und von den Gartenfesten bei seiner Großmutter. Sie war weiter entwickelt als die anderen Mädchen und verkehrte mit einer

Clique von Älteren. Mit fünfzehn hatten ihre Eltern sie auf eine Schweizer Klosterschule geschickt, als sollte sie später Nonne werden. Sie war hochgewachsen, schmalhüftig und grauäugig, verwöhnt wie eine Katze. Sie machte ihm Angst, doch das war ihr egal. «Wenn's dir nicht gefällt», sagte sie und schlug ihn mit einem abgeknickten Stängel zum Ritter, «kannst du mich mal an meinem lilienweißen Allerwertesten lecken.» Es gefiel ihm. Sie hatte ein Packard-Cabrio, das sie ihn nicht fahren ließ. Sie benutzten seinen verrosteten Hudson, eine von der Frontzulage gekaufte Klapperkiste, und parkten oben am Schenley-Aussichtspunkt, wo sie ihr langes bronzenes Haar vom Kopftuch befreite. Wenn sie erhitzt war, rötete sich ihr Hals, als hätte sie einen Hautausschlag. Er hatte noch nie einen schwarzen BH gesehen und war schockiert. Wie mühelos sie den Rest der Welt betrogen. Er hätte sagen können, dass sie ihn verwirrte, aber das wäre ein Vorwand gewesen. Er wusste: Was er wollte, war falsch. Ein Leben lang hatte er sich bemüht, das Richtige zu tun.

Weil sie reich und ungezügelt war, nahm er sie nicht ernst, so als wollte sie sich bloß spaßeshalber in seiner Schicht tummeln, und als er begriff, dass sie von ihm gerettet werden wollte, war es zu spät. Sie stritten, versöhnten sich tränenreich, und ihr Geheimnis quälte sie und verlieh ihnen Kraft. Er übergab ihr den Schlüssel zu seinem gemieteten Zimmer wie einen Ring. Sie schliefen ungehemmt miteinander, zertrümmerten sein Bettgestell, verschütteten Whiskey, zerbrachen Lampen. Schließlich wurde die Hochzeit bekanntgegeben, Einladungen wurden verschickt (auch seine Großmutter erhielt eine). «Du weißt, sobald ich verheiratet bin, ist das hier vorbei», hatte sie gesagt. Er wusste es nur zu gut, doch als es so weit war, hoffte er noch monatelang, dass sie nach Mitternacht vor seiner Tür stehen würde, und wenn sie nicht kam, war er gekränkt. Erst später las er in der Zeitung, sie sei nach New York gezogen.

Als er Emily kennenlernte, trauerte er noch um Sloan und konnte ihr nichts davon sagen, teils aus Feingefühl, teils weil es ein schlechtes Licht auf ihn geworfen hätte. Ich muss verrückt gewesen sein, dachte er. Sie waren beide verrückt gewesen, es gab keine andere Erklärung. Er hatte sie geliebt, doch er hatte sich geirrt. Jetzt musste er es ausbaden. Er hatte gedacht, sie würde ihn erlösen, ihm all die Kraft und Schönheit der Welt zurückgeben. Doch warum hatte er dann bei ihr so oft sterben wollen?

Wo Sloan unbeständig war, war Emily solide. Sie führte Buch über jeden Penny, den sie ausgab, und als ihre Tante June einen Scheck schickte, verprasste sie das Geld nicht, sondern bot bloß an, die Kosten fürs Abendessen mit ihm zu teilen. Sie spielte Klavier und wollte Lehrerin werden. «Wir sollten die Finger voneinander lassen», sagte sie und strich ihre Bluse glatt. Sloan hätte sie als Jungfer und Streberin bezeichnet, doch sie war unverdorben und ernsthaft, und sie glaubte an ihn. Sie brauchte nicht zu wissen, was er im Krieg getan hatte, sie vertraute darauf, dass es notwendig gewesen war. Er sei mutiger, als sie es je sein würde, sagte sie, eine Annahme, die er trotz schwerwiegender Einwände so stehen ließ. Dass sie ihn für gut hielt, schmeichelte ihm, nachdem er sich bei Sloan so oft gehasst hatte, und er schwor sich, Emily erst einen Heiratsantrag zu machen, wenn er dem rosigen Bild gerecht wurde, das sie von ihm hatte. Mit ihrer Hilfe wurde er allmählich zu dem Mann, für den sie ihn hielt, und auch wenn der Drang, ihr alles zu gestehen, ihn nicht verließ, fand er ihn im Lauf der Zeit immer unwichtiger.

Wie alle anderen hatte er eine Freundin gehabt. Er dachte nur selten an sie, so sehr füllten Emily und dann die Kinder und seine Freunde, die Arbeit im Labor sein Leben aus. Nur im Frühling, wenn die Tulpen blühten, erinnerte er sich an Sloans Hals, den Duft ihrer Haare und daran, wie sie im Bett getrunken und sich die ganze Nacht gestritten hatten, wie sie versucht hatten, sich gegenseitig vor ihrem vorherbestimmten Schicksal zu retten.

Jetzt, wo er mit Emily, Arlene und der ganzen Familie in der Schlange vor dem Phipps stand und zusah, wie Ella eine Nahaufnahme von einer Tulpe machte, kam ihm die gemeinsame Zeit mit Sloan wie ein Traum vor, als hätte sie nie stattgefunden. Manchmal wünschte er, es wäre so gewesen. Doch manchmal war er auch dankbar. So war Sloan nun mal. Nach all den Jahren wusste er immer noch nicht, was er von ihr halten sollte.

«Sie sind immer wunderschön», sagte Emily.

«Sie sehen fast unwirklich aus», sagte Lisa und beugte sich vor, um eine rote Tulpe genauer zu betrachten.

«Du weißt doch, dass dein Großvater und Tante Arlene das hier immer hergerichtet haben?»

«Das Ganze?», fragte Ella.

«Manchmal kam es mir so vor», sagte Arlene.

«Wir hatten Hilfe», sagte Henry.

«Sieht nach einer Menge Arbeit aus.»

«War es auch», sagte er. «Aber es hat Spaß gemacht.»

«Ihm hat es Spaß gemacht», sagte Arlene. «Mir nicht. Für mich war es Arbeit.»

Schließlich rückte die Schlange vor. Natürlich waren sie an dem Tag gekommen, an dem am meisten los war. Wenn sie erst mal drinnen waren, würde alles in Ordnung sein.

Hier draußen sah er Sloan vor sich, wie sie neben ihm kniete, mit dreckigen Fingernägeln, einem Schmutzstreifen auf der Wange, einer hellen Haarsträhne, die unter ihrem Kopftuch hervorgeschlüpft war.

Sloan Maxwell, hatte sie gesagt. *Klingt gut, findest du nicht?*

«Los geht's», sagte Emily. «Haltet eure Eintrittskarten bereit.»

Lisa fasste Sam an der Hand, Emily Ella. Drinnen würde es wie in den Tropen sein, die Luft wohlriechend, die Fensterscheiben beschlagen von Kondenswasser. Das ist das Wunder, dachte er. In einem Gewächshaus konnte jeder Blumen ziehen. Ihre Tulpen waren durch den Schnee gesprossen, schutzlos der Kälte ausgeliefert. Auch wenn es biologisch unmöglich war, hätte er sich gern eingeredet, dass manche der Zwiebeln, die sie gesetzt hatten, immer noch blühten. Am Eingang teilte sich die Schlange und strömte durch eine Reihe von Drehkreuzen. Während sie vorwärtsschlurften, warf er einen Blick zurück, als würde er Sloan verlassen, wandte sich dann ab und ließ Kenny vorbei, sodass er als Letzter hineinging.

Der heilige Henry von Assisi

In der Kirche befand sich ein Vogel. Während der Kollekte flatterte ein Sperling durch den offenen Altarraum, flog um das nicht mehr verhüllte Kruzifix und ließ sich auf dem Sims einer Säule nieder. Sam, der sich bis dahin gelangweilt hatte, zeigte mit dem Finger darauf. Henry freute sich mit ihm und betrachtete es als gutes Zeichen. Der Sperling legte den Kopf schief, blinzelte und blickte aus seiner Nische auf die Gemeinde herab, als gehörte er dort oben hin.

Der Gottesdienst wurde nicht unterbrochen. Die Lobpreisung ertönte, und alle erhoben sich, während die Kirchendiener mit ihren Sammelkörbchen dahinschritten und sie Pater John übergaben, damit er sie segnete. Als Mitglied des Kirchenpflegeausschusses und Vorsitzender der letzten Kapitalkampagne wusste Henry, dass eine normale Einnahme kaum die Kosten für einen solchen Tag deckte, doch das Wetter war ausgezeichnet und das Haus noch voller als vor dem Weihnachtsspiel. Er malte sich aus, was sie mit dem Geldsegen alles anfangen könnten. Der Eisspender in der Küche des Gemeindehauses hatte den Geist aufgegeben. Der Kühlschrank brauchte einen neuen Kompressor.

Der Sperling war immer noch da. Er musste durch ein offenes Fenster hereingekommen sein, doch das einzige Fenster ohne Fliegengitter befand sich in der Herrentoilette im ersten Stock, und deren Tür war verschlossen. Bei all dem Wind hatten sie Probleme mit gesprungenen alten Buntglasscheiben gehabt, die den Regen hereinließen. Selbst eine

Übergangslösung war teuer, doch ihnen blieb nichts anderes übrig. Nichts war so zerstörerisch wie Wasser.

Die Orgel dröhnte, und der Sperling stob auf. Sam folgte ihm mit dem Finger, während der Vogel am Kruzifix vorbei und über das Dach der Kanzel flog, angezogen von den sonnenerleuchteten Fenstern des Querschiffs, und dann, als spürte er eine unsichtbare Wand, mit flatternden Flügeln zögerte, wieder kehrtmachte und sich an seinen Platz zurückzog. Er wusste nicht weiter, vermutlich verwirrt durch den ganzen Lärm. Sobald alle gegangen waren, konnte der Küster die Türen weit aufreißen, und der Vogel würde den Weg ins Freie finden, das hoffte Henry zumindest. Im letzten Herbst war ein Eichhörnchen auf ihren Dachboden gelangt und hatte sich dort ein riesiges Nest aus Laub gebaut, das er erst entdeckt hatte, als er von oben den Weihnachtsbaumschmuck holen wollte. Er hatte eigenhändig eine Lebendfalle aufgestellt, doch Emily wollte nicht, dass er auf eine Leiter stieg, also musste er einen Dachdecker damit beauftragen, am Schornstein ein neues Dichtungsblech anzubringen. Er konnte sich nicht vorstellen, was ein Kammerjäger für das Fangen des Vogels verlangen würde. Wahrscheinlich würde er ihn vergiften müssen, was Henry sich gar nicht ausmalen wollte.

Sie knieten sich hin, um das Vaterunser zu beten. Auch wenn Sam noch nicht lesen konnte, teilte sich Lisa ihr Gebetsbuch mit ihm, als könnte er allem folgen, und Henry erinnerte sich, dass seine Mutter das ebenfalls getan hatte. *Unser täglich Brot gib uns heute; und vergib uns unsere Schuld, wie auch wir vergeben unseren Schuldigern.* Das Wochenende war gut gelaufen, ohne größeren Krach. Sie hatten bereits gepackt. Nach dem Brunch im Club würde er sie zum Flughafen bringen. Auf dem Rückweg musste er am Home Depot halten, um Propangas, Drano und noch irgendwas zu besorgen, das er vergessen hatte. In der Stille, in der das Brot gebrochen wurde, beobachtete er den Sperling und versuchte, sich an das Dritte zu erinnern, und die Liste ging ihm im Kopf herum wie eine Litanei – Propangas und Drano und was noch, Propangas und Drano und was noch.

Die Musik beim Abendmahl stammte laut Programm von Vaughan Williams, ein Glockenchor und ein Bläserquartett, die einen Tenor von der Pittsburgh Opera begleiteten. Die Frauen von der Altargilde hatten wie immer ausgezeichnete Arbeit geleistet. Farbenprächtige Blumengestecke, die des Phipps Conservatory würdig gewesen wären, säumten die Treppe und das Chorgestühl und drängten sich um die Chorschranke, wo die große Osterkerze, die den größten Teil des Jahres eingelagert war, die frohe Botschaft erstrahlen ließ. Ihre Schmucklosigkeit ließ die Calvary Church in Pittsburghs trübem Wetter oft karg aussehen. Aber heute, herausgeputzt, die Gemeinde im Sonntagsstaat und die Fenster vom klaren Frühlingslicht gefärbt, wirkte der Altarraum warm und opulent. Besucher würden nicht auf den Gedanken kommen, dass sie im Minus waren.

Als sie vom Empfang des Abendmahls zurückkamen, war der Sims der Säule leer. Er und Sam blickten nach oben und suchten das Gewölbe ab. Er entdeckte den Vogel zuerst, versteckt in einer Nische über den neuen Lautsprechern, und zeigte ihn Sam, der über ihr Geheimnis lächelte.

Als sie den Ostersegen empfingen, fiel es Henry wieder ein: Grassamen. Wenn er doch bloß einen Stift dabeigehabt hätte, um sich eine Liste zu machen, doch er wusste, dass Emily das missbilligen würde. Er musste es sich bloß einprägen. Propangas und Drano und Grassamen.

«Gehet hin und dienet der Welt», sagte Pater John mit erhobenen Armen und entließ sie.

«Dank sei dem Herrn. Halleluja, halleluja.»

«Ist es vorbei?», fragte Sam.

«Ja», sagte Lisa, «du hast es geschafft.»

Die Gemeindemitglieder wirkten unschlüssig, ob sie gehen sollten, sie verweilten in den Bankreihen oder schlenderten im Gang umher, um Pater John ihren Respekt zu erweisen. Die Schlange war lang, und Henry ergriff die Gelegenheit, um den Küster abzupassen, während er das Querschiff durchquerte.

Er hieß Ed McWhirter, und Henry hatte dem Ausschuss angehört, der ihn eingestellt hatte. Stämmig und bärtig wie ein Profi-Wrestler, war er nicht wie zum Kirchgang gekleidet, sondern wie ein Mechaniker, graues Arbeitshemd, schwarze Latzhose und schwere Arbeitsschuhe, an der Hüfte baumelte ein Schlüsselring von der Größe eines Softballs. Henry hatte ihn noch nie in einer anderen Kluft gesehen.

Der Vogel saß immer noch in der Nische über dem Lautsprecher.

«Keine Ahnung, wie er reingekommen ist», sagte Henry, «aber er kann nicht bleiben.»

«Geht klar», sagte McWhirter mit der Überzeugungskraft eines Auftragskillers, und Henry vertraute ihm.

Im Wagen ließ sich Emily hauptsächlich den Kindern zuliebe über die Lilien, den Glockenchor und den schönen Gesang des Tenors aus. «Ich mag den Ostergottesdienst noch lieber als Weihnachten. Er ist feierlicher. Was hat euch am besten gefallen?»

«Der Vogel», sagte Sam, womit er Gelächter erntete, und Henry musste zugeben, dass es auch ihm so ging.

Lösungen

Es hatte wochenlang nicht geregnet, und da, wo Rufus hingepinkelt, Kreise ins Gras gebrannt und alles gelb verfärbt hatte, war der Garten mit kahlen Stellen gesprenkelt – eine natürliche chemische Kriegsführung auf niedriger Stufe. Emily füllte ständig seinen Wassernapf nach und versorgte ihn mit einem endlosen Vorrat an Munition. Sechs-, acht-, zehnmal am Tag ging er pinkeln. Henry konnte sich nicht erinnern, dass Duchess eine so aktive Blase gehabt hatte, oder vielleicht war der Urin von Hündinnen milder, ein weniger starkes Pflanzenvernichtungsmittel. All seine Bemühungen gegen Raupen, Wühlmäuse, Löwenzahn und Eichhörnchen waren vergeblich, solange Rufus den Rasen als sein Klo benutzte. Henry konnte ihn nicht jedes Mal ausführen, wenn er pinkeln musste, zum Beispiel wenn er kurz vorm Schlafengehen noch rauswollte und Henry wie ein Komplize danebenstand, während Rufus weiteren Schaden anrichtete – Henry konnte bloß versuchen, das Gift zu verdünnen, indem er den Schlauch entrollte und durch den beleuchteten Garten schleifte, um die betroffene Stelle zu wässern.

«Was um alles in der Welt machst du da?», fragte Emily von der Tür aus.

«Ich versuche zu retten, was vom Gras noch übrig ist.»

«Ich geh schon mal nach oben», sagte sie. «Wir sehen uns, wenn du dein Revier fertigmarkiert hast.»

Er hatte vor, den Garten bis auf eine Ecke hinter den Himbeersträuchern mit einer Schnur abzusperren, die kahlen

Stellen umzugraben und neues Gras auszusäen. Wenn es angegangen war, würde Rufus sich daran gewöhnt haben, an eine einzige Stelle zu gehen. Henry hatte vier Krüge Allzwecksamen gekauft, gedacht für eine Mischung aus Sonne und Schatten. Entscheidend war, ihn oft zu wässern.

«Viel Glück», sagte Emily, ohne den Blick von ihrem Buch zu wenden.

«Du glaubst nicht, dass es klappt?»

«Ich glaube, dass du dich und mich in den Wahnsinn treibst. Hunde pinkeln nun mal. Das gehört dazu.»

«Ich hab nicht vor, ihn am Pinkeln zu hindern, er soll bloß immer dieselbe Stelle benutzen.»

«Du machst mich jetzt schon wahnsinnig. Ich will bloß diese Seite lesen.»

Rufus grummelte, als würden sie ihn stören.

«Okay, alter Griesgram», sagte Henry.

«Scht.»

Er war nicht besessen, wie sie ihm unterstellte, nur konzentriert auf ein Ziel und auf das beste Mittel, mit dem es sich erreichen ließ. Als Ingenieur hatte er einen Sinn fürs Praktische, der sich auf alle Facetten des Lebens erstreckte, und war am glücklichsten, wenn sich für ihn eine Gelegenheit auftat, ein Problem zu lösen. Nicht alles ließ sich perfektionieren, doch er neigte dazu - bei Maschinen und Systemen -, nach Konstruktionsfehlern zu suchen und nach Möglichkeiten, diese zu eliminieren. Der Nervenkitzel lag darin zu sehen, dass der neue Probelauf erfolgreich war, ein Sieg, der ihnen bei der Odysseus letztlich versagt blieb. Sie hatten sie zum Beweis, dass sie fliegen konnte, in Jackass Flats getestet, sie aber nie in den Weltraum geschossen. Neun Jahre hatte er an dem Projekt gearbeitet, bevor der Kongress ihnen die Geldmittel kürzte. Der Prototyp, von dem Henry sich erträumt hatte, er würde mal die Ringe des Saturn ansteuern, ruhte jetzt in irgendeiner Lagerhalle in der Wüste in einer Kiste, längst ein Museumsstück. Seit Henry in Rente war, fehlte ihm die Herausforderung des Unmöglichen, und er wendete die gleiche beharrliche Neugier und Erfindungsgabe auf seine Aufgaben im Haushalt an. Anstelle von Titan arbeitete er mit Weymouthskiefer. Statt den Reaktor zu justieren, stellte er den Rasenmäher ein. Es gab Tage, an denen er vier- oder fünfmal im Home Depot war. Emily witzelte gegenüber den Kindern, dass ihn die Verkäufer schon beim Namen kannten. Es stimmte nicht. Niemand scherte sich um ihn, er war bloß ein weiterer alter Knacker, dem man helfen musste, das Gumout zu finden. Das machte Henry nichts aus. Ob interplanetare Reisen oder die Reinigung eines Vergasers, die Genugtuung war dieselbe. Am Ende des Tages hatte er gern das Gefühl, etwas geschafft zu haben. Nichts genoss er so sehr, wie im Bett zu liegen und eine Liste der Dinge aufzustellen, die er am nächsten Tag erledigen musste.

Am Morgen sperrte er unter Rufus' Blicken den Garten ab, wobei er Holzkeile als Pflöcke benutzte, die Schnur straff spannte und auf beiden Seiten der Steinplatten rautenförmige Teilstücke schuf. Die Schnur war nicht mal kniehoch, ein einziger dünner Strang, doch fürs Erste war Rufus sich nicht sicher, was sie bedeutete, und würdigte sie wie Stacheldraht. Die kahlen Stellen umzugraben dauerte länger als Henry gedacht hatte. Als er die Samen ausstreute und wässerte, war es schon Nachmittag, und die Sonne stand hinterm Haus. Wie ein Farmer begutachtete er seine Arbeit.

«Okay», sagte er, «jetzt kannst du wachsen.»

Am nächsten Morgen folgte er Rufus in Hausschuhen

nach draußen, um die kahlen Stellen zu überprüfen, als könnte über Nacht Gras gesprossen sein. Nichts als Schlamm. Es war feucht genug und sollte warm werden. Rufus verrichtete sein Geschäft hinter den Himbeeren und preschte zurück, bereit für sein Frühstück.

«Gut gemacht», sagte Henry, um der Lektion Nachdruck zu verleihen.

Später, nach einer frustrierenden Runde Golf, stand er an der Verandatür und beobachtete, wie eine fette Wanderdrossel durch den Garten hüpfte, mitten auf einem schlammigen Fleckchen stehenblieb und in der Erde pickte. Er klopfte an die Scheibe. Der Vogel ignorierte ihn, bis er die Tür öffnete, ließ sich dann auf dem Garagendach nieder und wartete darauf, dass der Mensch verschwand.

«Hau ab!», rief Henry, mit den Armen fuchtelnd, und die Wanderdrossel flog übers Haus der Coles davon.

«Dir ist schon klar», sagte Emily, «dass du wie ein Verrückter aussiehst?»

«Er frisst meine Samen.»

«Meinst du, er ist der Einzige?»

Sperlinge, Finken, Tauben – all die Vögel, die die Futterröhren aufsuchten, fraßen, was das Zeug hielt. So gern er gewollt hätte, er konnte nicht Wache stehen wie eine Vogelscheuche. Emily schlug vor, flachgeklopfte Backförmchen aufzuhängen, aber dann würden bloß die Schnüre durchhängen. Er überlegte, ob er Maschendraht über den kahlen Stellen befestigen sollte, doch dann hätte Emily wirklich recht. Er musste vernünftig sein. Am Ende fand er sich mit den hoffentlich hinnehmbaren Verlusten ab, klopfte aber jedes Mal ans Fenster, wenn er auf dem Rasen einen Vogel sah. Wenn Klopfen nicht half, bellte er.

«Du bist schlimmer als Rufus», sagte Emily.

«Ich hab den Rasen nicht ruiniert.»

«Herrgott, Henry. Er hat es doch nicht absichtlich getan. Er ist ein Hund.»

Abends ging er barfuß, die Hosenbeine hochgerollt, nach draußen, stellte den Sprinkler auf und transportierte ihn von einer Seite des Gartens zur anderen, während er noch an war, ihm ins Gesicht spritzte und sein Hemd durchnässte. Nach einer vollen Woche war kein Wachstum zu erkennen. Hatte er zu viel ausgesät? Zu viel gegossen? Er war ein geduldiger Mensch. Er wollte bloß sehen, dass es voranging.

Am nächsten Morgen fand er anstelle von neuen Trieben, die aus dem Schlamm hervorschauten, einen Pfotenabdruck. Als er Emily davon berichtete, gab sie zu, dass Rufus vergangene Nacht bei der Verfolgung eines Kaninchens die Grenzen überquert haben könnte.

«Du musst ihn ständig im Auge behalten», sagte Henry.

«Ich kann ihn nicht daran hindern, Karnickel zu jagen.»

«Wenn du ein Karnickel siehst, lass ihn nicht raus.»

«Ich hab keins gesehen. Im Gegensatz zu dir kann ich im Dunkeln nichts sehen.»

Als er die Wasserrechnung bekam, hörte er auf, jeden Abend zu sprengen. Er beobachtete das Wetter, in der Hoffnung, der Regen würde ihn retten. Die vereinzelten Schauer, die Channel 11 versprochen hatte, reichten nicht aus, und alles blieb so gelb wie Sägemehl, doch eines Nachts regnete es zu stark, ein Gewitter erleuchtete den Himmel, ein Wolkenbruch verwandelte den Schlamm in Schlick und schwemmte einige Stellen aus. Um sicherzugehen, beschloss er, noch mal neu zu säen.

«Also fangen wir wieder von vorn an?», fragte Emily.

«Stimmt genau.»

«Wie viel kostet Rollrasen?»

«Wir können das Gras selbst ziehen. Abgesehen davon, dass jemand draufpinkelt, ist mit unserem Gras alles in Ordnung.»

Während er sich um die neuen Samen kümmerte, konzentrierte sie sich auf Rufus. Unter den vielen Katalogen, die sie bekam, war einer, der «Lösungen» hieß und verrückte, aber dennoch teure Dinge anbot, die ihn an Bordmagazine denken ließen. Ohne ihn um Rat zu fragen, bestellte sie einen flachen, mit einem speziellen Duft imprägnierten Stein, der durch irgendein okkultes Prinzip Hunde dazu verlocken sollte, ihn zu markieren. Obschon Henry skeptisch war, wusste er die Unterstützung zu schätzen, und inzwischen war er so verzweifelt, dass er bereit war, alles auszuprobieren. Wenn es nicht funktionierte, konnten sie den Stein innerhalb von dreißig Tagen zurückschicken und ihr Geld erstattet bekommen.

Emily legte ihn in die Ecke hinter den Himbeeren, an eine bemooste Stelle neben dem Regenrohr. Anfangs führte sie Rufus zu dem Stein, zeigte mit dem Finger darauf und ermunterte ihn hinzugehen, was er nach mehrfacher Aufforderung auch tat – er hockte sich einfach irgendwo ins Gras, keineswegs zum Stein. Auch wenn Henry von Emilys Urteilsvermögen mitunter nicht überzeugt war, zweifelte er nie an ihrer Entschlossenheit. Um der Sache willen würde sie auch Henry persönlich auf den Stein pinkeln lassen. Jedes Mal, wenn sie jetzt mit Rufus rausging, führte sie ihn zu der Ecke. Dankbar folgte Henry ihrem Beispiel, und irgendwann gewöhnte sich Rufus durch bloße Wiederholung daran und lief schon geradewegs hin, ehe sie von der Veranda traten.

Innerhalb einer Woche keimten die neuen Samen und brachten schöne nadelartige Halme hervor. Henry gab ihnen Raum zum Wachsen und ließ sich knirschend auf ein Knie nieder, um widerspenstige Kiesel und Überreste verdorrter Blätter aufzuklauben und die zarten Stiele von frischem Unkraut herauszurupfen, dessen Sprießen er ungewollt begünstigt hatte. Er befeuchtete die Grashalme mit dem Sprüher, achtete darauf, sie nicht zu stark zu wässern, und bewunderte jeden Morgen wie ein stolzer Vater die langsamen Fortschritte.

«Sieht gut aus», sagte Emily.

«Es ist jedenfalls ein Anfang.»

Auch wenn er hoffnungsvoll war, blieb der Ertrag bisher bescheiden. Verglichen mit dem Rest des Rasens, der inzwischen dicht und buschig war und gemäht werden musste, sahen die eingesäten Stellen immer noch karg aus. Er entfernte die Schnüre und Pflöcke und umfuhr die neuen Bereiche mit dem Rasenmäher, kippte ihn auf zwei Räder, damit er die Sämlinge nicht zerquetschte, und schnitt die schartigen Ränder mit Emilys Gartenschere, wobei eine Blase an seiner Hand aufplatzte.

Am Ende gebührte der wahre Triumph Emily, da sie Rufus beigebracht hatte, in der einen Ecke zu pinkeln. Obwohl der Stein nichts damit zu tun hatte, schrieb ihm Emily das ganze Verdienst zu, wenn sie die Geschichte beim Kaffeetrinken nach dem Gottesdienst zum Besten gab.

«Wo hast du ihn entdeckt?», fragte Dodie Aiken.

«In einem Katalog. Ich kann mich nicht mehr erinnern. Henry, hilf mir. Wie hieß der noch gleich?»

Sein Sieg war weniger eindeutig. Als das neue Gras schließlich die Lücken füllte, hatte es ein dunkleres Grün. Nachdem er so lange gewartet hatte, wuchs es nun zu schnell und stand höher, wie die Haare auf Rufus' Rücken, wenn er den Briefträger kommen hörte, und auch als er die Pflöcke endgültig entfernt und alles auf die gleiche Höhe geschnitten hatte, stachen die neuen Stellen hervor, und der Rasen sah fleckig aus, als wäre er krank.

«Ich finde es schön», sagte Emily. «Fühlt sich gut an.»

«Es ist besser als vorher», sagte Henry, doch wenn er allein war und vor dem Abendessen zur Verandatür hinausblickte oder aus Kennys altem Zimmer schaute, dachte er oft, er hätte alles herausreißen und noch mal von vorn anfangen sollen.

Sekt mit Orangensaft

Am Muttertag ging er, da die Kinder nicht kommen konnten, mit Emily zum Brunch in den Club. Umringt von großen, lebhaften Gruppen im Sonntagsstaat, teilten sie sich einen ruhigen Zweiertisch. Er kannte mehrere junge Familien aus der Calvary Church, die Jungen in blauem Blazer und Krawatte, die Mädchen in Trägerkleid und Spangenschuhen – zeitlose Kleidung, die Kenny und Margaret schon vor dreißig Jahren getragen hatten. Die Velourstapete und die Kristalllüster waren noch wie damals, die Kellner mit ihren weißen Jacketts und Handschuhen, die den Arm ausstreckten, um Wasserkelche aufzufüllen und frische Butterrosetten zu reichen. Obwohl sich seit Generationen nichts verändert hatte, schien der Lauf der Zeit deutlich hervorzutreten, wie in einem Museum. Als Kind hatte er an derselben Buffet-Zeile gestanden, hatte denselben schweren, goldgeränderten Teller gehalten, noch warm von der Geschirrspülmaschine, und an dem Spalier von Salaten und dampfenden Speisewärmern vorbei zum Desserttisch geschaut. Die Griffe des Silberbestecks waren vom häufigen Gebrauch glattgeschliffen, das Club-Monogramm nur noch schwer zu erkennen. Die Fingerschalen, die Salz- und Pfefferstreuer aus Sterlingsilber, die Kerzenleuchter – wo er auch hinblickte, sah er Relikte, ihn selbst und Emily eingeschlossen.

Da er wusste, dass sie Sekt mit Orangensaft mochte, bestellte er ihnen zwei.

Er erhob sein Glas. «Alles Gute zum Muttertag.»

«Ich bin nicht deine Mutter.»

«Die Mutter meiner Kinder.»

«Das ist was anderes.»

«Aber es ist von Belang.»

«Vermutlich.»

Emily leckte sich die Lippen und runzelte die Stirn, als schmeckten sie sauer. «Es fehlt mir, Mutter zu sein.»

«Ich wusste gar nicht, dass man damit aufhören kann.»

«Wenn sie jung sind, brauchen sie dich die ganze Zeit. Mir fehlt es, so gebraucht zu werden.»

«Sie brauchen dich immer noch.»

«Wenn sie noch klein sind, ist es anders. Da sind sie noch entzückend. Mit sechs oder sieben brauchen sie einen nicht mehr so. Deshalb war es so schön, Sam dazuhaben.»

«Es war wirklich schön.» Eigentlich hatte sie an dem Wochenende die meiste Zeit mit Ella verbracht, die ihm – wie alle Enkelkinder – mit zwölf noch entzückend vorkam, doch er hütete sich, ihr zu widersprechen. «Ich brauche dich.»

«Danke, aber das ist nicht ganz dasselbe. Obwohl ich zugeben muss, dass du ziemlich hilflos bist.»

Er stieß wieder mit ihr an. «Rufus braucht dich.»

«Das stimmt, er ist mein Baby. Ich weiß nicht, warum es mich traurig macht. Das ist dumm. So ist nun mal das Leben.»

«Das ist nicht dumm», sagte er.

«Ich weiß nicht, in letzter Zeit habe ich oft an meine Mutter gedacht, die es bloß mit mir zu tun hatte. Ich hab's ihr nicht leicht gemacht.»

«Sie war sehr stolz auf dich.»

«Das weiß ich, aber davon spreche ich nicht. Stell dir vor, wir hätten bloß Margaret.»

Dazu hatte er keine Lust. «Du bist ganz anders als Margaret.»

«Also bitte, ich weiß, wie ich bin. Was meinst du, von wem sie es hat?»

Ihr Naturell, meinte sie, nicht das Trinken oder die Geheimniskrämerei. Die stammten von seiner Seite. «Und von wem hast du's?»

«Das ist das Rätsel. Meine Eltern sind nie dahintergekommen. Ich glaube, es war eben einfach ich.»

«Du hast dich doch gut gemacht.»

«Das kam später. Lange haben wir uns über jede Kleinigkeit gestritten, und irgendwann bin ich gegangen – genau wie Margaret. Wie hat sich bloß alles geändert? Denn am Anfang war es doch gut. Darüber habe ich in letzter Zeit nachgedacht.»

«Das ist eine ganze Menge.»

«Tut mir leid. Ich hätte es dir nicht sagen sollen.»

«Nein, so was muss ich doch wissen.»

«Vielleicht ein bisschen zu bedrückend zum Brunch.»

«Vielleicht.» Die Getränke waren knapp bemessen – sein Glas war schon fast leer. «Auf deine Mutter.»

«Auf meine Mutter. Und deine, Gott hab sie selig.»

«Willst du noch ein Glas? Es ist dein Tag.»

«Au. Bevor ich mich schlagen lasse.»

Das zweite schmeckte lieblicher.

«Das ist schön», sagte Emily und nahm seine Hand. «Wir sollten uns wohl etwas zu essen holen.»

«Vermutlich.»

«Es wäre unpassend, sich vor ihrem Anruf zu betrinken.»

«Ja, das stimmt.»

Eins hatte sich geändert im Club – das Essen war besser

geworden. Ein Kochstand am Ende des Buffets bot ihre Lieblingsspeise an, Hummer Benedict, was zusammen mit einem weiteren Sekt mit Orangensaft ihre Stimmung hob. Zum Nachtisch aßen sie Bananas Foster, am Tisch zubereitet, wobei zarte blaue Flammen über die brodelnde Butter und den braunen Zucker züngelten.

«Gehört eindeutig nicht zur Diät», sagte sie.

«Bananen sind Obst.»

Sie sprach nicht mehr von ihrer Mutter, bis sie auf dem Heimweg im Olds saßen. Aus heiterem Himmel sagte sie, als würde sie das Gespräch fortsetzen: «Ich glaube, sie wusste nicht, was sie mit mir anfangen sollte. Ich war kein ungezogenes Kind, ich war bloß störrisch. Ich weiß noch, dass sie mich in meinem Zimmer einschloss, wenn ich nicht hören wollte. Ich hämmerte an die Tür, und sie war unten und staubsaugte oder wusch die Wäsche. Inzwischen klingt es bizarr, aber damals fand ich es nicht seltsam. Ich dachte, alle würden so leben.»

«Und dein Vater?»

«Der hat mich versohlt, aber das war kein Problem. Er wollte es nicht, er hat es bloß ihr zuliebe getan. Das war damals normal. Das weißt du doch.»

«Ja», sagte er, obwohl ihn sein Vater nie angerührt hatte. Schlimmstenfalls hatte ihn seine Mutter am Ohr gezogen.

«Ich weiß nicht, warum, aber eingeschlossen zu sein fand ich schlimmer. Ignoriert zu werden. Ich begreife nicht, was ich daraus lernen sollte.»

«Auf sie zu hören.»

«Hat nicht geklappt. Ich hab sie dafür gehasst.»

Normalerweise machte Alkohol sie sentimental und philosophisch. Er wartete darauf, dass sie die Äußerung relativierte, dass sie sagte, sie verzeihe ihr, doch sie beobachtete bloß, wie die alten Villen an der Fifth Avenue vorbeizogen, Überbleibsel der goldenen Vergangenheit der Stadt.

«Meinst du, Margaret hasst mich?»

«Nein», sagte er. «Warum sagst du das?»

«Ich hab sie nicht besonders gut behandelt.»

«Sie dich auch nicht. Jedenfalls kann sie nicht behaupten, du hättest sie ignoriert.»

«Vielleicht hätte ich eher sein sollen wie du.»

Das war vermintes Gelände. Während er vor langer Zeit beschlossen hatte, Margaret ihr eigenes Leben führen zu lassen, wollte Emily aus schlechtem Gewissen oder dem unangebrachten Bedürfnis, sie zu retten, immer noch glauben, sie könnten alles in Ordnung bringen, und verteidigte sie gelegentlich auch gegen ihn. Manchmal wünschte er Emily zuliebe, sie würde aufgeben, verstand aber, dass sie es nicht konnte. Genauso oft zweifelte er an seinem eigenen Standpunkt und warf sich Kälte oder Feigheit vor. Was für ein Vater hatte so wenig Vertrauen in seine Tochter?

«Das hätte nicht funktioniert», sagte er. «Das wärst nicht du gewesen.»

«Es wäre einfacher. Ich habe es satt.»

«Sie kann froh sein, dich als Mutter zu haben.»

«Das weiß ich nicht.»

«Aber ich», sagte er.

Es waren wohl die richtigen Worte gewesen, denn das Thema war beendet, auch wenn er erwartete, dass sie jeden Moment wieder davon anfangen würde.

Kenny, Lisa, Sam und Ella waren auf dem Anrufbeantworter. «Hier kommt dein Muttertagslied», sangen sie, «wenn man sich schon heute nicht sieht.»

«Sehr hübsch», sagte Emily und löschte es.

Margaret rief erst am Spätnachmittag an.

«Oh, danke, Liebes», sagte Emily erfreut, als wäre sie überrascht. «Auch dir alles Gute zum Muttertag.»

Sie legte ihr Kreuzworträtsel weg, stellte die Musik leiser, ging ins Esszimmer, als wollte sie ungestört sein, und blickte zur Verandatür hinaus. Hinter dem Wissenschaftsteil der *Times* verborgen, horchte Henry auf einen Hinweis für Streitigkeiten. Er hörte nicht, was sie sagte, nur den Klang ihrer Stimme, und achtete auf das geringste Anzeichen von Ungeduld. Im Wagen hatte er ihr versichert, dass Margaret sie nicht hasste, als wäre es ein Ding der Unmöglichkeit. Doch jetzt sah er vor sich, wie sie sich über den Tisch hinweg anschrien, wie Margaret ihre Serviette hinwarf und zur Treppe stakste, Emily hinter ihr her. Er und Kenny hatten gelernt, nicht darauf zu warten, dass sie zurückkam. Sie aßen schweigend beim Ticken der Kuckucksuhr in der Essecke.

Emily lachte, ein falscher Alarm, der dem auf dem Kaminvorleger dösenden Rufus ein Knurren entlockte. Sie sagte nicht viel, nickte nur immer wieder. Nach einer Weile kam sie zurück ins Wohnzimmer und stellte mit der Hand ein Plappermaul dar. In ihren manischeren Phasen neigte Margaret dazu, vom Hundertsten ins Tausendste zu kommen.

«Gut, ich muss mich jetzt ans Abendessen machen. Keine Ruhe für die Gottlosen. Ich hoffe, du hast eine schöne Zeit. Dein Vater lässt grüßen. Danke. Ich hab dich auch lieb.»

Sie legte auf und stellte das Telefon wieder in die Station.

«Wie geht's ihr?»

«Sie klang gut.»

«Gut.»

«Es herrscht gerade große Aufregung, weil Sarah die

Hauptrolle in *Bye Bye Birdie* hat. Anscheinend ist sie total verknallt in Birdie. Das ist ein Zitat – *total.*»

Als sie die Einzelheiten erzählte, glaubte er, sich grundlos Sorgen gemacht zu haben. Sie und Margaret stritten sich so, wie er und Arlene sich als Kinder gestritten hatten – endlos, arglos, wie natürliche Rivalinnen. Er verstand diese Verbindung, doch sosehr er sich auch bemühte, er konnte nicht aufhören, daran zu denken, was sie im Wagen über ihre Mutter gesagt hatte – die abgeschlossene Tür und der Staubsauger –, und er fragte sich, warum sie sich ausgerechnet diesen Tag ausgesucht hatte, um ihr Herz auszuschütten. Da er immer geliebt worden war, glaubte er gern, nie irgendwen gehasst zu haben, schon gar nicht seine nächsten Angehörigen. Er und Emily waren verschieden. An ihrer Aufrichtigkeit war nichts auszusetzen. Zu jedem anderen Zeitpunkt hätte er ihr Geständnis begrüßt, doch er war darauf nicht vorbereitet gewesen, und obwohl es gegenüber seinen eigenen Geheimnissen verblasste, war er im Innersten bestürzt und konnte das Gefühl nicht loswerden, dass es sich unfairerweise bereits in etwas verwandelt hatte, das er nie vergessen würde.

Wurzelkiller

Die Kanalisation in der Grafton Street war, wie vielerorts in Pittsburgh, schon alt und bestand aus glasierten Terrakotta-Rohren, die leicht Risse bekamen. Wurzeln bohrten sich hinein, deren blinde Kapillarhärchen kringelten sich und bildeten Knäuel, die Leitungen verstopften. Die Rohre wurden undurchlässig, und allmählich staute sich eine Mischung aus Schmutz und Abwasser, woraufhin der Abfluss im Keller überlief und eine stinkende Lache hinterließ, die Henry erst beseitigen konnte, wenn der Klempner da gewesen war.

Das war der Preis, den man für den Besitz eines alten Hauses zahlte, abgesehen von durchhängenden Zimmerdecken, zugigen Fenstern und Kohlenstaub auf dem Dachboden. Statt den Garten vor dem Haus aufzugraben und fünfzehntausend Dollar auszugeben, die sie nicht hatten, um die Leitung durch ein wurzelfestes Stück PVC zu ersetzen, spülte Henry immer im Frühjahr und im Herbst drei Tassen hellblaues Kupfersulfat die Badezimmertoilette hinunter und schloss die Tür, damit Rufus nicht hineinkonnte. Der Einwegdose zufolge waren die Kristalle lebensgefährlich, und auch wenn Henry kein Chemiker war, nahm er den Giftgehalt als Beweis für ihre Wirksamkeit. Am ersten Frühlingstag hatte er ordnungsgemäß die in seinem Kalender eingetragene Aufgabe erledigt und war deshalb überrascht, als er am Tag vor ihrer Abreise nach Chautauqua, wo sie das Sommerhaus in Betrieb nehmen wollten, die verrostete alte

Kühlbox aus dem Keller holte und auf dem Fußboden eine schmale Wasserpfütze entdeckte.

«Das kann doch nicht wahr sein.»

Da sie sich genau zwischen Luftentfeuchter und Abfluss befand, hätte beides die Ursache sein können. Die Ränder waren getrocknet und hatten einen weißen Umriss hinterlassen, also stand das Wasser schon eine Weile. Er hielt an seiner Hoffnung fest, obwohl die Pfütze in der Mitte grau war. Der Schlauch des Entfeuchters konnte geplatzt sein. Das Wasser konnte von der an den Spulen sitzenden Eiskruste geschmolzen sein.

Er kniete sich hin, schnupperte und roch den dumpfigen Geruch von Abwasser. Der mit getrockneten Klopapierfetzen gesprenkelte Abflussrost räumte die letzten Zweifel aus.

«Verdammt.»

Ich habe mein Möglichstes getan, beteuerte er. Seit dem letzten Mal hatte er einen von Emilys alten Strümpfen mit Kabelbinder als Flusensieb am Ablaufschlauch der Waschmaschine befestigt. Er reinigte die Waschbecken gewissenhaft mit Drano und schüttete kein Fett in den Müllschlucker. Er war so vorsichtig wie möglich gewesen, doch es hatte nicht ausgereicht. Allein die Anfahrt des Klempners kostete hundert Dollar.

Während er fassungslos dakniete und vor Selbstmitleid zerfloss, begannen über ihm die Rohre zu singen.

«Dreh das Wasser ab!», brüllte er zur Decke hinauf, eher panisch als wütend. Er wusste, dass Emily ihn nicht hören konnte.

Geräuschlos quoll dunkles Wasser durch die Löcher des Deckels und füllte das flache Becken, durchbrach die Umrandung und lief über, eine Zunge, die der Pfütze entgegenfloss. Er schob die Kühlbox aus dem Weg und rannte, Emilys Namen rufend, zur Treppe.

Sie war nicht in der Küche.

«Was ist los?» Sie kam von oben heruntergeeilt, als hätte er sich einen Finger abgeschnitten. Rufus sprang unbeschwert an ihr vorbei und hätte ihn fast umgerannt.

«Du darfst das Wasser nicht aufdrehen.»

«Tu ich doch gar nicht.»

«Hast du aber.»

«Läuft es wieder über? Ich dachte, das wäre behoben.»

Wie oft hatten sie das besprochen? «Es ist nicht behoben. Das ist nicht möglich.»

«Brüll mich nicht an. Ich habe nichts getan.»

«Ich brülle dich nicht an. Ich versuche zu verhindern, dass es noch schlimmer wird, als es schon ist.»

«Wie schlimm ist es denn?»

«Schlimmer als vorher.»

«Tut mir leid, ich musste die Klospülung benutzen.»

«Ist ja nicht deine Schuld», sagte er. «Ich weiß nicht, was los ist. Ich dachte, es wäre in Ordnung.»

Plötzlich kamen ihm Zweifel. Hatte er vergessen, die Kristalle hineinzuschütten? Er sah es vor sich, hörte, wie sie ins Wasser platschten, doch die Erinnerung konnte auch aus dem Herbst oder dem letzten Frühjahr stammen, denn die Jahreszeiten überlappten sich.

«Irgendwann heute muss ich Wäsche waschen», sagte Emily. «Ich hab noch die ganzen Laken und Handtücher.»

«Mal sehen, wie schnell sie kommen können.»

Der Magnet mit der Nummer des Klempners hing aus genau diesem Grund am Kühlschrank im Keller. Die Frau, die seine Mitteilung entgegennahm, wirkte desinteressiert, und er fragte sich, ob es ein Auftragsdienst war. Sie konnte ihm nicht sagen, wann jemand kommen würde. Er würde sich melden, sobald er unterwegs war.

«Wir sind zu Hause», sagte Henry.

Die Pfütze war größer und reichte bis zum Schlauch des Luftentfeuchters. Er konnte erst saubermachen, wenn die Verstopfung beseitigt war. Er schleppte die Kühlbox nach oben, besprühte das Innere mit Windex und stellte sie zum Lüften hinten auf die Veranda. Normalerweise verschaffte es ihm Befriedigung, eine Hausarbeit abzuhaken, doch seine Liste war viel länger geworden. Mit jeder verstreichenden Minute geriet er weiter in Rückstand.

In seinem Arbeitszimmer blätterte er in seinem Kalender zurück bis März. Dort, am einundzwanzigsten, neben dem Root-X, prangte ein Häkchen. Aber das war kein Trost.

Den ganzen Nachmittag warteten sie gespannt. Das Geschirr vom Mittagessen stand im Spülbecken. Sie konnten die Toilette zwar benutzen, durften aber auf keinen Fall spülen. Im Keller stank es. Die Zeitverschwendung entmutigte ihn. Als der Mann um halb fünf schließlich anrief, war es zu spät, der Tag war nicht mehr zu retten.

Henry ließ ihn durch die Lukentür herein, stand neben ihm wie ein Aufseher und richtete die Taschenlampe auf den Abfluss, während der Mann den Reinigungszugang öffnete und die Spirale durch eine lärmende Maschine laufen ließ, die sie in die Leitung schob. Während die Spirale sich hineingrub, stieg und sank das Wasser im Abfluss, als atmete es. Von Zeit zu Zeit hielt der Klempner inne, um ein weiteres Fünf-Meter-Segment anzubringen. Mit allen fünf Stücken kam er bis zur Straße. Inzwischen hatte Henry das Ganze so oft gesehen, dass er es auch selbst hätte machen können.

Er beugte sich über das Loch, konzentriert auf einen Lichtklecks, der mit dem steigenden Pegel die Form änderte. Unter der Oberfläche wallten Ablagerungen auf, und plötzlich sackte das Wasser dreißig Zentimeter ab und blieb so.

«Sie haben's geschafft», überdröhnte Henry den Motor.

Der Klempner holte die Spirale Segment für Segment wieder ein. Am Ende hingen behaarte Wurzeln.

«Ich hab Root-X benutzt», sagte Henry.

«Es liegt an dem alten Rohr. Wenn die Wurzeln erst mal drin sind, kann man nicht mehr viel machen.»

Die Rechnung betrug hundertdreißig Dollar. Henry gab dem Mann einen Scheck und reichte ihm die Hand, weil er sie mal wieder gerettet hatte.

Emily hatte mit der Zubereitung des Abendessens gewartet, deshalb aßen sie spät. Sie lud die Laken in die Waschmaschine, während er das Geschirr vorspülte, wobei sich bei ihm der Wasserdruck verringerte. Als er die Geschirrspülmaschine angestellt hatte, ging er nach unten, wischte die Pfütze in den Abfluss hinein und dann den Boden mit einem Eimer Bleichmittel und heißem Wasser auf. Er stellte zwei Ventilatoren auf, um genügend Durchlüftung zu schaffen, und versprühte Raumspray, das den Gestank überdecken sollte. Alle zwanzig Minuten überprüfte er, wie es voranging, und am Ende der Elf-Uhr-Nachrichten war der Boden trocken. Er hatte noch einen leichten Abwassergestank in der Nase, doch der würde verfliegen. Er zog die Stecker der Ventilatoren heraus und stellte alles an seinen Platz zurück. Als er sein Werk begutachtete, die Hände in die Hüften gestemmt, dachte er, dass er ein hart erkämpftes Unentschieden erreicht hatte – kostspielig und befristet, aber immerhin ein Erfolg, der die Kräfte des Chaos bis zum nächsten Mal in Schach hielt.

Auf die Liste

Am Memorial Day nahmen sie das Sommerhaus in Betrieb. Es war Brauch, dass sich die gesamte Maxwell-Sippe an dem langen Wochenende als Tribut an die Demokratie versammelte, um die Liste lästiger Arbeiten in Angriff zu nehmen, die von Generation zu Generation weitergegeben wurden. Chautauqua - eine Zuflucht vor der Plackerei des Großstadtlebens - sollte schlicht sein, und im Gegensatz zu ihren Nachbarn, deren Häuser im selben Tempo wie der Aktienmarkt gewachsen waren, hatten die Maxwells im Lauf der Jahre nur wenig verändert. Es bereitete Henry eine besondere Freude zu wissen, dass Justin und Sarah dieselben Fenster putzten, die er und Arlene als Kinder geputzt hatten, auch wenn sie es nicht besonders gut machten. Mehr als das Sommerhaus selbst war dieses Gefühl der Zugehörigkeit und Fortdauer ihr Erbe, und auch wenn sie das noch nicht zu schätzen wussten, irgendwann würden sie es tun.

Da die Kinder so weit entfernt wohnten und die Enkel allen möglichen Freizeitbeschäftigungen nachgingen, wurde es jedes Jahr schwieriger für alle, sich zusammenzufinden. Lisa musste ihren Eltern beim Umzug in eine neue Eigentumswohnung helfen und konnte nicht kommen. «Kein großer Verlust», sagte Emily. Inzwischen stand wegen Sarahs Probenplan in Zweifel, ob Margaret es überhaupt schaffen würde. Emily befürchtete, dass Henry, wenn er keine Hilfe hätte, versuchen würde, alles allein zu machen, und sie wirkte auf Kenny ein, mit Margaret zu reden. Henry, der fand, dass Emily überreagierte, wurde in ihr Gespräch nicht mit einbezogen und ärgerte sich, dass es um ihn ging, als hätten sie sich gegen ihn verschworen. Er war zwar vielleicht etwas langsamer geworden, aber er war doch kein Invalide.

Nach langem Hin und Her kamen alle außer Lisa, Sarah und Jeff.

«Das sollte ausreichen», sagte Henry.

«Mir tut Ella leid», sagte Emily. «Sie hat niemanden, mit dem sie ihre Zeit verbringen kann.»

«Ihr beide findet bestimmt eine Beschäftigung.»

«Ich übertrage ihr die Verantwortung für die Jungs.»

«Das wird ihnen gefallen.»

«Das mit Jeff überrascht mich nicht.»

«Mich auch nicht.»

Am Freitagmorgen fuhren sie gleich nach dem Frühstück los, um gegen Mittag da zu sein. Arlene, die gern ausschlief, würde selbst fahren und später kommen. Die Kinder mussten beide arbeiten, sie würden erst nach Mitternacht eintreffen und ihr Gepäck müde in der Dunkelheit ausladen. Die Vorhersage sprach von vereinzelten Regenschauern – reine Glückssache, wie sein Vater gesagt hätte, typisches Chautauqua-Wetter. Der Verkehr würde so oder so zäh sein – an der 79 wimmelte es von Baustellen. Während sie Kilometer fraßen, zu beiden Seiten dichter Wald und welliges Farmland, wo Habichte auf Zaunpfosten hockten, rechnete Henry mit Regentropfen auf der Windschutzscheibe oder einer langen Autoschlange vor ihnen. Doch da kam nichts. Er kommentierte ihr Glück nicht, um kein Pech heraufzubeschwören.

Schwer wie er war mit seinem riesigen Motor, war der Olds auf der Interstate in Bestform. Sie fuhren in isolierter Stille, Emily saß strickend neben ihm, zählte vor sich hin und beugte sich von Zeit zu Zeit herüber, um auf den Tacho zu schauen, während er an den Wendestellen nach Polizisten Ausschau hielt. Hinten lag Rufus an die Kühlbox geschmiegt und schlief. Bei Autofahrten neigte er zu heftiger Übelkeit und hatte aus diesem Grund nichts zu fressen bekommen. Um ihn nicht zu wecken, unterdrückte Henry seit dem zweiten Kaffee seinen Harndrang, doch als Zugeständnis an sein Alter bog er nun auf einen Rastplatz und nahm die nächstgelegene Parklücke.

Als er sich aus dem Wagen stemmte und dastand, verkrampfte sich sein unterer Rücken, ein stechender elektrischer Schmerz, als hätte man ihm einen Stoß mit einem Viehtreiber versetzt. Er fasste hin und biss die Zähne zusammen.

«Jesus Maria.»

«Alles in Ordnung?», fragte Emily.

«Ja. Es knirscht bloß ein bisschen.»

Er dachte, er wäre steif vom Sitzen und vom Fußbodenwischen am Abend zuvor und hätte sich die Wirbelsäule verdreht. Sobald er sich in Bewegung setzte, würde es ihm wieder gutgehen, und er bewältigte den Weg zu dem fensterlosen Gebäude und zurück tatsächlich ohne Probleme, doch einen solchen Schmerz hatte er noch nie verspürt. Jetzt befürchtete er, es könnte ihm jederzeit wieder passieren. Er sagte nichts zu Emily, denn er wusste, dass sie sich draufstürzen würde.

In Erie fuhren sie auf die I-90, die ein einziges Chaos war, weil auf zwei Spuren eine Lastwagenkolonne kroch, dann bogen sie auf die neue, völlig überflüssige, gottverlassene 86. Neben der Straße verlief eine alte Güterstrecke, der erhöhte Bahndamm durchquerte Viehweiden, und genietete Eisenbrücken überspannten die Bäche. Er erinnerte sich, wie er und Arlene immer mit dem Zug nach Jamestown gefahren waren und ihre Großmutter Maxwell am Bahnhof auf sie gewartet hatte. Von einer Verkehrsinsel vor dem Bahnhof waren sie in die Straßenbahn gestiegen, die zum Institut fuhr, und der Fahrer hatte extra an Prendergast Point gehalten, um sie hinauszulassen. Im Herbst nach dem Krieg war er allein hergekommen, um zu angeln, und hatte mit Bestürzung festgestellt, dass die Straßenbahn nicht mehr da war, die Gleise schon überwuchert, als wäre er nicht zwei, sondern zwanzig Jahre weg gewesen. In einer Sternennacht war er von einer Bar in Ashville betrunken an der Bahnstrecke entlang zurückgegangen und hatte jeden Moment damit gerechnet, dass die Gleise zu singen begannen, dass ein Scheinwerfer aus der Dunkelheit auftauchen und zur Warnung ein Glöckchen läuten würde. Alles vorbei, so wie Sloan und Embree und seine Träume, ein Heiliger zu werden. Er war kein Junge mehr. Er war gar nichts. Und dann war er Emily begegnet.

In Sherman bogen sie ab und fuhren auf der Landstraße nordwärts, ausgebesserter Asphalt, an den Rändern bröckelig, Bierdosen in den Straßengräben. Die Gegend war schon seit Ewigkeiten eine Milchregion, die Hänge gesprenkelt mit Kühen, die Kinder hatten sie in einem ihrer Spiele immer gezählt. Inzwischen waren die Scheunen verfallen, die steinigen Felder von der Natur zurückerobert, voller Dornengestrüpp und spindeldürren Bäumen. Nur die alten Farmhäuser waren noch da, mit Säulen verzierte, hinter Windschutzhecken versteckte neoklassische Bauten.

«Stell dir die Winter vor», sagte er, nicht zum ersten Mal.

«Ich bin fast am Ende der Reihe», sagte Emily und ließ ihn warten. «Okay, was?»

«Ich hab gesagt, stell dir den Winter hier oben vor.»

«Nein danke. War's das?»

«Ja.»

«Tut mir leid. Ich muss mit dem hier vor Justins Geburtstag fertig sein.»

«Verstehe.» Tat er wirklich. Sobald sie angekommen waren, würde sie zu viel zu tun haben, um stricken zu können. Er kannte die Ungeduld, wenn man nach den gemächlichen Wochen und Monaten plötzlich gehetzt wurde. Seit er Rentner war, war er so daran gewöhnt, frei über seine Zeit zu verfügen, dass ihm schon die geringste Verpflichtung – ein Baseballspiel oder ein Arzttermin auf dem Kalender – wie eine Zumutung vorkam.

Sie glitten an dem baufälligen Angelgeschäft mit dem ausrangierten Schulbus vorbei, das ihnen sagte, dass es nicht mehr weit war, überquerten einen schattigen Bach, erklommen den letzten Hügel, und dann war der See zu sehen, seine weißen Schaumkronen, ein Segelboot, das mitten auf dem Wasser krängte.

«Sieht windig aus», sagte er.

Emily nickte und konzentrierte sich auf ihre Maschen.

In der Ecke eines Maisfelds beherrschte eine Reklametafel für Webb's Resort die Kreuzung mit der 394. Vor dem Stoppschild drosselte er das Tempo. Hinten setzte sich Rufus auf.

«Er weiß Bescheid», sagte Henry.

«Sollte er inzwischen auch.»

Er nahm den Schleichweg, an der Fischbrutanstalt vorbei, und reckte den Hals, um zu sehen, ob die Teiche voll waren. Nach dem Abendessen mussten sie mit Rufus herkommen und ihn den Gänsen nachjagen lassen.

Das Tempolimit im Manor Drive, von der Hausbesitzervereinigung festgesetzt, damit die Einheimischen, die ihre Boote zur Rampe transportierten, langsamer fuhren, betrug seinerzeit komische 24,5 Stundenkilometer. Er ging vom Gas, und der Olds glitt dahin. Rufus hatte sich hingestellt, nervös, und Henry ließ für ihn das Fenster herunter. Sie waren früh dran. Die Wendestelle der Loudermilks war leer, doch Len Wisemans Caddy stand an der Garage. Auf der Wiese gegenüber vom Anwesen der Nevilles wartete eine Flotte von Golfwagen darauf, dass der Rest der Familie eintraf.

Das Erste, was ihm am Sommerhaus auffiel, war das Gras. Die Mäher waren anscheinend gerade erst da gewesen. Er war so zufrieden, als hätte er es selbst geschnitten.

«Es ist nicht verbrannt», sagte er.

«Gut.»

Als sie näher kamen, sah er, dass das Dach voller Moos war und aus den Dachrinnen Unkraut wuchs. Er hatte schon jahrelang vor, ihre alte Fernsehantenne, ein geflügeltes Aluminiumungetüm, das am Schornstein befestigt war, zu entsorgen, und setzte das Vorhaben auf die Liste. Die Fensterrahmen, die Fliegengitterveranda, das ganze Haus konnte einen frischen Anstrich vertragen, doch das musste bis zum nächsten Jahr warten, falls er das Geld dafür aufbringen konnte. Er war schon froh, dass es die Schneefälle überstanden hatte.

«Warum tun sie das?», fragte Emily betrübt, weil der Schlitz des Briefkastens mit Werbung vollgestopft war.

Er bog ab, holperte übers Gras, wobei die Reifen dürre, von der Kastanie stammende Zweige zerbrachen, und hielt neben der Küchentür, damit sie leichter ausladen konnten. «Lafayette, wir sind da.»

«Danke, dass du nicht wie ein Verrückter gefahren bist.»

Seinem Rücken ging es gut, seine Knie waren nicht steifer als sonst.

Erlöst, hockte sich Rufus mitten in den Garten und wollte gar nicht mehr aufhören zu pinkeln.

«Du weißt, dass da drüben ein ganzes Feld ist.»

«Stopp», sagte Emily. «Damit fangen wir nicht wieder an.»

«Wir hätten seinen Stein mitnehmen sollen.»

Während er nach seinen Schlüsseln kramte, sah er unter dem Küchenfenster einen toten Sperling liegen, die Flügel ausgebreitet, der Hals verkrümmt. Ein gewöhnlicher Unfall, er hatte das Glas für Luft gehalten. Henry schirmte Emily gegen den Anblick ab und ließ sie zuerst ins Haus. «Auf geht's», sagte er und hielt Rufus, der hinterhergaloppiert kam, die Tür auf. Er riss eine blaue Plastiktüte von der Rolle auf der Innenseite der Tür und stülpte sie über seine Hand, als wollte er Rufus' Kot beseitigen. Der Vogel war erstaunlich leicht, vertrocknet, flach wie eine Schindel. Er warf ihn in den Müll und schlüpfte wieder hinaus, zog die klitschnasse Post aus dem Briefkasten, warf sie auf den Kadaver, als wollte er ihn verstecken, und brachte dann das Gepäck nach drinnen.

Zugesperrt seit dem Labor Day, roch das Haus modrig und schimmelig, die Luft feucht wie in einer Höhle oder einem Keller, unangenehm, aber vertraut. Die Fliegengitterveranda war mit sich überlappenden Plastikplanen umhüllt, die das Wohnzimmer in Halbdunkel tauchten. Auf dem Kaminsims, zwischen den Streichholzbriefchen, Taschenlampen und Kerzen, lagen vereinzelte Mäuseköttel, die wie Kümmelsamen aussahen. Die Falle, die er im letzten Herbst aufgestellt hatte, war leer, was auch immer das bedeutete. Oben öffnete Emily alle Fenster. Er ging durch die hinteren

Schlafzimmer und tat es ihr nach, damit die Luft zirkulieren konnte.

Die Kommode in ihrem Zimmer hatte in seiner Kindheit ihm gehört, die Keramikknäufe gesprungen, das gemaserte Furnier an den Kanten abgeplatzt. Er blieb stehen und tätschelte sie, als wäre sie ein altes Pferd. Auf einem flachen Tablett aus gehämmertem Blech, das Kenny im Sommerlager angefertigt hatte, lagen ein Golfball, ein längst abgelaufener Gutschein fürs Putt-Putt und eine Schildpattspange. Als geheimnisvolle und veraltete Überreste vergangener Sommer fesselten sie einen Augenblick seine Aufmerksamkeit, bis Rufus die Treppe heruntergerannt kam, den Kopf zur Tür hereinstreckte und den Zauber brach.

«Was witterst du? Ich wette, du witterst Viecher.»

Zusammen mit Emily schleppte er die Kühlbox nach drinnen, randvoll und schwer wie eine Schatzkiste. Früher hätte er sie allein heben können. Jetzt ging er mit seinem Ende rückwärts und war froh über ihre Hilfe. Rufus sah von der Tür aus zu. In der Küche war kein Platz, und Emily verscheuchte ihn.

«Hast du überhaupt Hunger?», fragte sie, was bedeutete, dass sie keinen hatte.

«Nein, tu, was notwendig ist. Ich stelle das Wasser an.»

Letztes Jahr hatten die Klempner das Pumpenhaus den ganzen Winter über offenstehen lassen, und er hatte sie anrufen müssen. Diesmal war es fest verschlossen, und am Türknauf spannte sich ein mit Mücken verziertes Spinnennetz. Er schaltete die Pumpe und den Warmwasserboiler ein und ging weiter zur Garage.

Wie in der Grafton Street befand sich hier seine wahre Wirkungsstätte. Im Schatten der Kastanie, die hinteren Fenster auf den See hinausgehend, war die Garage halb Bootshaus, halb Dachboden, ein Aufbewahrungsort für Kajaks, Ausziehleitern und Korbschaukelstühle, Benzinkanister, Wasserskier und Angelruten, Schubkarren und Gartenstühle, Fahrräder, Dreiräder, Schwimmwesten und die vielen schicken Schläuche der Enkelkinder mit ihrem Gewirr von Nylonschnüren, alles am Sommerende von verschiedenen Leuten planlos hineingeworfen. Im Lauf der Zeit hatte er hinter diesem Wall aus Gerümpel, wie Br'er Rabbit in seinem Dorngestrüpp, eine brauchbare Werkbank zusammengeschustert und ihre verrosteten alten Küchenschränke zum Lagern aufgehängt. Für ihn war Urlaub die Freiheit, den ganzen Tag lang herumzuwerkeln. Auf dem Fensterbrett wartete sein Transistorradio, das auf den Pirates-Sender aus Erie eingestellt war. In der Ecke stand Kennys offener Kühlschrank aus dem Studentenwohnheim, bereit, mit Iron Citys aufgefüllt zu werden. An trägen Sommernachmittagen, wenn sich die Hitze und der Geruch von heißer Teerpappe im Dachgebälk sammelten, blickte Henry von seinem jeweiligen Tagesprojekt auf, um zu beobachten, wie die Enkelkinder vom Steg losschwammen, die *Chautauqua Belle* vorbeidampfte oder eine majestätische Wolkenprozession über den Himmel zog, um die Richtigkeit des Lebens zu genießen und vor sich hin zu nicken, als wäre es ein Geheimnis. Irgendwie war es das auch. Zu Hause empfand er es nie so, nur hier. Emily und Arlene würden ihm beipflichten. Bei den Kindern und Enkeln war er sich nicht so sicher. Diese Zweifel, ebenso sehr wie die Steuern und die Instandhaltung des Hauses, machten ihm für die Zukunft Sorgen. Er wollte, dass alle über Chautauqua so dachten wie er.

Als Letztes war der Gasgrill hineingestellt worden, ein

gusseiserner Koloss aus den sechziger Jahren. Er rollte ihn scheppernd durchs Gras zu seinem Platz unter der Kastanie, was ihm Zugang zu den Klapptischen und Gartenstühlen verschaffte, die er mit Blick zum See aufstellte. Die Schubkarre mit den Schwimmwesten und Benzinkanistern kam als Nächstes, dann die platten Fahrräder, die er zur Seite stellte, ebenso einen verbeulten Mülleimer voll Feuerholz. Der Haufen wurde jedes Jahr unübersichtlicher, doch aus Erfahrung wusste er, dass es zwecklos war, dagegen anzukämpfen. Es war einfach zu viel Gerümpel. Wie der Regen und die Mäuse war es gegen seinen Willen zur Gewohnheit geworden.

Als er das Krocketspiel entdeckte, rief sie ihn zum Essen ins Haus - Schinkensandwiches und Kartoffelsalat aus dem Feinkostladen auf Papptellern. Wie immer hatte sie seine Wünsche vorweggenommen und ihm ein Sandwich ohne Tomaten gemacht, obwohl er eigentlich gar nichts gegen Tomaten hatte. Aber er aß sie wiederum nicht so gern, dass er extra darum bitten mochte, und ließ das Ganze unkommentiert.

«Draußen ist es so schön», sagte sie. «Ich dachte, wir könnten auf dem Steg essen.»

«Ich hole mir bloß einen Hut.»

Rufus lief durch den Garten voran, wobei er bereits an die Speisereste dachte und über die Schulter blickte, als könnten sie sich seiner entledigen.

Damals war die Montage des Stegs die schwerste Arbeit des Wochenendes gewesen, alle Männer und männlichen Jugendlichen aus dem Manor Drive hatten mit angepackt, in Badehose und löchrigen Turnschuhen im flachen Wasser gestanden und den Steg Stück für Stück weitergebaut, während Henry sie anleitete und jedes neue Teilstück mit der Wasserwaage überprüfte. Inzwischen bezahlte die Hausbesitzervereinigung eigens eine Truppe dafür. Diese Leute befestigten die Einzelteile nicht richtig, sodass sie ungleichmäßig angebracht waren, zwei, drei Zentimeter höher oder niedriger saßen und Nichtsahnende sich den ganzen Sommer die Zehen stießen.

Als Emily und Henry am Fireball der Klippspringers und dem Chris-Craft der Van de Meers vorbeigingen, schwankte der Steg unter ihren Füßen wie auf dem Rummelplatz. Sie fürchtete, ihr Sandwich fallen zu lassen, und blieb stehen.

Er reichte ihr den Arm.

«Ach, es ist furchtbar», sagte sie.

«Und rate mal, wer das bezahlt.»

«Du solltest es auf der Versammlung ansprechen.»

«Mach ich. Nützt aber nichts.»

Die Pfähle am Ende des Stegs waren von weißen Plastikkegeln gekrönt und mit Angelschnur bespannt, um die Möwen abzuschrecken, trotzdem war die Bank mit Kot bedeckt, als hätte jemand Tünche verschüttet. Rufus wartete, bis Emily Platz nahm, und pflanzte sich vor ihr auf, seine Nase nur wenige Zentimeter von ihrem Teller entfernt.

«Verschwinde», sagte sie. «Hör auf zu betteln.»

Der Wind hatte aufgefrischt, und während sie aßen, beobachteten sie ein einzelnes Rennboot, das weit draußen durch die Schaumkronen bretterte, und das Geräusch kam zeitverzögert bei ihnen an – *wupp, wupp, wupp*. Am nächsten Tag würde der See eine Rennstrecke sein, auf der es von Jetskis wimmelte, doch im Augenblick war er idyllisch. Geblendet von der auf dem Wasser flimmernden Sonne, kniff er die Augen zusammen. Er kaute und schwelgte im Blick aufs andere Ufer und ein paar hohe, helle Wolken, die südwärts zogen. Sein Sandwich brauchte keine Tomaten. Die Pickles waren salzig und süß. Selbst der im Laden gekaufte Kartoffelsalat schmeckte gut. Er hatte nicht gewusst, dass er so hungrig war.

«Das war eine gute Idee.»

«Hin und wieder hab ich mal eine.»

Er hielt Rufus ein letztes Stück Kruste hin, und der schnupperte daran und nahm es behutsam.

«Kein Wunder, dass er bettelt.»

«Er ist ein braver Bursche», sagte Henry. «Wäre schön, wenn's so bliebe.»

«Daraus wird nichts, das weißt du. Was hat Arlene gesagt, wann sie kommt?»

«Sie hat nichts gesagt.»

«Sie ist konsequent, das muss ich ihr lassen.»

«Stimmt.»

Emily aß ihre Pickles auf, und Rufus trottete zum Rand des Stegs, legte sich, den Blick aufs Wasser gerichtet, hin. Auf dem Steg der Cartwrights drehten sich, als wären es Propeller, die knarrenden Flügel der Holzente, die als Windmesser diente. Das Rennboot war verschwunden und wurde ersetzt durch einen Katamaran, der vor dem Institut kreuzte. Kleine Wellen schwappten gegen die Pfähle. Rufus wälzte sich auf die Seite, als würde er aufgeben. Sie saßen da, hielten die Gesichter in die Sonne und wärmten sich. Der Glockenturm schlug die halbe Stunde, das Glockenspiel durch die Entfernung gedämpft.

«Gut», sagte Emily. «Zurück an die Arbeit.»

«Ja», sagte Henry. «Auf geht's.»

Doch keiner von beiden rührte sich.

Memento mori

Jedes Jahr am Decoration Day nahm seine Mutter die beiden Kinder mit zum Allegheny Cemetery, wo ihr Bruder begraben lag. Dort legten Henry und Arlene, gekleidet wie für eine Totenwache, inmitten Dutzender anderer Familien, die ihrer zu früh verstorbenen Angehörigen gedachten, einen schwarzen Kranz mit goldenem Band an sein Grab, einen glänzenden Marmorobelisken. Der Stein trug seinen vollen Namen, doch er beunruhigte Henry. Sie neigten die Köpfe, während seine Mutter lautlos betete, und er malte sich aus, wie sein Onkel im Wohnzimmer seiner Großeltern feierlich aufgebahrt lag. Die Zeremonie vollzogen sie bei jeglichem Wetter. Wenn es regnete, stand er trocken unter seinem Schirm und stellte sich vor, wie das Wasser durch den Boden sickerte, dunkle Flecke auf der Uniform seines Onkels hinterließ und seine Orden benetzte.

Henry graute es vor diesem Tag. Wenn er an dem Grab stand, die Hand der Mutter auf seiner Schulter, glaubte er, mehr empfinden zu müssen. Er war ihm nie begegnet, aber Verwandte behaupteten, er habe das Kinn seines Onkels, und manchmal, wenn er allein war und das Bild auf der Kommode seiner Mutter oder die Zeichnung von Paris auf dem Kaminsims betrachtete, spürte er ein geheimes Band zwischen ihnen. Hier jedoch nicht. Wie bei den Beerdigungen samstagnachmittags in der Calvary Church wünschte er sich, es wäre vorbei, damit er nach Hause gehen und seine Freizeitkleidung anziehen könnte.

Sein Vater war bei diesen Besuchen seltsamerweise nie dabei, als hätte er Einwände gegen das Ritual gehabt, doch im Rückblick fand Henry keinen Hinweis darauf, denn sein Vater war überaus verständig und um seine Frau äußerst besorgt gewesen. Höchstwahrscheinlich hatte er gearbeitet, denn damals war der Decoration Day kein fester Feiertag gewesen und konnte auf einen Wochentag fallen. Für Henry war es nachvollziehbar, er selbst vergeudete nur ungern einen Urlaubstag und verbrachte ihn lieber in Chautauqua.

In jedem Frühjahr bezeugten die drei ihre Achtung, bis Arlene aufs College verschwand und Henry seine Mutter allein begleiten musste, um den Kranz abzulegen. Als er aus dem Krieg zurückgekehrt war, ging er aus Gewohnheit mit. Inzwischen hatte er seine eigenen Toten, und der ruhige, gepflegte Friedhof kam ihm wie eine Lüge vor. Doch er konnte ihr diesen dürftigen Trost nicht verweigern, und so neigte er den Kopf und dachte an Sloan und die Nacht, die ihn wie die Hoffnung auf Vergessen erwartete. Erst nach der Hochzeit mit Emily wurde er von der Aufgabe entbunden, als gälte seine Verantwortung jetzt nur ihr und den Kindern, doch statt erleichtert zu sein, dachte er an seine Mutter, wie sie den Kranz kaufte, sich zurechtmachte und selbst hinfuhr, um diese stillen Momente allein mit Henry Chase zu verbringen. Den Rest des Jahres mochte er vergessen dort liegen, doch am Decoration Day war sie, egal bei welchem Wetter und so standhaft wie die frischen Fähnchen, auf dem Friedhof, um seiner zu gedenken.

1979 war seine Mutter gestorben. Kaum zu glauben, dass sie schon fast zwanzig Jahre tot war. Er konnte noch immer ihre Stimme und all ihre albernen Sprüche heraufbeschwören. *Wohlan, MacDuff. «Ich sehe», sagte der Blinde. Fertig, Hesy, min Jung?* Er dachte, er sollte, wenn sie nach Hause kamen, beide wirklich besuchen, auch seinen Vater.

Für Henry war Trauer genau wie die Liebe eine Privatangelegenheit. Er konnte mit Paraden, Ansprachen oder Schweigeminuten nichts anfangen. Er brauchte keine spezielle Gelegenheit, um sich an die Toten zu erinnern. Sie kamen unaufgefordert zu ihm – Embree, Jansen und Davis, in den Wäldern bei Pforzheim direkt neben ihm erschossen. Der Richtschütze des untergegangenen Panzers, dessen aufgedunsenes Gesicht wenige Zentimeter unter der Wasseroberfläche dümpelte wie ein neugieriger Fisch. Die Leichen auf der Straße, die wie Wäschehaufen aussahen. Sosehr er es sich manchmal wünschte, er würde all das nie vergessen. Er hatte es versucht.

Damals wie heute tat es gut, in Chautauqua zu sein, das Sommerhaus eine Zuflucht vor dem Lauf der Welt. Er beging den Feiertag anonym, wie alle Hausbesitzer, indem er die Fahne aufzog.

Ihre stammte aus dem alten Ames an der Straße nach Mayville, das schon seit Jahrzehnten geschlossen war. Gekrönt von einem Bronzeadler, in einer Ecke der Garage gelagert, steckte sie noch in der Original-Plastikhülle des Herstellers, getrübt von Staub und Alter. Als er sie entrollte, verströmte das sonnenverblasste Nylon einen pilzigen Modergeruch – bei der Feuchtigkeit ein ständiges Problem. Er ließ sie lüften, während er die Trittleiter zur Fliegengitterveranda schleppte und ihre Stabilität überprüfte. An Weihnachten war die Ausziehleiter beim Anbringen der Außenbeleuchtung weggerutscht, und er war im Gebüsch gelandet. Er hatte sich nicht verletzt, nur ein paar Schrammen abbekommen, doch seither war Emily nervös, wenn er irgendwo raufsteigen musste.

In diesem Fall würde er sich nur gut einen Meter über dem Boden befinden, und statt um Erlaubnis zu fragen, erklomm er die Leiter und steckte die Stange in die Halterung.

Der Wind bauschte die Fahne, das Nylon raschelte. Er trat einen Schritt zurück und bewunderte sie, es war die gleiche wie die Fahnen der Nachbarn auf beiden Seiten, und er dachte an seine Mutter, an Embree und Henry Chase, wehrte sich gegen den Drang zu salutieren, klappte dann die Leiter zusammen und ging, um sich um den Briefkasten zu kümmern.

True Value

Als Erstes sollte Kenny, wenn er abends eintraf, den Briefkasten sehen, den er und Lisa ihnen zu Weihnachten geschenkt hatten. Henry dachte, der alte Pfosten sei noch zu retten, doch der war von der ständigen Feuchtigkeit morsch, weich wie nasses Brot und voller Holzameisen, deshalb stellte er eine Liste zusammen und machte sich auf den Weg nach Mayville. Als er zurücksetzte, fragte Emily, ob er bei Haff Acres vorbeifahren und zum Nachtisch Erdbeeren besorgen könne – «aber nur, wenn sie gut aussehen». Er ging auf Nummer sicher und kaufte sie als Erstes, wobei er die fleckigen Kartons wie ein Chefkoch begutachtete.

Mayville hatte sich seit Jahrzehnten nicht mehr verändert. Es war eine rückständige Bezirksstadt und thronte auf einem Hügel, der das nördliche Ende des Sees beherrschte. Große Eichen säumten die breite Hauptstraße und warfen Schatten auf betürmte viktorianische Häuser in verschiedenen Stadien des Verfalls. An den reich verzierten Verandageländern fehlten Spindeln, und alles stand zum Verkauf – Motorboote und Pick-ups, die vorm Haus geparkt waren, an den Bäumen lehnende Geländemotorräder mit Noppenreifen. Das Geschäftsviertel aus Backstein, das sich über einen Block erstreckte, bestand aus leeren Ladenfassaden und verdunkelten Kanzleien, deren Anwälte im Gerichtsgebäude Prozesse führten; als einziges Lebenszeichen das Golden Dawn, auf dessen Parkplatz es von Wochenendausflüglern wimmelte, die sich für den Feiertag eindeckten. Henry hielt nach Polizisten Ausschau, bevor er mitten auf der Straße wendete und vor dem Eisenwarenladen parkte.

Wie die Stadt selbst war Baker's True Value eine letzte Bastion, die engen Gänge vollgestopft bis zur Decke wie in einem Gemischtwarenladen, die Garten-, Farben- und Autoabteilungen ineinander übergehend, die Regale ein Gewirr aus Eimern, Blumentöpfen und Benzinkanistern. Es gab Haushaltswaren für die Sommerurlauber, Wasserskier und Angelzeug, Holzkohle, Propangas und sträflich überteuerte Bündel Feuerholz. An der hinteren Wand, neben den Behältern mit PVC-Rohren, verbreitete eine Popcorn-Maschine, als sollte sie die Kunden zum Verweilen verlocken, den Kinoduft von heißem Öl. Unten gab es Fliegengitterrollen und Ersatzglasscheiben und draußen ein kleines Holzlager. Für jemanden, der zum ersten Mal da war, mochte das alles chaotisch aussehen, aber Henry war Stammkunde. Im Sommer kam er drei-, viermal pro Woche her, tauschte das überfüllte Sommerhaus gegen den kurzzeitigen Frieden samt Klimaanlage im Olds ein. Genau wie der Golfplatz war Baker's True Value eine Insel. Normalerweise schlenderte er durch die Gänge, inspiriert von der Fülle nützlicher Waren, und sah in jeder Sprühdose und jedem Werkzeug ein neues Projekt, doch diesmal hatte er keine Zeit.

Anstelle von Ted Baker saß ein Mädchen mit blutroter Schürze und weißem Namensschild an der Kasse. Sie las in einem dicken Taschenbuch und schien sich damit zu begnügen, Henry zu ignorieren, doch als er das Raid und die Mäuseköder auf den Tresen legte, steckte sie das Buch in die Schürzentasche. Bailey, so hieß sie. Sie trug einen Ring am Rand der Unterlippe, ein Teenagergehabe, das er nie verstehen würde. Er konnte keinerlei Familienähnlichkeit erkennen, doch da war er sich nicht sicher. Wortlos scannte sie seine Einkäufe ein.

«Ich brauche noch einen druckimprägnierten Pfosten für einen Briefkasten und einen Sack Sakrete.»

«Die stehen draußen.» Sie deutete mit dem Finger hin.

«Ich weiß. Ich bezahle die Sachen jetzt und fahre dann ums Haus, wenn das in Ordnung ist.»

«Wie groß soll der Sack denn sein?»

«Was ist der kleinste, den Sie dahaben?»

Sie musste im Computer nachschauen, und ihre Fingernägel klackten. «Zwanzig Kilo.»

«Das reicht.»

Als er bezahlt hatte, bat er sie, Mr. Baker herzlich zu grüßen.

«Tja, den Bakers gehört der Laden nicht mehr.»

«Wann haben sie denn verkauft?»

«Keine Ahnung, irgendwann letzten Herbst. Ist schon 'ne Weile her.»

«Das tut mir ja leid.»

«Fahren Sie einfach ums Haus herum, dann kümmert sich Danny um Sie.»

«Danke», sagte Henry und trat zurück.

Er hatte sich nicht geirrt. Das Schild war dasselbe wie immer. Es war klug, den Namen beizubehalten.

Der Junge bestätigte ihre Geschichte. Am Ende des vergangenen Sommers hatten die Bakers den Laden an jemanden aus Buffalo verkauft und waren nach South Carolina gezogen.

«Hatten wohl genug von dem Schnee», vermutete Henry.

«Kann ich Ihnen nicht sagen.»

Auf der Heimfahrt dachte er, dass es ein weiterer Verlust

war, und dann konnte er den Sack Sakrete nur mühsam aus dem Kofferraum heben.

Als er es Emily erzählte, meinte sie, davon gehört zu haben. «Ich bin mir sicher, sie haben sich dabei eine goldene Nase verdient. Schön für sie.»

«Vermutlich», sagte Henry.

Er trug alles zusammen, was er am Fuß der Einfahrt brauchen würde. Der Wind hatte nachgelassen, und der Asphalt strahlte Hitze ab. Bevor er den alten Pfosten ausgrub, besprühte er ihn mit Raid und versetzte die Ameisen in Aufruhr. Der chemische Geruch war tödlich. Er zog verkrustete Handschuhe an, um den Pfosten loszubekommen, zerrte ihn hin und her, kippte ihn schließlich um und hebelte die verrostete Kaffeedose heraus, die als Sockel gedient hatte – Chock full o'Nuts, die Sorte, die seine Eltern getrunken hatten. Er sah vor sich, wie die Dosen auf der Werkbank seines Vaters aufgereiht waren, jede in seiner exakten Handschrift beschriftet. Wurde der überhaupt noch hergestellt? Nach Baker's hatte er sich damit abgefunden, die ganze Welt einzubüßen.

Der kaputte Eimer, den er als Verankerung benutzen wollte, war größer und würde den Schneepflügen besser standhalten. Der Boden bestand hier aus dichtem Lehm, und als er das Loch vergrößerte, schmerzten ihn die Schultern und der untere Rücken, sein Gesicht wurde rot, und hinter einem Auge schlug der Puls. Schweiß sickerte in seine Pirates-Kappe und tropfte von ihrem Schild. Er pustete Tropfen von seiner Nasenspitze.

«Kann das nicht bis morgen warten?», fragte Emily und brachte ihm eine kühle Limonade. «Du holst dir noch einen Herzinfarkt.»

«Das hier ist der schwere Teil.»

«Das sehe ich.»

«Der Rest ist einfach.»

«Hast du schon was von Arlene gehört? Es wäre schön zu wissen, wann ich mit dem Abendessen anfangen soll.»

«Stell dich auf halb sieben ein. Wenn sie dann noch nicht da ist, hat sie Pech gehabt.»

«Ich dachte, wir könnten den Spargel und vielleicht ein paar kleine Kartoffeln auf dem Grill zubereiten. Ich hab noch was von dem indischen Brot, das du gern isst. Was hältst du davon, das auf den Grill zu legen?»

Er war mit allem einverstanden, hörte kaum zu und überlegte, wie er den Pfosten mit zwei Gartenstühlen aufrecht halten könnte, und als sie mit dem Glas wieder ins Haus gegangen war, kam er sich undankbar vor.

Das Loch war nicht tief genug. Zweimal stellte er den Eimer hinein und zog ihn wieder heraus. Eine Ameise lief im Zickzack den Schaufelstiel entlang. Er streifte sie mit dem Handschuh weg. Wie lange war die Kolonie da gewesen? Er musste alles kleinhacken und in Tüten füllen, eine weitere lästige Arbeit.

Als das Loch endlich fertig war, stellte er die Stühle auf beide Seiten und holte den Schlauch. Vom Graben taten ihm die Hände weh, und der Sack Sakrete war schwer wie eine Kanonenkugel. Als er ihn ins Gras fallen ließ, bekam er einen Riss, und graues Pulver quoll heraus.

Das Mischungsverhältnis war drei zu eins. Er kniete sich neben den Eimer, goss Wasser hinein, hob portionsweise mehr Sakrete unter und rührte den Brei mit einem abgesägten Besenstiel um, der dafür zu klein war. Er steckte ihn tief in den Eimer, rührte fester und versuchte, die trockenen Stellen zum Verschwinden zu bringen. Der Brei kam ihm zu dick vor, dabei hatte er schon zu viel Wasser verwendet. Er leerte den Sack vollends, warf ihn weg und kniete sich anders hin, ließ sich vor dem Loch auf alle viere nieder und ächzte beim Verquirlen. Dennoch leistete die Mischung Widerstand, war ein steifer Schlick. Er fasste den Besenstiel mit beiden Händen und nahm die Sache so in Angriff, rührte im Uhrzeigersinn, dann andersherum und wieder wie vorher, ungestüm, heftig, von der Anstrengung schwindlig. Dunkle Flecke traten vor seine Augen, dicht und geballt wie Rauch. Die Welt verschwamm und kippte, Übelkeit erregend. Wie in einem Traum begriff er zu spät, dass er in Ohnmacht fiel. Er stürzte bereits, und das Loch hob sich ihm entgegen, um ihn zu verschlucken. Im letzten Moment ließ er den Stock fallen, streckte die Hände vor, um sich zu retten, und sie versanken bis zu den Gelenken im Schmodder.

Während der Grundausbildung war er im Hochsommer in Louisiana auf einem Marsch durch die staubigen Hügel ohnmächtig geworden und, den Rucksack noch auf dem Rücken, am Straßenrand wieder zu sich gekommen. «Morgen, Sonnenschein», hatte Gunny Raybern gesagt und ihn in die Wangen gekniffen. Genau wie damals war Henry jetzt eher verlegen als ängstlich, als trüge er die Schuld an der Weigerung seines Körpers, weiterzumachen.

Er warf einen Blick auf die Schlafzimmerfenster - niemand zu sehen. Emily hatte nichts mitbekommen, und er fing sich rasch wieder, spülte die Hände unterm Schlauch ab und spritzte sich Wasser ins Gesicht. Er befeuchtete seine Kappe und wischte sich in der Hoffnung auf Kühlung den Nacken ab. Sobald er den Pfosten eingegraben hatte, konnte er sich ausruhen. Das Sakrete war so gut, wie es sein konnte. Er fühlte sich besser und stützte sich auf die breite Armlehne eines Gartenstuhls, um aufzustehen. Es ging ihm gut, er hatte sich bloß überanstrengt. Er hatte seine Lektion gelernt: Er hätte eine Mischmaschine mieten sollen.

Bei der mittigen Ausrichtung des Pfostens ließ er sich Zeit und rückte die Stühle zurecht, bis der Briefkasten gerade war. Jetzt musste er nur noch alles aushärten lassen.

«Was ist los mit dir?», fragte Emily, als er ins Haus kam, um etwas zu trinken.

«Es ist ziemlich warm draußen, falls es dir noch nicht aufgefallen ist.»

«Ich hab ja gesagt, du hättest warten sollen.»

«Er wird schön aussehen.»

«Gut. Geh jetzt duschen und kühl dich ab. Es ist schon fast fünf.»

«Ich muss den alten noch entsorgen. Er ist voller Ameisen.»

«Mach, was du willst», sagte sie. «Ich trinke jetzt ein Glas Wein.»

Er füllte gerade die mit Gift besprühten Stücke in Tüten, als Arlenes Taurus in die Einfahrt bog. Sie war die landschaftlich schöne Strecke durch den Allegheny National Forest gefahren, was hieß, dass sie sich im Seneca-Reservat mit billigen Zigaretten eingedeckt hatte. Auch sie hatte Erdbeeren gekauft.

«Zwei Seelen ...», sagte sie, und Emily verdrehte die Augen.

Sie aßen auf dem Rasen und zogen sich ins Haus zurück, als es mit den Mücken zu schlimm wurde. Emily, weise wie Salomon, hatte die Erdbeeren alle aufgeschnitten, sie zusammengetan und mit frischer Schlagsahne als Nachtisch serviert.

Nachdem er das Geschirr gespült und den Grill geschrubbt

hatte, trat er vors Haus. Die Sonne war untergegangen, und Fledermäuse kreisten kreischend über den Bäumen. Es war jetzt zwei Stunden her. Das Sakrete brauchte einen Tag, um auszuhärten, doch fürs Erste war es fest genug. Er zog die Stühle weg und trat, die Arme verschränkt, mitten auf die Straße, ein Kritiker, der ein Kunstwerk beurteilte. Der Briefkasten war doppelt so groß wie ihr alter, auch für Pakete geeignet. Die schwarze Eloxalbeschichtung war angeblich rostbeständig, mit lebenslanger Garantie, in seinem Fall ein schlechter Witz. Auf die linke Seite hatte er in weißer Reflexfarbe ihren Namen und die Hausnummer geschrieben. Sie leuchteten in der Abenddämmerung, was nach der Anstrengung befriedigend war, und er kehrte triumphierend in die Küche zurück und forderte zur Belohnung einen Fingerbreit Dewar's.

Da die Fliegengitterveranda mit Plastikplanen umhüllt war, war es im Sommerhaus zu warm für ein Feuer. Rufus streckte sich genau wie Duchess früher auf dem Kaminvorleger aus, um kühl zu bleiben, seine Lippen zuckten im Schlaf. Während Emily strickte und Arlene Agatha Christie las, ging Henry die Liste mit einem Bleistift durch und legte die Aufgaben für den nächsten Tag fest. Bei vielen Arbeiten, die er früher selbst ausgeführt hatte, verließ er sich jetzt auf die Kinder. Die Dachrinnen säubern, den Garten umgraben, die Wetterfahne aufstellen. Die Antenne nicht zu vergessen. Sosehr er sich wünschte, dass Emily falschlag, nach dem Aussetzer heute traute er sich nicht mehr und war dankbar, dass die Kinder kamen.

Obwohl die Fenster geöffnet waren, um zu lüften, war es im Zimmer still, nur das Schrillen der Insekten und das Glockengeläut durchbrachen hin und wieder die Stille. Er trank einen Schluck und leckte sich die Lippen. Emilys Nadeln klickten. Arlene blätterte eine weitere Seite um. Mitten in dieser Ruhe klingelte das Telefon, erschreckend wie der Knall eines Schusses. Rufus bellte, weil er dachte, es wäre die Hausklingel.

«Scht», sagte Emily.

Es war Margaret von unterwegs. Bei Toledo war eine Großbaustelle. Sie würden erst nach Mitternacht ankommen.

«Wahrscheinlich bist du trotzdem früher da als dein Bruder», sagte Emily, «also lass bitte das Licht draußen an. In Ordnung, Liebes. Fahr vorsichtig.»

«Wann sind sie losgefahren?», fragte Henry.

«Hab ich nicht gefragt.»

«Gut, dass sie angerufen hat», sagte Arlene. «Das ist eine lange Strecke, wenn man allein fährt.»

«Sie schafft das schon», sagte Emily. «Sie hat ja jede Menge Übung.»

Vor ein paar Jahren noch hätte er auf sie gewartet, doch der Scotch machte das nach dem langen Tag unmöglich. Emily sagte, sie komme bald nach; sie wollte noch die Socke fertigstellen, an der sie strickte. Ihm tat das Knie weh (es würde Regen geben), und vor dem Zähneputzen nahm er eine Schmerztablette. Anfangs fühlten sich die Laken kühl an. Als sie zu warm wurden, streifte er sie ab und legte sich, die Beine gespreizt, auf den Rücken, begrüßte den Schlaf, malte sich aus, wie Kenny und Margaret durch die Nacht fuhren, und stellte sich vor, was sie am nächsten Tag alles erledigen würden.

Stunden später schreckte er hoch, als hätte ihn jemand wachgerüttelt. Einen Augenblick wusste er nicht, wo er war, in der Grafton Street oder einem Hotel in England, das von einem Traum übriggeblieben war. Neben ihm lag Emily und schlief. Auf den Vorhängen war der Lichtschein von der Außenbeleuchtung zu sehen. Obwohl er nicht pinkeln musste, trottete er zur Toilette und versuchte es. Das Wohnzimmer und die Küche waren dunkel. Die Mikrowelle zeigte 2:17 Uhr an, die Nummer seines Klassenzimmers im dritten Schuljahr, und sein müder Verstand stellte den sinnlosen Zusammenhang her. Hinter Arlenes Taurus stand Margarets Kleinbus, an einem Vorderreifen fehlte die Radkappe. Kennys Wagen war noch nicht da, und bevor er wieder ins Bett ging, vergewisserte er sich, dass die Tür nicht abgeschlossen war. Während er dalag und lauschte, hörte er immer wieder das Sirren der Reifen in den rauschenden Bäumen, und plötzlich war er im Park, im Wald hinter ihrem Clubhaus und grub mit Davis und Embree und dem Rest ihrer Kompanie, es regnete, und sie waren alle klatschnass, schlammbedeckt.

Am Morgen war Kennys Kleinbus hinter dem von Margaret geparkt, sodass Henry genug Platz zum Rausfahren hatte. Sie waren gegen drei Uhr gekommen, und dennoch war Kenny, wie vorherzusehen, früher auf als Margaret. Als Henry fragte, wie ihm der Briefkasten gefalle, sagte er, es sei eine lange Fahrt gewesen. Er war ihm tatsächlich nicht aufgefallen.

Er ging extra hinaus auf die Straße, um ihn zu bewundern.

«Sieht gut aus, Dad. Frohe Weihnachten.»

«Danke», sagte Henry.

Die Arbeitslist

Er glaubte nicht, dass Margaret wieder trank, schon allein, weil sie so gut aussah. Er war ins Haus gekommen, um eine Tüte mit Reißverschluss für die Schrauben von den Holzleisten der Veranda zu holen, und fand Margaret in der Küche vor, wo sie sich eine Tasse Kaffee in der Mikrowelle aufwärmte. Seit Weihnachten hatte sie abgenommen, ihr Gesicht merklich schmaler, eine Leistung, die, wenn man ihre Geschichte kannte, große Mühe gekostet haben musste. Er war betroffen über ihre Ähnlichkeit mit Emily in diesem Alter, die gleichen hohen Wangenknochen und großzügigen Lippen. Dass sie schön sein konnte, hatte er immer gewusst. Aber ob sie je glücklich sein würde, wusste er nicht, und er fragte sich, ob es vielleicht zu spät war.

Sie war für die Arbeit gekleidet, T-Shirt, Shorts und Turnschuhe. Als sie ihn umarmte, roch ihr Haar nach Zigaretten, eine weitere Sucht, die sie vermutlich aufgeben sollte.

«Hallo, Dad.»

«Danke, dass du gekommen bist. Du siehst gut aus.»

«Ach, ich bin ganz schmutzig, aber danke. Tut mir leid, dass es bei Sarah nicht geklappt hat. Sie wäre wirklich gern mitgekommen.»

«So hat sie bestimmt mehr Spaß.»

«Ja. Sie schwärmt dafür. Wir kriegen sie kaum noch zu sehen. Ich glaube, Justin ist ein bisschen neidisch, darum ist das für ihn eine nette Abwechslung.»

Er dachte, sie würde von sich aus über Jeff reden, tat sie

aber nicht, und er fragte nicht. Es war schon nach zehn. Er und Kenny waren mit der Veranda fast fertig, Ella und die Jungen waren damit beschäftigt, die Fliegenfenster zu reinigen, und Emily und Arlene kauften etwas zu essen ein.

Die Arbeitsliste hing am Kühlschrank.

«Du sollst den Garten umgraben, wenn das in Ordnung ist.»

«Da bin ich aber froh, dass ich nicht geduscht habe.»

«Du kannst auch die Dachrinnen säubern, wenn dir das lieber ist.»

«Alles gut», sagte sie. «Ich komme gleich. Ich brauche bloß erst meinen Kaffee.»

Draußen hatte Kenny die letzte Plane abgehängt und faltete sie auf dem Rasen zusammen. Er hielt inne, um die Schrauben aus seiner Tasche zu kramen, und ließ sie in die von Henry aufgehaltene Tüte fallen. Er hatte alle Leisten mit einem Stift markiert, damit sie im nächsten Jahr wussten, wo sie hingehörten – ein Pluspunkt.

«Was ist als Nächstes dran?»

Nachdem sie alles weggeräumt hatten, ließ Henry ihn mit einem Spachtel die schwammartigen Moosbüschel vom Dach schaben und die Schindeln mit einer Bleichlösung reinigen, eine lästige Aufgabe, die durch die steile Schräge noch erschwert wurde. Obwohl inzwischen die Sonne schien, war ein Gewitter ziemlich wahrscheinlich. Das Ziel war, mit den Dachrinnen fertig zu sein, bevor es anfing, damit der Regen die restliche Arbeit erledigte. Die Antenne konnte warten.

Neben der Garage schrubbten Ella und die Jungen die Fliegenfenster.

«Egal was du tust», sagte er und bückte sich, um ihre Arbeit zu begutachten, «deinen alten Großvater darfst du nicht nass machen», woraufhin er dort stehen blieb und Ella genug Zeit gab, ihn und Rufus zur Freude der Jungen vollzuspritzen. Wenn sie älter wären, würden sie mürrisch und überheblich werden, mit einem geheimen inneren Drama beschäftigt. Aber noch konnte er sie mit Albernheiten ergötzen.

«Gut», sagte er, «genug getrödelt. Zurück an die Arbeit.»

Als er zum Garten ging, um nach Margaret zu sehen, war sie nirgends zu entdecken. Die Schaufel lag dort, wo sie aufgehört hatte, auf der Erde, etwa ein Zehntel der Arbeit erledigt. Sie war weder in der Küche noch im Wohnzimmer. Er rief die Treppe hinauf, doch es kam keine Antwort. Als Jugendliche hatte sie sich ständig gedrückt, hatte sich nach dem Abendessen auf die Toilette verzogen und Kenny das Geschirr allein spülen lassen. Die «Arbeitslist» verdankte ihre Existenz sowohl ihr als auch Henrys eigener Zeit beim Küchendienst. Sie hatten sie eingerichtet, um sicherzugehen, dass Margaret ihren angemessenen Anteil erledigte. Kenny hatte die allererste Liste erstellt, das schicksalhafte Wort falsch geschrieben und so ihren Platz in der Familiengeschichte zementiert.

Henry überquerte die Veranda, als er Margaret am anderen Ende des Stegs sah, wo sie mit dem Telefon am Ohr auf und ab ging und ihre Zigarette in die Luft stieß, um einem Argument Nachdruck zu verleihen. Auch Justin beobachtete sie. Die Kinder lehnten die Fliegengitter an die Gartenstühle, damit sie in der Sonne trockneten. Justin stellte seins ab, hielt kurz inne und blickte zu ihr hinüber, und Henry fragte sich, wie viel er wohl wusste. Er war ein stiller, manchmal ängstlicher Junge, und obwohl Henry versuchte, Margaret bezüglich ihrer Ehe im Zweifel für unschuldig zu halten, machte er sie für Justins Sprunghaftigkeit verantwortlich. Ihre Wut war ihm ein Rätsel, der Ursprung nicht zu ergründen, sie schien über die schlichten Enttäuschungen der Kindheit hinauszugehen. Im Gegensatz zu Emily würde er nie glauben, dass sie beide daran schuld waren.

Ella und die Jungen nahmen sich die nächsten drei Fliegengitter vor und tauchten ihre Scheuerbürsten in den Eimer mit Seifenlauge.

«Gute Arbeit, Leute», rief Henry so laut, dass Margaret es hoffentlich hören würde, doch sie schien es nicht zu bemerken. Einen langen Augenblick stand er auf dem Rasen, die Arme verschränkt wie ein Vorarbeiter, und sah ihr beim Auf-und-ab-Gehen zu. Irgendwann blieb sie stehen und sah in den Himmel hinauf, die andere Hand auf der Stirn wie in Schmerz oder Ungläubigkeit, ging dann gestikulierend weiter und legte ihren Standpunkt dar. Als ihm klarwurde, dass sie noch eine Zeitlang brauchen würde, ließ er es dabei bewenden und ging zum Holzstapel, von wo er nur die besten Scheite ins Haus mitnahm. Nach dem Gewitter würde der Abend kühl werden, und sie wollten bestimmt gern ein Feuer anzünden.

Eine hundertprozentige Wahrscheinlichkeit

Das größte Vergnügen an schlechtem Wetter war, wie bei so vielem im Leben, die gespannte Erwartung. In dem Wissen, dass ein Gewitter aufzog, baute Henry, als der Projektleiter, der er war, es in den Tagesplan ein. Mittags hatten sie im Sender von Jamestown gesagt, dass es irgendwann gegen vier zu regnen anfangen würde. Obwohl um halb vier der Himmel über dem anderen Ufer noch in lückenlosem Blau erstrahlte, dehnten sich von Norden her zahlreiche dunkle Wolken aus, ein unheilverkündender Gegensatz. Kenny, der mit den Dachrinnen fertig war, half Ella und den Jungen, die Fliegenfenster im Erdgeschoss wieder einzusetzen. Margaret, die den Garten zu guter Letzt umgegraben hatte, war mit Emily und Arlene in der Küche und legte die Schränke wieder mit Papier aus. Zufrieden ging Henry nach draußen und stapelte die Polster der Verandamöbel auf der Hollywoodschaukel. Der Wind hatte aufgefrischt. Die Fahne war verknäuelt, hatte sich um sich selbst gewickelt. Er hängte sie ab und lehnte sie in eine Verandaecke, überlegte es sich dann anders und brachte sie in die Garage.

Er stand an seiner Werkbank, packte einen Schuhkarton voller Schrauben aus, um zwei für das Gewürzregal geeignete zu finden, und lauschte mit einem Ohr dem Spiel der Jammers, als ein kalter Windstoß zum Fenster hereinblies und ihn erschauern ließ. Der Himmel war dunkel und niedrig, schartige Wolkenfetzen hingen herab und drehten sich langsam. Oben ertönte Donnergrollen, eine Kettenreaktion wie bei Güterwagen, die in einem Rangierbahnhof zusammengekuppelt wurden. Die Kastanie schwankte hin und her und verteilte ihre Blätter über den Steg. Weit draußen, mitten auf dem See, fuhr ein letzter Angler mit dem Motorboot nach Hause.

«Zu spät», sagte Henry, besorgt um seine Sicherheit. Hatte er nicht den Wetterbericht verfolgt?

Im Radio war nur noch ein Rauschen zu hören, das den Spielbericht übertönte, dann folgte ein blendender Blitz, der direkt vor seiner Nase entlangzuzucken schien. Dann ein Donnerschlag. Schwere Tropfen peitschten das Dach und prasselten ins Wasser – kein Regen, sondern Hagel, Eiskristalle, die wie Mottenkugeln auf dem flachen Wasser schwammen. Sie prallten von den Autos ab, sammelten sich im Gras. Der Hagel verwandelte sich in Regen und verfiel in Galopp, er hämmerte aufs Dach und wehte durchs Fliegengitter, sodass Henry das Fenster schließen musste. Die Welt schmolz und zerlief. Er sah, wie das Chris-Craft der Van de Meers am Anleger schwankte, doch das Ende des Stegs war in Nebel gehüllt.

Im Haus brannten die Lichter. Einer der Jungen stand an der Tür, die zur Veranda führte – wahrscheinlich Sam, er war der Abenteuerlustigere. Er winkte, und Henry winkte zurück. Aus den Fallrohren strömte das Wasser. Der Rasen war ein Teich, die Gartenstühle überschwemmt. Ohne Regenschirm saß er in der Falle, aber auf angenehme Weise, sicher und trocken, während der Regen im Dachgebälk pochte und das Baseballspiel lief, eingehüllt von dem vertrauten Geruch von Benzin und heißer Teerpappe, und er lehnte sich in die Tür, bewunderte die Heftigkeit des Gewitters und nickte zu jedem Donnerschlag, als hätte er ihn vorhergesagt.

Puzzles

Auf dem obersten Regal hinterm Fernseher, nur erreichbar, wenn man sich auf einen herbeigeholten Küchenstuhl stellte, über den aufgereihten VHS-Kassetten vom Grabbeltisch und den von der Feuchtigkeit aufgequollenen Büchern, mürben Kartenspielen und lange Zeit ignorierten Brettspielen (Flinch, Mensch ärgere dich nicht, Superhirn), standen wie eine letzte Zuflucht die Puzzles. In planlos bis zur Decke gestapelten Schachteln, an den Ecken von braun verfärbtem Zellophanklebeband zusammengehalten, konnte man van Goghs *Sonnenblumen*, eine Landkarte der Antike oder die für die Zweihundertjahrfeier herausgeputzte USS *Constitution* finden. Das Motiv spielte kaum eine Rolle, nur der Schwierigkeitsgrad. Es gab Hunderter-Puzzles von Welpen, dem Steelers-Logo, Schneewittchen und den sieben Zwergen, auch ein hölzernes Intarsientablett von den Vereinigten Staaten mit Sternen für die Hauptstädte und Emblemen von Baumwollkapseln, gekreuzten Spitzhacken und Fabriken mit Sägezahndächern, die den wichtigsten Industriezweig jedes Staates repräsentierten, doch damit waren die Kinder höchstens ein paar Stunden beschäftigt, während der Regen tagelang dauern konnte. Als Margaret und Kenny noch klein waren, waren fünfhundert Teile das Maximum gewesen. Jetzt, einhergehend mit der Schärfe digitaler Fotos, waren tausend üblich. Sie hatten sogar ein Dreitausend-Teile-Monstrum vom Spiegelsaal in Versailles, für das sie, ans Haus gefesselt, fast einen ganzen August gebraucht hatten, ein Kraftakt, der nie wiederholt wurde, obwohl Arlene, puzzleverrückt wie ihre Mutter, regelmäßig dafür plädierte.

Die Sammlung war im Lauf der Zeit zusammengetragen worden. An manche, wie das ungelenk handkolorierte Foto des alten Mühlteichs im Herbst, konnte Henry sich noch aus seiner Kindheit erinnern. Für andere, wie die Panorama-Aufnahme von den Niagarafällen mit einem dunstigen Regenbogen, verbürgte sich Arlene, doch in den meisten Fällen war die Herkunft ungewiss, über die Jahre verlorengegangen. Ob sie aus Garagenverkäufen oder von dem Flohmarkt am Dart Airport stammten, ob sie Weihnachtsgeschenke für die ganze Familie waren oder eigens fürs Sommerhaus gekauft, die besten Puzzles wurden dafür geliebt, dass sie immer wieder reizvoll waren. Wenn Emily sagte: «Ach, ich hasse dieses Puzzle», war es das größte Kompliment.

Es gab keine Liste darüber, welche Puzzles sie letzten Sommer bewältigt hatten. Ella hatte von jedem fertiggestellten Meisterwerk ein Foto gemacht, aber alle gelöscht, als ihr der Speicherplatz ausgegangen war, und Henry musste raten.

«Wie wär's mit dem Taj Mahal?», fragte er, die Fingerspitzen am Regal, als hinge er an einem Felsvorsprung.

«Das machen wir ständig», sagte Arlene.

«Doppeldecker.»

«Ich passe», sagte Emily.

«Westminster Cathedral.» Dort waren sie im Urlaub gewesen, und er wusste, da konnte sie nicht widerstehen.

«Lass uns das für später aufheben. Wir sind nur bis Montag hier.»

«Irgendwas, das wir lange nicht gemacht haben», sagte Arlene.

«Der Grand Canyon.»

«Ich weiß genau, dass wir den letztes Jahr gemacht haben», sagte Emily. «Ella, warum suchst du nicht eins aus?»

«Ja», sagte Arlene. «Dein Großvater macht es uns nicht leicht.»

«Ich sage bloß, was wir dahaben.»

«Wir wissen, was wir dahaben», sagte Emily. «Wir wollen eine Empfehlung – und nicht das Taj Mahal.»

«Windmühlen mit Tulpen. Carlsbad Caverns. Winter in Vermont. Cap und Capper. Unterbrecht mich, wenn euch eins gefällt. Leuchttürme von Maine. Der Klipper.»

«Der Klipper», sagte Ella.

«Der Klipper ist es», sagte Emily.

«Gute Wahl», sagte Arlene. «Das Wasser.»

«Das Wasser ist schwierig», stimmte Margaret zu, die sich bisher nicht eingemischt hatte.

Gemalt von einem Nachahmer Winsley Homers, trotzte der Dreimaster in einem Sturm schwerer See, und das Wasser strömte aus den Speigatten. Henry erinnerte sich, dass er an den Segeln und der Takelage gearbeitet hatte, aber ob das letztes Jahr oder vor zehn Jahren gewesen war, konnte er nicht sagen. Er entschuldigte die Gedächtnislücke als unbedeutend. Vermutlich hatte er auf Wichtigeres geachtet.

Natürlich lag es ganz oben. Auf dem verstaubten Deckel hatten Mäuse ihre Spuren hinterlassen wie Fußabdrücke im Schnee. Er wischte ihn mit einem Papiertaschentuch ab, ehe er Ella die Schachtel reichte.

Traditionell kam der Spieltisch vorn ans Fenster, neben das Zweiersofa, um die gute Leselampe mit der Drei-Wege-Glühbirne auszunutzen. In ihren späteren Jahren, bevor sie krank wurde, hatte seine Mutter jeden Donnerstag ihren Bridgeclub zu Gast gehabt, und ihre Kirchenfreundinnen plauderten über Teesandwiches und Prantl's Mandeltorte, während sie kontrierten und rekontrierten. Der Tisch und die gepolsterten Klappstühle stammten aus dieser Zeit, eine Garnitur in dunkelgrünem Kunstleder. Schulter an Schulter drängten sich Ella, Emily, Arlene und Margaret um das Licht wie ein Chirurgenteam, drehten die Teile auf die richtige Seite und sortierten die geradkantigen für die Umrandung aus.

«Benutzen wir das Bild?», fragte Ella.

«Nein», antworteten die drei anderen im Chor, und Margaret warf die Schachtel auf den Fußboden, wo Rufus daran schnupperte, bevor er sich wieder hinlegte. Obwohl der schlimmste Teil des Gewitters vorbei war, blieb er nah bei Emily.

Henry stand hinter ihr und sah dabei zu, wie sie den Haufen durchgingen. Der See draußen war grau, der Regen fiel in langen Streifen vor dem schwarzen Hintergrund des Garagendachs. Es hätte Abend sein können. Im Zimmer war es still, nur das Piepsen von den Videospielen der Jungen drang von oben herunter. Zum Abendessen gab es seine Lieblingsspeise, Chicken à la King, und jeden Augenblick würde Kenny, der eine ähnliche Naschkatze war wie er, mit warmem Kuchen von Haff Acres zurückkommen.

«Wenn du willst, können wir zusammenrücken», sagte Emily.

«Ich würde euch nur aufhalten.»

Niemand bestritt es, und das Schweigen löste Gelächter aus. Es war ihm egal.

«Ta-da», sagte Arlene und fügte zwei Randteile zusammen.

«Für ein Ta-da ist es noch ein bisschen früh», sagte Emily.

«Ta-da», sagte Margaret.

«Gut», sagte Emily. «wenn wir es so spielen wollen ... Ta-da.»

«Ta-da», sagte Ella.

«Ihr seid gnadenlos.»

«Weißt du, was du für mich tun könntest?», sagte Emily, und einen Augenblick befürchtete er, sie würde ihn in Margarets Beisein um ein Glas Wein bitten. «Du könntest ein Feuer machen.»

«Ja», sagte Arlene, als hätte sie den gleichen Gedanken gehabt. «Mir ist kalt.»

«Euer Wunsch ist mir Befehl.» Das war eine Redensart seines Vaters, die aus irgendeinem Film über einen Flaschengeist stammte, und als er sich hinkniete und zusammengeknülltes Zeitungspapier unter den Rost schob, dachte er, dass es stimmte, er würde alles tun, um sie glücklich zu machen.

Es brannte sofort, und die prasselnden Flammen wärmten seine Wangen. «Ta-da.»

«Danke», sagte Emily und drehte sich wieder zum Tisch um.

Rufus kam angetapst, um sich auf dem Kaminvorleger niederzulassen, und benutzte Henrys Fuß als Kissen.

«Du bist ganz schön verwöhnt.»

Draußen regnete es. Er stand am Kaminsims, ignorierte sein Verlangen nach einem Scotch, fasziniert von dem Anblick der vier, die Seite an Seite arbeiteten. Könnte es bloß so bleiben, doch der Zauber war zerbrechlich und ihr Glück wie jedes Glück befristet. Er dachte, er sollte ein Foto machen.

Küss die Köchin

In der Küche nahm ihn Emily wie eine Spionin beiseite. «Morgen Abend will Margaret für alle kochen.»
Er war sofort verärgert, als wären seine Pläne vereitelt worden.

«Ich dachte, wir grillen Hot Dogs und Hamburger.»

«Das können wir mittags machen. Sie will etwas beitragen.»

«Das verstehe ich. Aber sie hat kein Geld.»

Emily blickte über die Schulter, als redete er zu laut. «Das kostet nicht viel. Sie will Pasta machen, mit den Pinienkernen, die dir angeblich so geschmeckt haben.»

«Die haben mir geschmeckt, ich will bloß nicht, dass sie Geld ausgibt, das sie für was anderes braucht.»

«Ich finde es gut, dass sie das tun will, also machen wir's so. Ich wollte dir nur Bescheid sagen.»

«Ich hab da wohl kein Mitspracherecht.»

«Nein», sagte sie, «hast du nicht. Und es wird dir schmecken.»

«Da bin ich mir sicher», sagte er.

Die Abendunterhaltung

Obschon sich Henry zu Hause jeden Abend die Pirates ansah, hatten sie hier absichtlich kein Kabelfernsehen. Da die Antenne vorsintflutlich war, bekamen sie nur ein paar verschneite Sender aus Buffalo und Toronto herein, was ihre Auswahlmöglichkeiten auf alte VHS-Kassetten oder beim Blockbuster in Lakewood ausgeliehene DVDs beschränkte. Kenny und Margaret waren Mitglieder, und ein-, zweimal in der Woche, je nach Wetter, fuhren sie mit den Kindern hinüber, um die Neuerscheinungen von Disney und Pixar auszusuchen, animierte Märchen, die Emily kindisch und nervig fand. Als die Mädchen älter wurden, versuchte sie, ihr Interesse für Schwarzweißklassiker wie *Sturmhöhe* und *Stolz und Vorurteil* zu wecken, die sie und Arlene sich schließlich zusammen anschauten. Trotz ihrer Unterschiede war ihr Filmgeschmack überraschend ähnlich, denn beide zogen die Kostümfilme und Liebeskomödien ihrer Jugend allem Modernen vor. Kenny stand eher auf billige Horrorstreifen aus den fünfziger Jahren, die gruselig und unterhaltsam sein sollten, aber für alle anderen – auch die Jungen – lächerlich und nicht anzuschauen waren. Margaret mochte Science-Fiction-Filme, die soziale Probleme behandelten, da ihre politische Einstellung mit der von Hollywood im Allgemeinen übereinstimmte. Henry fand Gefallen an Western, ein Genre, das einem älteren Code folgte. Es kam selten vor, dass ein Film die Aufmerksamkeit aller fesselte, teils weil der Fernseher klein war und auf der anderen Seite des Zimmers stand und teils weil es Bücher zu lesen, etwas zu spielen oder ein Puzzle zu vollenden gab. Sie konnten jederzeit fernsehen, und dennoch fragte jeden Abend, wenn das Geschirr weggeräumt war und sie sich niedergelassen hatten, unweigerlich irgendwer: «Wer will einen Film sehen?»

Weil sie tagsüber für die zusätzliche Anstrengung zu beschäftigt gewesen waren, stammte der heutige Film aus der ständigen Sammlung – *Jäger des verlorenen Schatzes*, ausgewählt von Kenny mit Blick auf die Jungen, da die Frauen Gefangene des Puzzles waren. Henry, der die ursprünglichen Mantel-und-Degen-Filme schon im Regent in East Liberty gesehen hatte, wobei er allein in der Straßenbahn gefahren war und sein Geld vom Zeitungaustragen für Lakritzpeitschen verpulvert hatte, setzte sich in den Lehnstuhl in der Ecke und folgte der Handlung aus einigem Abstand. Er las einen alten *Smithsonian*-Artikel über Lewis und Clark, blickte auf und verlor sich im Filmgeschehen, sodass die beiden Geschichten miteinander verschmolzen. Schließlich legte er die Zeitschrift beiseite, um das Feuer zu schüren. Er musste über Rufus hinweggreifen, der den Kopf hob, sich aber nicht vom Fleck rührte.

«Lass dich nicht stören», sagte Henry.

Bei dem Klipper kamen sie gut voran. Der Rand und ein dunkles, vom Blitz durchzucktes Stück Himmel waren fertig. Sie hatten die Teile nach Farben getrennt – ein kleiner Haufen für das Schiff, eine riesige Menge für das Meer.

«Sakra noch mal», sagte Arlene, wenn ein Teil nicht passte.

«Das ist ziemlich viel Wasser», sagte Henry.

«Wir haben es schon mal gemacht», sagte Emily und nickte Ella ermutigend zu.

Hinter ihm hielt der Film an, und alle drehten sich um.

«Wer hat Lust auf Kuchen?», fragte Kenny.

«Oh, ich bin so voll», sagte Emily. «Vielleicht nur ein kleines Stück.»

«Ein kleines Stück von welchem? Wir haben Kirsch, und wir haben Pfirsich.»

Sie hielt sich den Mund zu wie einer von den drei Affen, als hätte sie Angst zu sprechen. «Von beiden?»

Dafür entschieden sich die meisten. Außer den Kuchen hatte er auch noch Eis besorgt. Er nahm ihre Bestellungen entgegen und machte die Jungen zu Kellnern.

Als Justin zur Tür hereinkam, ließ er eine Gabel fallen, die einen Vanillespritzer auf den Teppich machte. Er stand da wie gelähmt, als würde er gleich in Tränen ausbrechen.

«Ist schon okay», sagte Margaret, nahm ihm den Teller ab und drehte ihn an der Schulter herum. «Hol eine saubere.»

Von allen Kindern würde er es im Leben am schwersten haben, dachte Henry, mit Margaret als Mutter und Sarah als Schwester. Er bezog Jeff nicht in seine Überlegungen ein und stellte fest, dass er die Scheidung bereits als vollendete Tatsache anerkannte, nachdem er so lange mit Emily darüber gesprochen hatte. Er war müde, sonst hätte er den Gedanken als die flüchtige Vorstellung betrachtet, die er war (der Junge war fünf, nicht ungeschickter als andere Kinder und zudem erschöpft). Stattdessen verfolgte er ihn leichtfertig bis zum Schluss. Hoffentlich irrte er sich. Auch er war dünnhäutig gewesen, ein Einsiedler und Pessimist, doch er hatte sich gut gemacht.

Sie aßen und sahen zu, wie Harrison Ford durch eine Falltür in eine Schlangengrube stürzte. Rufus blickte die Jungen unverwandt an, und Henry scheuchte ihn weg. Der Kirschkuchen schmeckte säuerlich. Als Emily ihr Stück nicht aufessen konnte, verputzte Henry den Rest, wohl wissend, dass er später Sodbrennen bekommen würde.

«Uff», sagte Arlene. «Zu viel.»

«Ich spüle das Geschirr», sagte Margaret.

«Danke, Liebes», sagte Emily.

Gedankenversunken wandte sich Henry wieder Lewis und Clark zu, bemüht, die schmetternde Musik und die Keystone-Kop-Nazis zu ignorieren. Der Film ging immer weiter, eine absurde Flucht nach der anderen. Seine Beine waren unruhig, und er rutschte auf dem Stuhl hin und her. Die Zubettgehzeit der Jungen war bestimmt schon vorbei. Sie hatten hart gearbeitet. Er dachte an den nächsten Tag und die Antenne, wie sie sie herunterbekommen könnten, ohne die Dachrinne zu beschädigen. Die städtische Mülldeponie würde Sonntag und Montag nicht offen sein. Als er dreimal denselben Satz gelesen hatte, legte er die Zeitschrift weg und stand auf. Seine Hüften waren steif. Als trügen sie einen Wettkampf aus, waren Arlene und Margaret im kreisförmigen Lampenlicht auf den Bugspriet und Emily und Ella auf die Segel konzentriert. Es war zu spät, um noch ein Scheit ins Feuer zu legen, und er schichtete die verbleibenden Stücke mit der Kaminzange aufeinander und schob die bröckelige Glut darunter. Rufus setzte sich auf und gähnte, wobei sich seine Zunge zusammenrollte.

«Muss er noch mal raus?», fragte Emily.

Es regnete immer noch, die Luft war feucht. Rufus lief kreuz und quer über den Rasen und schnupperte am Gras, während Henry an der Verandatür stand und über ihn hinweg auf die verschwommenen Lichter am anderen Ufer blickte. Der Wind wurde stärker, und in den Bäumen prasselten dicke Tropfen. «Hopp hopp. Schnell wie ein Häschen.»

Eigentlich war es zu spät für einen Hundekuchen, doch Henry ließ sich erweichen. Emily, damit beschäftigt, Ella zu helfen, schenkte ihnen keine Beachtung.

Nachdem er draußen gewesen war, fand er es im Haus stickig. Das Essen schlug ihm auf den Magen, und er zerkaute ein paar Tums. Der Film nahm einfach kein Ende. Er setzte sich wieder und versuchte zu lesen, doch der Artikel war öde, im Zimmer war es warm, und obwohl er dagegen ankämpfte, indem er sich rekelte und blinzelte, um wach zu bleiben, fielen ihm schon bald die Augen zu, und er döste ein. Er saß zusammengesackt über der Zeitschrift, mit gesenktem Kopf und offenem Mund wie ein Toter, sein Schnaufen brachte die Jungen zum Kichern, und die Frauen drehten sich zu ihm um.

«Henry!», sagte Emily. «Geh ins Bett.»

Nachteulen

Wie so oft wachte er zu aberwitziger Stunde auf, ein Sklave seiner Prostata. Die Vorhänge waren dicht, es war dunkel und die angezeigte Uhrzeit demoralisierend. Neben ihm schlief Emily, ein Arm lag über ihrem Kopf, als wäre sie ohnmächtig, Rufus daneben zusammengerollt auf dem Flickenteppich statt an seinem Platz. Henry streifte seinen Bademantel über den Schlafanzug, wankte den Flur entlang und pinkelte im Schein des Nachtlichts, während ihm sein schlaffwangiger Zwilling aus dem Spiegel entgegenblickte. Trotz der Pillen, die er tagtäglich einnahm, war die Menge wie immer nicht gerade berauschend, nicht mehr als ein schwacher Strahl.

Er fragte sich, wie es Dr. Runco wohl ging. Wochenlang hatte er nicht an ihn gedacht, was ihm falsch vorkam. Sie sollten ihm eine Karte schicken, doch er merkte unverzüglich, wie lächerlich das klang. Blumen. Irgendwas. Emily würde wissen, was.

Er vertraute darauf, dass Kenny das Feuer mit Asche bedeckt hatte, beschloss aber dennoch nachzusehen, da er schon mal wach war. Unter dem Rost, in Asche gebettet, brannte noch etwas Glut. Er hatte gerade die Schaufel gegriffen, als er direkt vor der Tür eindeutig das Gemurmel einer Frauenstimme hörte – unverkennbar die von Margaret.

Er hielt inne, als hätte man ihn ertappt, den Kopf schräg gelegt. Es war schon nach drei. Mit wem redete sie? Er versuchte, das Gespräch mitzubekommen, lauschte dem

Rhythmus ihrer Worte, als könnte ihm das einen Hinweis liefern.

Arlene war ihre Vertraute. Auch sie ein schwarzes Schaf, glaubte sie, Margaret besser zu verstehen als alle anderen, doch es war zu spät für sie, um noch auf zu sein.

Vielleicht telefonierte Margaret, denn sie schien ausführlich etwas zu erklären. In Michigan war es eine Stunde früher. Er stellte sich Jeff am anderen Ende vor, aus gesundem Schlaf geweckt, wie er, den Arm über dem Gesicht, im Bett lag und geduldig ihre Anschuldigungen ertrug.

So zu lauschen erinnerte Henry an all die Nächte in ihrer Jugend, in denen er aufgeblieben war und gewartet hatte, dass sie nach Hause kam, und sich sein Zorn mit der Zeit in schuldbewusste Besorgnis verwandelt hatte, nur um zu erleben, wie sie um vier Uhr früh, nach Gras und Southern Comfort riechend, hereingestolpert kam, der Lippenstift verschmiert wie bei einem Animiermädchen. Einmal, mitten im Winter, hatten ihre sogenannten Freunde sie vollgekotzt vorn auf dem Rasen abgeladen. Als er am Morgen zur Bushaltestelle wollte, fand er im Schnee einen Slip von ihr. Beim Abendessen stritt sie sich mit ihnen beiden, als gäbe es eine Welt, in der dergleichen akzeptabel war, und rannte dann weg, um sie zu bestrafen.

Die Schaufel in der Hand, schlich er zur Tür, notfalls bereit zu behaupten, er habe ein Geräusch gehört. Er tappte noch näher, hielt sich im Schatten und lugte durchs Fenster.

Margaret nahm eine Seite der Hollywoodschaukel ein und redete immer noch, aber nicht am Telefon und nicht mit Arlene. Neben ihr, das Gesicht dem See zugekehrt, ihr Gerede wortlos in sich aufnehmend, saß Kenny, und die beiden schaukelten sanft im Dunkeln.

Sie fuhr fort, streckte die leeren Hände aus, als trüge sie einen imaginären Servierteller, und ließ sie dann wieder sinken. Durch die geschlossene Tür konnte Henry nicht hören, was sie sagte, nur den Klang ihrer Stimme, im einen Augenblick lautstark empört und im nächsten leise resigniert. Wissend, dass er wie eine Comicfigur aussah, beugte er sich vor, drehte den Kopf und drückte ein Ohr ans kalte Fenster.

Als hätte sie ihn gehört, hielt sie plötzlich inne, und er wich zurück in den Schatten.

Sie knipste ein Feuerzeug an, dessen Flamme ihr Gesicht beleuchtete, bückte sich und hielt es an eine dünne selbstgedrehte Zigarette. Sie stieß ein Rauchwölkchen aus, reichte Kenny den Joint, und er nahm einen Zug.

Auch wenn Henry gehofft hatte, sie hätten diese Angewohnheit inzwischen abgelegt, war er nicht völlig überrascht. Vermutlich war es besser, ihn draußen zu rauchen als im Haus. Doch Emily beklagte sich, dass Arlene manchmal, wenn die Kinder schon im Bett waren und draußen zu viele Mücken schwirrten oder es regnete, eine letzte Zigarette auf der Veranda rauchte, also gab es einen Präzedenzfall.

Margaret redete leise weiter und erzählte ihre Geschichte, als hätten sie alle Zeit der Welt. In welcher Verfassung würden sie morgen sein? Als sie noch jünger waren, hätte Henry sich nicht gescheut, sie zu stören, sie hätten das Gras schnell vor ihm versteckt, und er hätte sie daran erinnert abzuschließen, ehe sie ins Bett gingen, ein Wink mit dem Zaunpfahl. Jetzt, wo sie erwachsen waren, fiel es ihm schwerer, den strengen Vater zu spielen, und statt sie alle in Verlegenheit zu bringen, zog er sich zurück.

Als er die Schaufel zurückbrachte, wobei er sich bemühte, nicht an den Messingständer zu stoßen, drang von der Veranda lautes Gelächter herein. Es war ein Schreck und nach allem, was er gesehen hatte, verwirrend. Obwohl er nicht sagen konnte, warum, hatte er mit dem üblichen Selbstzweifel eines Außenstehenden den Verdacht, dass sie über ihn lachten.

Wohlbehalten wieder im Bett, kam er zu dem Schluss, dass er bloß paranoid und vielleicht neidisch war. Nach dem Krieg waren er und Arlene manchmal nachts aufgeblieben, wenn alle anderen längst schliefen, und hatten vom Ende des Stegs aus die Sterne beobachtet oder waren mit einem Kanu rausgefahren, hatten es mitten auf dem See treiben lassen und sich zurückgelegt, das einzige Geräusch das an den Rumpf klatschende Wasser. Als gehörte seine Stimme zur Dunkelheit, stiegen seine Worte auf, hingen einen Augenblick in der Luft und versanken schließlich im See. Auf seine eigene Art war er genauso verloren gewesen wie Margaret, und obwohl er Arlene das Schlimmste erspart hatte (er würde nie irgendwem von dem Bootsfahrer erzählen, den sie versehentlich getötet hatten, von dem zerbombten Kloster oder dem Zigeunermädchen, das kopfüber gekreuzigt worden war), würde er immer dankbar sein, dass sie ihm zugehört hatte. Seine größte Angst (auch sie unausgesprochen, denn sie war unaussprechbar) war, dass sich Margaret in der Verzweiflung und Verwirrung, die er so gut kannte, umbringen würde. Die Entdeckung, dass zwischen ihr und Kenny die gleiche Bindung bestand wie zwischen ihm und Arlene, ermutigte ihn, und im diffusen Schwebezustand vor dem Einschlafen beruhigte es ihn zu wissen, dass sie zumindest miteinander reden konnten.

Die fünf Warnsignale

Am Morgen waren seine Fingerspitzen taub und kribbelten, als würden sie noch schlafen. Während Emily Kaffee kochte und Rufus Wasser gab, öffnete und schloss er die Hände wie ein Transplantationspatient, schüttelte sie wie ein Schwimmer auf dem Startblock und versuchte, die Zirkulation in Gang zu bringen.

Obwohl das auch zu Hause regelmäßig passierte, gab er dem Bett hier die Schuld, ein Doppelbett, viel schmaler als ihr eigenes, mit einer Mulde in der Mitte, in der sie zusammengeschoben wurden. Es war schwierig, eine bequeme Lage zu finden, und das Problem wurde durch seine schmerzenden Hüften, seinen Rücken und sein schlimmes Knie noch verstärkt. Die ganze Nacht wälzte er sich herum und suchte nach der richtigen Stellung, bis er sich schließlich auf die linke Seite legte, sich an Emily schmiegte, den linken Arm hinter den Kissen über ihren Kopf gestreckt, und am Morgen tat ihm die Schulter weh, und seine Finger waren taub. Das war weder neu noch überraschend, nur eine weitere lästige Erinnerung an den unausweichlichen Verfall seines Körpers.

Anfangs hatte er Emily erzählt, wenn es vorkam.

«Das ist nicht gut», hatte sie gesagt und ihm am nächsten Sonntag ein *Parade*-Magazin mit einem Artikel gegeben, der «Die fünf Warnsignale für einen Herzinfarkt» auflistete. Ja, seine Cholesterinwerte waren fürchterlich, doch selbst Dr. Runco pflichtete ihm bei, dass Verdauungsbeschwerden als Symptom zu ungenau waren. Emily interessierte das nicht. Monatelang musste Henry geringdosiertes Aspirin einnehmen, bis eine andere Studie die Behauptung widerlegte.

Er hörte sie im Bad. Die Toilettenspülung wurde betätigt, gefolgt vom Quietschen der Armatur und fließendem Wasser, dann wieder das Quietschen. Er knetete die Finger, presste sie, bis das Gefühl zurückkehrte. Als sie die Tür öffnete, um Rufus hereinzulassen, war er imstande, die Decke beiseitezuziehen und Emily aufzufordern, wieder ins Bett zu kommen. Der Morgen war stets ihre Zeit gewesen, und ein Streifen reines Licht, der durchs östliche Fenster fiel, hatte ihre Haut gewärmt.

«Es ist schon halb neun», sagte sie. «Ich gehe jetzt duschen.»

«Bist du dir sicher?»

«Ja.»

Um seine Enttäuschung zu lindern, beugte sie sich über ihre Kissen und gab ihm einen Kuss, wobei sie unwillkürlich seine Hand abwehrte.

«Und nimm den Hund mit.»

«Mach ich», sagte sie und klaubte ihre Handtücher zusammen.

Als sie weg war, streckte er sich, rekelte sich hellwach auf dem Bett und krümmte die Finger. Seine Arthritis war schlimmer als das Taubheitsgefühl, da sie dauerhaft war. Jeden Tag tat alles weh, doch das würde er nie verraten. Sie machte sich bereits genug Sorgen. Es hatte keinen Sinn, sie zu beunruhigen, indem er ihr etwas erzählte, das sie schon wusste.

Die letzte Antenne im Manor Drive

Er hätte Kenny bitten sollen, die Spitze mit der Stichsäge abzuschneiden. Die breite Fischgrät-Antenne bestand aus einem Aluminiumgestänge, weicher als bei den Gartenstühlen, für eine Titanklinge kaum mehr als ein Stück Kuchen. Zur Wiederverwertung musste sie sowieso zerlegt werden. Doch diese Lösung fiel Henry erst hinterher ein. Genau wie Emily nicht wollte, dass er aufs Dach stieg, wollte Henry nicht, dass Kenny auf dem Dach mit der Stichsäge hantierte. Trotz seiner Abstammung fehlte ihm, wie Emily einmal angemerkt hatte, das Ingenieur-Gen. Der Plan war, es ihm so einfach wie möglich zu machen. Es war schon knifflig genug, mit dem Bolzenschneider das Gleichgewicht zu halten.

Henry hätte dafür sorgen können, dass Kenny zuerst eine Schnur an der Antenne und diese am Schornstein befestigte, doch dann hätten sie die Antenne auch noch abseilen müssen, was wieder eigene Probleme aufgeworfen hätte. Auch das fiel ihm erst später ein. Er wollte verhindern, dass sie an der Dachrinne festhing, als wäre das der schlimmstmögliche Fall.

Aus jahrelanger Felderfahrung wusste er, dass es bei der besten Lösung gewöhnlich die wenigsten beweglichen Teile gab. Der Antennenmast war mit zwei verrosteten Halterungen am Schornstein befestigt und mit drei Metallbändern fixiert. Vom Fuß des Masts liefen zwei Kabel durch ein Stück Teerpappe direkt über dem Dichtungsblech. Sobald Kenny die Kabel und Bänder durchtrennt hatte, konnte er den Mast aus den Halterungen heben und die ganze sperrige Konstruktion auf den Rasen werfen. Insgesamt konnte sie nicht mehr als fünf Kilo wiegen. Bei der Schräge des Dachs musste er sie etwa fünf Meter weit schleudern, um die Dachrinne nicht zu treffen.

«Schaffst du das?», fragte Henry.

«Ja», sagte Kenny, und er glaubte ihm.

Als es so weit war, kamen alle nach draußen, um zuzuschauen, und stellten sich in sicherer Entfernung in den Schatten der Kastanie. Henry hielt für Kenny die Leiter und reichte ihm dann den Bolzenschneider hinauf. Als sie vor Jahren das Dach ausgebessert hatten, war Henry mit Teerpapperollen und großen Schindelpaketen auf der Schulter über die Schräge gestapft. Jetzt stieg Kenny auf allen vieren hinauf wie ein Felskletterer, er kroch geradezu. Als er ganz oben ankam, setzte er sich rittlings auf den First, winkte und verharrte in dieser Haltung, damit Ella ein Foto machen konnte.

«Los, Dad!», rief Sam.

«Sei vorsichtig», sagte Emily und fragte Henry: «Der Strom ist doch ausgeschaltet, oder?»

Das war auch Kennys erste Frage gewesen. Henry ging nicht näher darauf ein, wie eine Antenne funktionierte.

«Da ist kein Strom», sagte er. «Schnippel los.»

Kenny hob den Bolzenschneider, schreckte zurück, als stünden die Kabel unter Strom, und durchtrennte sie. Er beugte sich darüber, um sein Werk zu begutachten. «Okay.»

«Jetzt die Bänder.»

«Ist es wichtig, in welcher Reihenfolge?»

«Nee. Sei einfach vorsichtig. Sie könnten unter Spannung stehen.»

«Gut zu wissen.»

Das dauerte länger. Die Bänder waren gut befestigt, und er musste die Backen dahinterschieben und am Metall herumpfriemeln, bis sie sich lösten. Er warf eins nach dem anderen herunter, Henry knickte sie zusammen, wobei er sich vor den scharfen Kanten in Acht nahm, und steckte sie in einen Müllsack.

«In Ordnung», sagte Kenny.

«Wenn du mit dem Bolzenschneider fertig bist, kannst du ihn runterwerfen.»

«Vorsicht. Ich will dich nicht treffen.»

«Keine Sorge», sagte Henry.

Er warf fester als nötig, und der Bolzenschneider flog schlingernd über den Rasen. Henry holte ihn, trat ein paar Schritte zurück und stellte sich unwillkürlich zwischen die Kastanie und die Stelle, an der die Antenne landen würde, als wollte er die Frauen und Kinder beschützen.

Zaghaft, sich am Schornstein abstützend, stand Kenny auf. Er klammerte sich am Rand fest, beugte sich vor und versuchte, den Mast mit einer Hand hochzuheben.

«Er steckt fest.»

«Wahrscheinlich ist er bloß verrostet. Versuch mal, ihn zu drehen.»

Wieder benutzte er nur eine Hand. «Er rührt sich nicht.»

«Wart mal», sagte Henry und ging in die Garage zurück, um eine Dose WD-40 und einen Hammer zu holen. Als er in der kühlen Dunkelheit an seiner Werkbank stand, sagte er laut vor sich hin: «Aller Anfang ist schwer.»

Bei seiner Rückkehr war Margaret verschwunden.

Er wartete auf der obersten Sprosse der Leiter, während Kenny herabstieg. Er war vielleicht seit fünf Minuten dort oben, doch sein Gesicht war schweißnass.

«Sprüh den Mast ein paarmal ein und lass es eine Minute einwirken.»

«Okay.» Er schien nicht überzeugt zu sein, steckte die Dose aber in seine Hosentasche und kletterte wieder hinauf. Er war einsatzfreudig, doch am liebsten wäre Henry an seiner Stelle gewesen.

Diesmal wurden keine Bilder gemacht. Kenny stand wieder auf und stemmte sich gegen den Schornstein. Er sprühte und warf beim Warten die Dose herunter.

Emily und Arlene schauten mit verschränkten Armen zu. Die Jungen langweilten sich und drehten einander auf der Baumschaukel.

«Okay», sagte Henry. «Das müsste reichen.»

Sich mit einer Hand festhaltend, schlug Kenny auf die Halterungen ein, und Margaret kam aus dem Haus gelaufen. Er legte den Hammer auf den Schornstein und rüttelte am Mast. Als würde sie ein Signal empfangen, drehte sich die ganze Antenne.

«Er müsste sich jetzt rausheben lassen», sagte Henry.

Dafür musste Kenny beide Hände benutzen. Er ließ den oberen Rand los, streckte die Hand nach dem Mast aus und drückte sich an den Schornstein.

«Sei vorsichtig», sagte Emily.

«Er ist los», sagte Kenny.

«Heb ihn raus, wenn du kannst.»

Er schien sich leicht zu lösen, doch Kenny hatte kein Vertrauen in seine Fähigkeiten. Als er sich aufrichtete und der Mast aus der obersten Halterung kam und frei hin und her schwang, beugte er sich vor, um es auszugleichen, stieß an den Hammer, der kippte, im Schornstein verschwand und gegen die Luftklappe schepperte.

«Mist.»

Hinter Henry herrschte Schweigen. «Ist schon okay. Den können wir später holen.»

«Es ist rutschig.»

«Nimm dir Zeit. Wenn nötig, such dir besseren Halt.»

Er wischte sich erst eine Hand an der Jeans ab, dann die andere.

«Wann auch immer du so weit bist», sagte Henry.

Bedächtig, als würde er einen Putt abwägen, blickte Kenny zweimal von der Antenne zum verlassenen Rasen, ging dann in die Knie und wuchtete das ganze Ding ächzend in die Höhe. Die Bewegung war ungelenk und wurde jäh unterbrochen. Noch bevor er ganz losließ, grapschte er aus Selbstschutz mit einer Hand nach dem Schornstein.

In Ligonier, bei den Highland Games, hatten sie gesehen, wie rotbärtige Muskelprotze in Kilts in die Hocke gingen und den roh behauenen Kiefernstamm warfen, der sich im Flug überschlug. Im Fall der Antenne war der Mast aus massivem Stahl, schwerer als der Rest. Statt sich zu überschlagen, fiel die Konstruktion, als wäre sie mit Gewichten beschwert, mit dem Mast voran kerzengerade runter.

Auch ohne Durchschwung sah es aus, als könnte sein Wurf weit genug gehen. Es würde knapp werden. Einen Augenblick wollte Henry es beim Anblick der fallenden Antenne erzwingen.

Nein.

«Auwei», sagte Emily.

«Achtung!», rief Margaret.

Mit dumpfem Krachen schlug der Fuß des Masts gut dreißig Zentimeter vor der Dachrinne auf. Das ganze Ding schwankte aufrecht stehend, kippte dann nach vorn und stürzte über die Kante, wurde vom eigenen Schwung gegen das Haus geschleudert, riss die Fahne aus ihrer Halterung, stieß die Leiter um, und die Antennenstäbe bohrten sich wie die Zinken einer Gabel in die Fliegengitterveranda, bevor sie zum Stillstand kamen.

«O Gott», sagte Emily.

«Ist schon in Ordnung», sagte Henry, als wäre es kein Desaster. «Ich wollte sowieso noch zu Baker's.»

Seine größte Sorge war nicht der Schaden, sondern wie er Kenny herunterbekam, als säße er dort oben fest.

Die Fahne, die Leiter und die Dachrinne waren unversehrt. Es war bloß das eine Fliegengitter.

«Tut mir leid, Dad», sagte Kenny.

«Ist schon in Ordnung. Wir haben sie unten, das ist das Wichtigste.»

Und auch wenn das stimmte, für den Rest des Tages – wochen-, ja monatelang, und jedes Mal, wenn sie die Geschichte bei Familientreffen erzählten – zweifelte er im Nachhinein an seiner Entscheidung und ließ sich neue Pläne für eine Arbeit einfallen, die sie nie wieder verrichten mussten, wo doch die wahre Lösung ganz einfach war und er sie eigentlich die ganze Zeit gewusst hatte. Er hätte es einfach selbst tun sollen.

Bettgeflüster

Beim Abendessen nahm er einen Nachschlag von Margarets Pasta und lobte sie für die gerösteten Pinienkerne. Später, als sie nach Kuchen mit Eis und einem bombastischen Science-Fiction-Film im Bett lagen und lasen, bedankte sich Emily, als hätte er ihr einen Gefallen getan. Obwohl es still war, flüsterte sie, da nebenan Arlene lag, und dass Verschwiegenheit erforderlich war, verlieh ihren Worten eine zusätzliche Bedeutung.

Er zuckte mit den Schultern. «Es hat gut geschmeckt.»

«Ich weiß, dass sie sich gefreut hat.»

«Schön.»

Rufus brummte auf seinem Teppich, als störten sie ihn im Schlaf.

«Scht.»

Sie war dankbar, doch weil sie ihn herausgriff, fühlte es sich wie ein Vorwurf an. Bei ihr war alles persönlich, mit der Geschichte verknüpft. Stets war ein Hintergedanke im Spiel. Es war nicht möglich, dass er Pinienkerne einfach nur mochte.

«Ich habe ihr Geld gegeben.»

Er ließ sein Buch sinken. «Wie viel?»

«Vierzig Dollar. Sie hat mir das Wechselgeld wiedergegeben.»

Warum das ins Gewicht fiel, konnte er nicht sagen. Sie wusste, dass es ihn ärgern würde, wenn sie Margaret Geld gab. Deshalb erzählte sie es ihm erst jetzt statt am Nachmittag.

«Hat sie genug, um nach Hause zu kommen?»

«Sie könnte bestimmt etwas Bargeld gebrauchen.» Als er nichts erwiderte, fügte sie hinzu: «Ich bin froh, dass sie kommen konnte. Ich glaube, sie musste mal raus.»

Er dachte daran, wie sie in der vorigen Nacht mit Kenny auf der Veranda geredet hatte. «Es scheint ihr gutzugehen.»

«Sie glaubt, dass Jeff auf der Arbeit eine Affäre hat.»

«Wann hat sie dir das erzählt?»

«Als du und Kenny mit der Antenne beschäftigt wart. Es steht schlimm. Sie schlafen nicht miteinander. Schon eine ganze Zeitlang nicht mehr.»

«Was heißt das?»

«Seit Januar.»

«Aber sie sieht richtig gut aus.»

«Sie isst nichts. Hast du sie beim Abendessen gesehen? Ich befürchte, es ist nur eine Frage der Zeit. Ich mache mir Sorgen, was passiert, wenn er sie verlässt.»

Henry stimmte ihr murmelnd zu, kämpfte gegen düstere, unausgereifte Gedanken an und bedankte sich bei ihr. «Ich hätte nichts davon gewusst.»

«Ich weiß», sagte sie und entschuldigte sich, da sie erkannte, wie überwältigend das Thema war, besonders um diese Uhrzeit.

«Nein», sagte er. «Gut, dass sie mit dir redet.»

Als wäre nichts passiert, lasen sie weiter. Er hatte schon über Margarets Situation nachgedacht, deshalb gab es keinen Grund, überrascht zu sein, und dennoch beunruhigte ihn der Gedanke, dass sie und Jeff in getrennten Betten schliefen. Sie war ein einsames Kind gewesen und hatte sich bei geschlossener Tür in ihrem Zimmer immer am wohlsten gefühlt, wo sie ihre Fantasy-Romane über ferne Reiche lesen, ewige Liebe verheißende Schallplatten hören und aus einem schlecht versteckten Schuhkarton in ihrem Wandschrank Schokoriegel plündern konnte. Später, nachdem sie das College abgebrochen hatte, rauchte sie Gras und betrank sich tagelang in ihrer Wohnung, ohne irgendwen zu sehen. Bevor sie Jeff kennenlernte, hatte Henry befürchtet, sie würde immer ein zurückgezogenes, einsiedlerisches Leben führen. Die neue Regelung der beiden schien das zu bestätigen.

Wer schlief wo? War Jeff als Zugeständnis ins Gästezimmer gezogen, oder hatte aus Protest sie das gemeinsame Bett verlassen? Gingen sie sich morgens aus dem Weg oder taten sie den Kindern zuliebe so, als wäre alles in Ordnung? Benutzten sie noch immer beide das große Bad, bloß im Wechsel, und wer ging zuerst?

Draußen fuhr ein Wagen vorbei, und ein Lichtstreifen glitt über die Zimmerdecke. Am nächsten Morgen reisten sie und Kenny ab. Er fragte sich, wie lange sie aufbleiben würden. Er stellte sich vor, wie Margaret mit Justin die lange, flache Strecke durch Ohio fuhr, wohl wissend, was sie erwartete. Zumindest hatte sie Sarah.

Sie lasen, von der Welt abgeschirmt, und Rufus tappte vom Teppich zu seinem Schlafplatz und legte sich beleidigt hin. In ihre Kissen gestützt, schlief Emily mit aufgeschlagenem Buch und gab ein Pfeifen von sich. Er stieß sie vorsichtig an. Sie murmelte irgendwas, klappte das Buch zu, gab ihm einen verschlafenen Kuss und rollte sich auf die andere Seite. Er war verwöhnt, hatte sie jede Nacht neben sich, und wieder tat Margaret ihm leid, egal ob es ihre Schuld war oder nicht. Als Vater wollte er, dass sie sich geliebt fühlte. Vor langer Zeit war das mal seine Aufgabe gewesen. Vermutlich war das auch jetzt noch so. Draußen schlich ein weiterer Wagen oder derselbe vorbei und spähte die Gegend aus – wahrscheinlich bloß hiesige Jugendliche, die an der Bootsrampe feierten. Es war schon nach Mitternacht. Er versuchte zu lesen, konnte sich aber nicht konzentrieren. Er blätterte vor, um zu sehen, wo das Kapitel zu Ende war, es waren noch mehr als zehn Seiten, und er gab auf, legte sein Lesezeichen ins Buch und schaltete das Licht aus. Doch auch dann konnte er nicht aufhören, an sie zu denken.

Zu still

Kenny, der eine längere Strecke vor sich hatte, stand früh auf und fuhr gleich nach dem Frühstück los. Emily forderte Henry auf, das Geschirr stehenzulassen und sich zu verabschieden.

«Richte Lisa bitte herzliche Grüße aus», sagte sie, eine unnötige Stichelei. «Wir sehen uns am vierten Juli.»

«Danke für deine Hilfe», sagte Henry und nahm ihn in die Arme.

«Kein Problem. Das mit dem Fliegengitter tut mir leid.»

«Vergiss es.»

Ella und Sam umarmten alle, auch Rufus. Als der Wagen zurücksetzte und sie winkten, nahm Emily Henrys Hand. Sie beobachteten, wie sie davonfuhren – «Hab euch lieb», rief Arlene –, und marschierten dann in gedrückter Stimmung ins Haus.

Margaret brauchte länger, obwohl sie nur Justins Sachen zu packen hatte. Henry half ihnen, das Gepäck hinunterzubringen. Der Boden ihres Kleinbusses war mit leeren Wasserflaschen und Strohhalmen, Fast-Food-Verpackungen und einer plattgedrückten Rolle Papiertücher übersät, als hätten sie in dem Wagen gewohnt. Inmitten klebrig aussehender Flecken waren zerquetschte Pommes frites und M&Ms und Pennys verstreut. Er sammelte den größeren Müll mit beiden Händen auf und brachte ihn in die Küche.

«Das wollte ich machen», sagte Margaret, «ich hatte bloß keine Zeit.»

«Ist schon okay», sagte er, obschon ihr Wagen – genau wie ihr früheres Zimmer – immer das reinste Chaos war. Sie brauchte sich nicht zu rechtfertigen. Er versuchte doch nur zu helfen.

Als sie aufbrechen wollten, bekam Emily feuchte Augen und klammerte sich an Margaret, als würde sie sie nie wiedersehen. «Tut mir leid, ich bin eine alte Heulsuse. Es war so schön, euch beide dazuhaben, da fällt es mir schwer, wieder loszulassen.»

Obwohl ihre offenherzige Zurschaustellung ihn verlegen machte, stimmte er mit dem Gefühl überein, wenn auch erst im Nachhinein. Bei Abschieden verspürte er eine ermüdende Ungeduld, alles hinter sich zu bringen, wie bei jeder schwierigen Aufgabe, doch als Margaret davongefahren war, nach der ersten aufkeimenden Erleichterung, als die Stille in ihre Zimmer zurückkehrte und ihm die Tatsache, dass die Kinder nicht mehr da waren, ins Bewusstsein drang, fühlte er sich im Stich gelassen.

Der Verlust war deutlich. Es war ein sonniger Tag, der See glitzerte, und zwei Jollen glitten am Glockenturm vorbei. Bienen flogen im Zickzack über den Rasen und krochen über Kleeblüten. In seiner Kindheit war es ihm, wenn sie am Sommerende abreisten, stets ein Rätsel gewesen, wie es in Chautauqua ohne sie weitergehen würde. Nichts hatte sich verändert. Zu Hause würde er daran denken, wie auf der Banjo-Uhr in der Küche die Stunden verstrichen und die Segelboot-Wetterfahne sich im Wind drehte. Während er die Garage abschloss, durchforstete Emily das Haus nach Sachen, die sie vergessen hatten – Justins Badehose und Handtuch hinten auf der Leine, Sams Zahnbürste, Margarets Ladegerät. Die Sammlung und die Aussicht, am nächsten Tag aufs Postamt zu müssen, deprimierten ihn. Sie konnten auch noch bleiben, den Kühlschrank auffüllen und dem Verkehr ausweichen, nur dass Emily zum Friseur wollte und er sich gemeldet hatte, beim Wohltätigkeitsbasar der Kirche zu helfen.

«Um wie viel Uhr willst du los?», fragte sie.

«Ich weiß nicht, um eins?»

Arlene sagte, sie würde unterwegs etwas essen. Sie wollte auf Schleichwegen fahren und sich einen schönen Tag machen. Sie hatte von Margaret zu Weihnachten einen Reiseführer geschenkt bekommen, der die besten Drive-ins und Diners im ganzen Staat empfahl. In Oil City gab es einen Eisstand, der angeblich seine eigenen Eskimo Pies herstellte.

«Du weißt, sie ist ein bisschen übergeschnappt», sagte Emily und beobachtete, wie Arlenes Taurus an den Golfwagen der Nevilles vorbeiglitt.

«Sie amüsiert sich.»

«Und wir uns nicht?»

«Wir uns auch», sagte er. «Nur auf eine andere Art.»

Sie aßen wieder Sandwiches und verzehrten den Aufschnitt und Kartoffelsalat. Die Hamburger und Hot Dogs steckte Emily fürs nächste Mal in den Gefrierschrank.

Das Packen nahm nicht viel Zeit in Anspruch. Sie ließen den größten Teil ihrer Kleidung da. Als er im Wagen die Klimaanlage eingeschaltet und Rufus sich auf seinem Platz im Fond niedergelassen hatte, ging Henry ins Haus und legte die neuen Mäuseköder strategisch aus. Als Letztes brachte er den Müll raus, wobei er die Tonne holpernd durchs Gras rollte und neben den Briefkasten stellte. Auch wenn die Fenster noch einen Anstrich gebrauchen konnten, sah das Haus ohne die Antenne besser aus (seine Großmutter Chase hatte sie nie ausstehen können), und er war zufrieden.

«Und los geht's», sagte er.

«Hast du die Klappe zugemacht?» Die zum Dachbodenventilator, der für Eichhörnchen anfällig war.

«Hab ich.»

«Was ist mit dem Pumpenhaus?»

«Dürfte abgeschlossen sein.»

«Okay», sagte sie, darauf anspielend, dass er ein Risiko einging.

«Es ist abgeschlossen», sagte er entschieden und lenkte den Olds auf die Straße.

«Auf Wiedersehen», sagte Emily und winkte den dunklen Fenstern zu. «Hoffentlich fehlen wir dir nicht zu sehr.»

Der arme Stuhl

Während sie die 79 entlangbrausten, sahen sie auf dem rechten Seitenstreifen etwas, das von weitem wie ein zerquetschtes Tier aussah. Als sie näher kamen, schien es eher Bauschutt zu sein – ein Schild, das ein Sattelschlepper plattgefahren hatte, oder ein Gewirr verbogener Rohre. Erst als sie direkt daran vorbeikamen, zeigte sich, dass es ein völlig zertrümmerter schwarz lackierter antiker Stuhl mit geflochtener Sitzfläche war.

«Der arme Stuhl», sagte Emily.

Henry stellte sich gerade vor, wie er von einem Haufen vertäuter Möbel auf der Pritsche eines Pick-ups gesegelt war, als er den auf dem Mittelstreifen versteckten Polizisten entdeckte, der seine Radarpistole auf sie gerichtet hatte.

«Sehr raffiniert», sagte er und nahm den Fuß vom Gas, doch es war zu spät.

Dachbodenschätze

Jedes Jahr im Juni veranstaltete die Calvary Church ihren Wohltätigkeitsbasar, und als einer der vielen Mitvorsitzenden versuchte er, Emily jedes Mal zu überreden, etwas von dem Gerümpel zu entsorgen, das ihren Keller vollstopfte. Er war nicht so herzlos, ihr vorzuschlagen, dass sie sich von dem Satz rubinfarbener venezianischer Kelche trennen sollte, die sie kein einziges Mal benutzt hatten, ein Hochzeitsgeschenk ihrer geliebten Tante June, oder von dem angeschlagenen japanischen Teeservice – bis heute nicht aus seinem Nest aus zerknülltem Zeitungspapier ausgepackt –, das ihre Mutter ihr hinterlassen hatte, doch auf den instabilen Metallregalen an der vorderen Wand wimmelte es von modischen Schongarern, Mixern und Brotbackmaschinen, von denen sie die Nase voll hatte und die vielleicht einen Schnäppchenjäger reizten.

Er verstand ihren Widerwillen. Da sie, wie sie es ausdrückte, mit begrenzten Mitteln aufgewachsen war, war ihr nur allzu gut bewusst, wie viel diese Geräte kosteten, auch wenn sie sie, wie er betonte, ursprünglich geschenkt bekommen hatte. Statt sie als unbenutzt und wertlos anzusehen, betrachtete sie sie als Vermögensgüter. Ob es nun Geschenke waren oder nicht, darauf verzichten hieße Geld verschleudern.

Was konnte sonst noch weg? Verstaubte alte Bowlenschüsseln mit Tassen und Schöpfkellen, eine Einkaufstüte voll nicht zusammenpassender Eiswürfelschalen (der neue Kühlschrank hatte einen eigenen Eiswürfelspender), zwei

Fondue-Sets mit farblich gekennzeichneten Gabeln, damit sie einem nicht stibitzt wurden, ein ausrangiertes Waffeleisen, eine unglaublich langsame Eismaschine, mehrere Gusspfannen, auf dem Flohmarkt am Dart Airport gekauft und seitdem vor sich hin rostend, eine Salatschleuder, eine Form für pochierte Eier, eine elektrische Bratpfanne mit verschmorter Schnur, eine manuelle Saftpresse, die an die Küchentheke geklemmt war und wie eine Handpumpe funktionierte, ein Folienschweißgerät und eine Rolle spezieller Plastiktüten, ein Mörser mit Stößel, ein Pizzastein für den Grill noch im ungeöffneten Karton, eine wie ein Sombrero geformte kleine Keramikschüssel, eine alte Garnitur guter deutscher Messer, die sie schon seit Jahren Betty schenken wollte, eine Leuchtturm-Keksdose aus Plastik, die wie ein Nebelhorn tutete, wenn man den Deckel öffnete, ein Bagel-Toaster, ein durchsichtiger Lucite-Eiskübel mit Zange, eine Käseplatte aus Schiefer, auf die man mit Kreide schreiben konnte, samt ihrer zerbrechlichen Glasglocke, ein riesiges Sieb, eine braun-rot karierte Thermoskanne, deren Deckel, komplett mit Griff, auch als Tasse diente, vier gleiche, aber verschiedenfarbige Plastikkrüge, die Orangen- und Traubensaft, Limonade aus gefrorenem Konzentrat, das Kool-Aid der Kinder oder Emilys Eistee enthielten, eine Räucherlachsplatte aus Mahagoni, die wie ein Lachs geformt war, ein halbes Dutzend verbeulte Keksdosen mit Weihnachtsmotiven, ein Wok, ein Schnellkochtopf, der alte Fleischwolf ihrer Mutter, den sie benutzte, um Schinkensalat zu machen, ein ganzer Karton voll Einmachgläser und so weiter und so fort, ein namentlicher Aufruf des Ungeliebten und Veralteten.

Sie würde die Regale nicht Stück für Stück mit ihm durchgehen. Beim einzigen Mal, wo sie das vor Jahren ausprobiert hatten, hatte sie, als er sich zu erinnern versuchte, wann sie zum letzten Mal ihre eigene Pasta gemacht hatte, das Ganze nach fünf Minuten platzen lassen und ihm gesagt, er solle einfach alles mitnehmen. Was kümmere es ihn, ob ihr diese Sachen wichtig seien? Und was sei mit all seinem kostbaren Werkzeug? Warum spende er davon nichts? Wahrscheinlich könnten sie dafür eine Stange Geld bekommen, ganz abgesehen von dem Platz, den sie einsparen würden. Sie war die Treppe hinaufgestapft und hatte die Tür zugeknallt, als wollte sie ihn einsperren.

Inzwischen war der Ablauf geradezu förmlich. Er erinnerte sie behutsam, dass die Frist für den Basar bevorstand, erwähnte als Ermunterung die Liste der Sachen, die er spenden wollte, und wenn er aus dem Haus war, schlich sie wie eine Diebin in den Keller hinunter, legte das Wenige, das sie ausgewählt hatte, in einen Karton und ließ ihn auf seiner Werkbank stehen. Es gab keine Verhandlungen und keine Schuldzuweisungen. *Du musst es nehmen, wie's kommt, auch wenn es dir nicht frommt*, hatte seine Mutter immer am Tisch gesagt, wenn sie etwas gekocht hatte, das er oder Arlene nicht mochte. Diese gebieterische Selbstherrlichkeit hatte ihm nie gefallen. Er wusste, dass Emily in jeder anderen Hinsicht großzügig war, und diese Schwäche kam mit Sicherheit daher, dass ihre Eltern in der schlimmsten Zeit der Wirtschaftskrise Mühe gehabt hatten, ihre Rechnungen zu bezahlen (ihre Mutter, eine Lehrerin, hatte Wascharbeiten übernommen, was in ihrer Kleinstadt zu Gerede führte), genau wie seine Wohltätigkeit von den auskömmlichen Verhältnissen seiner Familie herrührte, und deshalb fiel es ihm schwer zuzugeben, auch wenn es jedes Jahr im Juni offenkundig war, dass sie geizig sein konnte.

Um es auszugleichen, spendete er mehr. In diesem Jahr sortierte er seine Handwerkzeuge aus, durchforstete seine verschiedenen Werkzeugkisten und trug alle überzähligen Schraubenzieher, Hämmer, Feilen und Schraubenschlüssel, alle Zangen, Eisensägen, Meißel und Anschlagwinkel zusammen, die er im Lauf der Zeit gesammelt hatte, und entdeckte mehrere Steckschlüsselsätze, die er völlig vergessen hatte, und einen fünf Kilo schweren Holzhammer, den er verloren zu haben glaubte. Auch wenn ein paar der älteren Sachen wahrscheinlich von seinem Vater oder sogar seinen Großvätern und ein paar der neueren von Kenny und Margaret stammten, hielt er sich zugute, nicht daran zu hängen. Zu wissen, dass die Kirche profitieren würde und jemand anders vielleicht etwas damit anfangen konnte, genügte ihm.

Als die Frist für die Spenden ablief, verließ er demonstrativ das Haus, fragte, ob sie aus der Stadt irgendwas brauche, und schlüpfte nach seiner Rückkehr beiläufig in den Keller, um festzustellen, dass seine Werkbank leer war. Die Erwartung erinnerte ihn an die Weihnachtsfeste in seiner Kindheit, wo die Geschenke wie durch Zauberhand unterm Baum auftauchten und darauf warteten, gewogen und geschüttelt zu werden. Doch dann kam er eines Tages nach Hause, nachdem er Ed McWhirter geholfen hatte, die Tische im Gemeindehaus aufzustellen, und da stand er, ein strahlend gelber Weinkarton aus dem Spirituosenladen.

Ihn durchzusehen war wie das Öffnen eines Geschenks. Er fand es immer überraschend und erhellend, wovon sie sich trennte, gerade weil sie es gezwungenermaßen tat. Von der Wand voll Gerümpel reduzierte sie ihre Auswahl auf eine Handvoll Gegenstände, die sie überhaupt nicht interessierten, das Endergebnis ein Nachweis ihrer wahren Gefühle, und so klappte er den Karton mit diagnostischer Neugier auf und packte die von ihr ausrangierten Sachen aus.

Mit dem Handmixer hätte er rechnen können, da sie vor kurzem einen neuen gekauft hatte, doch er hatte gedacht, das Waffeleisen, der Clou so vieler Frühstücke in den mittleren Jahren der Kinder, sei unantastbar. Er hatte gerade begonnen, den Verlust zu verkraften, als er auf dem Boden des Kartons, in sprödes Zeitungspapier gehüllt, die Weintrauben seiner Mutter entdeckte.

Es waren vier Büschel. Die Blätter und Reben waren aus dünnem grünem Draht und die Trauben aus durchsichtigem Glas in der Farbe von Chablis, mit einer grünen Filzunterlage. Rein dekorativ, hatten sie an Feiertagen den Tisch verziert, Erweiterungen des prachtvollen Tafelaufsatzes seiner Mutter, eines verschnörkelten mundgeblasenen Füllhorns (das dem Umzug aus der Mellon Street zum Opfer gefallen war). Arlene hatte jedem Familienmitglied der Größe nach ein Büschel zugeordnet, wobei das von Henry natürlich am kleinsten war. Bei wie vielen endlosen Mahlzeiten hatte er sich die Zeit vertrieben, indem er so tat, als wären die Trauben ein Rennwagen, den er durch eine Landschaft aus Wassergläsern und Salattellern lenkte? Später, als er alt genug war, um den Tisch zu decken, hatte er sie von der Anrichte geholt und wie Talismane zu ihren Sitzplätzen gelegt.

Da waren die seines Vaters, die größten. Eine der Trauben war zerbrochen. Er wickelte die anderen Büschel aus und war erfreut zu sehen, dass seine eigenen Trauben unversehrt waren. Auf seiner Werkbank sahen sie seltsam und schwülstig aus, der Schnickschnack einer alten Frau. Sie hatten keinen praktischen Nutzen außer als Briefbeschwerer, aber er hatte gedacht, sie gefielen Emily. Seine Mutter hatte das temperamentvolle Kleinstadtmädchen von Anfang an sympathisch gefunden und gehofft, sie würde den Geist von Sloan austreiben. Sie war in seiner Familie Emilys Fürsprecherin gewesen (Großmutter Chase konnte sich für Emily nie erwärmen, da sie sie für einen schamlosen Emporkömmling hielt, der ihren Worten zufolge «aus dem Nichts» kam), und hatte ihr als ein Vorbild gezeigt, wie man sich kleidete, alles dekorierte und Gäste bewirtete. Henry sah den Einfluss seiner Mutter in Emilys Vorliebe für Perlen und Silberschmuck statt protzigem Gold und Brillanten, und jedes Jahr an Thanksgiving kochte Emily in unbewusstem Widerhall des ersten gemeinsamen Abendessens den Erbseneintopf mit Wassernüssen seiner Mutter.

Eine ganze Wand voll Gerümpel, und ausgerechnet das suchte sie aus. Geschah es aus Protest, um zu zeigen, dass sie genauso rücksichtslos sein konnte wie er?

«Margaret will sie nicht haben», sagte sie beim Abendessen, «und beim letzten Mal, als ich Lisa was angeboten habe, hat sie sich über mich lustig gemacht, also tue ich das nicht mehr. Ich werde sie jedenfalls nicht benutzen.»

«Was ist mit Arlene, hast du sie gefragt?»

«Wenn du sie behalten willst, ist das in Ordnung.»

«Nein», sagte Henry, «du hast deine Wahl getroffen, ich meine.» Er würde sich an die Regeln halten. Du musst es nehmen, wie's kommt.

Und doch war er am nächsten Tag, als es Zeit war, den Olds zu beladen und alles mitzunehmen, versucht, die Trauben irgendwo im Keller zu verstecken, wo Emily sie nicht finden würde. Es würde sie ohnehin niemand kaufen. Am Ende würden sie zusammen mit dem anderen unverkauften Ramsch bei der Heilsarmee landen.

Sein Werkzeug, ihr Geschirr – irgendwann musste alles weg. Der Plan war, sich der Dinge zu entledigen, damit es die Kinder nicht tun mussten. Er schleppte die Kartons in die Garage hinaus und schloss den Kofferraum, und als er sie an der Kirche auslud, hielt er sich nicht länger auf.

Am Samstag des Basars fuhr er früh los, um Noni Haabestadt bei der Organisation der verdeckten Auktion zu helfen. Dort gab es die richtig einträglichen Sachen – Eintrittskarten für die Steelers und Penguins und Time-Sharing auf den Outer Banks, eine Runde Golf in Oakmont –, die alle gutes Geld bringen würden, und dennoch machte die Calvary Church schon seit zehn Jahren Verlust. Seine Großmutter Chase, die der Kirche einen Großteil ihres Vermögens hinterlassen hatte, hatte immer gesagt, die Reichen seien knauserig. Henry, ebenfalls knauserig, pflichtete ihr bei.

Als er und Noni fertig waren, durchstöberte er wie die anderen ehrenamtlichen Helfer die Gänge. Anscheinend gab es mehr gutes Porzellan als normalerweise, das rosa geblümte, goldgeränderte Haviland Limoges, das von der Generation seiner Mutter bevorzugt wurde. Er merkte sich die Schnäppchen und staunte zugleich über den schlechten Geschmack der anderen Gemeindemitglieder. Es war schwer vorstellbar, dass jemand diese sechzig Zentimeter große Porzellan-Geisha oder die dämonisch grinsenden aztekischen Masken kaufte, und er fragte sich, wie viele der Spenden ursprünglich wohl Geschenke gewesen waren.

Die Trauben landeten nicht auf den mittleren Tischen mit dem Mixer und dem Waffeleisen, sondern hinten in einer Ecke bei den Nussschalen, Untersetzern und Vasen, die für fünfzig Cent pro Stück angeboten wurden. Er konnte sie kaufen – die Ehrenamtlichen durften im Vorhinein fünf Artikel erwerben –, doch er widerstand der Versuchung und schlenderte vorbei, als hätten sie keine Verbindung zu ihm. Stattdessen kaufte er, wie um ein anderes Verlangen zu stillen, beim Kuchenbasar des Frauenclubs einen Pappteller Brownies.

Das Wetter und die Beteiligung waren gut, der hohe Saal erfüllt von Gemurmel. Wie in der Gemeinde waren die Leute schon älter und größtenteils weiblich, nebst ein paar Antiquitätenhändlern und Studenten aus Shadyside. Sie schlurften durch das Labyrinth aus Tischen, blieben stehen, um eine perlenbesetzte Geldbörse oder eine Teekanne aus Zinn zu begutachten, und stellten sie dann wieder hin. Mit Schürze und Namensschild ausgestattet, half Henry an der Kasse, holte den Kassierern gebündelte Ein-Dollar-Scheine und Rollen mit Fünfundzwanzig-Cent-Münzen, packte alles ein, steckte es in Tüten und Kartons und rechnete jeden Moment damit, dass jemand die Trauben verlangte.

Der Mixer und das Waffeleisen gingen früh weg, ergattert von einem jungen Paar, das er vom Kaffeetrinken kannte. Er verkniff sich, die Geschichte des Waffeleisens zu erzählen, tütete es bloß ein, stopfte die Schnur dazu und bedankte sich bei den beiden. Seine Werkzeuge verkauften sich kleckerweise, und obwohl es ihm jedes Mal einen Stich versetzte, war er froh, dass jemand sie haben wollte. Nachdem er die Kartons zu den Wagen der Leute geschleppt hatte, trödelte er draußen herum und dachte, es wäre leichter, wenn er den tatsächlichen Verkauf der Trauben nicht mitbekäme. Vielleicht waren sie schon weg. Als er sich zum Mittagessen im Speisesaal ein Sandwich und eine Tüte Chips holte, verweilte er bei dem Gedanken, und auf dem Rückweg gelang es ihm bloß durch pure Willenskraft, sich nicht durch die

Menge zum anderen Ende des Saals zu schlängeln und nachzusehen.

Den Rest des Nachmittags verbrachte er in Furcht, als erwartete er eine schlechte Nachricht, obwohl er gar nicht sagen konnte, was letztlich schlimmer wäre. Der einzige Grund, warum seine Mutter die Trauben ihm und nicht Arlene hinterlassen hatte, war, dass er verheiratet war. Von Rechts wegen standen sie ihr zu, zusammen mit dem Kristall. Er konnte sie kaufen und ihr schenken, doch dann würde Emily es erfahren.

Du musst es nehmen, wie's kommt. Genügten die Brownies nicht?

Wenn er bis zum Ende des Tages nicht nachsah, würden die Trauben weg sein.

Wenn er nicht nachsah, würden sie noch da sein.

Er sah nicht nach. In der letzten Stunde schaute er jedoch ständig auf die Uhr, bis er sie abnehmen und in die Tasche stecken musste. Als die Menge sich lichtete, hatte er endlich freie Sicht durch den Saal. Aus dieser Entfernung war es nicht zu erkennen.

«Unsere verdeckte Auktion endet in fünf Minuten», verkündete Noni über die Lautsprecheranlage, und die Nachzügler blickten auf. «Noch fünf Minuten, um euer Gebot abzugeben, Leute. Verpasst es nicht in letzter Minute. Ich weiß, dass ihr die Steelers-Karten haben wollt. Vergesst nicht, alle Gebote sind steuerlich absetzbar. Viel Glück allerseits.»

Noch immer durchstreiften Dutzende Käufer die Gänge, als wollten sie über Nacht bleiben. Sie warteten bis zur offiziellen Bekanntgabe, dass der Verkauf vorbei war, um sich anzustellen. Als er ihre Einkäufe einpackte, war er von dem Gedanken erfüllt, dass die allerletzte Kundin – Lois Reardon, eine ehemalige Vorsitzende der Altargilde – sich für die Trauben entscheiden würde.

Doch sie tat es nicht, sondern nahm nur eine Schachtel mit altem, tropfenförmigem Weihnachtsschmuck für fünfundzwanzig Cent, die sie nach langer Suche aus ihrem Geldbeutel pflückte.

«Die neuen haben keinen Charakter», sagte sie. «Die hier sind aus richtigem Glas, aus der Tschechoslowakei. Man sieht kleine Fehler.»

«Danke, dass Sie gekommen sind», sagte Henry und steckte alles in eine Tüte. «Bis morgen.»

«Ja», sagte sie überrascht, als könnte er ihre Gedanken lesen, und wankte davon.

Sobald die Tür geschlossen war, konnte er sich entspannen. Wie in jedem Jahr half er, die Geldkassetten einzusammeln und nach oben ins Kirchenbüro zu bringen, wo Sally Hilliard und Joan Follansbee wie Mafia-Geldboten die Scheine in Stapeln auszählten. Noni ging die Zettel von der verdeckten Auktion durch. Die Lovejoys hatten für dreitausend Dollar, ein neuer Rekord, die Luxuskabinenplätze bei den Steelers gewonnen.

«Gott segne sie», sagte Pater John.

Während sie beschäftigt waren, schlich Henry nach unten, statt die letzte Auszählung abzuwarten. Der Saal war vom Scheppern des Geschirrs erfüllt. Wie ein Umzugsteam packte die Jugendgruppe schon alles für die Heilsarmee in Kartons, und Ed McWhirter stellte die Kuchenbasartische fürs Kaffeetrinken um. Henry war erleichtert zu sehen, dass sie die hintere Ecke noch nicht erreicht hatten.

Er musste bloß seinen Teller Brownies nehmen und nach Hause fahren, aber dann würde er es nie erfahren. Es war albern. Die Zärtlichkeit, die er verspürte, galt seiner Mutter und vielleicht auch seinem jüngeren Ich, dem Baby der Familie, verhätschelt und mit Nachsicht behandelt, und nicht den Trauben, die sie jahrzehntelang nicht benutzt hatten. Es war bloß Nostalgie, ein Nebenprodukt der Zeit.

Er dachte sich keinen Vorwand aus, schenkte den anderen keine Beachtung und begab sich direkt in die Ecke.

Sie waren weg. Ungläubig suchte er den Tisch ab, als könnten sie verlegt worden sein, und da, verborgen unter einem ausrangierten Tortenständer, waren sie alle vier.

Er packte sie getrennt ein, ließ bei denen seines Vaters besondere Sorgfalt walten und ging nach oben, um zu bezahlen.

Er versteckte sie auf dem Grund einer alten Werkzeugkiste, weggeschlossen, wo Emily sie nicht finden würde. Wochenlang dachte er nicht daran, doch plötzlich, während er ihr am Tisch gegenübersaß, fielen sie ihm ein, und er hatte ein schlechtes Gewissen. Manchmal, allein an seiner Werkbank, war er versucht, sie hervorzuholen und zu bewundern, ein Geizhals und sein geheimer Schatz, doch er tat es nie. Eigentlich brauchte er sie nicht zu sehen. Es genügte zu wissen, dass sie da waren.

Krankenschwester

Louise Pickering hatte es zu lange hinausgeschoben und war mit einer von Dougs alten Krücken die Grafton Street entlanggehinkt, bis sie sich schließlich am Knie operieren ließ, und Emily, als ihre beste Freundin, hatte natürlich versprochen, ihr im Haushalt zu helfen, bis sie wieder auf die Beine kam. Als Emily ihren Plan vor Monaten erstmals verkündet hatte, hatte Henry sich einverstanden erklärt und seine Vorbehalte unterdrückt. Die letzten beiden Juniwochen verbrachten sie für gewöhnlich in Chautauqua und genossen die Ruhe, bevor die Horden hereinbrachen, doch Louise würde Hilfe brauchen, und Emily wollte es so. Auch wenn er alles ablehnte, was ihre gewohnten Abläufe durcheinanderbrachte, leuchtete ihm in diesem Fall ein, dass er egoistisch war. Seine Einwände würden ohnehin nichts bewirken.

Damals war es ihm nicht schwergefallen, ihr zuzustimmen. Doch jetzt dräute der Tag wie eine bevorstehende Schlussrate, und er wünschte, er hätte ihr nicht so schnell nachgegeben.

«Kommen Tim und Dan?»

«Dan für ein paar Tage. Tim konnte sich nicht freinehmen.»

Keine Überraschung. Dan war hingebungsvoll, Tim unbeteiligt. Sie waren zerstritten, ihre Kindheitsrivalität inzwischen verbittert. Henry verstand das nicht.

«Du hast gesagt, sie lässt eine Pflegerin kommen.»

«Eine Bezirksschwester. Sie schaut mal vorbei, aber Louise

braucht jemanden, der ständig da ist, bis sie wieder selbst für sich sorgen kann. Bei der neuen Operationsmethode soll es mit der Genesung viel schneller gehen. Deshalb hat sie so lange gewartet. Der Schnitt ist nur einen Zentimeter breit.»

Er glaubte einfach nicht, dass es so einfach sein würde. In ihrem Alter gab es immer Komplikationen.

Obwohl Dan einen Wagen gemietet hatte, ließ Emily am Tag der Operation Henry sie zum Krankenhaus fahren. Als kleiner Junge hatte Dan in der Klauenfußwanne der Pickerings mit Margaret gebadet und ihr den ersten Kuss gegeben. Später hatte er für Shadyside Quarterback gespielt, sein blondes Haar modisch lang. Bei den Straßenfesten im Viertel hatte Henry ihn vorbeirauschen sehen, stets ein neues Mädchen am Arm. Genau wie Margaret hatte er kein Interesse am Studium gezeigt, im letzten Jahr dem Team den Rücken gekehrt und lieber Gras geraucht. Der Goldjunge, hatte Doug ihn ironisch genannt, ein Spitzname, der sich als treffend erwies. Mit Mitte dreißig, inzwischen Immobilienmakler auf Hawaii, war er noch immer verrückt nach Skifahren und Surfen. Er saß sonnengebräunt und fit, mit Pferdeschwanz und Sandalen, neben Louise auf der Rückbank, beobachtete, wie die Gebrauchtwagenplätze von Bloomfield vorüberglitten, und lachte, als Emily sich die Hochzeit ins Gedächtnis rief, die Margaret bei ihnen hinten im Garten inszeniert hatte.

«Ich weiß noch, dass es Ärger gab, weil wir Blumen gepflückt haben.»

«Meine Teerosen. Ach, ich war fuchsteufelswild.»

«War nicht meine Idee. Ich hab bloß getan, was sie mir gesagt hat.»

«Sie hat euch Jungs alle eingeschüchtert», sagte Louise.

«Sie war größer als wir.»

Henry war sich nicht sicher, wie viel Dan von Margarets jüngsten Problemen wusste. Zwischen Emily und Louise gab es keine Geheimnisse, eine beunruhigende Sicherheitslücke, die paradoxerweise dazu führte, dass er ihr gegenüber eher vorsichtig war. Er und Doug waren vierzig Jahre lang befreundet gewesen, was auch auf dem gegenseitigen Respekt für ihre Privatsphäre beruhte. Es wäre Henry nie in den Sinn gekommen, Dougs Umgang mit den Streitigkeiten zwischen Tim und Dan in Frage zu stellen oder zu erwarten, dass er ihm seine Geldsorgen beichtete, und er hatte darauf vertraut, dass Doug sich umgekehrt genauso verhielt. Als Henry ihn in Presby besucht hatte, war es nicht nötig gewesen, über seine Prognose zu reden. «Danke, dass du das Laub zusammengeharkt hast», hatte Doug gesagt, und Henry hatte erwidert, er könne sich ja nächstes Jahr revanchieren. «In Ordnung.» Jetzt befürchtete er albernerweise, auch Louise würde nicht mehr nach Hause zurückkehren, und fragte sich, was das für Emily bedeuten würde.

Er setzte sie am Eingang ab wie ein Taxifahrer, überzeugt, Louise zum letzten Mal zu sehen, doch als er den Besucherparkplatz hinten gefunden hatte und der lilafarbenen Linie auf dem Fußboden zur Orthopädie gefolgt war, wartete sie noch immer in der Anmeldung. Alle Stühle waren besetzt, von Jugendlichen über Männer in Dans Alter bis hin zu Louise. Er hatte von Chirurgen gehört, die den ganzen Tag wie am Fließband operierten.

Dan kannte eine Frau in Vail, eine Olympiateilnehmerin, die beide Hüften und beide Knie ersetzt bekommen hatte.

«Aber nicht alles auf einmal», sagte Emily.

«Erst die Hüften, dann die Knie. Inzwischen fährt sie wieder die steilsten Pisten.»

«Ich will bloß die Treppe rauf- und runtergehen können», sagte Louise.

Als die Krankenschwester mit dem Klemmbrett sie schließlich aufrief, ging Dan mit ihr hinein. Henry blätterte in einer zerfledderten *Motor Trend*. Ihm war nicht ganz klar, inwiefern sie hilfreich waren. Emily war mit einer Einkaufsliste beschäftigt. Schon die ganze Woche hatte sie über den Speiseplan nachgegrübelt, als kämen die Kinder zu Besuch, hatte zu erraten versucht, was Louise, falls sie überhaupt Hunger hatte, wohl gern essen würde.

Ein paar Minuten später kam Dan mit ihrer Handtasche zurück, die er wie einen Football trug.

«Ihr braucht nicht zu bleiben. Ich geb euch Bescheid, wenn sie operiert worden ist.»

«Sei nicht albern», sagte Emily, ignorierte sein Angebot und klopfte auf den Stuhl neben ihr. «Was würdest du lieber zu deinem Hühnchen essen – Orzo oder Couscous? Magst du Rosenkohl? Wie steht's mit Artischocken? Kenneth rührt beides nicht an, deshalb frage ich immer.»

In ihrer Begeisterung sprach sie so laut, dass alle im Raum es mitbekamen, was Henry bedrückend fand; stumm und nutzlos saß er da und ließ, was diesen Tag anging, alle Hoffnung fahren.

Von dem Augenblick an, als Louise sich für die Operation entschied, hatte Emily wie eine ehrgeizige Stellvertreterin darauf gewartet, das Kommando zu übernehmen, und sie würde sich jetzt durch nichts davon abhalten lassen. Sie blieben, bis die Schwester Louise in einem Rollstuhl nach draußen schob, und als sie zu Hause in ihrem Bett lag, einen Eisbeutel über das eine Bein der Pyjamahose geklettet, übernahm Emily im Haushalt das Ruder, fungierte als Krankenschwester und Wirtschafterin in einem, und für Dan blieb nichts zu tun.

«Er ist seltsamer geworden», sagte sie abends im Bett. «Ich glaube, die Unmengen Gras, die er geraucht hat, sind nicht spurlos an ihm vorbeigegangen.»

«Immerhin ist er da.»

«Er sieht sich Zeichentrickfilme an.»

«Was denn für welche?»

«Bizarres Zeug. Ich hab ihn dabei lachen gehört.»

Was Dan wohl über Emily dachte? Henry konnte es sich nicht vorstellen.

Sie stellte ihren Wecker auf eine halbe Stunde früher als sonst, damit sie mit ihrem Strickzeug hinübergehen und den beiden das Frühstück machen konnte, und kehrte nach dem Abendessen mit dem aktuellen Stand und einer neuen Liste zurück. Sie sei froh, helfen zu können, sagte sie. Die Bezirksschwester schaue höchstens für eine Viertelstunde vorbei. Sie kontrolliere bloß den Verband und vergewissere sich, dass die Naht nicht entzündet sei. «Das ist Abzockerei. Überleg mal, was die Versicherung dafür bezahlt.»

«Irgendwelche Zeichentrickfilme heute?»

«Heute hat er telefoniert. Vermutlich schließt er gerade ein großes Geschäft ab.»

«Scheint dich nicht überzeugt zu haben.»

«Es fällt mir schwer, jemanden ernst zu nehmen, der ein gebatiktes Hemd trägt. Ich weiß nicht, vielleicht läuft das auf Hawaii anders.»

«Auf der ganzen Welt läuft es anders.»

«Stimmt wohl», sagte sie, als wäre es nicht zu ändern.

Trübe, feuchte Tage, an denen der Dunst wie Nebel über Morningside hing. Die Stadt hatte Kühlräume für die Armen geöffnet, und in den Nachrichten wurden Warnungen für Haustierbesitzer verbreitet. Der Zoo war geschlossen. Das war der Grund, warum sie nach Chautauqua flohen, der sumpfige, fast südstaatenartige Pittsburgher Sommer erinnerte ihn an Camp Claiborne, wo er seine Salzpillen mit modrigem Wasser aus der Feldflasche hinuntergespült hatte. Er ließ im Haus alle Fenster und Türen geschlossen, und draußen brummte der Kompressor der zentralen Klimaanlage. Es war zu heiß, um im Garten zu arbeiten, zu heiß, um den Wagen zu waschen. Als Rufus vom Pinkeln hereinkam, war sein Fell noch warm von der Sonne. In Emilys Abwesenheit folgte er Henry von Zimmer zu Zimmer.

«Ich weiß», sagte Henry. «Ohne Mama ist es nicht lustig.»

Es machte ihm nichts aus, sein Sandwich selbst zuzubereiten, den Frühstückstisch nur für einen zu decken und sich die Mittagsnachrichten anzusehen, doch als er den in Frischhaltefolie verpackten Teller, den sie ihm hingestellt hatte, in der Mikrowelle erwärmte und allein zu Abend aß, kam es ihm wie eine Strafe vor. Beim Geschirrspülen klingelte das Telefon in seinem Arbeitszimmer. Mit feuchten Händen nahm er den Hörer ab und wurde wütend, weil es eine Stimme vom Band war, die ihm eine Lebensversicherung andrehen wollte. War es ihr so ergangen, wenn er lange arbeiten musste? Sie hatte wenigstens anrufen können. Er ging nach oben und schaute sich ihre Sendungen an, beantwortete bei *Riskant!* die Fragen, vermerkte die Antworten, die sie gewusst hätte, horchte wie Rufus auf die Haustür und folgte ihm nach unten, als sie endlich zurückkam.

Rufus tollte um ihre Beine herum, während Henry ihr einen Kuss gab.

«Ich glaube, da hat mich jemand vermisst.»

«Zwei Jemands. Wie geht's Louise?»

«Gut. Sie langweilt sich. Im ersten Stock ist es drückend heiß. Ich könnte ein Glas Wein vertragen.»

Laut Bezirksschwester verheilte alles gut, ganz nach Plan. Dan reiste am nächsten Tag ab, was hieß, dass Emily auch ein paar Nächte bei Louise bleiben würde.

Als wollte er seinen Unmut zum Ausdruck bringen, sagte Henry kein Wort.

«Ich hab's dir doch gesagt», sagte sie. «Für den Notfall muss jemand da sein. Ist doch nur für drei Nächte.»

«Ich kann es nicht ändern. Ich bin daran gewöhnt, dich für mich allein zu haben.»

«Sei nicht eifersüchtig.»

Er tat die scherzhaft gemeinte Bemerkung mit einem Schulterzucken ab, doch er war eifersüchtig. Auch wenn sie monatelang getrennt gewesen waren, als er in Jackass Flats war, das hier war etwas anderes. Zum letzten Mal hatte er allein geschlafen, als Emily auf Sarah und Justin aufgepasst hatte, während Margaret auf Entzug war, eine weitere Mission, zu der sie sich ohne Zögern freiwillig gemeldet hatte. Sie wurde gebraucht und er nicht, und genau wie damals fühlte er sich gekränkt.

Am ersten Abend kochte sie etwas, als wollte sie sich dafür entschuldigen, ihn alleinzulassen, doch nachdem er ihr einen Abschiedskuss gegeben hatte, war er mürrisch und ärgerte sich, ließ bei Einbruch der Dämmerung das Licht aus, tigerte mit seinem zweiten Glas Scotch durch die grauen Zimmer, als hätte sie ihn sitzengelassen, und ging früh ins Bett. Sie hatte ihr Kissen mitgenommen, wodurch das große Bett noch verlassener wirkte. Wie um ihr näher zu sein, schlief er auf ihrer Seite und stellte sein Wasser auf ihren Nachttisch, und als er um drei aufwachte, weil er aufs Klo musste, war er kurz verwirrt. Er stieg über Rufus hinweg, und als er zurückkam, war der Hund verschwunden. Alle viere von sich gestreckt auf dem jetzt fremden Bett, losgelöst, noch benebelt vom Scotch, ließ Henry seiner Phantasie freien Lauf. Der einzelne Essteller, das stille Haus, das Glas im Spülbecken – so würde es sein, wenn er sie verlor. Seine Mutter war schnell gestorben, an zu spät entdecktem Leberkrebs. Er dachte an seinen Vater, der allein in seiner Wohnung auf dem Kalender die Tage durchstrich wie ein Häftling. Er hatte seine Frau schon um dreizehn Jahre überlebt, doch jedes Mal, wenn Henry ihn sah, zitierte er sie, als hätten sie gerade erst miteinander gesprochen. Henry konnte sich vorstellen, dass er selbst sich gegenüber den Kindern genauso verhalten würde. Er lebte bereits zu sehr in seinen Erinnerungen.

In der Nacht regnete es, und am Morgen verflüchtigte sich seine Zukunftsvision wie der Dunst. Er ging davon aus, dass Emily nach dem Frühstück, spätestens nach dem Mittagessen zurückkam. Als um kurz vor drei das Telefon klingelte, hatte er schon aufgegeben und war überrascht, ihre Stimme zu hören. Er bemühte sich, gleichgültig zu klingen.

Ob er ein paar DVDs abholen könne, die Louise in der Bücherei bestellt habe?

«Braucht ihr sonst noch was aus der Stadt?»

Sie musste bei Louise nachfragen. «Nein, wir sind ziemlich gut eingedeckt. Was macht dein Junggesellendasein?»

«Ist äußerst aufregend. Rufus hat ein Kaninchen gejagt.»

«Das ist wirklich aufregend.»

«Du fehlst ihm.»

«Ist doch nur noch ein Tag.»

Und, strenggenommen, zwei Nächte, doch er hütete sich,

sie zu bedrängen. Er war froh über den Vorwand für seinen Besuch.

In der Bücherei erwarteten ihn *Jane Eyre* und *Emma*, rührselige Lieblingsbücher aus Emilys lesewütiger Jugendzeit. Wie so viele Frauen in ihrem Alter waren sie und Louise geradezu fanatisch anglophil, Liebhaberinnen des verdrängten, kultivierten Universums aus Galabällen und Jagdgesellschaften, als wäre das ihr Erbe. Jahrelang hatten sie die Montagabende für die *Masterpiece Theatre*-Serie reserviert, daraus ein Ereignis mit Rotwein und Pralinen gemacht und Henry allein Football gucken lassen, was ihn wirklich nicht gestört hatte. Da er verheiratet war, konnte er nicht besonders viel Romantik ertragen.

Als er die Filme ablieferte, nahm ihn Emily mit nach oben zu Louise. Sie saß im Luftzug des Ventilators im Bett, das Knie in einen Verband gewickelt. Ihre Zehennägel waren im selben perlmutt schimmernden Pink lackiert wie die von Emily, und er rief sich die Pyjama-Partys von Arlene und ihren Freundinnen auf dem Dachboden ins Gedächtnis, bei denen sie bis in die Puppen geschnattert hatten. Der Fernseher war mitten in einem Film angehalten, bei dem es sich möglicherweise um *Titanic* handelte. Auf ihrem Nachttisch lag neben einem Fläschchen schmerzlinderndem Advil ein in Stücke gebrochener Hershey-Riegel.

«Danke», sagte sie. «Und vielen Dank, dass ich mir Emily ausleihen durfte.»

Es war nicht seine Entscheidung gewesen, aber das wusste sie, und er fragte, wie sie sich fühle.

«Fett und träge. Ich hab mich letzte Woche nur vom Fleck gerührt, um auf die Toilette zu gehen. Deine wunderbare Frau hat Gourmet-Essen für mich gemacht.»

«Ja», sagte Emily, «Gourmet-Hackbraten.»

«Hähnchen-Cordon-Bleu.» Eins seiner Lieblingsgerichte.

«Das ist kinderleicht», beteuerte Emily und warf ihm einen Blick zu, der besagte, dass sie es wiedergutmachen würde.

Als sie ihn zur Haustür brachte, sagte sie: «Noch ein Tag.»

«Ich weiß.»

«Hey», sagte sie an der Tür, das Wort bedeutungsschwanger, als hätte sie etwas Wichtiges mitzuteilen.

«Was denn?»

«Könntest du vielleicht die Mülltonne rausstellen? Das hat letzte Woche niemand gemacht.»

«Kein Problem.» Es war Donnerstag.

Nach einem zu lang gegrillten Hamburger brachte er auch ihren eigenen Müll nach draußen, leerte Rufus' Hundeeimer aus und rollte die Tonnen zum Bordstein. Wenigstens war es ein schöner Abend. Als er, ein Bier trinkend, auf der hinteren Veranda saß und sich das Pirates-Spiel anhörte, stiegen im Garten Glühwürmchen auf, und die Dämmerung senkte sich über die Bäume. In Chautauqua würde es gut vier Grad kälter sein. Sie würden in Jeans und Sweatshirt auf der Fliegengitterveranda sitzen und beobachten, wie die letzten Nachzügler im Schneckentempo zur Bootsrampe fuhren und Fahrtlichter, strahlend wie Juwelen, übers Wasser glitten. Wenn es dunkel war, würden sie zum Ende des Stegs schlendern, um zu den Sternen hinaufzuschauen, und dann hineingehen und ein Feuer anzünden. Falls mit Louise alles gutging, würden sie, nur zu zweit, nächste Woche dort sein.

Er war geduldig. Er konnte warten. Sie waren fast fünfzig Jahre verheiratet. Es hatte keinen Sinn, Trübsal zu blasen wie ein liebeskranker Teenager.

Doch warum stand er dann knapp eine Stunde später, statt das Spiel zu Ende zu hören, mit Rufus auf dem Gehsteig vorm Haus der Pickerings und blickte in der Hoffnung, Emily kurz zu sehen, zu dem flimmernden blauen Lichtschein hinauf wie ein abgewiesener Verehrer? Das Gespräch, das durchs offene Fenster drang, klang eindringlich, ein Mann und eine Frau in der Bredouille, doch sosehr er sich auch bemühte, die Worte konnte er nicht verstehen. Ein Klavier spielte ein behäbiges Largo, Beethoven, vielleicht Schubert, und er erinnerte sich an die Zeit, als er ihr den Hof gemacht hatte, wie er den Rasen vorm Wohnheim ihrer Studentinnenverbindung mit einem Strauß Gänseblümchen überquerte, zufällig mitbekam, dass sie übte, und ihn eine überschäumende Freude erfüllte, weil er wusste, dass sie es ihm zuliebe tat. Der Lichtschein flackerte. Eine Zugpfeife ertönte. Die Stimmen kehrten zurück, nachdrücklich, aber bedeutungslos, außer Reichweite. Wenn er noch jung und inbrünstig wäre, der Held eines Films, hätte er vielleicht ein Steinchen geworfen, um ihre Aufmerksamkeit zu erregen, oder ein Lied angestimmt, doch er wusste, dass sie so was missbilligen würde. Er stand noch einen Augenblick da, ließ Rufus Zeit, die Mülltonne zu markieren, und machte sich dann auf den Heimweg.

Komisch

Er dachte, er würde besser schlafen, wenn sie wieder zu Hause war, doch in der ersten Nacht war er hellwach. Die Hüften und die Schulter taten ihm weh. Er hatte sich daran gewöhnt, das ganze Bett für sich zu haben, und fühlte sich beengt. Er legte sich anders hin, um die richtige Stellung zu finden, als sie plötzlich wohlig vor sich hin murmelte und, als würde sie auf eine Bemerkung bei einer Party antworten, deutlich und unbekümmert sagte: «Das ist komisch.»

Er wartete aufmerksam und erhoffte sich einen Hinweis auf den Zusammenhang. Sie brummelte irgendwas, rollte sich auf die andere Seite und schlief bald wieder fest.

Das ist komisch. Das ist merkwürdig oder seltsam, witzig. Da er sich nur auf die wenigen Worte stützen konnte, hatte er keine Ahnung, was es bedeuten könnte. Sie hatte vergnügt und interessiert geklungen, und das kehlige, geradezu sinnliche Murmeln hatte sich angehört, als würde sie flirten und sich einschmeicheln. Wahrscheinlich war es unbedeutend, gehörte zu einem harmlosen Traum, doch da er ihre Stimme so gut kannte, hatte er das klare Gefühl, dass sie nicht zu ihm gesprochen hatte.

Wunschzettel

Am Sonntag vor Vatertag erinnerte Emily Margaret in seinem Beisein daran, dass sie ihn nächste Woche anrief, als könnte sie es vergessen. Die Schule war vorbei, Sarah war an jenem Samstag im Cheerleader-Camp, und soweit er es erschließen konnte, fürchtete sich Margaret davor, nur mit Justin als Puffer zu Hause zu sein. Emily bedauerte sie ausgiebig und sah Henry kopfschüttelnd an, um ihm zu zeigen, wie schlimm es dort stand, und dann versuchten sie und Margaret, sich zu erinnern, in welchem Kochbuch Tante Junes Maissuppe stand. «Möchtest du mal mit deinem Vater sprechen?», fragte Emily, und nach einem letzten Schlenker, bei dem es um die richtige Sorte Suppencracker ging (Westminster), reichte sie ihm das Telefon.

«Und, was wünschst du dir zum Vatertag?» Margaret sprach von ihrem Handy aus, und er musste durch das Rauschen hindurch entschlüsseln, was sie sagte, wobei die Verzögerung ihr Gespräch noch unbeholfener machte.

«Nichts. Ich habe gerade erst deinem Bruder gesagt, dass ich alles hab, was ich brauche.»

«Es geht nicht darum, was du brauchst, sondern was du haben willst.»

«Eigentlich will ich nichts haben. Maissuppe.»

«Wenn du dir nichts wünschst, darfst du dich nicht über das beklagen, was du bekommst.» Das war eine von Emilys Weisheiten und stammte wahrscheinlich von ihrer Mutter.

«Hab ich mich jemals beklagt?» Er wusste nicht mehr,

was sie ihm letztes Jahr geschenkt hatten (Margaret ein solarbetriebenes Notfallradio mit Taschenlampe für Chautauqua, Kenny eine Arbeitslampe mit flexiblen Beinen, die Henry schon beim Wischen im Keller benutzt hatte, wirklich sehr praktisch).

«Du machst es mir echt nicht leicht.»

«Wenn mir was einfällt, sag ich Bescheid.»

Er wünschte sich nichts, weil er nicht wollte, dass sie Geld für ihn ausgab, aber auch weil es stimmte. Er war nicht selbstlos, sondern bloß ehrlich, doch im Lauf der Woche setzte die Frage ihm zu. Was sollte er sich, in materieller Hinsicht, in seinem Alter noch wünschen? In einem vernünftigen Rahmen konnte er sich alles kaufen, was er wollte, aber auch im Home Depot gab es nichts, was er begehrte. Die Süßigkeiten, die er gern aß, taten ihm nicht gut, und er hatte mehr Scotch, als er je trinken konnte. Etwas fürs Haus, etwas für den Wagen. Sein Denken leerte sich, steckte fest.

«Dass du glücklich bist», hätte er sagen können, doch das hätte sie vielleicht wütend gemacht.

Als die Kinder noch klein waren, hatten sie ihm Geschenke gebastelt – Bilderrahmen aus Eisstielen und Glitter mit Magneten für den Kühlschrank, Plastikperlenketten, die er noch immer in einer Zigarrenkiste in seiner Kommode aufbewahrte. Zeichnungen, Bilder und raffiniertes Origami. Auf seinem Schreibtisch stand ein schrundiger bananengelber Bleistifthalter, den Margaret im Ferienlager gedrechselt hatte, vollgestopft mit Stiften, Markern und Scheren, die Lasur krakeliert wie bei einer Vase aus der Ming-Dynastie, ihre Initialen in den gipsartigen Boden geritzt. Etwas Ähnliches hatte er für seine Mutter angefertigt, ein unschuldiges Symbol seiner Liebe, und er konnte sich noch an seinen Stolz erinnern, als er den Ehrenplatz auf ihrem Toilettentisch gesehen hatte, aber auch, Jahre später, an seine Scham, weil das Ding klobig, ihrer unwürdig war.

Was Geschenke anging, war er vorsichtig – beim Schenken und Beschenktwerden –, als wäre ihm die Vorstellung unangenehm. Es war wie der Versuch, die Gedanken anderer Leute zu lesen, eine Fertigkeit, die ihm fehlte (im Gegensatz zu Arlene, die selbst ihre Schleifen band und immer die perfekte Karte fand). Als die Kinder heranwuchsen, wusste er nicht mehr, was er für sie besorgen sollte, wodurch er sich alt und realitätsfremd vorkam. Die Weihnachtseinkäufe erledigte Emily, und ihm überließ sie das schwierigste Geschenk von allen, nämlich ihres. Sie gab dezente Hinweise und ließ, wenn das nicht half, Kataloge mit geknickten Seiten auf dem Couchtisch liegen, kringelte für ihn die richtige Größe und Farbe ein und witzelte beim Auspacken der Geschenke am Weihnachtsmorgen: «Woher hast du das denn gewusst?»

Beschenktwerden war genauso problematisch. Ein Geschenk brachte zum Ausdruck, was jemand anders von einem dachte, und im Lauf der Zeit hatte er begriffen, dass seine Kinder ihn als jemanden sahen, der zur Arbeit eine Krawatte trug, Elektrowerkzeuge benutzte, Golf spielte und Scotch trank, was er, obwohl alles stimmte, als oberflächliche Auffassung empfand. Doch wenn man ihn direkt fragte, konnte er nicht sagen, was er haben wollte. Nichts.

Am Freitag kam per UPS ein Karton und wurde umgehend von Emily konfisziert, die ihn flugs zur sicheren Verwahrung nach oben brachte. Am Samstag rechnete er mit einem zweiten Paket, doch da war bloß ein Werbeprospekt vom Giant Eagle, und er nahm an, dass Margarets Geschenk in der kommenden Woche eintreffen würde.

Normalerweise wären sie inzwischen in Chautauqua, wo es eigene Sonntagmorgenrituale gab, und sahen sich gezwungen zu improvisieren. Als sie sich für die Kirche fertigmachten, fragte Emily, ob er anschließend irgendwas Besonderes tun wolle, zum Beispiel in den Club gehen. Nein, sagte er, er würde sich lieber entspannen und Zeitung lesen. Bei der Rückkehr konnte er sie nicht davon abhalten, ihm Eier Benedict zu machen, und hütete sich, mit ihr zu streiten.

Als sie ihn zu Tisch rief, wartete an seinem Platz ein Geschenk – dem Anschein nach ein Buch, das in dunkelblaues Papier mit einer zerdrückten Goldschleife eingeschlagen war. Beigefügt war ein kleiner Umschlag. Früher hatte ihm Kenny dicke Präsidenten-Biographien oder geschichtliche Darstellungen des Unabhängigkeitskriegs geschenkt, die gleichen biederen Bestseller, die er seinem eigenen Vater gekauft hatte. Das hier war schmaler. Vielleicht ein Krimi, der neueste Agententhriller.

«Moment», sagte Emily und brachte ihm einen Sekt mit Orangensaft. Sie stießen an. «Alles Gute zum Vatertag.»

«Danke. Ich nehme an, die beiden Sachen gehören zusammen.»

«Mach den Umschlag auf und sieh nach.»

ALLES GUTE ZUM VATERTAG stand dort in reizloser Schrift, VON MARGARET UND KENNY.

«Interessant.» Er sah sie an, als wüsste sie Bescheid. Wusste sie natürlich auch.

Das Buch war leicht, denn es war gar kein Buch, sondern ein Transistorradio, ein schlankes, digitales Grundig, das in seine Hand passte, das Design ein Triumph deutschen Ingenieurwesens. Das gummierte Gehäuse war wasserdicht. Angeblich ging es nicht unter.

«Falls du es über Bord fallen lässt», sagte Emily. «Oder es wirfst, so wie ich die Pirates kenne.»

«Das muss teuer gewesen sein. Grundig ist Spitzenklasse.»

«Gefällt es dir?»

«Sehr gut. Danke.»

«Ich hatte nichts damit zu tun.» Sie hielt eine Hand hoch, als wollte sie einen Eid schwören. «Darauf sind sie ganz allein gekommen.»

So erstaunlich es klang, er glaubte ihr. Kenny war ein großer Red-Sox-Fan und beklagte sich immer über die Yankees. Henry wünschte bloß, sie hätten nicht so viel Geld für ihn ausgegeben.

Als Margaret anrief, war er hinten im Garten und hörte sich das Spiel an.

«Ich hab mir gedacht, es würde dir gefallen», sagte sie.

«Es war deine Idee?» Er bemühte sich, nicht überrascht zu klingen.

«Sarah hat ständig ihre Kopfhörer auf, und da dachte ich, was hörst du dir eigentlich an?»

«Danke», sagte er. «Es ist wirklich prima.»

Und das stimmte. Neben Mittelwelle und UKW empfing es auch Kurzwellensignale und ausländische Sender und erinnerte ihn an das alte Philco seiner Eltern, das kryptische Stimmen aus dem Äther hervorgezaubert hatte. Der Empfang war gut, und es gab einen Knopf, mit dem man die Sender fest einstellen konnte. Er nahm sein neues Spielzeug, wie Emily es nannte, überallhin mit, steckte es in die Tasche und hörte im Garten und der Garage Radio oder wenn er mit Rufus um den Block ging. Nachts ließ er es bei seinem Geldbeutel auf der Kommode liegen, und im Keller schuf er dafür auf seiner Werkbank Platz. Auch wenn es ausgeschaltet war, erfreuten ihn jedes Mal, wenn sein Blick darauf fiel, der bloße Stil und die Raffinesse des Radios, und er war dankbar und wunderte sich, wie schnell dieses extravagante Geschenk, von dem er nicht gewusst hatte, dass er es brauchte, eins seiner Lieblingsstücke geworden war.

GetGo

In der allerletzten Juniwoche war Louise endlich so beweglich auf Krücken, dass Emily sie mit gutem Gewissen alleinlassen konnte. Henry sagte, es sei schon in Ordnung, sie hätten keine Eile. Er musste nicht darauf hinweisen, dass sie den schönsten Teil des Urlaubs bereits verpasst hatten, denn auch für sie war es der schönste Teil. Sie wusste zu schätzen, wie viel Geduld er bewiesen hatte, und war bereit. In einem Bergstädtchen in der Provinz aufgewachsen, konnte sie den Sommer in der Stadt nicht ausstehen. Am Swimmingpool des Edgewood Clubs herrschte Hochbetrieb, und nachts war es zu heiß, um schlafen zu können. Chautauqua war ein Muss.

Sie entschieden sich für Mittwoch, um den Wochenendverkehr zu vermeiden. Er ließ die Post lagern und bestellte die Zeitung ab, rief Arlene an und bat Jim Cole, sich um ihre Mülltonnen zu kümmern.

Am Tag vor ihrer Abreise fuhr er zur GetGo am Rand von Wilkinsburg, um den Olds vollzutanken, damit sie beim Verlassen der Stadt nicht mehr anhalten mussten. An seinem Schlüsselring hing eine Kundenkarte aus Plastik, zusammen mit einer für AutoZone, CVS und Staples. Für zehn Dollar, die sie im Giant Eagle ausgaben, erhielten sie einen Cent Rabatt pro Liter, wodurch sich der Ausflug lohnte. Auch wenn die Gegend zweifelhaft war, war sie nicht schlimmer als East Liberty, und die nächste GetGo lag erst am anderen Flussufer in Fox Chapel. Er war schon Dutzende Male an dieser

Tankstelle gewesen. Probleme waren unwahrscheinlich, mitten an einem Wochentag, direkt an der Penn Avenue, doch aus Gewohnheit musterte er die anderen Autos, als er an einer der vorderen Zapfsäulen hielt, um nicht eingekeilt zu werden, und war beruhigt zu sehen, dass die beiden anderen Kunden Frauen waren.

Ein flaches Schutzdach spendete ringsum Schatten, und aus versteckten Lautsprechern ertönte Teenie-Pop. Sein Rabatt betrug zwanzig Cent pro Liter, und der Olds hatte einen riesigen Tank. Unwillkürlich rechnete er es im Kopf aus, die Zahlen unwiderstehlich – er würde mehr als dreizehn Dollar sparen. Er drückte auf JA, um zuzustimmen, führte die Zapfpistole ein und tankte. Im Minimarkt am anderen Ende war wie immer viel los, die Leute kauften Limonade, Chips und Zigaretten. Er war schon von Bettlern belästigt worden und blickte sich beiläufig um, betrachtete den Gehsteig und den Parkplatz des Rite Aid auf der anderen Straßenseite, als sich plötzlich, die Musik übertönend, eine Sirene näherte.

Die Frauen blickten auf und wandten sich wie Henry der Penn Avenue zu, wo an der Ampel eine Wagenschlange wartete. Der Sirenenton schwoll an und ab, wurde lauter und kam immer näher. Obwohl Henry die Straße absuchte, konnte er den Ursprung nirgends entdecken. Eine Straße weiter, gegenüber vom Wendy's, befand sich ein Krankenhaus. Wahrscheinlich war es bloß ein Rettungswagen, der jemanden einlieferte, doch plötzlich gesellte sich dringlich eine zweite Sirene dazu und erfüllte die Luft mit dem Dröhnen einer Autoalarmanlage, dann noch eine weitere, die schrill und ausdauernd in der Ferne heulte, als wollte sie einen Luftangriff melden, und alle drei rasten zur Rettung heran, der Lärm stieg empor und hallte ringsum nach. Hinter den Sirenen, brummend wie ein Rudel Motorräder, ertönte Motorengedröhn, das immer lauter wurde und direkt auf sie zukam.

Henry sah das erste Fahrzeug, einen schwarzen Geländewagen, der von zwei Streifenwagen verfolgt wurde. Sie brausten die Penn Avenue entlang, und auf beiden Seiten teilte sich der Verkehr, während der Schall vor ihnen herströmte wie eine Druckwelle, an der GetGo vorbeirauschte und die Musik übertönte. Fahrer, die an der Ampel eingeklemmt waren, retteten sich auf den Bordstein. Die Zapfpistole noch in der Hand, beobachtete er, wie der Geländewagen und die Polizisten über die Kreuzung rasten und in ihrem Gefolge ein McDonald's-Becher über die Straße wirbelte. Im Sog gefangen, drehte der Becher sich wie ein Kreisel, taumelte und rollte, bis er am Bordstein liegen blieb, während der Lärm der Sirenen verebbte und auf der Straße alles wieder seinen normalen Gang ging.

Die Frauen sahen sich kopfschüttelnd an, in Missbilligung vereint, als hätten sie solche Dummheiten satt. Henry hätte aus Solidarität auch den Kopf geschüttelt, befürchtete aber, dass es ihm nicht zustand, und konzentrierte sich auf den Tankvorgang, bis er fertig war.

«Was für ein Glück, dass du nicht erschossen wurdest», sagte Emily, als er es ihr erzählte, und auch wenn sie melodramatisch war, fand er, dass sie zumindest teilweise recht hatte. Als der Geländewagen an ihm vorbeigebraust war, war er nicht, wie es ratsam gewesen wäre, hinter der panzerartigen Größe des Olds in Deckung gegangen, sondern bloß wie gelähmt stehen geblieben und hatte sich das Ganze, von seinem soldatischen Gespür im Stich gelassen, wie eine Fernsehsendung angeschaut. In der Grundausbildung hatten sie vor allem anderen gelernt, sich auf den Boden zu werfen. In den Hecken lauerten überall Scharfschützen, und mehr als einmal hatte ihm diese einfache Übung das Leben gerettet. Auf Patrouille hatte er auf das leiseste Geräusch geachtet – ein Husten, das Rascheln von Gras –, überall, jederzeit darauf gefasst, erschossen zu werden. Embree hatte darüber gelacht, hatte sich im Lager von hinten angeschlichen und in die Hände geklatscht, um zu sehen, wie er sich hinwarf. Nach seiner Rückkehr hatte mal ein Professor an der Tafel ein Stück Kreide zerbrochen, und Henry hatte sich neben seinem Stuhl in den Gang geduckt. Das war ihm peinlich gewesen, der heldenhafte G.I. von seinen Reflexen getäuscht. Doch jetzt machte ihm ihre Verschlechterung Sorgen, als wäre er wehrlos, ein leichtes Ziel.

«Von jetzt an», sagte Emily, «fährst du nach Fox Chapel.»

«An Wilkinsburg ist nichts auszusetzen.»

«Vielleicht sollte *ich* dich erschießen.»

«Vielleicht», sagte er.

Um fünf schalteten sie die Nachrichten ein, doch der Vorfall wurde nicht erwähnt, und am nächsten Morgen waren sie schon unterwegs.

Das letzte Mal

Rufus wusste Bescheid. Als er ihre Koffer sah, ließ er den Kopf hängen, als würde er bestraft. Er folgte Emily durchs Haus, während sie packte, und stand winselnd an der Hintertür, als sie eine Kiste Lebensmittel zum Wagen hinaustrug.

«Hör sofort damit auf», sagte sie.

«Er macht sich Sorgen.»

«Zu Recht.»

Das war nur halb im Scherz gemeint. Sie war schon den ganzen Morgen schroff zu Rufus und ihm und murmelte vor sich hin, während sie von einem Zimmer zum anderen stolzierte. So war sie schon gewesen, als die Kinder noch klein waren, überfordert, ihm vorwerfend, dass er nicht genug helfe, als wäre sie allein für die ganze Familie verantwortlich. Er wusste, er durfte es nicht persönlich nehmen. Bei jedem Urlaub brachten die letzten hektischen Minuten vor der Abfahrt sie aus der Fassung, selbst dieses kurze Chaos war zu viel für ihre Nerven. Ihren Zorn brauchte sie als Treibstoff, er hielt sie in Schwung. Sobald sie unterwegs waren, würde wieder alles in Ordnung sein.

Er zog die Vorhänge im Wohnzimmer zu.

«Da drin bin ich noch nicht fertig», sagte sie, sich nach oben schleppend, und er öffnete sie wieder.

«Was kann ich tun?», rief er ihr nach.

«Nichts.»

Er ging durchs Esszimmer und starrte nach draußen. Der

Grill war abgedeckt, das Gas abgedreht, die Kellerluke verschlossen. Er hatte vorgehabt, die abtrünnigen Himbeerstöcke zurückzubinden, die sich in den Garten streckten, doch dazu war es jetzt zu spät.

Rufus kam vor Emily die Treppe heruntergesprungen. Sie blieb bei ihrem Sessel stehen, um ihr Strickzeug in eine Tasche zu stecken. «Jetzt bin ich fertig.»

Sie brachen genau rechtzeitig auf und schlüpften in der Flaute nach dem Stoßverkehr aus der Stadt. Der Tag war wolkenlos, und ein Zug überquerte mit ihnen den Fluss, das Brückengerüst im Wasser gespiegelt. In Sharpsburg verpasste ein Maler, der auf einem Arbeitsbrett saß, dem großen Zwiebelturm der russischen Kirche einen neuen Goldanstrich. Emily, gänzlich erholt, nahm sich Zeit aufzublicken und zählte dann weiter Maschen. Hinter den Klippen von Millvale erhob sich die Innenstadt wie auf einer Ansichtskarte, die Gebäude seines Vaters auffällig, und der Brunnen an der Landspitze spie seinen typischen weißen Bogen aus. Sie fuhren nordwärts, erklommen die lange Umgehung den Observatory Hill hinauf und brausten wie befreit durch die Vororte, von der Schwere der Stadt erlöst. Bei Wexford teilte sich die Straße. Nach wenigen Minuten waren sie von Wald umgeben, jede Kurve und jeder Hang vertraut. Er hatte die Rechnungen bezahlt, ihre Leihbücher und DVDs zurückgebracht. Wenn das Gras verbrannte, dann war es halt so. Endlich fuhren sie weg, der Sommer begann von neuem, und das Leben kehrte zu seinem wahren Rhythmus zurück.

Emily musste ihn nicht ermahnen, langsam zu fahren. Seit seinem Strafzettel war er vorsichtig und blieb auf der rechten Spur. Auf der Rückbank lag Rufus zusammengerollt auf seiner Decke, als würde er frieren. Statt drei Wochen, die sie für sich allein hatten, würden es nur drei Tage sein. Er wollte mit ihr Golf spielen, mit dem Boot rausfahren und bei Andriaccio's zu Abend essen, nur sie beide. Er hatte sich die Vorhersage angehört: Das Wetter sollte perfekt werden.

«Und», sagte Emily, «was haben wir vergessen?»

«Nichts. Diesmal haben wir an alles gedacht.»

«Das wäre ja das erste Mal.»

«Nichts Lebensnotwendiges.»

Sie rollten durch Farmland – graue, verwitterte Scheunen und neue blaue Silos, säuberlich verteilte Heuballen. Das Licht auf den Feldern war golden, und von den Teichen stieg Dunst auf.

«Ich habe gestern mit Margaret gesprochen. Sie hat gesagt, Jeff kommt mit.»

«Nur fürs Wochenende», mutmaßte er.

«Nein, für die ganze Woche.»

«Kommen sie besser miteinander klar?»

«Ich glaube, der Zug ist abgefahren.»

«Tatsächlich.» Er war nicht überrascht, und dennoch konnte er, so lange mit Emily zusammen, sich nicht vorstellen, einfach aufzugeben. Margaret tat ihm leid. Zugleich konnte er nicht Jeff die ganze Schuld geben.

«Ich weiß nicht, worauf ich gehofft habe», sagte Emily. «Vermutlich haben sie sich vom letzten Mal nicht erholt.»

«Da könntest du recht haben.»

«Nicht dass es eine Entschuldigung dafür wäre, sie zu betrügen, falls es stimmt, was sie mir erzählt hat, und das glaube ich.»

«Warum kommt er dann mit?»

«Warum bleibt er nicht da und zieht mit seiner kleinen

Tussi zusammen? Bestimmt wegen den Kindern. Was nicht immer das Beste ist.»

«Jetzt wär's mir am liebsten, er würde nicht kommen.»

«Du darfst niemandem was davon sagen», sagte sie und drohte ihm mit ihren Nadeln.

Er verschloss seine Lippen und warf den Schlüssel über die Schulter, doch während sie durch die Öde des mittleren Fahrtabschnitts brausten, beschäftigte ihn der Gedanke, dass Jeff die ganze Woche lang da sein würde. Jahrelang hatte er geglaubt, sie stünden, was Margaret betraf, auf derselben Seite. Wie hatte sich das verändert, und was sollte er zu ihm sagen?

«Pass auf die Hirsche auf», sagte Emily und zeigte mit ihrem Strickzeug auf eine Hirschkuh, die rechts am Hang graste. «Wo einer ist ...»

Er drosselte das Tempo, obwohl keine Gefahr mehr bestand. «Das ist für Hirsche nicht die richtige Tageszeit.»

«Für den da schon.»

Ein Stück weiter prangte, wie zum Beweis, dass die Welt unerbittlich sein konnte, auf der linken Spur ein riesiger Blutfleck, und Reifenspuren malten eine gepunktete Linie auf den Beton, die wie nasse Farbe aussah. Emily erschauderte.

«Ach du lieber Hirsch», sagte Henry.

Sie schüttelte, immer noch zählend, den Kopf.

Er würde sich von Jeff die paar Tage, die sie hatten, nicht ruinieren lassen. Golf, ein romantisches Abendessen, jeden Abend ein Kaminfeuer. Er konnte mit ihr wie früher im Kanu rausfahren, sich mitten auf dem See treiben lassen und an den dunklen Stellen zwischen den Sternbildern nach Sternschnuppen Ausschau halten, nur dass er sich nicht mehr sicher sein konnte, ob er noch imstande war, ein- und auszusteigen. Sie würden eine Decke mitnehmen und die Sterne vom Steg aus betrachten.

«Mist», sagte Emily.

«Was ist?»

«Meine Hausschuhe.»

«Verdammt», sagte er. «So nah dran.»

«Nein», sagte sie. «Ganz und gar nicht.»

Etliche Kilometer später, kurz vor Erie, fiel ihm das Radio im Keller ein, das noch auf seiner Werkbank stand, doch er sagte nichts.

Fly Me to the Moon

Es war Hauptsaison, vor dem langen Wochenende wollten alle Verschönerungsarbeiten machen und sich um Reparaturen kümmern. Im ganzen Manor Drive standen in den Wendestellen der Nachbarn die Wagen von Klempnern und Baufirmen, und von Sonnenaufgang bis zur Cocktailstunde wetteiferten das Kreischen von Elektrosägen und das rhythmische Geräusch der Nagelpistolen mit dem Brummen der Jetskis und ließen Emily, die in Ruhe ihr Buch lesen wollte, seufzen. Als die Mähtrupps eintrafen, verzog sie sich ins Haus. Henry, der dem Vorstand der Hausbesitzervereinigung angehört hatte, fand den Lärm beruhigend, als wäre er ein Zeichen, dass es voranging. Er hatte keine größeren Projekte geplant, doch von dem Treiben ringsum angeregt, nahm er sich einen Schleifklotz und machte sich an die Fensterrahmen.

«Das können doch die Kinder machen», sagte Emily.

«Die können streichen.»

«Du vertraust ihnen nicht.»

«Sie können streichen.»

Nach dem Mittagessen fuhr er, wie versprochen, mit ihr auf den See hinaus, durchquerte die Langsamfahrzone am Institut, glitt am Yachthafen, dem Strand und dem Glockenturm vorbei, öffnete dann das Drosselventil und brauste bis nach Mayville hinauf, wobei der Bug über die Wellen hüpfte. Emily sonnte sich, eine Hand um ihren Hut geklammert. Sie deutete auf den Gegenverkehr, als würde er ihn nicht bemerken.

«Danke», sagte er. «Ich sehe es.»

Als sie noch jünger waren, hatte sie das alte Boot gern gefahren. In jenen ersten Jahren vor der Geburt der Kinder hatten sie den ganzen Sommer auf dem Wasser verbracht, waren in einer Bucht vor Anker gegangen und geschwommen oder abwechselnd Wasserski gefahren, wobei ihn das Schleppseil in die Aufrechte gerissen und holpernd übers Wasser gezogen hatte. Strahlende, der Sonne huldigende Tage. Er erinnerte sich, wie sie in ihrem weißen Badeanzug, schlank und sonnengebräunt, ein Knie auf den Sitz gestützt, um über die Windschutzscheibe schauen zu können, dagestanden hatte und ihr Haar wie eine Fahne waagerecht nach hinten geweht worden war. Jetzt reichte es ihr, sich von ihm umherfahren zu lassen, und obwohl er nicht sagen konnte, warum, empfand er es als Verlust und kam sich irgendwie untreu vor, als wäre ihr jüngeres Ich eine andere Frau gewesen. Vielleicht war sie nicht seiner Meinung, aber er dachte gern, dass er sich weniger verändert hatte.

Zum Abendessen grillte er Steaks und Knoblauchbrot. Den Rotwein, den er gekauft hatte, gab es in Pennsylvania nicht, und er freute sich, als sie sagte, sie sollten ein paar Flaschen nach Hause mitnehmen. Danach machten sie, um Platz für den Kuchen zu schaffen, einen Spaziergang mit Rufus rings um die Teiche der Fischbrutanstalt, wo dieser die Gänse jagte, bis ihm die Zunge aus dem Maul hing. Er leerte zwei Näpfe Wasser, bevor er sich auf dem Kaminvorleger niederließ. Henry zündete ein Feuer an, und sie aßen Pfirsichkuchen, ihre Lieblingssorte, warm aus der Mikrowelle, mit Vanilleeis obendrauf. Als er vom Geschirrspülen zurückkam, saß sie in der Ecke des Zweiersofas unter der Lampe und strickte, und er hütete sich, sie zu stören.

Morgen war der letzte ganze Tag, den sie für sich hatten. Er würde schnell verstreichen. Um neun Uhr würden sie in Chautauqua Shores Golf spielen, und sie hatten im Andriaccio's einen Tisch reserviert. Dazwischen wollte er die Fensterrahmen grundieren. Halbherzig las er die Biographie von Shackleton und grämte sich über Jeff und Margaret. Auf dem Kaminvorleger galoppierte Rufus im Schlaf und zuckte mit den Pfoten. Henry zeigte mit dem Finger auf ihn, und Emily nickte über ihre Bifokalbrille hinweg. Shackletons Schiff war vom Eis eingeschlossen, und seine Männer hungerten. Die Uhr in der Küche tickte.

Schließlich legte sie das Strickzeug weg und massierte ihre Hände. «Wolltest du nicht zum Steg rübergehen?»

«Dann hast du ja doch zugehört.»

«Du hast es etwa zehnmal gesagt.»

«Ich hol nur rasch eine Decke.» Rufus hatte sich aufgerappelt und wollte mit.

«Aber wir bleiben nur, wenn keine Mücken da sind.»

«In Ordnung.» Nach seinem Sieg war er bereit, alle Bedingungen zu erfüllen.

Als er die Tür der Fliegengitterveranda öffnete, schoss Rufus über den Rasen, als wäre er hinter irgendwas her, kam dann zurück und schnupperte am Gras wie ein Bluthund. Die Luft war kühler, der Mond von einem Ring umgeben, der ihn weichzeichnete. Die Nacht war ruhig, die Fahnen schlaff. Im Kastanienbaum zirpten Zikaden. Da er wusste, wo sie hinwollten, lief Rufus voran. Der Steg schwankte unter ihren Füßen, und Henry reichte ihr den Arm. Als sie noch frisch zusammen waren, wären sie an einem Abend wie diesem mit dem Kanu auf den See rausgefahren, hätten nebeneinandergelegen und sich stundenlang geküsst, während über ihnen die Sterne ihre Bahn zogen. Er konnte sich sogar noch an das Mondlicht auf ihrer Haut erinnern, an die dunklen Mulden ihrer Kehle.

Die Bank und der Steg der Cartwrights waren leer. Am anderen Ufer funkelten die Lichter des Vergnügungsparks, und er musste an das alte Casino in Bemus Point denken, wo sie immer getanzt hatten. Er legte die Decke hin, fasste Emily an der Hüfte und zog sie näher.

«Was tun wir da?»

«Tanzen.» Rufus sah sie unsicher an.

«Bräuchten wir nicht Musik?»

«*Fly me to the moon*», sang er ihr ins Ohr, «*and let me play among the stars.*»

«Ist das alles, was du vom Text noch weißt?»

«*La la la la, on Ju-piter and Mars.*»

«Wie bist du darauf gekommen?»

«Wir haben nur noch eine einzige Nacht zusammen.»

«Also bitte», sagte sie. «Wir sind doch ständig zusammen.»

«Nicht so.»

Sie seufzte, als wäre er anstrengend.

«Du weißt ja, dass ich verrückt bin nach dir.»

«Du bist lediglich verrückt», sagte sie. «Ich dachte, du wolltest die Sterne betrachten.»

«Will ich auch. Mit dir.»

Sie setzten sich auf die Bank, die Decke über ihren Schoß gebreitet, die Gesichter zum Himmel erhoben. Der Himmel war noch immer derselbe, gleichbleibend wie der See und der Sommer – der Kleine und Große Wagen, die Plejaden, die Linie des Oriongürtels. Hoch über ihnen glitt ein Flugzeug zwischen den Sternen hindurch, an der Flügelspitze ein blinkendes Licht. Als er ihre Hand drückte, schmiegte sie sich an ihn. Er schlang die Arme um sie, kuschelte sich an ihren Hals und roch ihr vertrautes Parfüm. Diese Nähe war alles, was er wollte. Auch wenn er die frühen Jahre vermisste, bevor das Verlangen von langlebigerer Zuneigung abgelöst worden war, war seine Liebe zu ihr immer noch zügellos. Er hätte mit Freuden ewig so dasitzen und den an die Pfähle klatschenden Wellen lauschen können, doch es war kühl, und die Stechmücken waren lästig, und nach ein paar Minuten tätschelte sie seinen Arm, damit er sie losließ, stand auf, für Rufus das Zeichen, und Henry faltete die Decke zusammen und folgte den beiden nach drinnen.

Schlafarrangements

Emily und Lisa waren nie miteinander ausgekommen. Dafür gab es eine Unzahl von Gründen, Emily zufolge vor allem den, dass Lisa verwöhnt war. Von Anfang an hatten die beiden sich bitter bekämpft, und jetzt, zwanzig Jahre später, einen wackligen Frieden zustande bekommen. Sie sprachen kaum miteinander und ließen Henry und Kenny Vermittler sein, jeder Besuch war eine diplomatische Mission.

Jeff hingegen mochte sie. Als früherer Offensive Lineman, von seiner Großmutter, einer Missionarin, methodistisch erzogen im Hinterland von Michigan (die Spitze des Handschuhs, wie er sagte, während er seine riesige Pranke hochhielt), war er gelassen und höflich. Er arbeitete als Verwalter in einer Seniorensiedlung, und auch wenn Emily sich wünschte, er wäre ehrgeiziger, würde sie ihm stets dafür dankbar sein, dass er Margaret half.

«Es ist ein Jammer», sagte Emily im Bett. «Wir verlieren den Falschen.»

«Wenn man die beiden sieht, käme man nie darauf.»

«Oh, ich schon.»

Wegen Arlene mussten sie flüstern, und außerdem war Margaret noch auf. Sie saß auf der Veranda, wartete auf die Ankunft von Kenny und Lisa und bekiffte sich vielleicht gerade. Henry hörte, wie Jeff direkt über ihnen das Wasser laufen ließ, und stellte sich vor, wie seltsam es für ihn sein musste. Er und Margaret würden im selben Zimmer schlafen müssen. Es gab nur das eine Bett.

Schon seit Margarets Jugend hatte Henry eine Schere im Kopf und die Vorstellung, wie die beiden miteinander schliefen, jahrelang verdrängt. Jetzt konnte er dieses erlösende Bild nicht heraufbeschwören.

Wer wusste schon, was in einer Ehe vor sich ging, zu welchen Übereinkünften und Kompromissen die Leute gelangten? Er und Emily waren in vielerlei Hinsicht gegensätzlich und passten doch gut zusammen, beide im Innersten pragmatisch. Jeff hatte Margaret retten wollen, ein Impuls, dem Henry misstraute. Er dachte, er sollte dankbar sein, dass sie so lange zusammengeblieben waren, doch das machte es für alle Beteiligten bloß noch schwerer. Vor allem wollte er sich mit seiner Meinung zurückhalten. Er war sich sicher, dass beide Seiten Schuld trugen, kam sich dann aber ihr gegenüber treulos vor. Es war Jeff, der allem den Rücken kehrte.

«Willst du noch lesen oder schlafen?», fragte Emily. «Denn ich bin fertig.»

«Ich denke nach.»

«Das ist gefährlich.»

«Stimmt.»

«Heute Nacht kannst du sowieso nichts tun.»

«Ich glaube nicht, dass wir irgendwas tun können.»

«Vermutlich nicht, also mach das Licht aus.»

Er gehorchte.

Sie rollte sich zu ihm herum und gab ihm einen Gutenachtkuss. «Hör auf, dir Sorgen zu machen, sonst findest du keinen Schlaf. Ich rede morgen mit ihr und kriege heraus, was los ist.»

Sie hatte recht. Nach wenigen Minuten schnarchte sie und gab bei jedem Atemzug ein leises Pfeifen von sich. Wie so oft fühlte er sich hilflos, was Margaret anging. Er musste wissen, worauf er hoffen sollte.

Als er um drei zur Toilette tappte, stand der Geländewagen von Kenny und Lisa in der Einfahrt, und als er am Morgen Kaffeewasser aufsetzte, spielten Sam und Justin draußen schon Krocket, und die Kugeln hinterließen Pfade im Tau. Es war ein strahlender Tag, und der Schatten der Kastanie verschluckte einen Teil der Garage. Henry ließ seine Tasse auf der Veranda stehen, um Sam ungestüm zu umarmen und ihn in die Luft zu stemmen.

«Gut», sagte er und suchte sich einen Schläger aus, «wer ist bereit zu verlieren?»

«Du», sagten sie.

Und er verlor auch. Justin sollte gewinnen, als wollte er ihm etwas Trost spenden. Er versuchte, nicht zu offensichtlich vorzugehen, doch Justin schoss am mittleren Tor vorbei, und Sam gewann noch. Auf der Veranda klatschten Emily und Kenny Beifall.

Um zehn waren alle auf. Obwohl es der Vierte Juli war, mussten noch kleinere Arbeiten erledigt und Besorgungen gemacht werden. Während Emily und Arlene den Kartoffelsalat in Angriff nahmen, fuhren Lisa und Margaret mit einer Liste zu Wegmans und überließen es Kenny, Jeff und den Kindern, alles zu schmücken. Ella und Sarah umwickelten zu zweit die Baumstämme mit patriotischem Krepppapier, während Sam und Justin an der Straße eine Umrandung aus kleinen Fähnchen aufpflanzten. Jeff hielt für Kenny die Trittleiter, damit er an der Veranda Wimpelgirlanden aufhängen konnte. Henry, der von der Garage aus zusah, fragte sich, wie viel Kenny wohl wusste und ob er und Jeff miteinander redeten. Er bezweifelte es.

Die Frau, mit der er ein Verhältnis hatte, war angeblich jünger, als läge darin ihr ganzer Reiz. Eine Krankenschwester, die beiden arbeiteten mit denselben Patienten, aßen in der Cafeteria und begegneten sich den ganzen Tag auf den Fluren. Wohin gingen sie? Worüber sprachen sie miteinander? Henry dachte an Sloan, an ihre gestohlenen Stunden, doch das war anders gewesen. Es fiel ihm schwer, sich den bulligen, rotgesichtigen Jeff mit seiner Goldrandbrille und seinem schütteren Haar im Liebeswahn vorzustellen. Er war stets so vernünftig gewesen.

Als Margaret und Jeff am Vorabend angekommen waren, hatte Henry ihm die Hand geschüttelt und war mit dem gleichen festen Griff wie immer bedacht worden, als hätte sich nichts geändert. «Der neue Briefkasten gefällt mir», hatte er gesagt. «Viel besser zu sehen.» Als sie den Wagen ausluden und sich um die Kinder kümmerten, horchte Henry auf eine besondere Anspannung zwischen ihnen, konnte aber nichts erkennen, nur die normale Erschöpfung nach einer langen Fahrt. Jeff ging vor ihr ins Bett, was nicht ungewöhnlich war, da er jeden Morgen um halb sechs wach sein musste. Henry erwartete nicht, dass sie sich offen stritten oder mit Schweigen bestraften, wie er und Emily es manchmal taten, achtete aber weiter auf jeden Hinweis, wie sie sich wirklich fühlten. War alles nur Theater, oder hatten sie sich mit dem Unvermeidlichen abgefunden und waren über jeden Zorn hinaus?

Lisa und Margaret kehrten mit einer riesigen Menge Lebensmittel und Horrorgeschichten über die Kunden an der Kasse zurück. Wie alle anderen half Jeff, die Tüten ins Haus zu bringen, und verschwand dann hinter Margaret nach oben. Henry verharrte vor der offenen Tür, als wartete er darauf, auf die Toilette zu können, und hoffte, zumindest den

Ton ihres Gesprächs mitzubekommen, doch er hörte bloß das Surren des Dachbodenventilators und beschäftigte sich damit, Kleenex und Toilettenpapier wegzuräumen. Als sie herunterkamen, hatte Margaret ihren Badeanzug und ihre kurze Jeans angezogen, und beide lachten über irgendwas.

«Vielleicht nächstes Mal», sagte sie.

«Vielleicht.»

Der Witz war vertraulich, sie verstummten, als sie wieder zur Gruppe stießen, und das verwirrte ihn zusätzlich.

Es war Mittag. Traditionsgemäß stand er am Grill, teilte Hot Dogs und Hamburger aus und toastete auf dem obersten Rost die Brötchen. Auf der Fliegengitterveranda war nicht genug Platz für alle, und die Kinder setzten sich, die Pappteller auf dem Schoß, in den Schatten der Kastanie und verscheuchten Rufus, bis Emily Kenny bat, ihn ins Haus zu bringen. Margaret aß ihren Hamburger nicht auf und ließ die obere Brötchenhälfte übrig. Arlene bemerkte es auch.

«Sie ist zu mager», sagte sie in der Küche. «Ich finde, sie sieht nicht gut aus.»

«Sag ihr das bloß nicht», sagte Emily. «Sie hat so hart dran gearbeitet.»

«Das kann nicht gesund sein.»

«Ich finde, sie sieht gut aus», sagte Henry zu ihrer Verteidigung.

«Ich fand, dass sie Weihnachten gut aussah», sagte Arlene.

«Kleine Mücken haben Ohren», warnte Emily, als die Jungen in ihren Badehosen und Badeschuhen die Treppe hinabgestürmt kamen und Jeff ihnen mit einem Arm voll Handtücher nach draußen folgte. Sie wartete, bis sie ihn den Rasen überqueren sahen. «Er sieht aus, als hätte er ein paar Kilo abgenommen.»

«Finde ich auch.»

Es war möglich. Henry konnte es nicht genau sagen. An Weihnachten war ihm manches entgangen, was für Emily und Arlene offenkundig gewesen war, und abermals kam er sich begriffsstutzig vor, als hätte er nicht gut genug aufgepasst.

Nachdem sie ihre Arbeiten erledigt hatten, fuhren die jungen Leute mit dem Boot raus. Er hatte es aufgetankt und den großen dreieckigen Schlauch aufgeblasen, das Schleppseil entwirrt. Er half Kenny, den Motor anzuwerfen, und alle stiegen ein. Die Mädchen sahen in ihren Schwimmwesten staksig aus, die Stirn der Jungen war mit Sonnencreme eingeschmiert. Sie passten gerade so hinein, Kenny und Jeff nahmen auf den Kapitänssitzen Platz, Lisa und Margaret saßen mit den Jungen auf dem Schoß hinten. Emily wollte ein Foto machen, und während sie warteten und für sie lächelten, die Augen hinter ihren Sonnenbrillen verborgen, dachte Henry, dass, egal wie schön es sein würde, sie es als den letzten Sommer im Gedächtnis behalten würden, an dem sie alle zusammen waren.

«Sicherheitshalber mache ich noch eins.»

Sie stöhnten.

«Scht», sagte sie. «Danke. In Ordnung, seid vorsichtig.»

«Viel Spaß», sagte er wie ein Idiot.

Ohne sie war das Sommerhaus reglos wie ein Gemälde, nur ein weißer Schmetterling umflatterte den Flieder. In der Ruhepause strich er die Fensterrahmen mit Grundierung, wobei er sich Zeit nahm und zwei Pinsel von unterschiedlicher Breite benutzte. Er wusste, später würde Emily fragen, warum er nicht warten und den Kindern das Streichen überlassen konnte, als wäre er ungeduldig, aber das stimmte nicht. Er brauchte bloß irgendwas, worauf er sich konzentrieren konnte. Er stand an seiner Werkbank und reinigte die Pinsel mit Terpentin, der Geruch berauschend. Es wurde allmählich wärmer, in den Bäumen schrillten Zikaden. Durch Unebenheiten im Glas verzerrt, bretterten Motorboote auf dem See hin und her. Normalerweise war das seine liebste Zeit in Chautauqua, die anderen unterwegs, um sich zu amüsieren, während er das Haus für sich nutzte. Emily und Arlene waren in der Küche beschäftigt, und schuldbewusst, wohl wissend, dass er dem Drang nicht nachgeben sollte, warf er einen Blick zur Tür, um sicherzugehen, dass niemand kam, öffnete Kennys alten Minikühlschrank und nahm sich eine Dose Iron City.

Er riss die Dose auf und trank einen langen ersten Schluck, als wäre er ausgedörrt. Das Bier sprudelte kalt durch seine Kehle, er ließ ein schaumiges Rülpsen ertönen und wischte sich mit dem Handrücken die Lippen ab. Er sah sein Spiegelbild und hielt inne, als hätte ihn jemand ertappt. Es gab keinen Grund für Heimlichkeiten. Wenn Margaret trocken war, ermunterte sie alle, in ihrem Beisein zu trinken, als wäre es eine willkommene Prüfung. Er würde zur Cocktailzeit ein Bier trinken und ein zweites zum Abendessen, doch im Moment konnte nur dieser Verstoß, unerlaubt und geheim, sein Verlangen stillen, und wie zum Versprechen leerte er die Dose in drei Zügen, zerdrückte sie in der Faust und vergrub sie tief im Müll, damit niemand davon erfuhr.

Er hatte Lust, noch eins zu trinken, wartete aber, bis sie angelegt und sich geduscht hatten und Emily Ella auf die Veranda herausschickte, damit sie sich nach den Getränkewünschen erkundigte. Lisa und Arlene wollten Wein, Kenny ein Bier. Jeff war wie immer enthaltsam und bat um Eiswasser, als wollte er sich mit Margaret solidarisch zeigen. Warum war er überhaupt gekommen? Das Bier in der Hand, fragte sich Henry, ob seine Freundin trank, und dachte daran, wie Sloan mit einer Zigarette und Scotch in einem Marmeladenglas im Bett gesessen und ihm schockierende Geschichten über die Mädchen im Internat erzählt hatte. Nachdem sie nach New York gezogen war, hatten sie nie mehr miteinander gesprochen, ein Umstand, der ihm noch immer ein Rätsel war. Jeff und Margaret würden zumindest durch Sarah und Justin verbunden bleiben. In gewisser Hinsicht kam ihm das ungerecht vor.

«Wie läuft's im Heim?», fragte Henry unschuldig.

Jeff schien von der Frage überrascht zu sein und sah Margaret an, als wäre es eine Falle. «Gut. Viel zu tun.»

«An alten Leuten wie uns herrscht kein Mangel.»

«Nein, das stimmt. Wir expandieren sogar. Ich hab viel neues Personal, das ich anlernen muss.»

«Mich überrascht, dass du eine Woche freinehmen durftest.»

«Ich bin schon lang genug da. Sie wissen, das ist unsere Urlaubszeit.»

Mit der Formulierung belastete er sich selbst. Henry beließ es dabei.

«Das Problem ist», sagte Margaret und rettete ihn, «dass er zu viele Urlaubstage angesammelt hat. Sie wollen sogar, dass er sich freinimmt.»

«Tja», sagte Arlene, «wir freuen uns, dass du es einrichten konntest.»

Als Margaret angekündigt hatte, dass sie heiraten würden, war Jeff wie ein Bittsteller zu ihm gekommen, um seinen Segen zu erhalten. Jetzt dachte Henry, er sollte förmlich um

Erlaubnis bitten, sie zu verlassen. Eine Entschuldigung – war es das, was er haben wollte? Eine Erklärung. Die Veranda war nicht der richtige Ort. Er musste mit ihm allein sein. Vielleicht beim Golf.

Nach dem Abendessen, als sich die Dunkelheit herabsenkte und Fledermäuse zwischen den Bäumen flatterten, zündete Kenny für die Kinder Wunderkerzen an, und sie rannten auf dem Rasen herum, schwangen sie wild im Kreis und zeichneten Bögen in die Luft, die im Auge noch andauerten. Später versammelten sie sich alle auf dem Steg, um sich das Feuerwerk drüben in Midway anzusehen. Das Spektakel wurde von Jahr zu Jahr farbenprächtiger, woraufhin sich Arlene unweigerlich fragte, wie viel der Park dafür ausgegeben hatte. Der Abend war kühl, die Sterne klar. Auf der Bank, in ihren Sweatshirts, schmiegten sich Henry und Emily aneinander, um sich zu wärmen. Als die erste Salve abgefeuert wurde, eine orange Chrysantheme, die das Wasser bronzen färbte, nahm sie seine Hand. Kenny und Lisa kuschelten sich unter eine Decke, die Jungen und Mädchen bildeten Paare, wie sie es schon seit ihrer Ankunft taten, während Margaret und Jeff nebeneinandersaßen. Jeff hatte den Arm um sie gelegt, die Hand auf ihrer Hüfte. Als er sich zu ihr drehte, um ihr etwas zuzuflüstern, beugte sie sich zu ihm und neigte den Kopf. Mit dem dumpfen Knall eines Mörsers stieg eine weitere Rakete in den Himmel auf.

«Hast du sie gesehen?», fragte Emily im Bett.

«Ja.»

«Ich weiß nicht, was da läuft. Ich hatte heute so viel zu tun, dass ich nicht mit ihr reden konnte. Weiß der Geier. Ich glaube, sie weiß es selbst nicht.»

«Ich schon gar nicht», sagte Henry.

Fairness

Bei den Wiffleballspielen der Kinder war er zugleich offizieller Pitcher und Schiedsrichter, ein Posten, der sehr viel Taktgefühl erforderte. Während Sam den Ball so fest zurückschlug, dass er sich ducken musste, hatte Justin Mühe, ihn überhaupt zu treffen. Henry wollte, dass alle Spaß hatten, und warf die Bälle so, wie es den Fertigkeiten der beiden entsprach, wobei er seine Pirates-Kappe zur Seite gedreht trug und witzige Kommentare gab, zusammengestoppelt aus den vielen Radioübertragungen, die er in seinem Leben gehört hatte. Der Eephus Pitch, der Slurve, der Fadeaway. Er warf den Ball zwischen den Beinen hindurch und hinter dem Rücken hervor, Kunststücke, die er schon vor dreißig Jahren bei Kenny und seinen Freunden aufgeführt hatte. Der Gedanke dahinter war, dass sie das Spiel nicht so ernst nehmen sollten. Jetzt, wo die Mädchen schon älter waren, interessierten sie sich nicht mehr dafür, ignorierten seine abgedroschenen Sprüche und passten kaum auf, wenn sie auf dem Feld standen. Da die Jungen noch kleiner waren, wollten sie unbedingt gewinnen, ein Hunger, den er aus seiner eigenen Kindheit kannte, damals gegen Arlene gerichtet, die mit zwölf nicht nur klüger, sondern auch mehr als dreißig Zentimeter größer gewesen war als er.

Dame, Hearts, Federball – er konnte nie gegen sie gewinnen, obwohl er manchmal nah dran war, die selten knappen Niederlagen gefolgt von Tränen, der Anschuldigung, dass sie geschummelt habe, und der Verbannung in sein Zimmer, wo er wie ein zum Tode Verurteilter auf den Besuch seines Vaters wartete, der sich neben ihn aufs Bett setzte und ihm mit der unerträglichen Gelassenheit eines Ingenieurs den Wert von Sportsgeist erklärte. Sein allmächtiger Vater verstand ihn nicht. Henry wollte bloß ein einziges Mal gewinnen.

«Wirst du irgendwann», sagte sein Vater. «Und bis dahin verlierst du wie ein Gentleman. Hast du verstanden?»

Sie vereinbarten es per Handschlag, doch Henry war außerstande, sich daran zu halten, und schon bald sagte seine Mutter, wenn jemand vorschlug zu spielen, er dürfe nur mitmachen, wenn er sich nicht wieder aufrege. Gezwungenermaßen versprach er es und dachte, diesmal würde es vielleicht anders sein, doch am Ende wurde er von seinen Gefühlen überwältigt und floh heißgesichtig und wütend vor Scham, blinzelte die Tränen weg, während er die Treppe zu seinem Zimmer hinaufstapfte, und schwor all den anderen Rache.

«Warum musst du so ein Baby sein?», fragte Queen Arlene.

Er wollte das nicht. Er versuchte, sich anders zu verhalten, aber es klappte nicht. Es war eine Schwäche, irgendwas stimmte nicht mit ihm. Wenn es passierte, war niemand so enttäuscht wie er selbst. Er versuchte, den Schock abzumildern, und sagte sich im Voraus, dass er verlieren würde, doch das Wissen vergällte es ihm noch mehr, bis schon der bloße Gedanke, etwas zu spielen, ihn mit Schrecken erfüllte.

Als er endlich gewann – und sie eines Nachmittags auf dem Orientteppich im sonnigen Wohnzimmer beim Domino schlug –, verflüchtigte sich das Gefühl nicht plötzlich wie ein gebrochener Fluch. Er brauchte noch Jahre, um Niederlagen zu verwinden. Er war klug und sportlich, ein beflissener Schüler, doch obwohl er glatte Einsen bekam und jede Menge Buchstabierwettbewerbe und Vierzig-Meter-Läufe gewann, erinnerte er sich vor allem an die Schande, Zweiter geworden zu sein. Auch wenn es eine notwendige Lektion war, fand er es stets enttäuschend zu erkennen, dass er nicht in allem der Schnellste, Klügste oder Beste war. In der Grundausbildung war er ein passabler Schütze gewesen, hatte sich aber, anders als Embree, nicht vorgemacht, über das Auge eines Scharfschützen zu verfügen. Er war kein Held gewesen, wie Emily gern glaubte, sondern ein durchschnittlicher Soldat, und - selbst wenn ein Teil der Arbeit, die sein Team an der Odysseus geleistet hatte, für die Zeit bahnbrechend gewesen war - auch kein Genie.

Jetzt wusste er Inning für Inning, während er seine eigenen Balls und Strikes ausrief, wie Justin sich fühlte, in der Erwartung, dass Sam ihn mal wieder schlug, und am Ende, wie Sam sich fühlte, als er verlor, weil Ella einen Pop Fly nicht fing und dann auch den Wurf verpfuschte.

«Gutes Spiel allerseits», sagte Henry.

Missmutig stürmte Sam hinters Haus.

Sie benutzten Pappteller als Bases. Bevor er Sam folgte, forderte Henry Justin und die Mädchen auf, sie einzusammeln.

Er fand ihn auf der anderen Seite des Gartens, wo er mit um die Knie geschlungenen Armen hinter einem Baum saß. Schniefend verbarg er das Gesicht, und Henry erinnerte sich an seine eigene untröstliche Wut und Scham. Er legte ihm die Hand auf die Schulter.

Sam schüttelte sie ab. «Geh weg.»

«Komm, wir holen uns Limonade.»

«Sie hat absichtlich danebengegriffen.»

«Sam. Das stimmt doch nicht. Komm.»

«Sie hat voll versagt.»

«Stopp. So darfst du nicht über deine Schwester reden.»

«Sie brauchte den blöden Ball bloß zu fangen.»

«Du hast wohl noch nie einen Flugball fallen lassen.»

«Nicht so einen leichten. Und dann kann sie ihn nicht mal werfen.»

«Das war ein schauderhafter Wurf», gab Henry zu und erlangte Sams Aufmerksamkeit. «Aber sie hat auch einen Home Run geschlagen, das musst du ihr zugutehalten.»

«Schätze, schon.»

«Soll ich dir mal ein Geheimnis verraten? Ich verliere auch nicht gern. Als ich so alt war wie du, hab ich mich immer, wenn ich verloren hab, genauso gefühlt, wie du dich jetzt fühlst. Niemand verliert gern, aber irgendwen trifft es, das gehört zum Spiel. Wenn du jedes Mal gewinnen würdest, würde es auch keinen Spaß machen. Meinst du, Justin verliert gern?»

«Nein.»

«Nein», stimmte er zu und ließ die Erkenntnis wirken. «Du schlägst den Ball ganz schön fest. Mit dem Liner hast du mich fast geköpft.»

Sam hob eine Kastanie auf und warf damit nach dem nächsten Baum, verfehlte ihn aber. Er versuchte es noch mal. Beim dritten Mal traf er den Stamm.

«Willst du Limonade holen oder hier sitzenbleiben? Mir ist heiß. Ich hol mir Limonade.» Er streckte ihm die Hand hin.

Sam ergriff sie. Henry zog ihn hoch, und sie gingen zusammen nach vorn zu den anderen. Nach dem ganzen Unsinn mit Jeff und Margaret betrachtete er es als Erfolg.

Spare in der Zeit

Die Dusche im Erdgeschoss teilten sie sich mit Arlene. In der in die Wand eingelassenen Nische aus Chromimitat, in einer Schale mit geriffeltem Boden, der verhinderte, dass er glatt und schaumig wurde, lag ein glattes Stück Gold-Dial-Seife, auf dem ein grüner Rest Irish Spring saß wie Schorf. Henry war an diese zweifarbigen Mutationen gewöhnt, sie waren das Ergebnis von Emilys auf Bescheidenheit bedachter Erziehung. Im Haus ihrer Eltern in Kersey hatte es keine Dusche gegeben, nur eine alte Badewanne mit Klauenfüßen und einer Sprühvorrichtung, die man im Sitzen blindlings über dem Kopf schwenkte. Sie waren weder arm noch rückständig gewesen. Sie hatten mitten im Ort gewohnt. Ihr Vater war Bauinspektor und Möchtegern-Architekt gewesen. Es wirkte, als hätte er die Dusche wie eine Modeerscheinung betrachtet, die sich vielleicht nicht durchsetzen würde, ein Fehler, der den Verkauf des Hauses nach dem Tod ihrer Mutter zu einem Problem machte.

Immer wenn Henry die Seife sah, dachte er an das Mädchen, das Emily einmal gewesen war, und an die untergegangene Welt, von der sie sich nie ganz würde befreien können. Niemand benutzte mehr Seifenstücke. Sogar Arlene verwendete die gleiche teure Duschlotion wie die Kinder. Es war unnötig, diese wertlosen Seifenreste zu behalten, genauso wie es nicht mehr nötig war, das Schweineschmalz für Sprengstoff oder das Stanniolpapier von Kaugummis für die genietete Außenhaut von Sturzbombern aufzubewahren, doch immer wenn er jemanden eine halbgerauchte Zigarette auf die Straße schnippen sah, hatte er als Erstes den Impuls des Soldaten, hinterherzuflitzen und sie aufzuheben, damit er den Tabak herauslösen und seinem Vorrat hinzufügen konnte.

Wie ihren Erinnerungen waren sie noch immer den Erfordernissen der Vergangenheit unterworfen. Erst neulich hatte er nachts einen Traum gehabt, in dem er eine Bäckerei plünderte und für seine Kameraden einen ganzen Sack Baguettes mitgehen ließ, eine so große Beute, dass er sich betrogen fühlte, als er beim Aufwachen feststellen musste, es war nicht wahr. Was es hieß, Hunger zu haben, diese wertvolle Erfahrung würden seine Kinder nie machen. Es war ihm nicht peinlich, wenn sie sich über seine Schwäche für Essensreste lustig machten. «Wirf das nicht weg», äfften sie ihn nach, ein brummiger alter Bär. «Das esse ich mittags.» Aber warum war er dann, als er am Morgen unter die Dusche ging, beim Anblick von Emilys vertrauter Seife so verzweifelt, als wäre ihrer beider Leben unzeitgemäß?

Stirnrunzelnd nahm er die Seife aus der Schale und drehte sie um, sodass die grüne Seite zu sehen war. Er seifte sich gründlich Brust und Arme, Achselhöhlen und Genitalien, den Hintern und, von vorn und hinten, die Beine ein. Das Wasser war heiß, und der Dampf roch nach Minze. An der Seife prangte noch immer ein schwacher grüner Klecks. Er schrubbte so stark, bis es schäumte, und versuchte, ihn aufzubrauchen.

Die Brabenders

Das Haus der Brabenders stand zum Verkauf. Beim Morgenspaziergang mit Rufus sah er das RE/MAX-Schild. Die Fenster waren dunkel, und am Türknauf hing ein Schlüsselkästchen. Es war eine Schande, Henry hatte die Brabenders immer gemocht.

«Das wussten wir schon», sagte Emily.

«Ich nicht.»

«Doch. Ich hab's dir erzählt, sie verlangen ein Heidengeld.»

«Die Brabenders?»

«Genau. Mal hatte einen schlimmen Schlaganfall, deshalb kommen sie nicht mehr oft genug her.»

Seltsam. An nichts davon konnte er sich erinnern, und auch wenn er vermutete, dass sie es jemand anderem erzählt hatte – vielleicht Kenny oder Margaret oder der gesamten Veranda, während er das Geschirr gespült hatte –, fragte er nicht, wie viel sie haben wollten. Doch als er es im Internet fand, fiel es ihm wieder ein.

Glück

Obwohl es keinen richtigen Zeitplan gab, verliefen ihre Tage gleichförmig – Hausarbeit am Morgen, Schwimmen am Nachmittag. Das Mittagessen bestand aus Sandwiches und Resten auf Papptellern, das Abendessen aus Gegrilltem. Diese Annehmlichkeit des Vertrauten war der Grund, warum sie Jahr für Jahr herkamen, warum sie die alten Geschichten erzählten, während sie beim Sonnenuntergang auf der Veranda saßen und sich längst verstorbene Großtanten und Großonkel und ihre verrückten Hunde ins Gedächtnis riefen. Selbst die Besorgungen, die sie machten, führten sie zu Lieblingsorten wie dem Lighthouse oder der Cheese Barn, über denen ein nostalgischer Glanz lag. Sie mussten frischen Mais, Pfirsiche und Tomaten von dem einzigen Farmstand in Maple Springs und Kuchen von Haff Acres haben, die sie noch in halbfestem Zustand nach Hause brachten. Sie mussten mit der Stowe-Fähre zum Bemus Point und zurück fahren und bei Hogan's Hut Eiswaffeln holen. Sie mussten zu Johnny's Texas Hots gehen. Sich ein Spiel der Jammers ansehen. Und das taten sie auch. Das Einzige, was sie davon abhalten konnte, war das Wetter.

Und es wäre nicht Chautauqua, wenn sie nicht an einem Abend mit den Kindern zum Minigolfspielen im Putt-Putt, gegenüber vom Institut, fahren würden. Mittwochs konnte man von sechs bis Kassenschluss zwei Runden zum Preis von einer spielen. Wie immer verzichteten Emily und Arlene, weil sie die Stille bevorzugten, und Henry musste ihre Generation allein vertreten.

Das Putt-Putt hatte sich jahrzehntelang nicht verändert. Abgewetzter Teppichbelag, drinnen wie draußen verwendbar, für alle Grüns, die Bretter und Zäune sowie die unerlässliche Windmühle candy-corn-orange gestrichen, der Boden der beckenartigen Wasserhindernisse swimmingpoolblau. Der Abend war mild, die Bahnen so voller Leute, dass sie warten mussten. Von allen Seiten wurden sie mit Rockmusik beschallt, und es war unmöglich, sich zu unterhalten. Eintagsfliegen umschwirrten die Lichter, bedeckten die Laternenpfähle und fielen erschöpft auf die Betonwege. Sam stieß eine mit seinem Schläger an, und Lisa zerrte ihn weg, als plötzlich über Lautsprecher ihre Nummer aufgerufen wurde.

«Auf geht's», sagte Kenny.

Oben an der Bude, die als Clubhaus diente, prangten in einer Reihe bunte Strahler, die den verschiedenen Bällen entsprachen – rot, blau, grün und gelb. Lochte man mit dem ersten Schlag ein, während die eigene Farbe aufleuchtete, gewann man ein Freispiel. Kenny, der in seiner Kindheit dort den ganzen Tag gespielt hatte, vergewisserte sich, dass beide Vierergruppen alle Farben hatten. Der Trick bestand darin, den, der den richtigen Ball hatte, zuerst schlagen zu lassen.

Die Mädchen langweilten sich bereits, sie waren mehr an den Horden von Jungen und den älteren Jugendlichen interessiert, die eine Verabredung hatten. Es spielten hauptsächlich Familien, und Henry beobachtete, wie Ehemänner mittleren Alters in Polohemden und Bermudashorts Sarah beäugten. Hochgewachsen und braungebrannt, mit Margarets ausgeprägtem Kinn, zog sie überall die Aufmerksamkeit auf sich, auch wenn sie ein schäbiges Sweatshirt und eine Jogginghose trug. Hätte er es nicht gewusst, hätte er nicht geglaubt, dass sie und Ella gleichaltrig waren. Es war ungerecht, dachte er, doch sie waren sich treu ergeben wie Schwestern. Zusammen mit Margaret und Jeff begannen sie als Erste.

Bahn eins war reizlos, es ging schnurstracks bergauf. Bei Ella, deren Gelb aufleuchtete, hüpfte der Ball direkt übers Loch, und alle schrien auf. Sie lachte, als wäre es ein Missgeschick.

«Das war knapp», sagte Henry.

Kein anderer kam dem nahe. Während sie der Reihe nach schlugen, brandete in einer Ecke Jubel auf, und ein Junge mit Indians-Kappe rannte auf die Bude zu, den Ball vor sich ausgestreckt wie einen Preis.

«Wir haben einen Gewinner», ertönte der Lautsprecher. «Rot kommt als Nächstes dran. Rot ist eure Glücksfarbe.»

Kenny hatte Rot.

Sam schmollte, als wäre er betrogen worden.

«Lass das», sagte Lisa. «Du kommst schon noch dran. In Ordnung, Tiger. Kein Stress.»

In der Gummimatte waren drei Löcher. Henry hätte unwillkürlich das mittlere ausgewählt, doch Kenny entschied sich für das rechte. Er stellte sich richtig hin, schaute wie ein Profi von seinem Ball zum Loch, holte aus und schlug.

«Nee», sagte er, noch bevor der Ball oben ankam. Er war ein ganzes Stück zu weit rechts, prallte an die Rückwand und blieb dann liegen.

Lisas Ball schaffte es nicht bis oben und rollte wieder an ihr vorbei, sodass Kenny ihn mit dem Fuß anhalten musste. Justin schlug weit daneben, genau wie Sam, dessen ganzer Körper vor Enttäuschung zusammensackte.

Henry legte seinen grünen Ball in die Mitte der Matte.

«In Ordnung, Dad», sagte Kenny. «Zeig uns, wie man's macht.»

Eigentlich waren keine Fünfergruppen erlaubt. Er spürte, dass die Leute hinter ihnen auf ihn warteten. Er konnte es nicht ausstehen, gehetzt zu werden. Der Schläger war leicht, eine Variable, die er, zusammen mit der Steigung, in seine Berechnungen einbezog. Er hielt sich nicht damit auf, einen Probeschwung auszuführen, sondern trat vor und schlug.

Von dem Moment an, als der Ball das Schlägerblatt verließ, wusste Henry, dass er eine Chance hatte. Er hatte die richtige Linie, das richtige Tempo. Als er oben ankam, schwenkte er leicht nach links und überquerte das Flachstück, immer noch auf dem richtigen Weg.

«Geh rein!», sagte Kenny.

«Na los», sagte Henry.

Er war fest genug, brach aber, als er langsamer wurde, nach links aus, und kurz bevor er das Loch erreichte, stieß er gegen irgendwas – einen Kiesel, ein Blattschnipsel –, machte einen Hüpfer und lief wieder gerade, sodass er die Seite des Loches streifte, um den Rand herumkullerte und hineinfiel.

Er musste lachen.

«Guter Schlag, Dad.»

«Ich sollte jetzt aufhören.» Er ließ sich von allen abklatschen.

«Es ist nicht die richtige Farbe», sagte Sam.

«Ist schon okay, damit komme ich klar.»

Bahn eins war der Köder. Im weiteren Verlauf wurden die Löcher schwieriger, hatten Rampen und Buckel, Betonbecken und Hindernisse, von denen sie den Ball abprallen lassen oder denen sie ausweichen mussten. Die Windmühle, der Clownsmund, die Scheune. Die Ausstattung war noch dieselbe, in der Kenny vor dreißig Jahren gespielt hatte. Es war sein Reich, die anderen waren bloß Besucher. Wie ein Trainer zeigte er ihnen den genauen Punkt an der Kante, den sie treffen mussten. Auf Bahn vier gelang Justin ein fast perfekter Schlag, und der Ball blieb nur zwei Zentimeter vor dem Loch liegen. Nachdem Sam auf Bahn sechs den Ball ins Wasser befördert hatte, hob er den Schläger wie eine Axt über den Kopf, und Lisa zog ihn beiseite, um ihm eine Pause zu geben. Am nächsten Loch konnte sie den Ball am oberen Ende nicht zum Stillstand bringen und versuchte es mehrmals vergeblich, bevor sie ihn einfach aufhob. Kenny, der die Punkte notierte, fragte sie nicht, was los sei.

Ringsum gewannen die Leute ständig Freispiele, und die Glücksfarbe wechselte von Blau über Rot zu Gelb. Henry hatte schließlich auf Bahn acht die Gelegenheit, konnte sich aber nicht an dem dreieckigen Hindernis vorbeischmuggeln, von dem das Loch bewacht wurde.

«Nicht mal nah dran», sagte er.

An der Wendestelle durften sich die Kinder als Nachtisch einen Schokoriegel aussuchen. Obwohl zu Hause Kirschkuchen wartete, gönnte sich Henry ein Milky Way.

Die Glücksfarbe war Blau – wie Justins Ball.

«Okay», sagte Kenny, «jetzt packen wir's», doch die Bahn hatte ein Looping, und Justins Schlag war zu locker, fiel scheppernd aus der Rinne und hüpfte über den Weg.

Kenny war als Letzter dran. Von endlosen Übungsrunden wusste er, wie fest man den Ball schlagen musste. Er wand sich klirrend durch die Schleife, glitt am Loch vorbei, prallte von der Rückwand ab und rollte direkt hinein.

«Genau so hab ich mir das vorgestellt!» Er schwang seinen Schläger wie Zorro.

«Wir sind aber ganz schön ehrgeizig», sagte Lisa.

«Hey, Dad liegt immer noch vor mir.»

«Stimmt das?», fragte Henry, obwohl er es ahnte.

«Du schaffst das, Grampa!», sagte Sam.

«Es ist noch früh», sagte Henry.

Jetzt wollten die Jungen nach jedem Loch den Spielstand wissen, und Justin lief vor, um Margaret, Jeff und die Mädchen zu informieren. Henry versuchte, es herunterzuspielen, konnte aber nicht aufhören, Kennys Schläge mit seinen eigenen gegenzurechnen. Er lag bei drei ausstehenden Löchern einen Punkt vorn, als das grüne Licht ansprang.

Bahn sechzehn hatte zwei Ebenen und war einfach. Die obere war eine Sackgasse mit drei Löchern. Wenn man das mittlere traf, fiel der Ball durch eine Röhre auf die untere Ebene, und die Chance war groß, dass er hineinging. Schlug man ihn in eins der seitlichen Löcher, landete er in einer Ecke hinter einem Dreieck.

Als Henry an den Abschlag trat, stellte er fest, dass er Publikum hatte. Margaret, Jeff und die Mädchen waren stehen geblieben, um zuzuschauen.

«Los, Grampa!»

«Das ist ja wie Arnie's Army.»

«Grampa's Army», sagte Margaret.

«Ruhe auf den billigen Plätzen», sagte Kenny und streckte beide Hände in die Luft wie ein Marshal.

Henry stellte sich auf und versenkte den Ball im mittleren Loch.

«Das dürfte hinhauen», sagte Kenny, während Sam und Justin losflitzten, um den Ball herauskommen zu sehen.

Sam kauerte sich auf das Grün und sah die Röhre an, die Füße weit auseinander, um nicht im Weg zu stehen.

«Geh da weg», sagte Kenny, aber es war zu spät.

Der Ball schoss aus der Röhre und rollte zwischen Sams Füßen hindurch, unweigerlich unterwegs zum Loch, von unsichtbaren Kräften angezogen. Er hatte die Richtung und mehr als genug Tempo. Henry wollte schon die Arme hochreißen, als der Ball das Loch genau in der Mitte traf, an den hinteren Rand stieß und direkt in die Luft flog. Für den Bruchteil einer Sekunde sah es aus, als könnte er hineinfallen, doch dann landete er kurz hinterm Loch, und sein Schwung beförderte ihn bis an die Rückwand, wo er auch liegenblieb.

«Wie konnte der denn danebengehen?», fragte Henry und sah sich nach Zeugen um.

«Eigentlich hätte er reingehen müssen», sagte Ella.

«Das geht nicht immer automatisch», sagte Kenny.

Wie zum Beweis schlug er seinen Ball ins mittlere Loch. Seiner ging rein.

«Reines Können», sagte er.

Die Jungen buhten ihn aus wie einen Bösewicht.

Henry musste den Ball einlochen, um Gleichstand zu erreichen. Er durfte seinen Ball eine Schlägerblattlänge von der Wand wegrücken, doch die Bretter behinderten seine Ausholbewegung, und der Schlag war zu kurz.

«*Schlag* den Ball, Henry», sagte er.

Niemand hatte das Freispiel eingefordert, deshalb spielte er an Bahn siebzehn wieder als Erster. Er musste seinen Ball über ein Becken voller Eintagsfliegen schlagen. Die Bahn stieg leicht an, und in Erinnerung an seinen letzten Versuch schlug er zu fest, schoss den Ball über die Rückwand und traf

Jeff an der Wade. Mit dem Strafschlag konnte er Kenny unmöglich einholen, es sei denn, der vermasselte es.

Bahn achtzehn glich einem riesigen Skeeball-Automaten, der die Bälle einsammelte. Kenny beförderte seinen Ball in den mittleren Ring und lochte wieder mit dem ersten Schlag ein.

«Bist du jetzt glücklich?», fragte Lisa. «Du hast uns zermalmt.»

«Ja», sagte er und streckte Henry die Hand hin. «Gutes Spiel, Dad.»

«Offenbar nicht gut genug.»

Nach dem ganzen Lärm verlief die Heimfahrt ruhig. Er saß mit den Jungen hinten, alle drei bedrückt, schlechte Verlierer. Auf dem Golfplatz gegenüber vom Institut war alles dunkel, nur über einem Scheunentor brannte noch eine Lampe. Möwen sprenkelten die Fairways, zur Nacht gebettet. Er hatte einen Termin am Freitag ergattert. Wenn er verlor, war er begierig darauf, wieder loszuziehen und sich zu rehabilitieren.

«Wie ist es denn gelaufen?», fragte Emily, als sie hereinmarschiert kamen. «Wer ist der große Champignon?»

«Was meinst du wohl?», sagte Lisa, und Kenny winkte verlegen. Er legte die Zählkarte und den kleinen Stift zu der Sammlung auf dem Kaminsims.

«Es war knapp», sagte Henry. «Diesmal hab ich wirklich geglaubt, ich hätte ihn.»

«Das sagst du jedes Mal», sagte Emily, und auch wenn er gern widersprochen hätte, musste er zugeben, dass es stimmte. Denn auch das war eine Tradition.

Die vergessene Kunst der Konversation

Morgens, noch bevor Arlene, Margaret und die Mädchen auf waren, während Emily den Jungen ihre geliebten weichgekochten Eier mit Toast machte, zogen Kenny, Lisa und Jeff ihre Laufschuhe an, schalteten ihre Sportuhren auf null und walkten los. Bei jedem Wetter legten sie acht Runden zurück – runter zum Yachthafen, an der Fischzuchtanstalt vorbei, durch den Wald bei den Tennisplätzen und wieder den Manor Drive entlang, die ganze Zeit miteinander plaudernd. Der Briefkasten war ihre Ziellinie, und während sich Henry auf der Veranda an seinem Kaffee und der Zeitung aus Jamestown erfreute, der See hinterm Steg flach wie Glas, hörte er, wie sie im Vorbeigehen die Runden herunterzählten und ihr Gelächter und das Klatschen ihrer Sohlen Rufus ein raues, warnendes Bellen entlockten.

«Ist ja gut», sagte Henry. «Wir kennen sie.»

Worüber sie lachten, konnte Henry nur vermuten. Lisa konnte sarkastisch sein und vertrat zu allem eine Ansicht, wohingegen Kenny respektlos war, eifrig bemüht, den Clown zu spielen. Sie kamen ihm wie ein seltsames Trio vor, Jeff jetzt erst recht das letzte Rad am Wagen. Es war bestimmt unangenehm, dachte Henry, doch wenn Jeff ein offenes Ohr suchte, so kannten Kenny und Lisa Margarets Probleme besser als alle anderen. Als sie fertig waren, hatten die Jungen gegessen, und Arlene und Margaret waren aufgestanden. Keine von beiden frühstückte. Sie gingen mit ihrem Kaffee auf den Steg hinaus, wo ihre Zigaretten niemanden stören würden, und benutzten eine Thunfischdose als Aschenbecher. Henry beobachtete, wie sie einen vorbeifahrenden Angler grüßten, der im seichten Wasser fischte. Das Licht war golden, und Dunst stieg wie Dampf vom Wasser auf. Sie saßen da wie ein altes Paar, rauchten und blickten über den See, senkten den Kopf, um einen Schluck zu trinken, und neigten sich hin und wieder einander zu, um sich zu unterhalten. In der Stille konnte er sie trotz des Geballers von den Videospielen der Jungen fast hören. Das waren die Gespräche, in die er gern eingeweiht gewesen wäre, von denen ihnen Arlene hoffentlich das Wesentliche mitteilen würde.

Emily, die auch für die Mädchen Eier gekocht hatte, gesellte sich auf der Veranda zu ihm und nahm wortlos Arlene und Margaret zur Kenntnis, bevor sie zur Zeitung griff. Er wusste, sie verübelte Arlene, dass sie die Rolle der Vertrauten an sich riss, und gab ihnen beiden die Schuld. Er hatte Verständnis für Emily, da er so lange aus Margarets Leben ausgeschlossen gewesen war, doch insgeheim fand er das Stellvertreter-Verhältnis besser. Auch wenn es sie im Ungewissen ließ, war es doch nicht so sprunghaft. Das Ziel war schließlich Frieden, und er vertraute Arlene bei diesen heiklen Verhandlungen, denn ihr Temperament lag seinem eigenen näher. In seiner Hilflosigkeit war er dankbar. Er hätte gar keine Ahnung gehabt, was er zu Margaret sagen sollte, das war schon immer so.

Der Glockenturm schlug die Viertelstunde. Oben duschten die Walker und leerten den Warmwasserboiler, ein Relikt aus den Sechzigern, das er ersetzen wollte. Kenny und Lisa kamen zusammen nach unten und bemächtigten sich der Hollywoodschaukel, und Jeff schlüpfte mit nassem Haar aus der Seitentür, um ein Ladegerät aus dem Wagen zu holen. Als

Arlene mit ihrem Becher vom Steg zurückkehrte, beobachtete Henry ihn, als könnte er jetzt zu Margaret gehen, doch er war in seinen Laptop vertieft. Ein paar Minuten später kam Margaret in schlabberigem Sweatshirt und Flip-Flops über den Rasen gezockelt, ihr Haar wie das von Sarah zu Zöpfen geflochten. Auf dem Weg ins Haus berührte sie Jeff an der Schulter, und er blickte auf, doch ob sein Gesichtsausdruck freundlich oder ungehalten war, konnte Henry nicht sagen.

Sobald Ella das Frühstücksgeschirr gespült hatte, versammelten sie sich zur morgendlichen Hausarbeit, wobei die Mädchen den Garten wässerten und die Jungen ihm halfen, den Feuerkasten aufzufüllen. Das Wetter war bisher erstaunlich gut gewesen, sie hatten sich um die wichtigsten Punkte auf der Liste gekümmert, und er lobte ihre Bemühungen wie ein Trainer und gab ihnen frei. Während Emily und Arlene zu Wegmans fuhren, gingen die anderen Tennis spielen und ließen ihn wieder allein.

Als er an seiner Werkbank das kaputte Fliegengitter reparierte, stellte er sich Emily und Arlene im Wagen vor. Die Fahrt nach Lakewood dauerte zwanzig Minuten, dann noch zwanzig Minuten Rückfahrt, genug Zeit, um einiges an Themen zu behandeln, und er wünschte, er wäre mitgefahren und könnte ihnen vom Rücksitz aus zuhören. Er fragte sich, ob sie je über ihn sprachen.

«Natürlich tun sie das.» Beschämt, weil er es laut ausgesprochen hatte, runzelte er die Stirn.

Rufus, auf den kühlen Beton gefläzt, beäugte ihn misstrauisch.

Was sagten Margaret und Kenny über ihn, oder Jeff und Lisa? Dass er unnachgiebig und voreingenommen sein konnte, dass er nachtragend war, dass er zu viel darauf gab, was andere Leute dachten – Schwächen, deren er sich wohl bewusst war. Er glaubte gern, sich zu kennen. Zu Unrecht beschuldigt oder nicht, er konnte sich darüber keine Gedanken machen.

«Zu spät jetzt. Stimmt's?»

Rufus streckte sich und spreizte die Pfoten.

«Genau», sagte Henry.

Er musste geduldig sein. Warten, bis sie im Bett lagen, um zu erfahren, was Arlene gesagt hatte. Und dann würde es Emilys drastisch redigierte Version sein. Es war wie ein endloses Stille-Post-Spiel, ein Satellit, der ein gestörtes Signal übermittelte. Er wünschte, er könnte sich mit Margaret hinsetzen und sie direkt fragen, aber das war unmöglich, und statt ihrer beider Versäumnisse noch mal durchzugehen, konzentrierte er sich auf seine Arbeit, schnitt mit der Blechschere einen Flicken aus und bog die Ränder um, und als er ihn am Gitter befestigte, stach ihm der Draht in die Fingerspitzen. Sie führte ihr eigenes Leben. Was sagten sie bei den Anonymen Alkoholikern – machen Sie ihr Problem nicht zu Ihrem eigenen. «Stimmt.» Es war sinnlos und wahrscheinlich auch schlecht für sein Herz, sich solche Sorgen zu machen, dennoch konnte er nicht damit aufhören und trieb sich den ganzen Morgen in der Garage herum, wo er Selbstgespräche führte und auf ihre Rückkehr wartete.

Doppelte Enthüllung

Er hatte Lisas Brüste schon gesehen. In ihrer ersten Wohnung in Brookline hatten sie, noch bevor sie und Kenny geheiratet hatten, unübersehbar über dem Kamin gehangen. Von ihrem Körper abgetrennt, in hauchzartem Schwarzweiß, sollten sie Kunst sein. Kenny hatte sie, als Teil seiner Masterarbeit, fotografiert und eine Lochkamera benutzt, und die lange Belichtung hatte ihnen etwas Gespenstisches verliehen.

Emily hatte Kennys Arbeit bewundert. Sie fand bloß die öffentliche Zurschaustellung fragwürdig. «Offenbar will sie die Leute schockieren. Wen genau, weiß ich nicht. Tut mir leid, ich bin nicht schockiert. Wir alle haben so was. Das ist kein Geheimnis.»

Henry fand, dass sie keinen Grund hatte, neidisch zu sein, stimmte ihr aber zu. Sein Ideal weiblicher Schönheit beinhaltete Schamhaftigkeit. Ihm waren vollbusige, erbauliche Mädchen wie die Pin-ups, die ihnen geholfen hatten, den Krieg zu gewinnen, am liebsten, ihre Reife ein kokettes Versprechen. Lisa war jungenhaft, mit schmalen Hüften und den muskulösen Armen einer Langstreckenläuferin. Das Foto sollte nicht aufreizend sein, nur eine Lebensstudie, noch dazu unscharf. Henry fiel auf, wie schmalbrüstig sie war, zart wie ein Vogel.

Nach der Geburt von Ella und Sam wanderte das Bild ins Schlafzimmer der Eltern, wo Henry nur im Vorbeigehen einen Blick darauf erhaschte, doch im Lauf der Zeit, als ihre

Besuche in New England seltener wurden, verblasste seine Erinnerung an das Foto. Höchstwahrscheinlich hätte er nicht mehr daran gedacht, wenn er nicht gerade in dem Moment durch den hinteren Flur gekommen wäre, als Sam mit einer Wasserpistole vorbeirannte, mit der Schulter die Toilettentür aufstieß und Lisa enthüllte, die auf dem Klo saß.

Sie kamen vom Schwimmen, und ihr Badeanzug war bis zu den Knien heruntergezogen. Sie krümmte sich und bedeckte sich, brüllte Sam an, er solle verschwinden und die Tür zumachen, was er auch tat, aber zu spät, um aus Henrys Kopf den Anblick ihrer sonnengebräunten Arme, ihrer käseweißen Brüste und des schockierenden Rosas ihrer Brustwarzen zu löschen, die so viel größer – so viel präsenter – waren als auf dem Foto, weshalb er beides nicht miteinander in Einklang brachte. Auch ihre Brüste waren größer, prall und fraulich, und gehörten zu jemand völlig anderem.

Sein erster Impuls war, so zu tun, als hätte er nichts gesehen.

«Tut mir leid», rief er, wich wie Sam vor die geschlossene Tür zurück und hätte am liebsten vergessen, dass es passiert war, eine Wunschvorstellung, die er als solche erkannte.

Beim Cocktailtrinken war schon eine Geschichte daraus geworden, Lisa äffte sein schockiertes Gesicht nach und brachte alle zum Lachen. Es stimmte nicht – er hatte keine Stielaugen gemacht wie eine Zeichentrickfigur, und ihm war auch nicht die Kinnlade runtergefallen –, doch es machte ihm nichts aus, die Zielscheibe des Spottes zu sein. Als Ehemann hatte er darin Übung.

Jetzt, wo das Geheimnis gelüftet war, konnte er Emily ruhig die Wahrheit erzählen. Später, als sie im Bett lagen und lasen, brachte er das Foto zur Sprache und fragte sich, ob

Lisa irgendwann eine Brustvergrößerung hatte vornehmen lassen.

«So läuft das, wenn man Kinder kriegt», sagte Emily, als wäre er unterbelichtet. «Oder weißt du das nicht mehr?»

Der Vergleich machte ihn verlegen, und er wusste es wirklich nicht mehr. Er hatte sie immer sinnlich gefunden. Fast fünfzig Jahre, doch in seinen Armen kam sie ihm vor wie dasselbe Mädchen, das er umworben und dem er auf der Veranda ihres Verbindungswohnheims einen Gutenachtkuss gegeben hatte, während die Hausmutter hinter der Tür lauerte und überwachte, ob sie rechtzeitig wieder da war. Nach Sloan begehrte er ihre Unschuld genauso wie ihren Körper. In mancher Hinsicht tat er das immer noch. «Ich weiß es noch.»

Der Witz machte ein paar Tage lang die Runde, ebenso seine Ermahnung, die Tür abzuschließen, was von den Kindern als Slogan übernommen wurde, den sie im Chor riefen. Was ihm mehr zu schaffen machte, war der Umstand, dass er Lisa immer wieder vor sich sah, in dem Sekundenbruchteil, ehe sie sich bedecken konnte, zwischen ihren Knien der nasse Badeanzug wie eine Hängematte, ihre gebräunte Haut und das überraschende Rosa. Immer wieder stellte sich der Anblick ungebeten ein, als würde er ihn absichtlich zu seiner eigenen Genugtuung zurückspulen. Stimmt nicht, beteuerte er. Er dachte, dass sie auf Kennys Foto eigentlich besser aussah, die makellose Symmetrie klassisch, doch jetzt stellte er sich jedes Mal, wenn er sie sah – auf der Hollywoodschaukel oder am Esstisch, wenn sie sich einen Film ansahen oder Lisa sich, von hinten beleuchtet, über das Puzzle beugte –, gegen seinen Willen die neuen Brüste in ihrer Bluse vor und geißelte sich wie jemand, der bei einer Lüge ertappt wurde.

Nichterscheinen

Was ist der Plan für heute?», fragte Emily.

«Kein Plan. Vielleicht bringe ich später eine Fuhre zur Müllhalde. Und heute Abend haben wir das Spiel der Jammers.»

«Macht es dir was aus, wenn ich nicht mitkomme? Ich bin mit dem Schal hier fast fertig, ich will ihn einfach zu Ende stricken.»

«Ist schon in Ordnung», sagte er, kam beim Geschirrspülen aber ins Grübeln. Sie waren ständig zusammen, wie sie ihn neulich erinnert hatte, und dennoch war er stets enttäuscht, wenn sie sich entschied, nicht bei ihm zu sein. Ohne sie würde es nicht dasselbe sein. Obwohl es seine Idee gewesen war, wollte auch er jetzt nicht mehr zu dem Spiel fahren.

Ein Debakel

Eigentlich hatte er gleich nach ihrer Ankunft anrufen wollen. Doch er hatte es aufgeschoben, weil er mit den Fenstern beschäftigt gewesen war, und dann wie alles, was er nicht aufschrieb, vergessen, und zwischen den Sommergästen und der Frauenliga war der einzige Termin, den er bekommen konnte, zwei Uhr, in der Hitze des Tages. Das hieß auch, dass sie erst spät essen würden. Emily sagte, das sei schon in Ordnung. Es gab bloß Hühnchen vom Grill. Wenn es länger dauerte, konnten Arlene, Lisa und Margaret die Kinder verköstigen.

Er rechnete nicht mit Einwänden. Das Angebot, den Termin zu verlegen, war eher eine Entschuldigung, ein Eingeständnis seines Versäumnisses. Es waren nur noch zwei Tage übrig, und Kenny wie auch Jeff hatten ihre Schläger mitgebracht. Sie würden spielen.

Das Problem war, wie immer in Chautauqua, das Wetter. In der Vorhersage war von vereinzelten Regenfällen in Mayville und spätnachmittäglichen Gewittern in Jamestown die Rede gewesen. Mittags lag alles unter einer dichten Wolkendecke, und es war schwül. Dem Läuten des Glockenturms zufolge drehte sich um kurz nach eins der Wind und zauste die Kastanie, deren Blätter ihre helle Unterseite entblößten. Die Temperatur war gefallen. Am Steg schaukelten die Boote an ihren Liegeplätzen.

«Ich weiß nicht», sagte Emily, als könnte er etwas dagegen tun.

«Warte fünf Minuten», sagte er, doch nach fünf Minuten war es so dunkel, dass Arlene das Licht einschaltete.

In der Garage packte er seine Tasche, als wollte er den Everest besteigen. Rufus wusste, dass er nicht eingeladen wurde, und schaute ihm bedrückt zu. Neben seinem zuverlässigen Westinghouse-Regenschirm hatte er einen olivgrünen Poncho und eine in den dazugehörigen Zugbeutel gestopfte Regenhose, ein Geburtstagsgeschenk von Kenny, auf das er im Lauf der Zeit ein paarmal zurückgegriffen hatte, wenn er Emilys Warnungen, der Blitz könnte ihn treffen, ignorierte. Er durchstöberte die Reißverschlussfächer und holte ein zusätzliches Handtuch für sie. Es war das erste Mal in diesem Jahr, dass sie spielte, und ihre Schläger waren verstaubt. Er wischte sie ab und legte sie in den Kofferraum des Olds. Die ersten Tropfen tüpfelten das Heckfenster, es wurden immer mehr. Kenny und Jeff standen bereit, beide gute Soldaten, auch wenn ihm auffiel, dass Kenny seine Regenhaube über die Tasche gestreift hatte.

«Meinst du wirklich, dass wir es schaffen?», fragte Emily.

«Wir versuchen es.»

«Okay», sagte sie, als läge die Entscheidung allein bei ihm.

Sie ließ Jeff wegen seiner langen Beine nach vorn, froh, mit Kenny hinten zu sitzen. Für eine Runde im Jahr waren sie wieder ein Team, so wie es vor Lisa gewesen war, Mutter und Sohn gegen Dad verbündet. Henry betrachtete das Duell gern als ausgeglichen oder so ausgeglichen wie möglich. Jeff war trotz seiner Größe und Kraft eine Niete, er hatte erst spät zu spielen begonnen und entschuldigte sich ständig für seine Fehler. Insgeheim gefiel es Henry, ihn mit durchzuschleppen, denn die Belastung versüßte ihren unausweichlichen Sieg um ein Vielfaches. Im Nachhinein spielte er es herunter und sagte, er golfe als Einziger regelmäßig, aber wenn er mit einem Neuner-Eisen nah an den Flaggenstock schlug oder einen Putt versenkte, machte er eine Siegerfaust. Was würden sie anfangen, wenn Jeff nicht dabei wäre? Als sie aus der Einfahrt zurücksetzten und das Haus hinter sich ließen, fragte sich Henry wieder, wie es zwischen ihm und Margaret stand und wie viel er zu ihm sagen sollte. Im Kern jeder Ehe gab es dunkle Geheimnisse, die selbst Nahestehende nie erfahren würden. Im Gegensatz zu Emily war er sich nicht so sicher, dass es sie etwas anging.

Unter den Bäumen war die Straße trocken. Er zögerte, die Scheibenwischer zu benutzen, als hätte das eine magische Wirkung.

Sie mussten nur anderthalb Kilometer fahren, und die vierzehnte Bahn erstreckte sich neben ihnen, direkt gegenüber vom Institut. Auf den Fairways standen vereinzelte Wagen.

«Das sind echte Golfer», sagte er.

«Das sind echte was auch immer», sagte Emily.

Der Platz war halbleer, ein schlechtes Zeichen. Als wäre er gesetzlich dazu verpflichtet, sagte der Mann, der im Golfladen an der Kasse saß, sie könnten den Termin nicht verschieben. Henry war versucht, einen Rabatt zu verlangen, wusste aber, dass es zwecklos war. Die Vierergruppe vor ihnen hatte abgesagt. Sie konnten loslegen, wann immer sie wollten.

Draußen warteten die hintereinander aufgereihten Wagen.

«Such uns mal einen trockenen», forderte Emily Kenny auf.

Traditionsgemäß fuhren er und Henry, und Emily und

Jeff schnallten ihre Taschen hinter den Beifahrersitzen fest. Henry ließ das durchsichtige Regensegel herunter, um die Schläger zu schützen. Auf dem Asphalt bildeten sich Pfützen. Normalerweise war das Grün voller Menschen, und ein Golf-Marshal mit einem Klemmbrett sorgte wie ein Drill-Sergeant für die Einhaltung der Abschlagzeiten. Es kam Henry seltsam vor, einfach anzufangen.

Als sie sich verteilten und zum Aufwärmen ihre Driver schwangen, tröpfelte es. Sein Knie machte bei Feuchtigkeit Probleme. Hätte er doch nur daran gedacht, seine Stützbandage mitzunehmen.

«Ich glaube, du hast letztes Mal gewonnen», sagte Kenny.

«Fang ruhig an, wenn du so weit bist. Bei mir dauert's noch ein bisschen.»

Die erste Bahn war ein langweiliges Par vier, schnurgerade, mit Bunkern auf beiden Seiten des Grüns. Kenny rupfte ein paar Grashalme aus und warf sie in die Luft, um zu prüfen, woher der Wind kam – er wehte von rechts nach links. Sein Drive flog genau in der Mitte und blieb neben der Hundertfünfzig-Meter-Markierung liegen.

«Genau da muss er hin», sagte Emily.

«Okay», sagte Henry zu Jeff. «Hau rein.»

Jeff holte langsam aus, nahm aber zu viel Schwung, schaute im letzten Moment hinterher und schlug einen flachen Ball, der im nassen Gras liegenblieb. Er schüttelte den Kopf und war bereits geknickt.

«Nimm einen zweiten Abschlag», sagte Henry.

«Nein, das geht schon.»

Henry benutzte seinen Driver wie einen Krückstock, bückte sich und legte den Ball auf den Abschlagstift. Als er auf das Fairway blickte, um die Füße auszurichten, traf ein dicker

Tropfen seine Wange. Er wischte ihn weg wie eine Träne. Die Kiefern hinter dem Grün schwankten, und Kennys Windjacke peitschte wie ein lockeres Segel. Henry machte seine Übungsschwünge und visierte den Ball an. Schulter hoch, Kopf unten, durchschwingen.

Noch bevor er den Ball traf, spürte er, wie sich der Schläger in seinen Händen drehte, sodass der Kopf nach außen zeigte und einen Slice nach sich zog, ein Satellit, der aus der Umlaufbahn trudelte. «Komm zurück.»

«Ich hab ihn nicht gesehen», sagte Emily.

«Nicht schlecht», sagte Kenny. «Er liegt im Semi-Rough neben dem zweiten Baum.»

«Ich hab ihn verzogen», sagte Henry.

Als Emily sich am Damenabschlag aufgestellt hatte, fiel ein stetiger Nieselregen.

«Soll ich mir die Mühe machen?»

«Warum nicht», sagte Henry. «Wir sind sowieso schon nass.»

«Stimmt.»

Als sie frisch verheiratet waren, noch vor den Kindern, hatte sie Unterricht genommen, um mit ihm spielen zu können. Ihr Schwung war lehrbuchmäßig, kurz und kompakt, mehr auf Kontrolle als auf Weite bedacht. Kenny schlug stets hundert Meter weiter, nur um den Vorsprung am Grün wieder abgeben zu müssen. In den letzten Jahren hatte sie an Kraft verloren, doch ihre Schläge mit dem Eisen waren immer noch tödlich.

Sie vergeudete keine Zeit. Ein einziger Probeschwung, und schon trat sie vor und hämmerte den Ball mittig geradeaus.

«Gut gemacht», sagte Henry.

«Danke», sagte sie, mit sich zufrieden, und getrennt gingen sie zu ihren Wagen. Um die Fairways nicht aufzuwühlen, galt die Neunzig-Grad-Regel.

Bis zu Jeffs Ball war es nicht weit. Als wollte er seinen Fehler wiedergutmachen, prügelte er mit einem Dreier-Holz auf ihn ein und kam fast bis zum Grün.

«Na bitte», sagte Henry.

«So hätte ich's schon beim ersten Mal machen sollen.»

«Hätte, hätte, Fahrradkette.» Das war eine von Emilys Redensarten, ein höhnischer Schulhofspruch aus ihrer Kindheit in der Provinz. Noch bevor die Worte seinen Mund verließen, wurde ihm bewusst, dass sie nicht nur auf Jeffs zweiten Schlag zutrafen.

Sein eigener Schlag driftete im letzten Moment ab, hüpfte übers Vorgrün und steuerte auf den linken Bunker zu.

«Scheibenkleister.»

«Er könnte hängen geblieben sein.»

«Ich glaube, er ist reingerollt.»

Als er im Wagen mit Jeff direkt neben sich dahinbrauste, erkannte Henry seine Gelegenheit, doch es war noch zu früh. Diesen Überfall hatte er die ganze Woche geplant. Jetzt, wo Jeff da war, kam es ihm falsch vor. Wie sollte er das Thema ansprechen, und was konnte er schon sagen? Golf stellte eine Flucht dar. Das ruinierte er nur ungern, und während sie ständig das Fairway kreuzten und auf Emilys und Kennys Schläge warteten, beschloss er, es aufzuschieben, doch diese Ausflucht setzte ihm genauso zu wie die unangenehme Aufgabe. Nach ihrer Rückkehr würde Emily ihn so bald wie möglich ausfragen. Egal wie ausführlich er ihr auch antworten würde, es wäre nicht gut genug, als hätte er schlechte Arbeit geleistet oder wäre nicht ausreichend interessiert, obwohl er in Wirklichkeit genauso dringend mehr erfahren wollte wie sie – womöglich noch dringender, weil er so gut wie gar nichts wusste.

Wie befürchtet, befand sich der Ball im Bunker. Er lag in einer kaffeebraunen Pfütze, deren Oberfläche der Regen kräuselte. Henry nahm sein Sandeisen und den Putter und überließ Jeff den Wagen. Das Wasser war ein zufälliges Hindernis. Er holte den Ball aus der Pfütze, legte ihn auf eine feuchte Sandfläche, die genauso weit vom Loch entfernt war, stellte sich auf und beförderte ihn hinaus.

«Guter Schlag.»

«Das ist wie Beton.»

Das Grün war der reinste Schwamm, das Loch mit trübem Wasser gefüllt. Jeff musste seinen Annäherungsschlag verpatzt haben, denn sein Ball befand sich im anderen Bunker. Sie markierten die Stellen, an denen ihre Bälle lagen, und warteten, während Jeff ein paarmal versuchte, seinen eigenen herauszuspielen, und plötzlich rollte er am Loch vorbei und einen Abhang hinunter und blieb am anderen Rand liegen. Er war geistesabwesend und schlug seinen Putt übereilt. Der Ball schaffte es nicht bis nach oben und rollte wieder zurück. Der zweite war etwas zu kurz.

«Der ist gut», sagte Emily, und niemand widersprach.

«Wie viele Schläge habt ihr gebraucht?», fragte Kenny, der schon seit seiner Kindheit mit dem Notieren der Punkte betraut war.

«Ich hatte fünf», sagte Emily.

«Fünf.»

Jeff musste nachzählen. «Acht.»

«Es ist noch früh», sagte Henry.

Sosehr er es sich auch wünschte, der Regen ließ nicht nach, sondern pladderte in die Bäume, während sie sich dahinschleppten, der Wind beeinträchtigte ihre kurzen Schläge und wehte ihre verunglückten Drives ins Rough. Trotz des Regensegels waren die Schlägergriffe nass, und er war froh, dass er Emily das Handtuch gegeben hatte. Niemand kam mit den Bedingungen gut zurecht. Der vierte Abschlag lag auf einem Hügel, der einen Blick auf das Institut und den See bot, grau und aufgewühlt unter den Wolken. Auf dem ganzen Platz war nur noch ein einziger weiterer Wagen zu sehen, eine Zweiergruppe, die gerade Bahn achtzehn beendete. Hinter ihnen hatte sich bereits eine Möwenschar auf dem Fairway versammelt.

«Das könnte ein Zeichen sein», sagte Kenny.

Im Stillen stimmte Henry ihm zu. An so einem Tag sollte man am Feuer sitzen und lesen.

«Na kommt», sagte Emily, «wir geben doch jetzt nicht auf.»

Er wusste nicht, ob sie sarkastisch oder bloß pragmatisch war, und als sie weiterfuhren, beschloss er, dass sie nach dem neunten Loch ehrenvoll aufhören, im Clubhaus etwas trinken und rechtzeitig zum Essen zurück sein konnten.

Jeff mühte sich weiter ab. Da er ein stiller Mensch war, gab er sich damit zufrieden, schweigend neben ihm zu sitzen, statt über die Bedingungen zu meckern. Das war ein Zug, den Henry an einem Mitspieler schätzte und auch selbst besaß, doch nun wusste er nicht, wie er anfangen sollte. Er wollte nicht überdeutlich sein. Er kam sich vor wie der spießige Vater in einem von Emilys Kostümfilmen. Welche Absichten, Sir, hegen Sie gegenüber meiner Tochter? Als hätte er ein Mitspracherecht. Wie leitete man eine solche Frage ein? Wir machen uns alle Sorgen um Margaret. Also, wie steht's mit euch beiden? Sein Interesse war aufrichtig, doch er traute sich nicht, direkt zu fragen, und schob es ein weiteres Mal hinaus, im Vertrauen darauf, dass der richtige Augenblick sich noch einstellen würde.

Sie waren auf Bahn sechs, als der Regen plötzlich stärker wurde und aufs Wagendach prasselte. Wie ein Portier hielt Kenny für Emily den Regenschirm, während sie ein Eisen auswählte, und trat dann einen Schritt zurück, um sie schlagen zu lassen. Henry und Jeff warteten auf der anderen Seite des Fairways und schauten zu. Als ihr Ball im Vorgrün landete, begann es, in Strömen zu regnen. Vor Überraschung zögerte Henry kurz, schnappte sich dann seinen Ball und lief zum Wagen. Der Regen donnerte herunter, trommelte auf seinen Schirm, und die schiere Wassermenge überschwemmte den bereits klatschnassen Rasen. Nachdem sie die Hoffnung so lange aufrechterhalten hatten, war ihr Tag jäh vorbei. Bei jedem Schritt platschte es, und er musste lachen.

Bei den Bäumen zwischen dem Grün und dem nächsten Abschlag befand sich ein Unterstand. Henry verstieß gegen die Neunzig-Grad-Regel, fuhr querfeldein direkt darauf zu und holperte über Wurzeln. Er ließ Kenny mühelos hinter sich und wagte sich hinaus, um Emily mit seinem Schirm in Empfang zu nehmen.

Der Unterstand hatte keine Wände, bloß ein Dach und eine primitive Bank wie an einer Bushaltestelle.

Sie setzten sich, pulten Matschklumpen von ihren Spikes und schauten dem Regen zu. In der Ferne war Donnergrollen zu hören.

«Wer hatte bloß diese dumme Idee?», fragte Emily.

«Das war wohl ich», sagte Henry.

Ein Geschenk

Morgens teilten er und Emily sich das Bad im Erdgeschoss mit Arlene, doch sobald der Tag begann und alle draußen arbeiteten, wurde es schon wegen seiner günstigen Lage von allen im Haushalt benutzt, und obwohl Emily die Kinder dazu anhielt, ihre eigene Toilette zu benutzen, war für Sam und Justin der Ruf der Natur oft zu stark. Irgendwann im Verlauf des Urlaubs nutzte Emily, nachdem sie die Klobrille zum wiederholten Mal besudelt vorgefunden hatte, eine Pause beim abendlichen Tischgespräch, um die Jungen behutsam daran zu erinnern, dass sie ihnen allen zuliebe bitte gut zielen sollten, und dann gingen sie tagelang auf die Toilette im ersten Stock. Henry wusste, dass Emily ihn und Kenny in ihre Beschwerde einbezog, deshalb achtete er darauf, genau zu treffen, und wischte immer den Rand ab, wenn er ihn bespritzt hatte. In seiner Kaserne in Camp Claiborne und später im Schenley Grill hatte er regelmäßig die Klos kontrolliert, und auch wenn er nicht der Meinung war, dass alle Männer schlampig und weniger rücksichtsvoll als Frauen waren (er hatte zu viele schmutzige Haarknäuel aus verstopften Abflüssen gefischt, um diese Behauptung durchgehen zu lassen), hatte er Verständnis für Emily. Niemand machte gern die Schweinerei von jemand anderem sauber.

Da er wegen seiner Pillen inzwischen öfter auf die Toilette musste, war er empfänglich für das Problem. Auch das Bier war nicht hilfreich. Mittags trank er eins zu seinem Sandwich, ein zweites in der glühend heißen Garage, während die anderen draußen auf dem Wasser waren, und vielleicht noch eins, wenn er sich das Spiel der Pirates anhörte, sodass es ihm vorkam, als würde er den ganzen Nachmittag zum Haus und wieder zurück stapfen.

Am Freitag, ihrem letzten gemeinsamen Tag, schusterte er gerade aus Dübelstangen und Angelschnur ein neues Spalier für Emilys Zuckerschoten zusammen, als er den Drang nicht länger ignorieren konnte und aus seiner Höhle ins blendende Sonnenlicht trat. Emily und Arlene saßen lesend auf dem Steg und warteten auf die Rückkehr der Kinder. Später würden sie zu Webb's gehen, deshalb musste kein Abendessen zubereitet werden. Er schlängelte sich zwischen den Krocketsachen hindurch, die verlassen auf dem Rasen vor der Veranda lagen. Von draußen kommend, fand er es im Haus schummrig, und als er die Badezimmertür geschlossen hatte, knipste er das Licht an und klappte den Toilettendeckel hoch, und da lag, eingeweicht auf dem Boden der Schüssel, dunkel wie Schokolade und lang wie eine Zigarre, das Wasser ringsum teebraun gefärbt, eine einzelne vollkommene Wurst.

Er starrte sie einen Augenblick an, schüttelte leicht den Kopf, eine aus Verblüffung verzögerte Reaktion, und betätigte dann den Hebel. Die Kacke schoss wie ein Torpedo ins Loch, das Wasser wurde gluckernd weggesogen, und ohne eine Spur zu hinterlassen, füllte die Schüssel sich wieder auf, doch als Henry den Reißverschluss seiner Hose öffnete, sein Geschäft verrichtete und sein Flomax-bedingter Strahl bis zum Toilettenrand sprudelte, runzelte er die Stirn und war so von der Unverschämtheit besessen, als wäre es einer von Emilys Krimis.

So wie sie wollte er es unwillkürlich den Jungen anlasten,

doch die waren seit Stunden unterwegs. Konnte die Kacke schon so lange dort liegen? Es war zu spät, um irgendwelche forensischen Tests durchzuführen. Er hatte den einzigen Beweis weggespült. Seine beiden Hauptverdächtigen saßen auf dem Steg, doch er konnte sich nicht vorstellen, dass eine von beiden vergessen hatte zu spülen.

Es hatte kein Toilettenpapier dabeigelegen, also war es vielleicht ein Überbleibsel, ein bloßer Schluckauf des Abflussrohrs anstelle eines Rätsels. Als Kind war Kenny dafür berüchtigt gewesen, es tagelang einzuhalten und dann kartoffelgroße Wunderwerke von sich zu geben, die sich manchmal nicht wegspülen ließen. Dann rief Emily Henry herbei, bevor sie die Spülung betätigte, damit er mit dem Pümpel bereitstand, und die beiden starrten den Strudel an wie Spieler ein Rouletterad.

Das hier war anders. Er konnte sich an keinen Gestank erinnern und schnupperte in der Luft wie Rufus.

Es gab nicht genügend Hinweise, um zu einer Lösung zu gelangen, doch er versuchte immer noch, daraus schlau zu werden. Als Ingenieur war er zugleich Detektiv, gewohnt, sich von der Katastrophe zurückzuarbeiten, und beim Händewaschen verzerrte sich im Spiegel sein Gesicht vor Entsetzen, denn ihm war eine weitere, noch grauenhaftere Möglichkeit in den Sinn gekommen: Vielleicht hatte sich der Betreffende den Hintern nicht abgewischt.

Doch da hing ja eine ganze Rolle Klopapier.

Als einziger Zeuge überlegte er, nichts davon zu erzählen, doch auch draußen im Tageslicht trieb ihn um, wie seltsam, wie brüskierend das Ganze war.

«Jemand hat mir ein Geschenk hinterlassen», erzählte er Emily und Arlene, als wäre es ein Scherz.

«Du brauchst mich gar nicht anzusehen», sagte Arlene. «Ich war schon seit zwei Tagen nicht mehr.»

«Danke, dass du Bescheid sagst», sagte Emily. «Das war bestimmt einer der Jungs.»

«Woher willst du das wissen?», fragte Henry.

«Wahrscheinlich Sam.» Emily fand, dass Lisa ihn wie ein kleines Kind behandelte. Inzwischen bedauerte Henry, es erwähnt zu haben.

Vielleicht war es nichts anderes als ein Versehen, und er hatte bloß Pech gehabt. Er würde es nie erfahren. Als die Kinder schließlich zurückkehrten, war es Zeit, sich fürs Abendessen fertigzumachen, und sie verschwanden nach oben zum Duschen. Alle hatten für den Abend bei Webb's schicke Kleidung dabei, da es eine Art Festmahl war, bei dem sie das Ende ihrer gemeinsamen Woche feierten. In ihren Polohemden und Khakihosen, das feuchte Haar säuberlich gescheitelt, waren die Jungen Miniaturversionen ihrer Väter. Die Mädchen sahen mit Perlenketten und Lippenstift richtig erwachsen aus, während Margaret und Lisa beide Sommerkleider trugen, die ihre Sonnenbräune zur Geltung brachten. Kenny stellte den Selbstauslöser an seiner Kamera ein und machte, das Haus im Hintergrund, ein Foto von der ganzen Familie, das Emily als Weihnachtskarte verwenden würde. Alle sahen so salonfähig aus, dass Henry seine Verdächtigungen bereute, auch wenn, wie bei einer Partie Cluedo, logischerweise einer von ihnen der Täter sein musste. Als sie nach dem Essen wieder zu Hause waren, sich umgezogen und einen Film eingelegt hatten, wartete er jedes Mal, wenn jemand auf die Toilette ging, bis derjenige sich wieder gesetzt hatte, ließ unauffällig ein paar Minuten verstreichen und schlich dann über den Flur, um nachzusehen.

Nützlich

Sie verzichteten aufs Frühstück und brachen überhastet auf, das Heck von Margarets Kleinbus so hoch mit Gepäck vollgestapelt, dass man nach hinten null Sicht hatte. Lisa sagte, es tue ihr leid, dass sie ihre Laken und Handtücher nicht gewaschen habe, eine Entschuldigung, die Emily unbeachtet ließ, als wäre es noch nie ein Streitpunkt gewesen. Auch wenn niemand darum gebeten hatte, hatte sie ihnen für unterwegs Sandwiches zubereitet und dafür den ganzen Aufschnitt aufgebraucht. Sie sorgte dafür, dass die scharfe Soße, die Kenny bei Wegmans gekauft hatte, in ihre Kühlbox kam, und versuchte mehrmals, ihm die Kuchen mitzugeben. Als sie im Gänsemarsch nach draußen marschierten, hatte Lisa den Wagen bereits angelassen.

«Schon okay», sagte Henry zu Rufus, der sein Frühstück auch nicht angerührt hatte. «Du fährst nirgends hin.»

Zuerst verabschiedeten sie sich von Sam und Ella, und die beiden schnallten sich an. Während Emily Kenny drückte, bedankte sich Lisa für alles bei Henry.

«Nichts zu danken», sagte er. «Wir wünschten, ihr könntet länger bleiben.»

«Viel Spaß am Kap», sagte Emily und umarmte sie.

«Gebt Bescheid, wenn ihr zu Hause seid», sagte er zu Kenny.

«Mach ich.»

Sarah und Justin warteten neben dem Bus, ihre Walkmans in der Hand.

Emily hielt Margaret fest und überließ Jeff Henry.

«Tut mir leid, dass wir nicht die Gelegenheit hatten, mehr zu reden», sagte Henry.

«Es geht immer zu schnell vorbei.»

Da Henry sich selbst unaufrichtig vorkam, wusste er nicht, ob Jeff es ernst meinte.

Sie setzten zurück, rollten über knackende Zweige im Gras und hupten, als sie aufbrachen wie eine Karawane, fuhren an den aufgereihten Golfwagen der Wisemans, Brabenders und Nevilles vorbei, und Henry, Emily und Arlene winkten unter der Kastanie, bis Emily die Arme verschränkte, als umarmte sie sich selbst, sich zur Küchentür umdrehte und Rufus wie ihr Geleitschutz vorauslief.

Es war Samstag, und es war sonnig. Auf dem See würde viel los sein. Er hatte genug zu tun, doch nach ihrem Aufbruch fühlte er sich ziellos, als wäre der Tag schon vorbei. Emily und Arlene nahmen die erste Etage in Angriff, zogen die Betten ab und saugten, als bereiteten sie sich auf neue Gäste vor. Angesichts der Gnadenfrist knabberte Rufus sein Trockenfutter. In dem Versuch, sich nützlich zu machen, bot Henry an, mit den Laken und Handtüchern zum Waschsalon zu fahren.

Emily war skeptisch. Das hatte er noch nie getan.

«Das ist meine Aufgabe», sagte sie. «Wenn ich Hilfe brauche, melde ich mich, keine Sorge.»

Sie nahm ihr Buch, einen Beutel Fünfundzwanzig-Cent-Münzen und eine Flasche Waschmittel mit. Sie würde erst mittags wieder zurück sein, und während Arlene auf der Veranda rauchte und Rufus auf einem Sonnenfleckchen döste, beschäftigte sich Henry an seiner Werkbank und stellte das Spalier fertig, lauschte den beiden Brüdern bei *Car Talk* und hielt inne, um die Denkaufgabe zu hören, die er manchmal lösen konnte, diesmal jedoch nicht. Wie zu Hause im Keller hielt sich in der Garage eine Restkühle von der vergangenen Nacht, die sich erst verflüchtigte, als die Angler, die ihr Glück im Schatten unter den Stegen versuchten, den Motorbootfahrern wichen, die auf dem See hin und her bretterten. Die Glockentöne vom Institut und den BBC News waren angenehmerweise synchronisiert. Die *Chautauqua Belle* tuckerte pünktlich vorbei und ließ ihre heisere Dampfpfeife ertönen. Der Himmel war blau, die Wolken strahlend weiß, und im leichten Wind ließ die Ente der Cartwrights die Flügel kreiseln. Normalerweise wäre das seine liebste Tageszeit, doch beim Auffädeln und Straffziehen der Nylonschnur runzelte er die Stirn, als hätte er eine Gelegenheit verpasst. Sie waren weg. Es waren noch keine drei Stunden verstrichen, und schon dachte er an Thanksgiving. Er konnte sich nicht erinnern, wer an der Reihe war, doch das spielte auch keine Rolle.

«Es ist so still», sagte Arlene, als er aus dem Garten hereinkam.

«Ich weiß. Mir gefällt das nicht.»

Emily sagte mittags dasselbe, und mit kärglichem Lachen stimmten sie einander zu. Ohne die Kinder wirkte das Haus leer. So war es nach jedem Besuch, und dennoch kam es überraschend.

Der Nachmittag zog sich in die Länge, obwohl das Spiel lief. Er hatte vorgehabt, die Fensterrahmen noch einmal zu streichen, konnte sich aber nicht dazu aufraffen, den Anfang zu machen. Stattdessen trank er ein Bier und nahm es jetzt, wo Margaret nicht mehr da war, mit auf den Steg. Kenny schaffte es nie, das Boot richtig abzudecken, eine Eigenart, die Henry wie ein Running Gag zum Lächeln brachte. Da er schon mal da war und niemand sonst die zusätzlichen Schwimmwesten benutzen würde, brachte er sie mit dem großen dreieckigen Schlauch in die Garage und hängte die aufgerollte Leine an den dafür vorgesehenen Platz. Die Jungen hatten das Krocketspiel weggeräumt, ohne es sauberzumachen. Mit einer hakenförmigen Kürette, die er auf dem Flohmarkt erstanden hatte, schabte er den getrockneten Schlamm von den geriffelten Schlägerköpfen und vertrieb sich so die Zeit. Schließlich blieb ihm nichts anderes mehr, als seine vielen Bohrspitzen durchzusehen, die verrosteten und stumpfen auszusortieren und die übrigen mit Hilfe eines Messstreifens nach Größe zu ordnen, bis die Glocken ihm signalisierten, dass er aufhören und für einen Cocktail zum Haus hinaufgehen konnte.

Als er sich auf der Veranda bei einem Gin Tonic entspannte, klingelte plötzlich das Telefon schrill wie ein Wecker. Emily ging im Wohnzimmer ran. Durchs Fenster hörte er, wie sie sich bei Margaret bedankte. Anscheinend waren sie zu Hause angekommen.

«Es war eine wahre Freude, ihn die ganze Woche lang dazuhaben», sagte Emily und ging mit dem Telefon in die Küche.

Henry fand es unnötig zu übertreiben. Auch wenn er Margaret nichts Neues zu sagen hatte, machte er sich darauf gefasst, mit ihr reden zu sollen, und war zugleich erleichtert und enttäuscht, als Emily zurückkam und auflegte.

Sie merkte, dass er sie beobachtete. «Tut mir leid. Wolltest du mit ihr sprechen?»

«Ich nehme an, sie sind gut zu Hause angekommen.»

«Ja.» Sie zuckte mit den Schultern, als wäre sie ratlos. «Sie hat einen guten Eindruck gemacht.»

«Stimmt», pflichtete Henry ihr bei.

«Bei ihr weiß man nie genau.»

Beide blickten Arlene an, als könnte sie noch etwas beitragen. «Sie kam mir optimistisch vor.»

Es war die erwünschte Antwort, und wenn Arlene zurückhaltend wirkte, so konnten sie es verstehen. Bei Margaret war alles vorübergehend.

Da sie beim Abendessen nur noch zu dritt waren, ging das Abspülen danach schnell. Später, als es dämmerte, machte er mit Rufus einen Spaziergang zum Yachthafen. Die Einfahrten standen voller Autos. Es war Hauptsaison, alle waren da. Die Loudermilks veranstalteten eine Geburtstagsparty, eine Traube von rosa Ballons machte den Briefkasten kenntlich, und im Garten schlenderten telefonierende Jugendliche. Henry vermisste jene Zeit nicht, doch im Vorübergehen fühlte er sich von den erleuchteten Fenstern und der Musik in dem Haus angezogen.

Erschrocken über den ganzen Lärm, bellte Rufus.

«Stopp. Das ist keine Hilfe.»

Sie spazierten mitten auf der Straße. Die Fledermäuse waren unterwegs und flatterten auf ihrer nächtlichen Mission über den Bäumen. Ein Diesel-Pick-up mit riesigen Seitenspiegeln, ein Boot im Schlepptau, kam angetuckert, und sie mussten ins Gras ausweichen. Der Manor Drive war ein Privatweg, doch gewöhnlich ignorierten die Leute die Schilder. Vom Licht geblendet, winkte Henry gutnachbarlich, konnte aber nicht erkennen, ob der Fahrer zurückwinkte.

Auf dem Parkplatz am Yachthafen wartete ein Pick-up mit leerem Anhänger. Der Mülleimer neben dem Dixi-Klo quoll über, ein Festschmaus für die Waschbären. Er lotste Rufus in großem Bogen daran vorbei. Sie folgten der Ringstraße zur

Rampe und betraten ein von alten Reifen gesäumtes Betonpier, an dessen Ende eine dem See zugekehrte Bank stand. Aus Gewohnheit setzte sich Rufus und schnupperte an den Gänseköttelн. An jedem anderen Abend wäre Henry noch geblieben und hätte zu den Lichtern am anderen Ufer hinübergeschaut, den im Schilf quakenden Fröschen und dem Schwappen des Wassers gelauscht und sich an die Vorkriegssommer erinnert, als hier nur eine Wiese war, die bei Regen überflutet wurde. Doch an diesem Abend fand er es besser, in Bewegung zu bleiben, als sich mit der Vergangenheit aufzuhalten.

«Auf geht's», sagte er und rasselte mit der Leine.

Kenny hatte angerufen, während sie draußen waren. Alle seien wohlbehalten nach Hause gekommen, sagte Emily, als wäre es eine besondere Leistung. Vermutlich stimmte das auch. Er konnte nicht sagen, warum es ihm auf die Nerven ging, und schnitt sich ein ziemlich großes Stück Kuchen ab.

Während er aß, gesellte sich Rufus zu ihm und lag wie die Sphinx vor ihm, bereit, sich auf den kleinsten Krümel zu stürzen, doch sobald Henry fertig war, begab er sich zum Kamin und ließ sich auf den kühlen Steinboden plumpsen. Für ein Feuer war es zu warm. Die Pirates hatten schon gespielt, deshalb wurde kein Spiel übertragen, das Henry sich anhören konnte, und er setzte sich mit seinem Buch zwischen Emily und Arlene. Er war kaum vorangekommen. Schon seit Wochen steckten Shackleton und seine Leute ohne Nahrung im Eis fest. Henry, der immer auf den Schnürbändern seines Handschuhs herumkaute, wenn er auf den nächsten Pitch wartete, stellte sich vor, er müsste seine alten Militärstiefel essen. War es für einen Scotch noch zu früh? Das einzige Geräusch war Emilys leises Zählen, wofür sie sich entschuldigte, und sie beherrschte sich, die Lippen bewegend, während die Nadeln ihre Arbeit verrichteten. Nach den Videospielen der Jungen hätte er die Stille mehr genießen sollen.

Wie in gegenseitigem Einvernehmen hatten sie eine fast völlige Stille erreicht, als von oben das Trippeln winziger Füßchen wie Regengeprassel herunterdrang.

«Zum Teufel noch mal», sagte Emily und blickte auf.

Sie wusste es. Wie die Eichhörnchen auf dem Dachboden in der Grafton Street, gehörten zu Chautauqua die Mäuse.

Alle verfolgten das Geräusch. Rufus hob verwirrt den Kopf.

Es war nicht nur eine. Es klang, als jagten sie einander nach. Das ist witzig, dachte Henry. Er hatte den ganzen Sommer keine einzige zu Gesicht bekommen.

«Ich glaube, ich weiß, was ich morgen tue.»

«Das glaube ich auch», sagte Emily.

Da das Problem schwer zu lösen war, interessierte es ihn mehr als Shackleton. Er hörte auf zu lesen, um eine Liste zu erstellen. Am nächsten Morgen fuhr er zum True Value und verbrachte den Tag zu seiner Freude im Kriegszustand.

Dünnhäutig

Du blutest ja», sagte Emily und zeigte auf seine Hand, und erstaunt sah er, dass sie recht hatte. Er hatte am Außenbordmotor gewerkelt und war ins Haus gekommen, um ein Glas Limonade zu trinken. Irgendwie hatte er sich beim Austausch des Benzinfilters den Fingerknöchel aufgerissen und Blut auf seiner Hose verschmiert. Er musste stillhalten wie ein Kind, und sie betupfte die Stelle mit kaltem Wasser.

«Du solltest was drauftun, damit es sich nicht entzündet. Falls das nicht schon passiert ist.»

Seine Hände waren schmutzig, die Fingerkuppen voll Schmieröl. Er benutzte das Waschbecken im Bad, wo sie eine verrostete Dose mit Pflastern aufbewahrten. Die Seife und das heiße Wasser brannten.

Wenn sie es ihm nicht gesagt hätte, hätte er es nicht gemerkt. Er hatte es überhaupt nicht gespürt, denn seine Hände waren schwielig. Von der Arbeit im Haus war er Schrammen und Schnittwunden gewohnt. Er musste an seinen Vater denken. Am Ende war seine Haut dünn wie Papier gewesen. Er hatte sich den Schorf abgeschürft und die Blutstropfen mit zusammengeknülltem Kleenex abgetupft, das Henry überall in seiner Wohnung fand.

«Brauchst du Hilfe?», rief sie.

«Nein», sagte er, als wäre die Frage lächerlich, und hatte dann Mühe, das Pflaster einhändig anzubringen, da es auf einer Seite zusammenklebte. Er fluchte und riss ein weiteres auf, die Ablage voller Abfall. Verpackungen gab es seit Ewigkeiten, und trotzdem fiel den Leuten nichts Besseres ein.

Als er sich am nächsten Abend bettfertig machte, unterbrach ihn Emily, hob seine Schlafanzugjacke hoch, klappte den Hosenbund um und musterte seine Hüfte. «Woher hast du diesen blauen Fleck?»

Er musste nachdenken. «Vielleicht vom Ein- und Aussteigen beim Golfwagen neulich.»

«Sieht schlimm aus. Tut es weh?»

«Nur wenn du so drauf rumdrückst.»

Als er sich ein paar Tage später ums Fußende des Bettes schlängelte, um die Jalousien hochzuziehen, stieß er mit dem Schienbein an den Metallrahmen und musste sich an der Wand abstützen, um nicht hinzufallen. «Menschenskind!» Zuerst befürchtete er, das Bein könnte gebrochen sein, doch da war bloß eine bläuliche Schwellung, mittendrin ein Hautfetzen, den er abrupfte. Er hinkte in die Küche, wo Emily ihm gerade Eier zubereitete.

«Was ist denn los mit dir? Du löst dich ja in deine Bestandteile auf.»

«Stimmt», sagte er kopfschüttelnd, als wäre es ein Witz.

Hundstage

Mit dem August kamen die langen, windstillen Nachmittage, die Kastanie reglos, Wellen, die wie Luftspiegelungen über den Dächern der Autos flimmerten. Dem Sender in Jamestown zufolge brachen die Temperaturen alle Rekorde. Ins Stocken geraten, lag eine Inversion wie eine umgekippte Schüssel über den Großen Seen. In Chicago waren fünf Menschen ums Leben gekommen, darunter ein kleines Mädchen, das im Autositz vergessen worden war. Jeden Morgen brachte das Radio eine neue Hitzewarnung für ältere Leute und kleine Kinder. Sie sollten im Haus bleiben und jegliche Anstrengung meiden, ein überflüssiger Hinweis. Es war zu heiß, um Golf zu spielen, zu heiß, um auf dem Wasser zu sein. Der See war eben, das seichte Wasser vom Gras erstickt. Henry zwängte einen lärmenden alten Ventilator ins Garagenfenster, und dennoch drang der Schweiß durch seine Pirates-Kappe. Um sich zu beschäftigen, ersetzte er Emilys verrottete Blumenkästen einen nach dem anderen und legte schon mit den Projekten für nächstes Jahr los. Sie brachte ihm Gläser mit Eiswasser, als könnte er vergessen, genug zu trinken, und drängte ihn, die Arbeit hin und wieder zu unterbrechen und auf die Toilette zu gehen. Rufus rührte sich nicht vom Fleck, sondern lag hechelnd, mit heraushängender Zunge da und hinterließ feuchte Flecke auf dem Beton. Es war zu heiß fürs Grillen, zu heiß für Scotch. Zum Abendessen gab es Salate und gegrillte Hähnchen vom Lighthouse. Sie gingen früh ins Bett, schliefen bei offener

Tür und laufendem Dachbodenventilator, und im ganzen Haus brummte es wie im Bauch eines Bombenflugzeugs.

Die Tage glichen sich, die Luft war zum Schneiden, und die Zikaden zirpten in den Bäumen. Arlene hatte ein Gelkissen, das sie aus dem Tiefkühlfach nahm und sich um den Hals legte. Sie und Emily gingen bei Wegmans einkaufen und schwärmten bei ihrer Rückkehr von der Klimaanlage. In der Abenddämmerung wässerten sie den Garten. Ihre Tomaten waren riesig.

Witzigerweise war es in Pittsburgh kühler. Ohne die Kinder gab es keinen Grund, in Chautauqua zu bleiben, doch es kam nicht in Frage, abzureisen.

Als er noch im Labor gearbeitet hatte, hatte er sich die zwei Wochen Urlaub für Chautauqua aufgespart. Selbst damals hatte er am Ende darauf gebrannt, in die Stadt zurückzukehren. Inzwischen verbrachten sie den ganzen Sommer hier, und obwohl er das Sommerhaus liebte, fehlten ihm seine Werkbank, sein Arbeitszimmer und ihr großes Bett zu Hause. So war es jedes Jahr. Er konnte sich nicht wochenlang entspannen, ohne sich träge und ziellos vorzukommen, und mit der Zeit, so vorhersehbar wie die Abfolge der Mondphasen, fühlte er sich von Trübsinn ergriffen. Er hatte es satt, immer wieder die gleichen Blumenkästen anzufertigen, einen aussichtslosen Kampf mit den Mäusen zu führen. Er zahlte dafür, dass die wichtige Post ihnen nachgesandt wurde, und auch wenn Jim und Marcia Cole sich um das Haus kümmerten und Dave Fergusons Leute den Rasen mähten, verfolgte ihn der Gedanke, dass er durch seine Abwesenheit irgendwie in Rückstand geriet, so wie Arlene auch im Ruhestand noch das Bedürfnis hatte, die Stundenpläne fürs kommende Schuljahr zu erstellen.

Als er den Gedanken nicht abschütteln konnte, seufzte er, nahm einen tiefen Atemzug und ließ die Luft langsam entweichen, als würde er in sich zusammenfallen, eine schlechte Gewohnheit, die er von Emily übernommen hatte.

Seine Ungeduld würde nachlassen, das wusste er, doch von Zeit zu Zeit ertappte er sich dabei, wie er unkonzentriert aus dem Fenster schaute, sein Kopf leergefegt. Er brauchte länger als nötig, um sich zu erinnern, was er gerade tat und warum. Ein Leben lang hatte er Zeitpläne und Fristen gehandhabt, da war es nur natürlich, dass er sich als träge empfand und ihm ein konkretes Ziel fehlte. Er hätte gern geglaubt, dass es bloß Tagträume waren, doch die Leere, die sich auf ihn herabsenkte, hatte etwas Zermürbendes. Er befürchtete, Emily könnte, wenn sie hereinkäme, glauben, er hätte einen Schlaganfall. Er konnte diese Benommenheit nicht ausstehen. Als er sich wieder gefangen hatte, nahm er seine Arbeit mit voller Konzentration in Angriff, maß genau nach, markierte die Einschnitte mit der Reißschiene seines Vaters und überkompensierte den kurzen Aussetzer, als hätte es ihn nie gegeben.

Die Hitzewelle ging, wie das Radio vorhergesagt hatte, über Nacht zu Ende, ein Gewitter riss ihn aus einem Traum, in dem er auf Skiern zum Südpol unterwegs war, und er ging Zimmer für Zimmer durchs Haus und schloss wegen des Wolkenbruchs die Fenster. Am nächsten Abend war es kalt genug für ein Feuer. Er schob zerknülltes Zeitungspapier unter den Rost, lehnte sich mit seinem Scotch zurück und betrachtete das flatterige Auflodern der Flammen.

«Das ist schön», sagte Emily.

«Ich hab jede Menge Übung.»

«Du bist eingestellt.»

Ein Hoch zog heran und hielt sich. Tagsüber war es strahlend blau und herbstlich, nachts kühl und gemütlich vor dem Kamin. Arlene betrachtete es als ihre Belohnung, nachdem es so schrecklich gewesen war.

Er dachte, mit dem Wetter würde sich auch seine Stimmung ändern, war aber noch immer zerstreut. Statt bedächtig, mit halber Geschwindigkeit, die Blumenkästen fertig zu machen, organisierte und erledigte er so viel wie möglich und hatte am Dienstag nach dem Labor Day nichts mehr zu tun, außer das Boot zu den Smith Boys zu bringen und eine Reihe akustischer Geräte zur Abschreckung von Mäusen aufzustellen. Sicherheitshalber legte er auch die Köder aus.

Auf der Rückbank des Olds rollte sich Rufus, den Kopf gesenkt und schon sabbernd, auf einem verblassten Strandtuch zusammen.

«Ist ja gut», sagte Emily. «Mach schön heia.»

«Nächster Halt Pittsburgh», sagte Henry.

Es war ein strahlender Tag, am Tor des Instituts herrschte jede Menge Betrieb. Als sie die Hügel zur Interstate erklommen und der See sich blau und glitzernd hinter ihnen ausbreitete, sagte er, ihr beipflichtend, es sei eine Schande, dass sie abreisen müssten.

Stümperei

Die Zeitung sollte erst am nächsten Tag wieder gebracht werden, doch sie lag schon bei ihrer Ankunft auf dem Weg zum Haus.

«Hoffentlich ist es die von heute», sagte er.

«Marcia würde nichts länger liegenlassen.»

«Das hoffe ich.»

«Glaub's mir.»

Warum liegt sie dann da?, hätte er am liebsten gefragt.

Der Garten und der Rasen hatten überlebt, auch wenn die Kanten nicht ganz so geschnitten worden waren, wie er es erbeten hatte. Er hatte vergessen, dass er die Himbeerstöcke zurückbinden musste.

Rufus lief mitten in den Garten, hockte sich hin und gab einen tödlichen Strahl von sich.

«Da sollst du doch nicht hingehen», schimpfte Henry.

«Er hat den ganzen Morgen im Wagen gelegen», sagte Emily, als wäre das eine Rechtfertigung.

Sobald Henry das Gepäck nach drinnen geschleppt und ihre Schläger weggeräumt hatte, trat er vors Haus und holte die Zeitung. Es war die von heute. Die beiden Verdächtigen bei der Schießerei in der Euclid Avenue wurden endlich vor Gericht gestellt. Mary, die Austrägerin, hatte sich vermutlich im Datum geirrt. Er legte die Zeitung auf den Couchtisch, um sie später zu lesen.

Nach der langen Zeit verschlossener Türen und Fenster war es stickig im Haus. Es war erst Mittag, doch nach der

Fahrt fühlte er sich zerstreut und musste sich zwingen weiterzumachen. Als er die Treppe hochstieg, knackte sein Knie. Emily hatte bereits Wäsche in die Maschine gegeben und schrieb gerade eine Einkaufsliste. Er ging durch den ersten Stock und öffnete die Fenster. In Kennys Zimmer flog hinter den Jalousien eine dicke Fliege brummend gegen die Scheibe, die seinen Schlägen entging, bis er sie in einer Ecke mit einem zusammengeknüllten Papiertaschentuch einfing und sicherheitshalber zerquetschte. In Margarets Zimmer waren noch mehr, die kleinen Viecher zu schnell für ihn, und mit grimmigem Gesicht stapfte er nach unten, um aus der Vorratskammer die Fliegenklatsche zu holen.

Rufus half Emily, die Kühlbox zu leeren.

«Hast du Hunger?», fragte sie. «Willst du ein Sandwich?»

«Gib mir drei Minuten.»

Er wollte eigentlich keinen Eiersalat, doch sie hatte die Eier von Chautauqua mit hergebracht, und sie würden sich nicht lange halten. Er wartete reglos, bis die Fliegen sich auf der Scheibe niederließen, ging dann zum Angriff über und schlug noch auf sie ein, als sie strampelnd auf der Fensterbank lagen. Einige musste er von der Fliegenklatsche wischen, und ihr Blut sah auf dem Papiertaschentuch aus wie Wein.

«Danke», sagte Emily, als hätte er ihr die Mühe erspart.

«Ich danke *dir*», sagte er, obwohl es Krautsalat mit Kartoffelchips schon das ganze Wochenende gegeben hatte.

Sie aßen von Papptellern, als wären sie noch im Urlaub. Statt auf den See ging ihr Blick auf den Rasen und die Garage. Er erinnerte sich, wie düster ihm als Kind das Haus in der Mellon Street nach dem Sommerhaus vorgekommen war, ein Gefühl von Enttäuschung und Ende. Er wusste noch, wie er aus dem Dachbodenfenster auf die leere Straße geblickt hatte. Der Sommer vorbei, und bald würde die Schule wieder beginnen. Damals war er acht oder neun gewesen. Schon da hatte er gewusst, dass die Zeit eine Feindin war.

«Gibt es irgendwas, das du gern aus dem Jyggle hättest?»

Kekse. Kuchen. «Mir fällt nichts ein.»

Sie lud die Wäsche in den Trockner, fuhr los und ließ ihn allein. Obwohl erst die Hälfte des Tages vorbei war, fand er es zu spät, um mit einem neuen Projekt anzufangen, und verkroch sich in seinem Arbeitszimmer, wo er E-Mails beantwortete und die unerwünschte Werbung löschte, die sich angesammelt hatte. Seine Hauptaufgabe an diesem Tag bestand darin, sich um die Post zu kümmern. Letztes Jahr war die Stromrechnung erst nach ihrer Abreise im Manor Drive eingetroffen und hatte den ganzen Winter mit dem *Mayville Pennysaver* im Briefkasten gelegen, worauf Duquesne Light gedroht hatte, ihnen den Strom abzustellen. Dieses Jahr hatte er den Nachsendeantrag für ihre Post vorsorglich eine Woche früher auslaufen lassen.

Rufus lag wie eine Fahrbahnschwelle in der Tür zum Arbeitszimmer und behielt den Flur im Auge. Die Post kam normalerweise gegen drei, angekündigt durch seine Gewohnheit, bellend zur Tür zu stürmen, was Emily ihm mittels einer Getränkedose voll Pennys abzugewöhnen versucht hatte. Als es auf drei zuging, beobachtete Henry ihn wie eine Uhr. Er las gerade ein Ticket-Angebot von den Pirates, als Rufus die Ohren spitzte und warnend schnaubte. Nebenan klappte der Briefkastendeckel der Yablonskys zu.

«Lass das», sagte Henry und zeigte auf Rufus. «Nein. Du bleibst da.»

Rufus winselte, als hätte ihn jemand vergiftet.

«Ich weiß. Ich höre ihn. Wir wollen, dass er herkommt.»

Eine Hand zum Stoppzeichen ausgestreckt wie ein Schülerlotse, hielt er Rufus zurück und horchte auf das Scheppern ihres Briefkastens. Als nichts zu hören war, erlöste ihn Henry, und sie gingen nach draußen, um nachzusehen.

Der Briefkasten war leer. Der Postbote mit seinem albernen Tropenhelm und den Shorts war schon am Haus der Buchanans vorbei und fuhr den Hügel hinunter.

Rufus knurrte tief in der Kehle.

«Bin ganz deiner Meinung», sagte Henry.

Widder und Jungfrau

Morgens wurden sie wie früher, als er noch arbeitete, von seinem Radiowecker geweckt, doch inzwischen erst um sieben, und gelegentlich, je nach Zeitplan, duschte sie als Erste und rief nach ihm, wenn sie sich die Haare gewaschen hatte. Ihre Reihenfolge wechselte, aber nicht der Ablauf. Sie zogen sich an und nahmen dann ihre Pillen. Wer zuerst nach unten ging, ließ Rufus nach draußen und füllte seinen Napf, drehte die Heizung auf, öffnete die Vorhänge und holte die Zeitung. Der andere machte das Bett und ließ oben überall die Sonne herein.

Am Frühstückstisch kamen sie wieder zusammen, aßen bei den Lokalnachrichten, um sich die Wettervorhersage anzusehen, tauschten die Zeitungsteile aus und gingen ihre Pläne durch. Seit die *Press* eingestellt worden war, war die *Post-Gazette* merklich schmaler geworden, und obwohl sich Emily über ihr armseliges Erscheinungsbild lustig machte und die allumfassende *Times* bevorzugte, setzte Henry auf die *P-G*, um über die Geschehnisse in der Stadt informiert zu sein. Sie konnten den Tag erst anfangen, wenn er, genau wie damals, als er selbst Zeitungen austrug, jede einzelne Seite genau studiert, die diversen Briefe an den Herausgeber gegeneinander abgewogen, die Nachrufe nach vertrauten Namen und Gesichtern überflogen und die Baseballergebnisse und seine Lieblingscomics durchgesehen hatte. Dass es nur eine Viertelstunde dauerte, war ein Pluspunkt.

Ein weiteres tägliches Vergnügen bereitete ihm das Horoskop, das zwischen Kleinanzeigen versteckt war. Auch wenn er wie die meisten Leute im Raumfahrtprogramm nicht glaubte, dass die Sterne das Schicksal vorhersagen konnten, war es für ihn zu einem Ritual geworden, sich ihr Horoskop – das von Emily zuerst – anzusehen und es ihr, wenn es wie heute zu seiner Stimmung passte, laut vorzulesen.

«‹Widder: Kommen Sie auf Touren, solange alles gut läuft. Es gibt kein Hindernis, das Sie nicht überwinden, und kein Problem, das Sie nicht lösen können, denn Ihre Energie und Begeisterung sind diese Woche gewaltig.›»

«Ich befürchte, das hier ist bereits meine gewaltige Energie», sagte Emily.

«‹Es wird Ihnen ein Leichtes sein, einem Freund in Not zu Hilfe zu eilen.›»

«Das trifft hoffentlich immer zu.»

«‹Jungfrau: Es kommen große Herausforderungen auf Sie zu. Großen Geistern kann es gelingen, ein Problem in einen Gewinn umzuwandeln.›»

«Klingt, als würden eine Menge Probleme auf uns zukommen.»

«‹Statt dem anderen einen Fehler oder Irrtum zum Vorwurf zu machen, sollten Sie daraus Nutzen ziehen.›»

«Bestimmt anhand deiner großen Geisteskraft.»

Sie trank einen zweiten Kaffee, während er das Geschirr spülte, reichte ihm ihren leeren Becher, als sie fertig war, und dann gingen sie, Rufus vorneweg, zusammen nach oben, um sich abwechselnd am Waschbecken die Zähne zu putzen, bevor sie sich trennten und ihren verschiedenen Listen widmeten.

Als er an jenem Nachmittag mit einem Bündel Zaunpfosten für den Garten im brechend vollen Home Depot in der Schlange stand, merkte er, dass er vergessen hatte, die leere Propangasflasche mitzubringen. Statt nach Hause zu fahren und sie zu holen, bezahlte er eine neue, stand dann, verärgert über sich selbst, mit der Quittung draußen neben den Käfigen und wartete auf einen der orange beschürzten Mitarbeiter, doch im Wagen dachte er, dass es eine gute Entscheidung war - eigentlich längst überfällig. Jetzt würden sie, wenn ihnen das Gas ausging, eine Ersatzflasche haben. Er hatte seinen Fehler in etwas Positives verwandelt, genau wie es das Horoskop empfohlen hatte, und das hätte ihn gefreut, nur dass er inzwischen, wie jeden Tag, vergessen hatte, was drinstand.

Nebenwirkungen

Jetzt, wo sie wieder zu Hause waren, suchte er die Drogerieabteilung des Giant Eagle auf, um ihre Medikamente aufzufüllen. Dort war es billiger als im CVS in East Liberty, und wenn er mal warten musste, konnte er zum Geldautomaten gehen oder etwas einkaufen, das Emily vergessen hatte. All ihre Angaben waren im Computersystem eingespeist, dennoch brachte er immer noch das gekritzelte Rezept des Arztes mit, als könnte man seine Worte in Zweifel ziehen. Die Zuzahlung änderte sich ständig, und die Preise waren unverschämt. Trotz gegenteiliger Behauptungen deckte Medicare nicht alles ab, und wie die meisten Amerikaner in ihrem Alter schluckten sie viele Pillen. Die Größe der gitterförmigen Plastikdosierer, auf die er und Emily sich verließen – geordnet nach Wochentagen, weiter unterteilt wie ein Angelkasten, in Fächer für Morgen, Mittag und Abend –, war bei den Kindern schon zu einem makabren Witz geworden. Als Emily mit dem Fuß umgeknickt war, hatte die Schwester in der Notaufnahme gefragt, ob sie irgendwelche Medikamente nehme. Sie hatten sich nicht an alle Namen erinnern können. Von da an forderte Henry das Schicksal heraus und trug eine Liste seiner Medikamente in seiner Brieftasche mit sich.

Lipitor nahm er wegen des Cholesterins, wie alle aus dem Fürchterlichen Vierer.

Dank Prilosec konnte er gefüllte Bananenpaprika mit Marinarasoße essen und seinen Scotch trinken.

Warfarin war ein Blutverdünner, den er vor dem Zubettgehen einnahm, um die Wahrscheinlichkeit eines Schlaganfalls zu verringern, doch ihm fiel auf, dass er jetzt schneller blutete.

Lisinopril hatte Metoprorol wegen seines Blutdrucks ersetzt, der dennoch so hoch war, dass Emily das Essen nicht mehr salzte und Mrs. Dash und Zitronensaft ersetzt hatte.

Lasix entwässerte und half bei seinem Blutdruck, konnte dem Kleingedruckten zufolge aber die Benommenheit in Chautauqua ausgelöst haben, eine Frage, die er Dr. Prasad stellen wollte.

Klor-Con, ein Kalium-Ergänzungsmittel, das er nicht auf leeren Magen einnehmen durfte, sondern zwischen Frühstück und Zähneputzen schluckte.

Dulcolax, das Emily ihm empfohlen hatte, sorgte für einen regelmäßigen Stuhlgang.

Flomax sollte seinen schwachen Urinstrahl laut Werbung in die Niagarafälle verwandeln, doch er musste bloß öfter pinkeln.

Glucophage behandelte seinen Blutzucker, der an der Grenze zum Prädiabetes stand.

Neurontin, das er dreimal täglich einnahm, schmeckte nach Banane, konnte aber die nadelstichartigen Schmerzen in seinen Fußsohlen nicht völlig abstellen.

Die Lumigan-Tropfen, die er abends gegen Grünen Star benutzte, brannten in den Augen und machten alles so verschwommen, dass er danach nicht mehr lesen konnte.

Ambien nahm er nicht mehr, weil es nicht immer wirkte, und wenn, dann war er morgens angeschlagen.

Centrum Silber war das Multivitamin, das man in Jeffs Heim den älteren Patienten verabreichte.

Vicodin hatte er noch von seinem Knie her übrig. Margaret sagte, es sei gefährlich, doch wenn ein Gewitter kam und Advil nicht ausreichend war, war er froh, es zu haben.

Aleve, Bufferin, NyQuil, DayQuil, Sudafed, Benadryl – das Medizinschränkchen war voll mit Antihistaminen und schmerzlindernden Mitteln für Erkältungen, Insektenstiche und leichtere Beschwerden wie seinem Rücken nach dem Unkrautjäten. Emily hatte irgendwo gelesen, Aspirin schlage auf die Nieren und Tylenol führe in Verbindung mit Alkohol zu Leberschäden, deshalb bat er sie nach dem Golfspielen oder Rasenmähen lieber, seine Schultern mit Bengay einzureiben, aber das kam nicht oft vor. Er versuchte, aktiv zu bleiben, ging dreimal am Tag mit Rufus spazieren, zweimal, wenn es regnete, und während sie sich jeden Abend beim Zubettgehen über ihre Hände beklagte und ihm die geschwollenen Fingerknöchel zeigte – nach seinen Tropfen nur ein verschwommenes Bild –, war er dankbar, dass er in seinem Alter keine ernsthaften Probleme hatte. Meistens fühlte er sich wohl.

FOD

Als er in den Ruhestand ging, hatte er das Bedürfnis verspürt, im Haushalt seinen Teil beizutragen, und wollte seine Fähigkeiten als Projektleiter bei ihren üblichen Arbeiten einbringen, bekam jedoch eine Abfuhr.

«Nein», sagte Emily. «Geh. Du machst mich wahnsinnig.»

So beliebig ihre Arbeitsweise auch aussehen mochte, sie unterlag einer Systematik, die dermaßen kompliziert war, dass jegliche Mithilfe seinerseits das Ganze aus dem Gleichgewicht gebracht hätte. Emily hatte auf seine neue Rolle keinerlei Rücksicht genommen, und inzwischen, ein Jahrzehnt später, wusste er sich herauszuhalten. Ihre Bereiche waren voneinander getrennt und scharf abgegrenzt. Keller, Dachboden und sein Arbeitszimmer gehörten wie bisher ihm, zusammen mit dem Rasen und der Garage. Alles Übrige unterstand ihr.

Er hatte gelernt zu fragen, ehe er etwas saubermachte, aber zwanghaft wie er war, konnte er manchmal nicht warten. Der Teppichboden im Wohnzimmer war champagnerfarben. Dort, wo er nicht vom Täbriz bedeckt war, sah man jeden Schmutzfleck, und der Täbriz haarte genauso wie Rufus. Henry konnte das Zimmer nicht durchqueren, ohne stehen zu bleiben, sich zu bücken, als wollte er seine Zehen berühren, und die dunklen Flusen und Hundehaarbüschel aufzuklauben.

«Lass das», sagte Emily, die gerade strickte. «Morgen sauge ich.»

Er sah einen Krümel Hundekuchen, einen vom Locher ausgestanzten Papierschnipsel.

«Stopp.»

In Jackass Flats hatten sie jedes Stück Metall, das in die Triebwerke gesaugt werden konnte, FOD genannt, Fremdkörperverunreinigung. Im Labor hatten sie engagierte Techniker gehabt, die alles auf FOD kontrollierten, doch wenn sie in der Wüste einen Test durchführten, verteilten sich alle auf der Startbahn, und die Konstrukteure und Mechaniker gingen vorgebeugt wie Goldsucher und kämmten den glühend heißen Asphalt nach verlorengegangenen Splinten und abgerissenen Nieten ab. Mehr als einmal hatte Henrys kritischer Blick eine Katastrophe verhindert, doch an seiner Werkbank oder im Garten war er genauso wachsam, verschnupft über einen Zigarettenstummel auf dem Gehsteig oder ein Bonbonpapier auf dem Rasen.

Anders als Arlene (anders als Margaret) war er seit jeher penibel, und rückblickend dachte er, dass diese Ordnungsliebe vielleicht dem Bedürfnis entsprang, es allen recht zu machen. Bei seiner Mutter hatte die Küche immer blitzblank ausgesehen. Henry konnte sich noch erinnern, wie sie das Silberbesteck begutachtet hatte, das er polieren half, wenn Großmutter Chase zum Abendessen kam, wie sie ihn unterbrochen hatte, um ihn auf den rosa Tarn-X-Fleck aufmerksam zu machen, der noch am Rand eines Messergriffs klebte, und ihn aufgefordert hatte, sich das Messer noch mal vorzunehmen. Die Existenzgrundlage seines Vaters war das Befolgen von Vorschriften, in den Büchervitrinen in seinem Arbeitszimmer die gleichförmigen Ausgaben der Bezirksbauordnung aufgereiht, sein Reißbrett verhüllt wie ein Altar. Als eifriger Student hatte Henry früh gelernt, aufmerksam und gewissenhaft zu sein. In der Grundausbildung war sein Regal die Norm gewesen, auf die sich Gunny Raybern bezog, um den Rest der Kaserne anzuprangern, sein Spind picobello, und auch wenn seine Wohnung nach dem Krieg ein ziemliches Durcheinander gewesen war, hatte das Werben um Emily seinen Sinn für Ordnung wiederhergestellt. Wie er war sie ordentlich, um nicht zu sagen pedantisch.

Die Flusen aufzuheben half gar nichts, und dennoch konnte er nicht aufhören, da er geschult war, auch die kleinste Unvollkommenheit zu entdecken. Er war Ingenieur. Wenn er ein Problem sah, wollte er es unwillkürlich beheben. In den letzten Jahren, in denen er endlos viel Zeit gehabt hatte und sich auf nichts Größeres konzentrieren musste, hatte diese Neigung sich noch verschärft. Und als Emily ihn jetzt dabei ertappte, wie er über dem Teppich verharrte, befürchtete er, sich allmählich in ein pingeliges altes Weib zu verwandeln.

«Wenn du unbedingt helfen willst», sagte sie, «kannst du ja saugen.»

Beide wussten, dass sie bluffte und dass es Emily bloß aus der Fassung bringen würde. Also gab er vor, die Fremdkörperverunreinigung zu ignorieren, währenddessen er noch mehr entdeckte. Er wartete, bis sie das Zimmer verlassen hatte, um den Bereich um seinen Sessel zu kontrollieren, ließ die Flusen in seine Tasche gleiten und setzte sich wieder hin.

Halluzinationen

Die Tage wurden allmählich kürzer. Die Nächte kalt. Seine dünne Windjacke reichte für den abendlichen Spaziergang um den Block mit Rufus nicht länger aus. An einem bewölkten Spätnachmittag kramte er gerade in Kennys Zimmer einen Pullover aus der Zederntruhe, als ihn eine plötzliche Bewegung am Rand seines Blickfelds den Kopf drehen ließ. Er konnte gerade noch ein dunkles Wesen von der Größe einer Katze um den Türrahmen huschen sehen, als würde es vor ihm flüchten.

Seine Anwesenheit war so überraschend, dass Henry ihm einen Augenblick bloß nachstarrte, als könnte es eine Sinnestäuschung gewesen sein. Eine Maus oder auch ein Eichhörnchen, das vom Dachboden nach unten gelangt war, hätte er verstehen können, aber es war etwas Größeres gewesen. Die Fenster waren geschlossen, wie sollte es hereingekommen sein?

Den Pullover in der Hand, suchte er im Fernsehzimmer und dem dahintergelegenen Flur, der im gedämpften Licht grau aussah. In Margarets Zimmer ging er auf alle viere und sah unterm Bett nach. Nichts als Staub.

Draußen im Durchgang hatte ein Waschbär die dort über Nacht stehenden Müllsäcke zerfetzt.

Ob Katze oder Waschbär, es ergab keinen Sinn, es sei denn, sie hätten sich durch den Rigips gefressen.

Er pfiff nach Rufus, der mit funkelnden Augen und heraushängender Zunge die Treppe heraufgestürmt kam.

«Wo ist die Miezekatze? Such die Miezekatze.»

Rufus schloss das Maul, legte den Kopf schräg und sah ihn aufmerksam an.

«Katze? Eichhörnchen? Karnickel?» Henry zauste ihm die Ohren. «Ich weiß, dass du Eichhörnchen kennst.»

Gemeinsam überprüften sie die anderen Zimmer, und Rufus trottete immer hinter ihm her. Henry ließ das Licht aus, schlich durch die Düsternis und horchte auf jegliche Bewegung. Es überraschte ihn nicht, dass er nichts entdeckte.

«Meinst du, es war ein Gespenst?», fragte Emily.

«Ich habe irgendetwas gesehen. Ich könnte schwören, es war ein Tier.»

«Aber keine Maus.» Wenn es um Mäuse ging, war sie zimperlich.

«Mit Sicherheit keine Maus.»

«Hat es einen Laut von sich gegeben?»

«Nicht dass ich wüsste.»

«Wahrscheinlich war es bloß ein Schatten vorm Fenster. Ein vorbeifliegender Vogel.»

«Es war groß.»

«Vielleicht eine Wolke.»

«Vielleicht.»

Auch wenn er als Kind nie den Geist seines Onkels gesehen hatte, hatte er seine Anwesenheit gespürt. Zeitlebens ein Christ, akzeptierte er, Teil seiner Gläubigkeit, das irdische Eingreifen von Engeln, aber hätte man ihn gefragt, hätte er jeglichen Glauben an die Geisterwelt geleugnet. Während Emily behauptete, ein Körnchen übersinnliche Wahrnehmung von ihrer schlichten Großmutter geerbt zu haben, hatte er nie Visionen gehabt, nur normale Träume, die sich wie Filme abspulten und am nächsten Morgen in Luft auflösten. Was in Kennys Zimmer passiert war, musste genau genommen eine optische Täuschung gewesen sein: Er hatte etwas gesehen, das nicht da war. Egal ob seine Augen oder sein Verstand müde waren, er war überzeugt, dass es eine physiologische Ursache gab, die höchstwahrscheinlich mit dem Alter zusammenhing, und er war versucht, die Katze als weiteres Symptom seines Verfalls zu betrachten. Die geringe Möglichkeit, dass es ein Hirntumor sein könnte, behielt er für sich.

Zugleich faszinierte ihn die seltsame Begegnung, und wenn sein Verstand unbeschäftigt war – inzwischen allzu oft der Fall –, ließ er den Augenblick in Zeitlupe wieder vor seinem geistigen Auge ablaufen, die unscharfe Bewegung links von ihm, dann das Drehen des Kopfes, den Pullover noch in den Händen, der Schatten, der schon um den Türrahmen schlüpfte, bevor er sehen konnte, was es war – alles lautlos, flüchtig und beunruhigend wie ein Albtraum. Er blieb auf der Hut, falls es noch mal vorkommen sollte. Wenn er ein Zimmer oder auch die Garage betrat, sah er auf dem Fußboden und in den Ecken nach, um sich zu vergewissern, dass er allein war, blickte von Zeit zu Zeit von seiner Tätigkeit auf und schaute sich um, als könnte sich etwas anschleichen.

Er war auf ein weiteres Phantomtier oder eine flüchtige Erscheinung gefasst, deshalb war er überrascht, als er eines Nachts von der Toilette zurückgetappt kam, draußen auf dem Weg der Millers einen Mann stehen zu sehen. Reglos, nur als Silhouette zu erkennen, stand er hinter einer Backsteinsäule ihres Tors versteckt wie ein Straßenräuber, der sich auf jemanden stürzen wollte. Henrys Telefon lag auf seiner Kommode und wurde aufgeladen. Er versuchte, sich zu erinnern, wie die Nummer der Millers lautete, als er aus einem anderen Blickwinkel erkannte, dass der Mann bloß ein von der Straßenlaterne geworfener flacher Schatten war, und er schüttelte den Kopf darüber, dass er sich so leicht hatte täuschen lassen.

Als er später erwachte, sah sein über die Schranktür gehängter Bademantel im spärlichen Licht des Radioweckers wie einer der großen Tiki-Köpfe auf der Osterinsel aus.

Er erzählte Emily nichts von diesen kleinen Aussetzern oder der kurz aufblitzenden Schlagzeile BÜRGERMEISTER VON PHILADELPHIA VERKLAPPT, obwohl es auf den zweiten Blick eindeutig VERKLAGT hieß. Das war zwar seltsam, aber nicht ungewöhnlich, wie wenn man in den Wolken Figuren oder Gesichter sah, doch im Stillen fand er das Ganze bedenklich.

Die Katze war schon bizarr genug.

«Dein Vater baut langsam ab», sagte Emily zu Kenny, als er nach der Kirche anrief, und obwohl sich Henry über ihre Stichelei ärgerte, spielte er den Stichwortgeber.

«Sie war schnell. Selbst wenn sie real gewesen wäre, hätte ich sie auf keinen Fall erwischt.»

«Und was ist mit Rufus?»

«Bitte, der hat keine Ahnung.»

Margaret, mit der Erfahrung von einem Dutzend Zwölf-Schritte-Programmen, war sich sicher, dass es etwas bedeutete. «Was entgeht dir gerade im Leben? Was fehlt dir?»

Schlaf, hätte er sagen können, wollte das Thema aber nicht anschneiden. «Nichts. Ich habe alles, was ich brauche, und mehr als das.»

«Du hast gesagt, es war dunkel. War es eine schwarze Katze?»

«Ich kann nicht sagen, was für eine Farbe sie hatte.»

«Katzen können Glücksbringer sein.»

«Darauf hoffe ich. Wie läuft's bei euch so?»

«Gut», sagte sie, und plötzlich war es an ihr, das Thema zu wechseln.

Ihn interessierte die Katze eher als Naturphänomen denn als Omen, doch nachdem sie darauf hingewiesen hatte, ging ihm der Gedanke nicht mehr aus dem Kopf. Ob Symptom oder Omen, es erforderte Nachforschungen. Aus einem Einzelfall konnte man nicht viel schließen. Um etwas beweisen zu können, musste eine Reaktion wiederholbar sein, und obwohl er sich zugutehielt, logisch an die Sache heranzugehen, musste er zugeben, dass er fasziniert war. Wenn er seine Begegnung mit dem Unheimlichen wie ein Wissenschaftler untersuchte, lag das daran, dass es ein Wunder war. Nach dem flüchtigen Blick auf das Unbekannte wollte er es genauer betrachten, und so hielt er Ausschau und versuchte, die Bedingungen wiederherzustellen, unter denen er das Phänomen zuerst beobachtet hatte, ging an bewölkten Tagen ins Obergeschoss und suchte als Versuchsperson seines eigenen Experiments die leeren Zimmer auf.

Die Gemeinschaft des Himmels

Dr. Runco war schließlich gestorben. Die Nachricht kam in Form einer Massen-E-Mail, was Emily geschmacklos fand. Henry, wie immer pragmatisch, konnte beide Seiten verstehen. Alle Patienten anzurufen, würde mehrere Tage dauern, und er war überzeugt, dass in der Praxis das reinste Chaos herrschte. Die Beerdigung fand am Samstag in der St. Paul's Cathedral statt, am Abend zuvor eine Totenfeier bei McCabe's in Shadyside.

«Ich wusste nicht, dass er katholisch war», sagte Emily. «Warum dachte ich, er ist griechisch-orthodox?»

«Ich bin mir ziemlich sicher, dass Runco aus Polen stammt. Ich weiß, er ist in East Liberty aufgewachsen, denn er ging zur Peabody.»

«Runco, Runco», sagte sie, als probierte sie ein Wort in ihrem Kreuzworträtsel. «Ich frage mich, ob der Name verkürzt wurde.»

Dr. Runco tot. Wenn auch nicht unerwartet, war es schwer zu akzeptieren. Sie gehörten beide dem Abschlussjahrgang '49 an und waren zusammen alt geworden. Henry – konfus und in schlechter Verfassung, mit fürchterlichen Cholesterinwerten – fand es ungerecht, ihn überlebt zu haben. Doch das war eine Ehrung für Dr. Runco, oder? Er hatte Henry so lange am Leben erhalten. Von jetzt an müsste er wohl zu Dr. Prasad gehen, mit dem er keine Gemeinsamkeit hatte.

«Tut mir leid», sagte Emily, als hätten sie sich nahegestanden.

«Beim letzten Mal schien es ihm gut zu gehen.»

«Wahrscheinlich wusste er es schon. Ich bin mir nicht sicher, ob das besser oder schlimmer ist.»

«Keine Ahnung.» Sein Vater war schnell gestorben, eine Lungenentzündung, der Freund des alten Mannes, hatte seinen Tod beschleunigt. Er wollte nicht daran denken.

«Steht da was über Blumen?»

«Nein. Moment, doch.»

Noch bevor er seine E-Mail beendet hatte, hatte sie schon ein Gesteck bestellt.

«Die große Frage ist», sagte sie, mit dem Kalender in der Tür lehnend, «ob wir zu beiden Veranstaltungen gehen oder nur zu einer.»

«Was meinst du?»

«Was meinst *du*? Er war schließlich dein Freund. Ich bin zu beidem bereit.»

«Ich finde, eine reicht.»

«Wo willst du lieber hin? Wir haben an diesem Wochenende nichts vor.»

«Mal sehen, um welche Uhrzeit die Beerdigung ist.»

«Um elf», sagte sie, und sie hatte recht. Während ihr Verstand sich bei einem Unglück schärfte, kam er sich begriffsstutzig vor. Er hatte die Uhrzeit bereits vergessen, falls sie ihm überhaupt aufgefallen war.

«Die dürfte länger dauern», warnte er.

«Wenn sie im Dom stattfindet, dürfte es eine komplette Messe sein. Das ist in Ordnung. Ich lasse lieber eine Messe über mich ergehen als bei McCabe's rumzustehen und Smalltalk zu machen.»

«Dann lass uns das tun», sagte er, als wäre es seine Entscheidung.

Ansonsten verlief sein Tag wie immer. Er fütterte Rufus und sammelte dessen Kot auf. Er wechselte oben im Flur eine Glühbirne aus. Er zahlte ihre geschätzte Steuer fürs dritte Quartal, klebte die Umschläge zu und warf sie in den Autobriefkasten am Postamt, eine ungeliebte Aufgabe, die ihm, sobald sie vollendet war, eine widerwillige Genugtuung bereitete. Er hakte ständig Arbeiten auf seiner Liste ab, musste jedoch immer wieder an Dr. Runco denken, saß dann ausdruckslos da und kaute an seiner Wange, als wäre er in Betrachtung versunken.

Es war dumm. Trotz Emilys Beharren hätte Henry sie nicht als Freunde bezeichnet. Abgesehen davon, dass Runco eine braungebrannte, kräftig gebaute Familie und eine Ferienwohnung in Okemo hatte, wusste Henry kaum etwas über ihn. Ihre Beziehung war rein beruflich. Der einzige Ort, an dem sie sich sahen, war die Arztpraxis, ein fensterloses, neonerleuchtetes Untersuchungszimmer, für höchstens fünfzehn Minuten, Wochen später gefolgt von einer am Computer erstellten Rechnung. Die ganze Zeit, als Dr. Runco im St. Margaret's gelegen hatte, hatte Henry nur selten an ihn gedacht, teils, wie er zugeben konnte, weil er Angst hatte, sich seinem eigenen Schicksal zu stellen, aber vor allem weil er, sofern kein Termin bevorstand, einfach nicht an ihn dachte.

Am nächsten Morgen beim Frühstück ging er die Nachrufe durch. Es waren drei ganze Seiten und ein bizarres Anhängsel, das sich bis in die Kleinanzeigen ausdehnte, ein Hinweis darauf, wie überaltert die Stadt inzwischen war. Normalerweise überflog er die Spalten mit demselben scharfen Blick, den er den Aktienkursen widmete, und verglich das Alter der frisch Verstorbenen mit seinem eigenen. In ein paar Wochen würde er fünfundsiebzig werden, das schien ungefähr das Durchschnittsalter der Toten zu sein. Nachdem er seinen Onkel um fünfzig Jahre überlebt hatte, war er sich der gewährten Zeit bewusst und war dafür dankbar. Ohne Schadenfreude bedauerte er die Fünfzig- bis Siebzigjährigen, als wären sie betrogen worden, und beneidete die Achtzig- bis Hundertjährigen. Inzwischen fielen ihm die jungen Leute auf, Opfer von Unfällen, einer Überdosis oder vereinzelten Morden. Sie waren nicht *friedlich, zu Hause, umgeben von ihrer Familie*, sondern *plötzlich, unerwartet* gestorben, ihre Fotos unschuldig, aus Jahrbüchern ausgeschnitten. Er las ihre Geschichten, als könnten sie mehr erklären. Doch das taten sie nicht, obwohl manche Nachrufe schier endlos schienen, was Emily geschmacklos fand.

Der für Dr. Runco war von angemessener mittlerer Länge, gekrönt von einem veralteten Foto, vielleicht bei seiner Hochzeit aufgenommen, auf dem er in Smoking und Fliege, das Haar angeklatscht, lächelte wie Gatsby. An seinen Laborkittel und die glänzende Glatze gewöhnt, versuchte Henry, den Mann, den er kannte, mit diesem grinsenden Blender in Einklang zu bringen.

75, geboren in East Liberty, nach tapferem Kampf gegen einen Hirntumor.

«Mein Gott.» Auch wenn Henry den Mechanismus nur vage begriff, schien ein Hirntumor schlimmer, schmerzvoller zu sein als andere Krebserkrankungen, und für einen panischen Augenblick dachte er an die Katze und fragte sich, ob auch er einen Hirntumor hatte.

«Was denn?», fragte Emily.

«Es war ein Hirntumor.»

«Das ist ja schrecklich.»

Genau wie Henry war er direkt nach der Highschool zum

Militär eingerückt, war zurückgekehrt, hatte an der Pitt seinen Abschluss gemacht, dann seine Praxis eröffnet und war nie wieder weggegangen. Er hinterließ seine Frau, drei Söhne und eine lange Liste von Enkelkindern. Wie bei inzwischen sehr vielen Nachrufen in der *Post-Gazette* wurde den Lesern mitgeteilt, dass er ein Fan der Pirates, Steelers und Penguins war, eine weitere Marotte, über die sich Emily beklagte. Henry erkannte, dass es, abgesehen von den drei Söhnen, auch sein eigener Nachruf hätte sein können, und bevor er den Gedanken abbrechen konnte, fragte er sich, welches Bild Emily wohl nehmen würde. Hoffentlich nicht ihr Hochzeitsfoto.

Das seines Vaters hatte sie ausgewählt. Henry hatte die letzten Tage an seinem Bett verbracht und hinter den aufgereihten Monitoren, die ihm sagten, dass keine Hoffnung bestand, auf einem Rollbett geschlafen. Er und Arlene sollten sich abwechseln, doch beim Tod seiner Mutter musste er erst aus der Wüste zurückfliegen und hatte sich geschworen, dass ihm das nie wieder passieren würde. Sein Vater lag im Koma, sie konnten nichts anderes tun, als seine Hand zu halten, sie zu drücken, damit er ihre Anwesenheit spürte. Sein Kinn war stoppelig, seine Haut pilzgrau, und jeden Abend, bevor Henry die Schuhe auszog und sich auf das schmale Bett legte, küsste er ihn wie ein kleines Kind auf die Stirn. Als sein Vater einen Herzstillstand erlitt – er kollabierte, als die Pflegekräfte gerade das Abendessen servierten –, waren Henry und Arlene zum Glück beide da, zusammen mit Emily, die dafür sorgte, dass die Schwestern sie eine Zeitlang mit ihm allein ließen, nachdem sie den Tropf und die ganzen Kabel weggeräumt hatten. Bevor sie gingen, dachte sie noch an die Brille seines Vaters, die in der obersten Schublade seines Nachttischs lag, und den im Wandschrank hängenden Bademantel. Sie kümmerte sich um alles, plante mit Pater John und Donald Wilkins den Gottesdienst und half Henry, den Sarg und die Gruft auszusuchen. Sie bezahlte die letzten Rechnungen seines Vaters und brachte seine Kabelbox zurück. Da sie ihre Mutter vor ein paar Jahren verloren hatte, wusste sie, was zu tun war. Er und Arlene waren beim Sichten seiner Wohnung so überfordert, dass sie Emilys Hilfe begrüßten und ihre Energie bewunderten.

Während Trauer ihn lähmte, war sie gnadenlos effizient. Wenn er seinen eigenen Tod vor sich sah, stellte er sich oft vor, dass sie ohne ihn hilflos war, dabei stimmte das Gegenteil. Sie würde sich mit Organisatorischem beschäftigen, Speisepläne aufstellen und das Haus für die Kinder herrichten. Er hingegen würde ohne sie nicht lange überleben. Er würde enden wie sein Vater, würde Fertiggerichte essen, die Abende trinkend verbringen und während der Nachrichten in seinem Sessel einschlafen.

Rufus drückte den Kopf unter Henrys Hand, um gestreichelt zu werden, und rettete ihn vor seinen Gedanken.

«Hier», sagte er und schob die Zeitung über den Tisch.

«Wer ist denn dieser Mafioso?»

«Da ist er noch ein bisschen jünger.»

Sie hatte gerade erst zu lesen begonnen, da stieß sie schon ein entsetztes Schnauben aus. «Warum müssen sie unbedingt ‹tapfer› schreiben?»

«Wahrscheinlich weil es so lange gedauert hat.»

«Ich weiß nicht, warum, aber das stört mich.»

«Ich glaube nicht, dass es ein Vergleich sein soll.»

«Hört sich aber so an.»

«Willst du denn nicht tapfer sein?»

«Ich nehme friedlich, danke. Oder schnell.»

«Unverzüglich.»

«Wäre das nicht schön?», sagte sie, als könnte es unmöglich passieren.

Trotz ihrer Krittelei an dem Nachruf holte sie ihre Schere und schnitt ihn säuberlich aus. Später würde sie ihn zur sicheren Aufbewahrung zwischen die Seiten der Bibel ihrer Mutter schieben, als wollte sie ihn dem Himmel mit ihren Eltern, ihrer geliebten Tante June und den unzähligen Freunden und Nachbarn anempfehlen, die sie im Lauf der Zeit beerdigt hatten, und wie konnte sich Henry herausnehmen zu sagen, dass er dort nicht hingehörte?

Am Freitagabend schaute er sich die Pirates an, deren Saison im Grunde genommen vorbei war, und rief sich immer wieder das letzte Mal bei McCabe's ins Gedächtnis, bei der Beerdigung von Margo Schoonmaker, die Kerzen, die Musikberieselung und die sorgsam platzierten Schachteln mit Papiertaschentüchern. Die Räume waren stets zu warm, die Heizung lief sogar im Sommer. Der Teppichboden war dick, als sollte er alle Geräusche schlucken, die Sofas und Sessel zu stark gepolstert, die Samtvorhänge aus einer anderen Zeit. Ringsum würden auf Staffeleien, Kaminsimsen und Anrichten Babyfotos von Dr. Runco, Schulporträts und Bilder von ihm in Uniform oder der grinsenden Familie in Skimontur stehen, und auf den vielen Couchtischen lägen dicke Fotoalben, in denen die Besucher blättern sollten. Die Pirates erlitten eine vernichtende Niederlage, und Henry bedauerte, dass sie nicht zur Totenfeier gegangen waren. Obwohl ihre Abwesenheit niemandem auffallen würde, kam er sich feige vor, indem sie nur das Gesteck für sie sprechen ließen. Hoffentlich waren viele Leute gekommen.

Glücklicherweise war es am nächsten Morgen so. Als sie

gut eine halbe Stunde zu früh eintrafen, drängten sich Hunderte von Menschen auf den Stufen vor dem Dom, als erwarteten sie, dass eine Braut und ein Bräutigam aus der Tür hervorstürmten. Doch am Bordstein stand keine Limousine, sondern ein Leichenwagen, ein glänzendes neues Modell von Cadillac, das er noch nie gesehen hatte. Wenn an der Pitt Seminare stattfanden, war nirgends ein Parkplatz zu finden. Erst bei seiner zweiten Runde begriff er, dass der Stand des Parkservice für sie eingerichtet war. Vermutlich war er kostenlos, ein zusätzlicher von McCabe's aufgebotener Komfort. Doch er würde ein Trinkgeld geben müssen und hatte hoffentlich ein paar Eindollarscheine dabei.

«Ich frage mich, wie viel das gekostet hat», sagte er.

«Zu viel», sagte Emily.

Es würde eine Ewigkeit dauern, von dort wieder wegzukommen, doch ihm blieb nichts anderes übrig. Beim langsamen Vorrücken konnte er den Motor nicht ausschalten, um das Handschuhfach abzuschließen, wo er eine Sucrets-Dose voller Fünfundzwanzig-Cent-Münzen aufbewahrte. Statt Emily zu bitten, das Geld unter Versicherungsunterlagen und Fahrzeugschein zu verstecken, ergab er sich in sein Schicksal. Es fühlte sich immer falsch an, das Heft aus der Hand zu geben. Er ließ den Motor laufen und zog die Handbremse, bevor er ausstieg. Der sehnige Bursche, der ihm den Beleg gab, hatte einen Pferdeschwanz und graue Zähne. «In Ordnung, Chef», sagte er. Henry beobachtete, wie er den Olds in eine Lücke im Verkehr lenkte und um die Ecke bog, als würde er nie zurückkommen.

Der Dom hatte drei massive Türen, die sich auch für ein Burgverlies geeignet hätten, doch alle strömten durch die mittlere. Emily hakte sich unter, sie reihten sich ein und stiegen Stufe um Stufe hinauf. Er lotste sie zum Eisengeländer und schirmte sie mit dem Körper ab.

«So viele Leute», sagte sie.

«Bestimmt waren viele von ihnen seine Patienten.»

«Das Ganze ist nicht gut durchdacht.»

«Nein», pflichtete er ihr bei. «Ich frage mich, warum sich alles staut.»

Im Stillen fand er die große Menschenmenge einschüchternd und stellte sich seine eigene Trauerfeier vor. Die seiner Mutter war gut besucht gewesen, teils, weil sie jung gestorben war. Bei seinem Vater waren weniger Leute gekommen. Ehrlich gesagt, war ihm diese Variante lieber.

Ein Krankenwagen fuhr mit heulender Sirene vorbei, und alle wandten die Köpfe. Hinter ihnen lachte ein Mann - ein heiseres Bellen. Für einen feierlichen Anlass wurde viel geplaudert. Trotz des warmen Wetters war er überrascht, weiter vorn etliche Frauen mit nackten Schultern und andere in leuchtenden Farben zu sehen, als wäre Ostern. Er rechnete mit einer Bemerkung von Emily, doch sie war damit beschäftigt, sich aufrecht zu halten.

Schließlich kamen sie auf der obersten Stufe an und traten aus dem strahlenden Sonnenlicht in kühle Dunkelheit, in der es nach Staub und Talg roch, was ihm all die Samstage in der Calvary Church ins Gedächtnis rief. Wie sich herausstellte, rührte die Verzögerung vom Gästebuch her, an dem Linda und Carmen aus der Praxis eine improvisierte Empfangsreihe bildeten. Innerlich schreckte er zurück, wohl wissend, dass er gezwungen sein würde, etwas zu sagen. *Er war ein guter Mensch. Er wird uns fehlen*. Beides wahr, aber unzureichend. Wie fasste man ein Leben in einer einzigen Zeile zusammen?

Er ließ Emily in ihrer perfekten Handschrift für sie beide unterschreiben, bevor er die jungen Frauen begrüßte. Auch wenn sie keine Fremden waren, befürchtete er, dass eine Umarmung zu vertraut wäre, und streckte ihnen die Hand entgegen.

«Linda, es tut mir so leid.»

«Danke.»

«Das ist meine Frau Emily.»

«Wie schön, Sie einmal persönlich kennenzulernen», sagte Emily strahlend. «Ich hab schon so oft mit Ihnen telefoniert. Ich habe gerade zu Henry gesagt, wie schön es ist, dass so viele Menschen gekommen sind. Nach allem, was er mir erzählt hat, überrascht es mich nicht. Dr. Runco war offenbar sehr beliebt.»

«Danke.»

Warum hatte er sich Sorgen gemacht? In Fragen der Etikette war Emily stets korrekt und gut vorbereitet. Er hätte wissen müssen, dass er sich auf sie verlassen konnte.

«Keine Ahnung, was die beiden sich dabei denken», sagte sie, als sie außer Hörweite waren. «Das können sie doch hinterher machen.»

«Ich weiß es auch nicht.» Warum verspürte er das Bedürfnis, sich zu entschuldigen?

Sie verließen den Eingangsbereich und betraten das hoch aufragende Mittelschiff. Leise, als sollte es sie beruhigen, spielte die Orgel etwas Tiefes, Düsteres, das Emily als Duruflé identifizierte. «Eine sichere Wahl.»

Von außen, umgeben von hohen Wohnblocks und den dorischen Säulenhallen der Universität, war die schiere Größe des Doms schwer zu erfassen. An die Calvary Church gewöhnt, die selbst ein klotziges Monument war, begutachtete Henry die riesigen Granitsäulen und das hohe Gewölbe mit dem Blick eines Baumeisters. Genau wie in Chartres oder Westminster Abbey sollte den Gläubigen offenbar ihre eigene Bedeutungslosigkeit vor Augen geführt werden. Die Buntglasbilder der Heiligen, aus denen die Ostwand bestand, funkelten im Morgenlicht, und einzelne Strahlen fielen opernhaft auf die inzwischen verstummte Menge. Die mittleren Bänke waren bis auf die letzten Reihen berstend voll. Emily dachte, dass sie im Seitenschiff mehr Glück haben würden, und führte ihn den rechten Gang entlang. Nach der pantomimischen Vergewisserung, dass die Plätze nicht reserviert waren, glitten sie neben ein junges Paar, deren kleines Kind ein Programm mit Buntstiften verunzierte. Henry machte Glupschaugen und erntete ein Lächeln.

Während Emily sich die Musikauswahl ansah, nahm er Platz und bewunderte eine seitlich gelegene schattige Nische, in der vor einer sanftmütigen Marienfigur gestaffelte Reihen von Votivkerzen flackerten. Auf ihrer Reise nach England waren sie in den regnerischen Midlands von Dom zu Dom gefahren und hatten jedes Mal einen Shilling in den National-Trust-Behälter gesteckt, um eine Kerze anzuzünden, weil sie dachten, es könne nicht schaden. Rauch und Ruß und feuchter Stein. Sie waren die Stationen des Kreuzwegs abgegangen und hatten sich das Schienbein des heiligen Ambrosius angeschaut. Die rituellen Handlungen waren zugleich vertraut und rätselhaft und stammten aus vormittelalterlichen Zeiten, und in Kutten gekleidete Mönche intonierten die lateinische Messe. Emily sagte oft, wenn sie nicht der Episkopalkirche angehörte, könnte sie sich vorstellen zu konvertieren, eine Behauptung, die Henry nicht ernst nahm, obwohl er die Verlockung verstand.

Sie tätschelte sein Bein, deutete auf ihr Programm, beugte sich zu ihm herüber und raunte: «Es ist der Bischof.»

Der Bischof von Pittsburgh, meinte sie.

Henry nickte leidlich beeindruckt. Er hatte ihn Dutzende Male in den Nachrichten gesehen, oft in St. Paul's, seiner Heimatbasis, war jedoch überrascht, dass er den Trauergottesdienst für ein einfaches Gemeindemitglied hielt. Henry fragte sich, in welcher Beziehung er zu Dr. Runco stand.

Direkt hinter der Familie, als wäre er der Nächste in der Erbfolge, saß, wie aus dem Ei gepellt, Dr. Prasad. Henry reckte den Hals, um zu sehen, mit wem er da war, als sich plötzlich ein stämmiger Mann in der ersten Reihe umdrehte, um ihm die Hand zu schütteln. Henry konnte auf diese Entfernung nicht hundertprozentig sehen, aber das war auch nicht nötig. In der Stadt gab es so wenig wahren Adel, dass man sich nicht vertun konnte. An den gewaltigen Schultern des Mannes und demselben säuberlich gestutzten Bart, den er während seiner Glanzzeit bei den Steelers getragen hatte, erkannte ihn Henry unverzüglich als Franco Harris.

Er stieß Emily an, bemüht, seine Aufregung zu verbergen.

«Was macht der denn hier?», fragte sie.

«Keine Ahnung.»

«Vielleicht hat Runco zur Mafia gehört. Ich glaube nicht, dass er Pole war.» Sie zeigte ihm die Liste der Sargträger. Neben den Söhnen des Arztes waren dort Nicholas Framiglio, Paul Sodini und Frank Santoro aufgeführt. «Fehlen bloß noch ein Costa und Zappala.»

«Die sind hier bestimmt irgendwo.»

«Wahrscheinlich ganz vorn.»

Die Antworten auf diese unterhaltsamen Fragen mussten warten. Die Orgel hörte jäh auf zu spielen, vereinzelt wurde gehustet, und dann setzte die Prozessionshymne ein. Alle standen auf, drehten sich um und bekreuzigten sich, während ein ganzer Tross den Gang entlangkam, der Bischof mit seiner eindrucksvollen Kopfbedeckung und dem Hirtenstab in der Mitte und hinter ihm die Sargträger, die den bronzenen Sarg nicht schleppten, sondern auf einer umsäumten fahrbaren Trage rollten – Betrug, dachte Henry. Sie blieben kurz vor den Stufen zum Altarraum stehen, nahmen ihre Plätze ein und warteten, bis die Hymne zu Ende war.

Der Bischof schüttelte das rasselartige Aspergill und besprengte den Sarg mit Weihwasser. Ein Geistlicher, der ihm behilflich war, breitete ein weißes Sargtuch darüber. Auch wenn ihm die Bedeutung des Rituals entging, wusste Henry die Zeremonie zu schätzen, die wie ein Zaubertrick ausgeführt wurde.

Während der Wirtschaftskrise waren es an den Samstagen in der Calvary Church oft nur Pater McNulty, er selbst und eine Handvoll Familien gewesen. Keine Musik, keine Blumen. Diese schmucklose Zeit war am schlimmsten gewesen. Er hatte perfekt sein müssen. Jeder Schnitzer würde unvergessen bleiben, und in der Stille konnte die Trauer der Hinterbliebenen nicht verschleiert werden. Mehr als einmal warfen sich Erwachsene, die er aus der Sonntagsschule oder vom Sommerpicknick kannte, schluchzend auf den unbedeckten Sarg. Mütter, Ehemänner. Ohne zu zögern, klopfte ihnen Pater McNulty auf den Rücken und zog sie weg, brachte sie zu ihren Familien zurück. Henry stand mit der frohen Botschaft des Evangeliums bereit, als könnte das helfen. Tief im Wald des Parks lagen seine Freunde im Clubhaus herum, lasen Comichefte und rauchten, und er träumte sich auch dorthin, frei von der Trauer um andere. Das galt immer noch. Eigentlich hatte sich nichts geändert. Er war noch derselbe egoistische Junge wie damals, ausweichend, sehnsüchtig, alles Unangenehme von sich fernhaltend, ein Problem, wenn es um Margaret ging, obwohl da nichts zu machen war.

Als Erstes las der älteste Sohn. An seiner klaren Aussprache erkannte man, dass er geübt hatte. «Euer Herz erschrecke nicht», stieß er so laut hervor, dass auch die hinteren Reihen es hören konnten.

Nein, dachte Henry. Er wollte, dass sein Herz erschreckt wurde. Der Tod war die reinste Prüfung des Glaubens. Wozu diente eine Beerdigung, wenn nicht dazu, über die eigene Sterblichkeit nachzudenken und darüber, wie man die Zeit, die einem noch blieb, am besten verbrachte?

Neben ihm kniete der Junge auf einem Sitzkissen, falsch herum, damit er die Sitzbank als Tisch benutzen konnte. Mit großer Konzentration kritzelte er einen roten Wirbel aus Kreisen auf das Programm. Er blickte Henry feierlich an und malte dann weiter.

Als der mittlere Sohn seine Lesung beendet hatte, gab der Bischof angesichts so vieler Besucher der Gemeinde mit beiden Händen das Zeichen aufzustehen, als wollte er sie auffordern, eine La-Ola-Welle zu machen.

«Ich schätze, wir waren zu langsam», flüsterte Emily.

Das Evangelium war eine alte Geschichte. «In meines Vaters Hause sind viele Wohnungen.» Die Großzügigkeit dieses Versprechens stimmte mit Henrys Vorstellung vom Himmel überein. Er schöpfte Trost aus dem Wissen, dass ein Raum nicht nur für ihn, sondern für sie alle hergerichtet war.

Sie setzten sich, um die Predigt des Bischofs zu hören, in der er Dr. Runco als gute, großzügige Seele bezeichnete. Der Gedanke schwang auch in den Erinnerungen seines jüngsten Sohnes mit und in denen eines älteren Bruders, von dem Henry noch nie gehört hatte, und schließlich in den Worten Lindas, die innehalten musste, sich die Augen tupfte und gestand, sie habe gewusst, dass ihr die Tränen kommen würden, doch das sei ihr egal. In der Praxis hätten sie und Carmen die ganze Woche geweint. Eine von ihnen habe angefangen und die andere angesteckt, sodass niemand ans Telefon gehen konnte. Es tue gut zu weinen. Es sei richtig. Dr. Runco sei ein guter Mensch und ein guter Chef gewesen. Er würde ihnen fehlen, und sie würden sich stets daran erinnern, wie er sie zum Lachen gebracht habe.

Emily tätschelte seinen Arm. «Warum übernimmt das sie und nicht Dr. Prasad?»

Henry zuckte mit den Schultern, fand es aber nicht problematisch. «Sie kennt ihn länger.»

Wer würde sich zur festgesetzten Stunde an ihn erinnern? Kenny? Arlene? Was würden sie sagen – dass er eine gute, großzügige Seele gewesen sei? Ein guter Vater? Bei Margaret hätte er seine Sache offenbar besser machen können, aber das war nicht nur seine Schuld. Ein Teil des Problems waren die Zeiten, der Generationenwechsel. Seine eigene Familie war wie die meisten in ihrer Gesellschaftsschicht eher korrekt als überschwänglich gewesen und hatte Gefühle zugunsten von Manieren zurückgestellt, und so war Emily den Kindern, als sie noch klein waren, inniger verbunden gewesen. Seine Arbeit im Labor war spannend gewesen (und im Rückblick historisch, ein Privileg, das nur ganz wenigen zuteil wurde), und er hatte sie mit einer Konzentration betrieben, die er nie wieder aufbringen würde, hatte unbezahlte Überstunden gemacht und sich nach dem Abendessen in seinem Arbeitszimmer eingeschlossen, um nach Lösungen zu suchen. Er mochte den Kindern ihre Gutenachtgeschichte vorlesen und sie beim Frühstück sehen, doch tagsüber entfernte er sich mit Lichtgeschwindigkeit von der Erde. Ihm war bewusst, dass er ichbezogen und distanziert sein konnte wie sein Vater, dessen Förmlichkeit ihm inzwischen geschraubt vorkam. Die Zeit nahm einem alles. In seinen letzten Jahren hatte sein Vater über die Nachrichten geflucht und Geschirr unterm Bett versteckt, auf dem geschmolzenes Eis wie Klebstoff trocknete. In seiner Trauerrede hatte Henry ihn als Gentleman bezeichnet, was er als größtes Kompliment erachtet hatte. Was konnte er wahrheitsgemäß über sich selbst sagen?

Er arbeitete hart. Er war zuverlässig und ehrlich und handwerklich begabt. Mehr konnte er vermutlich nicht erhoffen.

Er wollte nicht zu tief über diese Aussicht nachdenken und blickte auf seine Uhr - schon nach zwölf. Neben ihm hatte der Kleine ein Programm vollgemalt und widmete sich nun einem zweiten. Henry bewunderte seinen ruhigen Fleiß. Er hätte fast gefragt, ob er sich einen Stift ausleihen dürfe, suchte aber stattdessen auf den Buntglasfenstern nach Heiligen, die er kannte.

Als der Bischof das Abendmahl weihte, klingelte ein Glöckchen, als wäre jemand an der Tür. Es erinnerte ihn an die Sperrstunde in den gemütlichen Pubs, an den verregneten Urlaub, an ihren Jetlag und den Versuch, ihren Körper zu überlisten, damit sie einschlafen konnten. *Mach schon, bitte, es ist Zeit!*

Sie konnten nicht am Abendmahl teilnehmen, aber gern den Segen empfangen.

«Ich verzichte», sagte Emily, «aber bitte, tu dir keinen Zwang an.»

«Nein», sagte Henry, «da dürfte ein Riesenandrang sein.»

«Sie haben bestimmt genug Messdiener.»

«Vielleicht geht es schneller.»

Das Paar nahm den Jungen mit, der Mann trug ihn und ließ eine unvollendete Seite zurück.

Das Lied, das der Chor sang, war neu, und die Melodie, voll verschliffener Töne, entzog sich ihm.

In Gottes Armen spürst du wahre Heima-at, in Gottes Armen fühlst du dich am Zi-i-iel,

In Gottes Armen endet alle Sehnsu-hucht, Gottes Arme sucht man, wenn mal li-hie-ben will.

«Das ist sehr modern», sagte Emily.

«Ich weiß gar nicht, wie die Leute da mitsingen sollen.»

«Ich weiß nicht, ob das vorgesehen ist.»

Sie traten in den Gang hinaus, um die Zurückkommenden vorbeizulassen. Während die Eltern in Einkehr die Köpfe neigten, füllte der Junge die Seite mit einem grünen Tornado. Die Fenster funkelten. Es war warm, und Henry nestelte an seinem Kragen. Die Schlange am Altargitter schrumpfte schließlich, und die letzten Gläubigen kehrten zu ihren Plätzen zurück, während der Bischof und seine Helfer den Altar aufräumten.

Die Musik verstummte, zurück blieb verbrauchte Luft, und ein Baby jammerte. Emily blickte auf die Uhr. Henry verstand. Auch er war bereit zu gehen. Wenn es ein normaler Gottesdienst war, fehlte nur noch die Entlassung. *Wandelt in Liebe, wie Christus es uns gelehrt hat. Dank sei dem Herrn.*

Alle warteten, während der Bischof die Stufen des Altarraums herunterstieg, das Geräusch seiner Schritte vom Mikrofon verstärkt wie beim Mörder in einem Film. Als er an der vorgesehenen Stelle ankam, blieb er stehen, blickte eine

Zeitlang auf die Gemeinde und nickte dann, woraufhin ein Messdiener vortrat und ihm ein Weihrauchfass reichte. Er schritt um den Sarg herum, und der Rauch stieg zu den Lichtern hinauf. Sein schwerer Duft rief Henry ins Gedächtnis, wie Margaret in ihrem Zimmer Räucherkerzen entzündet hatte, um den verräterischen Grasgeruch zu verdecken, und als der Bischof Dr. Runco dem Himmel anempfahl, blickte Henry die Heiligen an und hoffte ihnen allen zuliebe, dass es dort wirklich einen Platz für jeden gab.

Die Schlusshymne dröhnte, die Blechbläser triumphal den Sieg Christi über den Tod verkündend, während der Kreuzträger den ganzen Tross den Gang entlangführte und die Sargträger, gefolgt von der Familie und unerklärlicherweise Franco, den Sarg rollten. Reihe für Reihe schloss sich der Dom dem Leichenzug an. Dr. Prasad ging vorbei, ohne Henry zu bemerken, und als er und Emily sich in die Menge einfädelten, war nichts mehr von ihm zu sehen. Sie schlurften zum Eingang, wo Mrs. Runco und ihre drei Söhne mit ihren Frauen die Beileidsbekundungen entgegennahmen.

«Hast du sie kennengelernt?», fragte Emily.

«Vor Jahren bin ich mal einem der Jungen begegnet.»

«Weißt du noch, welchem?»

«Ich wusste, dass du mich das fragen würdest.»

Sie waren Fremde, die Verbindung zwischen ihnen zerbrochen, und dennoch fand er es wichtig, die Vergangenheit zu würdigen.

Mrs. Runco war hochgewachsen wie ein Model, ihr Haar weiß gefärbt. Sie lachte über eine Erinnerung und drückte einer Frau die Schulter, bevor sie sie an ihre Söhne weiterreichte. Henry stellte sich vor, dass sie müde sein musste, doch wie einer guten Gastgeberin war ihr nichts anzumerken. Wieder ließ er Emily den Vortritt, doch diesmal glaubte er zu wissen, was er sagen musste.

«Henry Maxwell. Ich war einer seiner Patienten.»

«Natürlich», sagte Mrs. Runco und nahm seine Hand.

«Wir waren an der Pitt im selben Jahrgang. Er hat mich am Leben erhalten. Ich werde ihm immer dankbar sein.»

«Danke», sagte sie, tätschelte seinen Arm und ließ ihn los. Auch wenn sie ihn nicht zu erkennen schien, stimmte, was er zu ihr gesagt hatte, und sie schien es zu würdigen. Damit war er zufrieden.

Draußen blendete die Sonne, als kämen sie aus einer Höhle. Während sie auf den Parkservice warteten, war er versucht, das Jackett auszuziehen, hielt aber durch, bis derselbe Mann, der den Olds übernommen hatte, ihm die Tür aufhielt.

«Wie viel Trinkgeld hast du ihm gegeben?», fragte Emily.

«Fünf Dollar.»

«Mehr, als er von mir gekriegt hätte.»

«Das Parken war kostenlos. Für zwei Stunden zahlt man hier sonst noch mehr.»

«Vermutlich.»

Sie fuhren um die Cathedral of Learning herum, wo sie sich – es kam ihm unglaublich vor – vor mehr als fünfzig Jahren kennengelernt hatten.

«Tja», sagte sie, «hat lang gedauert.»

«Das hast du doch vorher gewusst.»

«Ich bin überrascht über das Gewimmel und diese Mafiatypen. Und was ist mit Franco? Nächstes Mal, wenn du zur Untersuchung gehst, musst du Linda unbedingt fragen, was dahintersteckt.»

Henry hätte dessen Anwesenheit wie die des Bischofs lieber im Unerklärlichen gelassen. Obschon seine eigene Beerdigung schlicht und die öffentliche Anerkennung weniger überschwänglich sein würde, war er eigentlich nicht neidisch. Er freute sich für Dr. Runco und seine Familie, als hätten sie eine große Heldentat vollbracht. Der prunkvolle Gottesdienst stimmte demütig und ließ seine eigenen irdischen Sorgen unbedeutend erscheinen. Wahrscheinlich steckte darin eine Lehre, die von einer edleren Lebensweise, die er in der ihm verbleibenden Zeit anstreben sollte.

Auf der Fahrt bemühte er sich, an dem Gefühl festzuhalten, und verzieh einem goldenen Kleinbus, dass er ihm, ohne zu blinken, die Vorfahrt nahm und dann so langsam fuhr, dass er an der Ampel halten musste. Emily ging das Programm durch und verglich Purcells und Händels zeremonielle Musik, auf der Windschutzscheibe prangte ein mit Samen gesprenkelter Klecks Vogelkot, der ihm vorher nicht aufgefallen war, und allmählich kehrte die Welt mit all ihren Anforderungen und Zerstreuungen zurück.

Dr. Runco ist tot, rief er sich ins Gedächtnis, als könnte er es vergessen. Er war froh, dass sie auf der Beerdigung gewesen waren, würde aber auch froh sein, diese Kleidung ablegen zu können. Es war Samstag, die Mittagszeit schon vorbei. Irgendwann an diesem Nachmittag musste er das Gras mähen, vor und hinter dem Haus. Was sonst noch? Es herrschte nicht viel Verkehr, und dennoch hatte er das Gefühl, spät dran zu sein, da eine Liste von Arbeiten auf ihn wartete. Als er in der Garage gehalten und den Motor ausgeschaltet hatte, verspürte er den Drang, das Handschuhfach aufzuschließen und in seiner Sucrets-Dose nachzusehen, die voller Fünfundzwanzig-Cent-Münzen war. Er konnte es zwar nicht mit Sicherheit sagen, doch er glaubte nicht, dass etwas fehlte.

Depósito

Als gebürtiger Pittsburgher war Henry stolz darauf, Aktien einheimischer Firmen zu besitzen. Wie sein Vater war er ein Buy-and-hold-Investor, und auch wenn sein Vater zu lange an Jones & Laughlin, der Penn Central und U.S. Steel festgehalten und durch seine Treue ein kleines Vermögen vergeudet hatte, glaubte Henry dennoch an seine Pflicht, in die Stadt zu investieren, besonders nachdem sie so viel verloren hatte. Zu seinem Portfolio gehörten seine Arbeitgeber, Westinghouse und die traditionellen Blue Chips Alcoa, Koppers, Kennametal, Bethlehem Steel und Gulf Oil, die alle, genau wie er, die besten Jahre schon hinter sich hatten, aber vielleicht lag das auch nur am augenblicklichen Markt. Beim NASDAQ hatte er gezögert, und den Triebkräften des gegenwärtigen Technologiebooms, Microsoft und Intel, hinkte seine Auswahl deutlich hinterher. Der einzige beständige Gewinner, den er besaß, war Heinz, in dessen protzigem Jahresbericht er wie in einer Supermarkt-Broschüre blätterte. Während die amerikanische Stahlindustrie angesichts des staatlich subventionierten Dumpings der Japaner und Koreaner geschrumpft war, zielte Heinz auf den globalen Markt und kaufte weltweit Dutzende Firmen, verleibte sich deren gewinnbringendste Sorten ein und gliederte die Firmen wieder aus. Eins dieser Opfer war Del Monte, und die Anzahl der Aktien, die Henry bei der Teilung erhielt, war so dürftig, dass es sich nicht lohnte, sie im Auge zu behalten. Jedes Vierteljahr bekam er einen Dividendenscheck über sechzehn Cent, nicht mal die Hälfte der Portokosten für diesen Wisch, und aus diesem Grund – wie um ihnen in steuerlicher Hinsicht eine Lektion zu erteilen – stellte er nicht auf Direktüberweisung um.

Der Scheck kam am Freitagnachmittag, zusammen mit einer Geburtstagskarte von Arlene, deren Hallmark-Umschlag Emily sofort an sich nahm und für Sonntag an einen Zinnkerzenständer auf dem Kaminsims lehnte. Er war schon im Home Depot gewesen und hatte nicht vorgehabt, noch mal wegzufahren. Wollte er den Schulbussen zuvorkommen, musste er sofort losfahren, und obwohl der Scheck wertlos war, unterzeichnete er ihn, heftete die Steuerdaten in der Mappe in seiner Schreibtischschublade ab und machte sich auf den Weg zum Waterworks.

Die Stoßzeit begann freitags früher, doch an der Brücke war noch kein Stau, und als er über den Fluss nach Aspinwall brauste, fühlte er sich von der ganzen Stadt verfolgt. Auf der Freeport Road herrschte stockender Verkehr. Im Idealfall nahm er seine Einzahlung vor und kam über die 28 zurück, bevor der Verkehr zu dicht wurde. Statt an der Einfahrt des Einkaufszentrums auf Grün zu warten, nahm er die Abkürzung durchs Eat'n Park. Die Bankfiliale war neu, ein Atoll in einem Winkel des Parkplatzes. Als er mit dem Olds um die Ecke bog, warteten dort schon zwei schicke Geländewagen.

Er kramte seine Karte hervor und strich den Scheck auf dem Armaturenbrett glatt.

«Okay», sagte er. «Auf geht's.»

Freitags bekamen viele Leute ihren Lohn, aber diese hier schienen zwei der von Emily als Luxusweibchen von Fox Chapel bezeichneten Frauen zu sein. Um nicht die ganze Zeit auf der Bremse zu stehen, schaltete er auf *Parken*. Während er dasaß und eine und dann eine weitere Minute verstreichen sah, hielten hinter ihm der ramponierte Pick-up eines Bauunternehmers und ein tiefergelegter Honda mit getönten Scheiben. Er beobachtete, wie die erste Frau sich herausbeugte, Knöpfe drückte, einfach nicht fertig wurde.

«Zum Kuckuck.»

Er überlegte, ob er einen Parkplatz suchen und den Geldautomaten in der Eingangshalle benutzen sollte, als ihre Rücklichter aufleuchteten und der Wagen vor ihm aufrückte.

Die zweite Frau zahlte einen Scheck ein, dann noch einen und noch einen.

«Unglaublich.»

Als sie fertig war, erstreckte sich die Schlange um das ganze Gebäude.

Zwei gelbe Pfosten schützten den Automaten. Er fuhr den Olds dicht heran, als wollte er mit einem Boot anlegen, achtete auf seinen Seitenspiegel und musste sich dennoch aus dem Fenster beugen, um ihn zu erreichen. Er hatte auf *Drive* geschaltet, um schnell starten zu können, und steckte seine Karte in den Schlitz, der Finger tippbereit. Bevor er seinen Code eingeben konnte, erschien ein Bildschirm, auf dem gefragt wurde, ob er auf Englisch oder Spanisch fortfahren wolle. In der Eile drückte er auf den falschen Knopf.

Auf dem Bildschirm, der nun folgte, stand größtenteils Kauderwelsch. Im Krieg hatte er sich wie die anderen genug Französisch und Deutsch angeeignet, um zurechtzukommen. Die paar Brocken Spanisch, die er konnte, stammten vom Frühstücken mit seiner Raketencrew in einem mexikanischen Restaurant vor den Toren von Jackass Flats, und das war schon zwanzig Jahre her. «Ay, Papi», sagten die Techniker, wenn ein Hydraulikschlauch platzte. El Jefe nannten sie ihn, El Presidente.

Die Wörter waren fremd, doch das Menü war genauso aufgebaut. Wenn er die Brille abnähme, würde er den Unterschied nicht erkennen.

¿Desea un recibo con su transacción?

Bei Ihrer Buchung. Ob er eine Quittung haben wolle?

Hinter ihm hupte jemand.

«Sí», sagte er, und statt auf annullieren zu drücken und noch mal von vorn anzufangen, mühte er sich voran und entschlüsselte Aufforderungen, die er jahrelang befolgt hatte, ohne nachzudenken. Nachdem er den Scheck erfolgreich eingezahlt hatte, nickte er, beeindruckt von seiner Findigkeit, und war enttäuscht, dass die Quittung auf Englisch war.

Ob er *una otra transacción* vornehmen wolle?

Nein hieß immer noch no. Der Automat spuckte seine Karte aus, er fuhr vor und hielt noch einmal an, um sie wieder in seine Brieftasche zu stecken.

Auf der Brücke herrschte kein dichter Verkehr. Als er durch den Zoo fuhr, wurde ihm klar, dass Del Monte ebenfalls Spanisch war, ein witziger Zufall. Er fragte sich, was es bedeutete. Vom Berg? Er würde es nachschlagen müssen.

«Hola», sagte er zu Hause, wehrte Rufus an der Hintertür ab und erzählte Emily, was passiert war. Sie hörte nur mit halbem Ohr zu, denn sie kämpfte mit einem komplizierten Rezept. Das Küchenbrett war blutverschmiert, das Spülbecken voller Schüsseln und mehlbestäubter Messbecher.

«Ach, ich weiß», sagte sie. «Es ist zum Verrücktwerden. Keine Ahnung, warum sie das machen. Ich verstehe den Rest des Landes, aber wann hast du zum letzten Mal einen Hispano im Waterworks zu Gesicht bekommen?»

«Es war no problema für Enrique.»

«Na ja, du hast mehr Geduld als ich», sagte sie, suchte im vollgestopften Gewürzschrank nach etwas Unauffindbarem, und statt zu erläutern, wie er es geschafft hatte, brachte er die Quittung in sein Arbeitszimmer und heftete sie ab, wie immer bestürzt über ihren unerbittlichen Kontostand. Obwohl sein Computer direkt vor ihm stand, machte er sich nicht die Mühe, Del Monte nachzuschlagen, und auch wenn ihm der Name in den nächsten Tagen mehrmals durch den Kopf ging, stichelnd, leicht zu ermitteln, verzichtete er darauf.

Das Geburtstagskind

Wie jedes Jahr bat Henry Emily, kein Aufheben von seinem Geburtstag zu machen.

«Keine Sorge», sagte sie, «mach ich nicht», obschon sie beide wussten, dass sie das nur der Komik halber sagte. Er hatte die Schachtel Backmischung gesehen, als er die Einkäufe hereingebracht hatte, und das war in Ordnung. Diese Freude würde er ihr nicht nehmen, doch er wollte nicht, dass die Kinder für ihn Geld ausgaben. Auch wenn Emily es nicht gerade durchsetzte, erwähnte sie es immerhin.

«Ich besorge sowieso was für dich», sagte Margaret am Telefon, «warum dann nicht etwas, das du dir wünschst?»

«Ich wünsche mir nichts. Wirklich.»

«Du bist ein Spielverderber.»

«Ganz und gar nicht. Ich bin bloß alt.»

Er wurde fünfundsiebzig - ein besonderer Geburtstag, wie sie ihm immer wieder in Erinnerung brachten. Er genierte sich nicht für sein Alter, sah es aber - wie den Umstand, dass er länger lebte als seine Mutter - auch nicht als große Leistung an. Geburtstage waren etwas für Kinder. Als er noch klein war, weckte ihn seine Mutter immer, indem sie ihm einen Klecks Butter wie Sonnencreme auf die Nasenspitze tupfte, ein alter Brauch aus Cornwall, den sie mit mäßigem Erfolg weiterzugeben versucht hatten. Zum Frühstück hatte sie ihm seine Lieblingswaffeln gemacht und zum Abendessen Chicken à la King ohne Pilze, wobei sie die im Haushalt gültige Regel, immer den Damen den Vortritt zu lassen, außer Kraft setzte, um ihn zuerst zu bedienen. Prinz Henry, hatte sein Vater gewitzelt, als würde diese Vorzugsbehandlung ihn verhätscheln. Sobald er die Vorschule besuchte, veranstaltete seine Mutter aufwendige Feiern und verschickte originelle Einladungen an seine Freunde und Klassenkameraden, die im Vorderzimmer Punsch und Kuchenkrümel auf Großmutter Chase' gutem Teppich verteilten und ein Kussspiel oder Blinde Kuh spielten. Als Kind gefiel es ihm, wie seine Mutter den Garten hinterm Haus mit einer Lichterkette in einen Jahrmarkt verwandelte, doch als er älter wurde, begann er die umständlichen Vorbereitungen für den Tag und die schreckliche, langwierige Zeremonie des Geschenkeauspackens vor aller Augen zu fürchten, bis er sie mit dem Beginn der Highschool schließlich bat, damit aufzuhören. Sie war gekränkt, respektierte jedoch seinen Wunsch. Als er an dem ersten Geburtstag, den er nicht zu Hause verbrachte, bei Saint-Lô in seinem klitschnassen, kalten Biwaksack aufwachte, wünschte er, er wäre netter zu ihr gewesen. Auch jetzt besaß die Erinnerung noch die Kraft, ihn zu mäßigen. Wie die Beerdigung gehörte ein Geburtstag nicht einem selbst, sondern war für die Menschen bestimmt, die einen liebten. Warum sich dem Unvermeidlichen widersetzen? Es war besser, sich zu fügen, und doch bedrückte es ihn, er konnte nicht sagen, warum. Fünfundsiebzig Jahre waren eine lange Zeit.

Am späten Samstagnachmittag war er gerade in der Garage, als ein FedEx-Wagen rumpelnd vor dem Haus hielt – höchstwahrscheinlich ein Geschenk von einem der Kinder, doch was ihm als Erstes in den Sinn kam, waren die Kosten. So viel würden er und Emily für den Versand nicht ausgeben.

Statt das Paket selbst abzufangen, gab er ihr Zeit, es zu

verstecken, doch beim Abendessen konnte er sich nicht verkneifen, sie auf den Arm zu nehmen, und überlegte laut, was wohl gekommen war.

«Das geht dich nichts an, Mr. Neugiernase.»

«Hoffentlich haben sie es nicht per Express verschickt.»

«Was kümmert's dich? Du musst es doch nicht bezahlen.»

«Stimmt», sagte er, doch in Margarets Fall bezahlte er es eigentlich schon, da er ihr jeden Monat zur Begleichung der Rechnungen einen Scheck zukommen ließ. Seine größte Angst war, dass sie Emily nach seinem Tod schröpfen könnte – ein weiterer Grund, warum er sein Testament schreiben musste, eine Aufgabe, die er seit Monaten hinausschob, nicht weil er sich seiner eigenen Sterblichkeit nicht stellen wollte, sondern dem Minus, das er ihr hinterlassen würde. Es kam ihm ungerecht vor. Ein Leben lang hatte er sein Geld zusammengehalten.

«Ich hoffe bloß, dass es dir gefällt.»

«Weißt du, was es ist?»

«Ja.»

«Gibst du mir einen Hinweis?»

«Nein.» Sie schien sich zu freuen, dass er Interesse zeigte, und er spielte freudig mit, doch als er nach dem Geschirrspülen eine dicke Biographie über George Washington las, die ihm Pater John empfohlen hatte, senkte sich wieder die unentrinnbare Trübsal auf ihn herab. Der Tod und die Steuern, so lautete der bekannte Witz. Er konnte sich glücklich schätzen, beidem bisher entgangen zu sein.

Als Emily ihm im Bett einen Gutenachtkuss gab, drohte sie, ihm Butter auf die Nase zu schmieren, und obschon sie es nicht ernst meinte, war Henry dankbar, dass sie sich daran erinnerte.

Er war nachts um kurz nach zwei zur Welt gekommen, deshalb war er, als er aufwachte und auf die Toilette ging, bereits ein Jahr älter. Er fand, dass er sich nicht anders fühlte, doch am Morgen war seine Hand taub, und seine Finger kribbelten. Er knetete sie unter der heißen Dusche und versuchte, sich zu erinnern, ob er Dr. Prasad davon erzählt hatte. Dr. Runco hätte es gewusst.

Dr. Runco war fünfundsiebzig gewesen.

Beim Frühstück schnappte sich Emily sein Horoskop und las es laut vor: «‹Geburtsdatum 22. September: Ihr geselliges Wesen kommt in den kommenden zwei bis drei Wochen zur vollen Entfaltung. Die Zeit ist günstig, um sich einer Organisation anzuschließen oder sich in neuen gesellschaftlichen Kreisen zu bewegen. Achten Sie auf Ihre Kreditkartenrechnung und sehen Sie sich im Dezember und Juni Verträge sorgfältig an, sonst könnten Sie sich vom oberflächlichen Schein leicht täuschen lassen.›»

«Mein geselliges Wesen.»

«Deine Kreditkartenrechnungen gehst du durch. Aber ich kann mir nicht vorstellen, dass du dich irgendwelchen Gruppen anschließt.»

«Vielleicht meinen sie den Bauausschuss.»

«Das würde ich nicht neu nennen.»

«Was steht denn im normalen Horoskop?»

«Nichts Interessantes.»

«Lass hören.»

«Okay, aber es ist nicht speziell auf dich zugeschnitten, vergiss das nicht.»

«Oh-ooh», sagte er.

«Hör auf. Jetzt tut's mir leid, etwas gesagt zu haben. ‹Jungfrau: Ihr logisches Denken könnte versagen. Wenn ein Problem einer völlig irrationalen Situation entspringt, dürfte eine praktische Herangehensweise nicht allzu hilfreich sein. Vielleicht müssen Sie Ihre Kreativität auf Hochtouren bringen, um eine Lösung zu finden, oder die Angelegenheit vollends umgehen.›»

Margaret, dachte er. Die Angelegenheit vollends umgehen. «Klingt nicht so schlecht. Und was steht bei dir?»

«Meins ist langweilig. ‹Widder: Lächeln kann ansteckend sein. Eine positive, zuversichtliche Einstellung lässt Ihre Umgebung erstrahlen und macht es zu einem Vergnügen, diese Woche in Ihrer Gesellschaft zu sein. Bei Wettkämpfen geht es um die Freude am Spiel, nicht um Sieg oder Niederlage.›»

«Das klingt tatsächlich langweilig, aber es stimmt. Es ist immer ein Vergnügen, in deiner Gesellschaft zu sein.»

«Schmiert mir da jemand Honig ums Maul?»

In der Kirche musste er bei den Gebeten für die Menschen, in der Stille, in der die Gemeinde der Toten gedachte, an Dr. Runco und an seinen Vater denken, obwohl er keinen unmittelbaren Zusammenhang sah und es als rührselig abtat – ein weiterer Grund, warum er eine Abneigung gegen Geburtstage hatte, die Versuchung, im Rückblick Bilanz zu ziehen. In seinem Alter tat er das unaufgefordert oft genug. Die Vergangenheit war ergiebig, eine riesige Lagerhalle voller Erinnerungen. Hinter einer Tür wartete Sloan auf ihn, hinter einer anderen der Krieg. Speziell zu dieser Jahreszeit fiel es ihm schwerer, sich auf etwas zu freuen, wie den Besuch der Kinder. Bis Thanksgiving waren es noch zwei Monate, bis Weihnachten drei. Vielleicht konnten sie noch mal Urlaub in England machen (nein, der Flug dauerte viel zu lang und war zu teuer), wieder die Orte besuchen, an denen sie letztes Mal waren, sich auf der falschen Straßenseite durch den regnerischen Lake

District schlängeln, an jedem flechtenbewachsenen Friedhof halten und jedes Gasthaus am Straßenrand aufsuchen, um sich an Shepherd's Pie und Stout gütlich zu tun. Der Drang war pervers. Er liebte den Herbst, die sich färbenden Blätter im Park, genoss es, abends mit einem Scotch, Rufus neben ihm auf dem Kaminvorleger ausgestreckt, am Feuer zu sitzen und zu lesen, und dennoch betrachtete er die vor ihm liegenden Monate als tristen Trott. Es war nur dieser Tag, der ihn umtrieb, als wäre sein Alter ein unlösbares Problem, das gelöst werden musste. Morgen würde er davon befreit sein, und als er zum Querschiff hinaufblickte, die Buntglasbilder von der Morgensonne befeuert zu juwelenartiger Leuchtkraft – rubinrot, saphirblau, smaragdgrün –, machte er den von einem Heiligenschein umgebenen Erzengel Michael mit seinem Schwert ausfindig, wie er es immer als Kind getan hatte, und erflehte sich Mut, Klugheit und vor allem Geduld.

Zu Hause hängte er den Anzug auf und zog seine Arbeitskleidung an. Das Abendessen würde ein ziemlicher Aufwand sein, deshalb gab es mittags nur die Reste vom Vorabend. Für einen Tag durfte er nicht das Geschirr spülen, und Emily scheuchte ihn aus der Küche, um seinen Kuchen zu backen. Er war überrascht, eine Dose Duncan-Hines-Zuckerguss zu sehen. Noch bevor sie ihre Töpfe in den Backofen stellte, entschuldigte sie sich.

«Ich hasse Backmischungen, aber du hast gesagt, du willst einen Gesundheitskuchen, also kriegst du auch einen.» Er war nicht so dumm zu fragen, warum sie ihn nicht wie seine Mutter ohne Fertigprodukte machte. Sie hasste seinen Geschmack, nicht die Backmischung. Er war einfach froh, dass es Kuchen geben würde, und atmete tief ein, als das Haus vom warmen Duft der Vanille erfüllt war.

Er war gerade dabei, an seiner Werkbank ihr altes Schwalbenhaus neu zu streichen, als er sie direkt über sich fluchen hörte und jäh erstarrte, und dann folgte das Krachen der Besteckschublade. Obwohl sich ihr Wutanfall zumindest teilweise auf ihn bezog, überlegte er, ob er nachsehen sollte. Verstecken konnte er sich nicht. Sie hatte ihn in den Keller gehen sehen. Bedächtig, mit der Konzentration eines Uhrmachers, strich er den Schornstein fertig, legte den nassen Pinsel auf den Rand der Dose und ging nach oben.

Auf der Kristallplatte seiner Mutter lag die untere Schicht seines Kuchens, durch eine gezackte Bruchlinie, die Emily mit Glasur zukleistern wollte, in zwei Teile geteilt. Rufus ließ sich klugerweise nicht blicken.

«Das blöde Ding ist beim Rausnehmen auseinandergebrochen.»

«Sieht doch gar nicht so schlimm aus.»

«Er sieht furchtbar aus. Ich hätte den Kuchen backen sollen, den ich machen wollte.»

«Er schmeckt bestimmt köstlich.»

«Hör auf.» Sie schmierte mehr Zuckerguss drauf, strich alles glatt, und als ihr Versuch, den Riss zu kaschieren, scheiterte, steckte sie den Spatel in die Dose und richtete ihr Augenmerk auf die zweite Schicht. «Verschwinde.»

«Ich geh ja schon», sagte Henry.

Zurück im Keller, reckte er den Hals, um die Dachtraufe zu streichen, und ohne nachzudenken sagte er trocken: «Alles Gute zum Geburtstag.»

Später hatte sie sich wieder gefangen, und sie sprachen nicht mehr davon. Kenny rief an, und dann Margaret. Über Lautsprecher fragte Justin, wie alt Henry geworden sei.

«Älter, als ich je erwartet hätte», scherzte er, was inzwischen nicht mehr stimmte.

Arlene kam zum Abendessen und brachte eine eingepackte Flasche mit, das Geschenkpapier bedruckt mit der kleinen Meerjungfrau.

«Du kennst mich gut.»

«Ja», sagte sie, als wäre es eine schlichte Tatsache. «Ich kenne dich schon dein ganzes Leben.»

Sie aßen Steaks. Als Emily die Ofenkartoffeln in den Backofen geschoben hatte, packten sie im Wohnzimmer die Geschenke aus. Auf dem Kaminsims standen weitere Karten, die meisten von den Enkelkindern gezeichnet, und auch eine von Rufus, mit seinem Pfotenabdruck signiert. Er hatte Henry eine zehn Meter lange Rollleine geschenkt. Arlenes Flasche entpuppte sich als ein Glenfarclas 25 («Den 75er konnte ich mir nicht leisten», sagte sie), und Emily gestand, dass sie ihm schon seit Monaten wie eine Spionin heimlich einen warmen Pullover für die Spaziergänge um den See gestrickt habe. Das FedEx-Paket stammte von beiden Kindern, das Foto von der ganzen Familie in Chautauqua aus diesem Sommer, in einem antiken Eichenlaubrahmen, den Margaret auf dem Flohmarkt entdeckt hatte, perfekt für das Sommerhaus. Wieder rührte es ihn, wie gut durchdacht all ihre Geschenke waren, und im Rückblick kam er sich undankbar vor, weil er gesagt hatte, er wolle nichts haben. So ging es jedes Jahr, ein wahres Wunder, warum war er dann überrascht?

Die Steaks waren blutig, der Wein trocken. Auf dem Kuchen, der gut aussah, obwohl Emily energisch das Gegenteil behauptete, standen bloß zwei Kerzen, eine Sieben und eine Fünf, deren Flammen flackerten, während Emily und Arlene ein Duett für ihn sangen, was an sich bereits ein Geschenk war.

«Wünsch dir was», sagten sie.

Er holte tief Luft, dachte, wie seltsam dieser Geburtstag war, schloss die Augen und wünschte sich, einen weiteren zu erleben.

Eine gute Nachricht

Als er am Dienstag in der Stille des Nachmittags ihre Rechnungen beglich, klingelte im Wohnzimmer das Telefon, und er blickte von seiner Schreibunterlage auf. Emily, die gestrickt hatte, hob erst beim zweiten Klingeln ab. An ihrem Ton erkannte er, dass es Margaret war.

«Ach, Liebes», sagte sie tröstend. «Tut mir leid.»

Er nahm an, dass es eine schlechte Nachricht war, aber welcher Art und wie schlimm sie sein würde, war ein Rätsel. Es schien nur Margaret zu reden. Emily war mit dem schnurlosen Telefon aufgestanden, wanderte um den Esstisch herum und sprach mal mehr, mal weniger, als sie an seinem Arbeitszimmer vorbeikam, und statt zu lauschen und sich mit Wortfetzen zu quälen, schloss er behutsam die Tür und schottete sich ab.

Er versuchte, keine Vermutungen anzustellen, doch über die Zahlungen aus seinem Scheckheft gebeugt, dachte er, dass es etwas mit Geld zu tun hatte. Er wollte nicht zynisch sein, aber wenn Margaret wie jetzt aus heiterem Himmel anrief, brauchte sie gewöhnlich Hilfe. Es war Monatsende, da wurde alles gleichzeitig fällig. Sie konnte ihn schlecht an seinem Geburtstag um Geld bitten. Emily würde ihr einen Vortrag darüber halten, dass sie ihren Verhältnissen entsprechend leben müsse, bevor sie nachgeben und fragen würde, wie viel sie brauche, und dann würde sie ihr einen Scheck ausstellen, weil Henry sich inzwischen weigerte, eine sinnlose moralische Haltung, die Bitternis zwischen ihnen erzeugte.

Beim Essen würde sie den Betrag widerwillig preisgeben, als wäre es seine Schuld, und den Rest des Abends würde er ihr überbeflissen jeden Wunsch von den Augen ablesen, ihr ein Glas Portwein anbieten oder einen Keks in der Mikrowelle aufwärmen, sodass sie beim Zubettgehen versöhnt sein würden, wieder ein Team.

Die andere Möglichkeit war Jeff, vielleicht hatte sich die Seifenoper im Altersheim hochgeschaukelt. Was auch immer passiert war, es war plötzlich gekommen. Sie hatten erst neulich mit ihnen gesprochen, wo Jeff zwar nicht viel gesagt hatte, aber das tat er ja nie. Henry konnte sich noch an seinen Brummbass erinnern, als sie gesungen hatten, also war er da gewesen. Die größte Treulosigkeit, die sich Henry bei ihm vorstellen konnte, war, dass er sie nicht wegen einer anderen Frau verließ, sondern weil sie so schwierig war. Er zweifelte nicht daran, dass Jeff geduldiger war als er oder Emily, aber auch die Geduld eines Heiligen hatte Grenzen. Was würde sie dann anstellen, als Frau mittleren Alters mit zwei Kindern und ohne verwertbare Fähigkeiten?

Warum war sie nicht arbeiten? Es war mitten am Tag. Im Lauf ihrer Katastrophen hatte sie so viele Jobs verloren, dass er nicht mehr über alle den Überblick hatte, doch der neueste, in einer Zahnarztpraxis, schien ihr zu gefallen, auch wenn er nicht viel abwarf. Den Kindern wurden kostenlos die Zähne gerichtet. Er glaubte nicht, dass sie das durch ihre Trinkerei aufs Spiel setzte, aber sie kam von Natur aus zu spät und war schnell gekränkt. Einmal war sie in einem Ramschladen gefeuert worden, weil sie die Pause um fünf Minuten überzogen hatte, und da hatte sie sich die Weste vom Leib gerissen und den Filialleiter mit Flüchen belegt, eine Geschichte, die sie wie einen Witz erzählte – als wäre sie noch ein Teenager.

Es war nichts mit den Kindern, ein Unfall oder ein Knochenbruch. Das hätte Emily ihm sofort gesagt.

Vielleicht ein Rückfall, aber Margaret sprach nur über ihre Sucht, wenn sie trocken war, und beschrieb ihr Verhalten im Psychogeschwätz der Entziehungskur, ihre schlechten Entscheidungen wundersamerweise alle in der Vergangenheit getroffen. Ein neuer Anfang. Eine Haltung der Dankbarkeit. Loslassen und sich Gott überlassen. Höchstwahrscheinlich war es ein weiterer Rückschlag, den jeder, der sie kannte, hätte vorhersehen können, den sie aber ihrem chronischen Pech zuschreiben würde. Ein geplatzter Scheck. Ein abgeschleppter Wagen. Ein verlorenes Telefon. Sie war siebenundvierzig und glaubte immer noch, die Welt sei gegen sie, als würde sich die Welt um sie scheren. Egal wie die Nachricht lautete, es würde teuer sein, und letztlich musste er die Zeche bezahlen.

Er durfte sich von ihr nicht ablenken lassen. Er klebte eine übriggebliebene Schneemann-Briefmarke von letztem Weihnachten und einen kostenlosen Adressaufkleber vom Tierschutzverein mit dem Bild eines Beagles auf die Wasserrechnung, bezahlte sie und trug den Betrag ein, bevor er den Umschlag verschloss und auf den Stapel legte. Gas, Strom, Telefon, Internet und Kabel – alles hatte einen eigenen farblich gekennzeichneten Ordner, die diesjährigen Unterlagen im rechten und die vom letzten Jahr zum Vergleich im linken Fach. Er hatte eine geizhälsische Freude an seiner Buchhaltung, achtete darauf, dass er keinen Penny zu viel bezahlte. Sein System erschien ihm so plausibel, dass ihn, obwohl er es Emily nie erklärt hatte (sie zeigte kein Interesse, wollte es nicht wissen), der Gedanke tröstete, sie könne genau da weitermachen, wo er aufgehört hatte.

Als er ihre American-Express-Abrechnung überprüfte, drang aus dem Wohnzimmer das imposante *bong bong bong* der Standuhr herüber. Er bemühte sich, Emily zu hören, dachte mit Erleichterung, dass sie vielleicht fertig waren, doch kurz darauf kam sie, Margaret noch immer bedauernd, an seiner Tür vorbei. Sie drehte in der Küche das Wasser auf, und er erkannte am Plätschern, dass sie die Messinggießkanne volllaufen ließ. Das Geräusch verstummte, und er malte sich aus, wie sie, das Telefon ans Ohr gedrückt, durchs Erdgeschoss ging und ihre Pflanzen goss. Ihre Gleichgültigkeit beruhigte ihn. Wenn sie nur mit halbem Ohr zuhörte, konnte die Nachricht nicht so schlimm sein. Genau wie Arlene konnte Margaret vom Hundertsten ins Tausendste kommen.

Er beglich nicht alle Rechnungen. Kabel war erst am Zwanzigsten fällig, und Duquesne Light gab ihm Zeit bis zum Fünfzehnten, bevor sie eine Verzugsgebühr forderten. Ansonsten war er fertig, und obwohl er den Stapel gern mit einer Wäscheklammer draußen für den Briefträger aufgehängt hätte, zögerte er es hinaus, sah seine E-Mails durch und löschte alte Werbepost, wohlwissend, dass Emily hinter seiner Tür auf und ab ging. Normalerweise schätzte er die Stille seines Arbeitszimmers, ein wohlgeordnetes Versteck vor dem Chaos der Welt, doch jetzt fühlte er sich eingeschlossen, verschanzt vor einer drohenden Katastrophe, und hoffte, wenn er das Ganze ignorierte, könnte es wie durch ein Wunder verschwinden.

Er hielt den Atem an, verfolgte Emilys Schritte und war nicht überrascht, als sie schließlich vor seinem Arbeitszimmer zum Stillstand kamen.

Sie klopfte, als bräuchte sie seine Erlaubnis, um einzutreten.

«Es ist offen.»

Sie kam nicht herein, streckte bloß den Kopf durch den Spalt.

«Margaret hat angerufen.»

«Wie geht's ihr?»

«Sie hat sich irgendeinen Virus eingefangen. Sie kann nichts bei sich behalten und klingt erbärmlich.»

«Für eine Grippe ist es zu früh», sagte er und wagte zu hoffen, dass das alles war. «Und wie geht's den anderen?»

«Bis jetzt gut. Natürlich ist sie überzeugt, dass alle sich anstecken. Wahrscheinlich hat Jeff das Kochen übernommen.»

«Kann er denn kochen?»

«So wie du, schätze ich. Jedenfalls klang sie ziemlich geknickt. Ich schicke ihr ein paar Blumen.»

«Eine gute Idee.» Das würde teuer sein, doch es hätte schlimmer kommen können.

Sie sah ihn an, als wäre da noch etwas, beide unsicher, darauf wartend, dass der andere etwas sagte, und für einen Augenblick erhoben sich all die schrecklichen Befürchtungen, die ihm wegen Margaret in den Sinn gekommen waren, wie Gespenster.

«Das ist alles», sagte sie beschwingt, als wollte sie sich nicht aufdrängen, zog den Kopf zurück und schloss die Tür, um ihn nicht zu stören.

Allein

Einmal mehr konnten sich die Pirates lange vor dem letzten Saisonwochenende sicher sein, dass sie im Tabellenkeller landeten. Henry sah sich das Spiel trotzdem an, eine Niederlage gegen die verhassten Reds, und drückte ihnen die Daumen bis zum Ende, wo Jason Kendall mit einem Runner auf der dritten Base den Ausgleich vergab. Auch wenn er bei den Playoffs mal hineinschauen würde, war die Saison für die Buccos gelaufen. Der Sommer war vorbei, der Herbst hatte schon begonnen. Dieses Gefühl befiel ihn erst am nächsten Tag, als er mit Rufus nach dem Abendessen in den Park hinaufging. Die Dämmerung war angebrochen. Der Abendstern war zu sehen, die Häusergiebel der Highland Avenue schroff vor dem klaren Himmel. Das Laub färbte sich, Eicheln knirschten unter den Füßen, und als er an einem Panoramafenster vorbeikam, hinter dem ein Paar sich die Nachrichten ansah, begriff er, dass später kein Spiel mehr im Fernsehen laufen würde. Angesichts dieser Aussicht fühlte er sich seltsam beraubt.

Für Football war es noch zu früh, obwohl die Steelers inzwischen 2-1 führten und Favorit für den Super Bowl waren, wenn man der *Post-Gazette* Glauben schenkte. An jenem Sonntag setzte er sich nach der Kirche wie alle anderen in Pittsburgh vor den Fernseher, um sich anzusehen, wie sie die Seahawks vom Platz fegten, der Ausgang vorherbestimmt, nur leidlich befriedigend. Halbherzig schaute er sich das Spätspiel an, während der Himmel sich verdunkelte, der

Geruch des Schmorbratens von unten heraufstieg und das Haus wärmte, und als es vorbei war, war er wieder von der Außenwelt abgeschnitten.

Am Dienstag spielte der Fürchterliche Vierer die letzte Partie des Jahres, bevor Fred sich auf den Weg nach Florida machte. Die Luft war feucht und roch leicht nach Holzrauch, die Fairways waren laubgesprenkelt, was es ihnen erschwerte, ihre Bälle zu finden. «Winterregeln», witzelte Cy und nahm den Ball aus dem verwehten Laub. Normalerweise war es eine Flucht, draußen auf dem Golfkurs zu sein, und die idyllische Szenerie und ihr gemächliches Tempo erschufen die Illusion von Zeitlosigkeit, doch als sie nach ihren verirrten Drives die Fairways kreuzten und mehrfach die Führung wechselte, zählte Henry die verbleibenden Löcher, versenkte auf der sechzehnten Bahn seinen Abschlag zerstreut im Teich und musste am Ende das Mittagessen spendieren. Traditionsgemäß tranken sie auf die abgelaufene Saison und gelobten, so Gott wolle, im nächsten Frühjahr zurückzukehren. Auf dem Parkplatz verabschiedeten sie sich, neidisch auf Freds zusätzliche Sonnenzeit, aber nicht auf die Mücken, die Feuchtigkeit und die vielen Alten. Als Henry in der Geschäftsstraße von Murrysville von Ampel zu Ampel schlich, betrachtete er es als weiteren Verlust.

Am nächsten Tag war das Wetter, wie um ihn zu verhöhnen, perfekt. Er überlegte, ob er Cy und Jack anrufen sollte, aber als Dreier hatten sie noch nie gespielt. In ihrer brüderlichen Logik kam es ihm wie ein Verrat an Fred vor. Henry glaubte sowieso nicht, dass sie es so kurzfristig hinbekämen. Emily hatte um eins ihren Bridge-Club, sonst hätte er sie gefragt.

Nichts hielt ihn davon ab, allein loszuziehen. Sein Großvater Chase war in seinen späten Jahren dafür berühmt gewesen, in Chautauqua noch vor dem Morgengrauen aufzustehen und, nur mit einem Fünfer-Eisen ausgerüstet, den Platz am See zu absolvieren, wobei sein Beagle Ollie immer den Ball aufstöberte. Einen Golfwagen fahren war nicht mal annähernd so schneidig, und vielleicht war es die Vorstellung davon, wie er ausstieg, den Ball schlug und wieder einstieg, lachhaft wie die Keystone Kops, die Henry davon abhielt, seine Schläger in den Olds zu laden. Eine Runde für eine Person, bitte. Nein, das wäre peinlich. Abgesehen von seinem Großvater kamen ihm Einzelgolfer ziemlich verrückt vor, eine ichbezogene Spezies wie Eremiten oder Fliegenfischer. Auf vielen Plätzen waren Einzelspieler nicht zugelassen, bei Buckhorn wusste er es nicht genau. Wahrscheinlich müsste er mit wildfremden Leuten spielen. Das Letzte, was er wollte, war, Füllsel für eine andere Gruppe zu sein.

Er zauderte, von dem Gedanken und der erforderlichen Energie eingeschüchtert (hinterher müsste er es Emily bekennen, worauf er lieber verzichten würde), und als er zu einer Entscheidung kam, war es zu spät. Statt seine Zeit im Haus zu vertun, machte er mit Rufus an der neuen Leine einen Spaziergang rings um den See. Die vom Wasser gespiegelte Sonne wärmte ihm das Gesicht, und er wünschte, er wäre gefahren. Was kümmerte es ihn, was die Leute dachten? Er war fünfundsiebzig, er konnte tun, was ihm gefiel.

Als Emily nach Hause kam – sie hatte gewonnen und sich den Pott mit Louise geteilt –, fragte er, ob sie am nächsten Tag schon etwas vorhabe.

«Nur meinen Buchclub, aber das weißt du ja.»

«Stimmt, tut mir leid. Ich dachte, wenn schönes Wetter ist, könnten wir eine Runde golfen.»

«Es ist mal wieder so weit, was? Armer Henry, niemand mehr da, der mit dir spielt.»

«Was machst du am Freitag?»

«Was ich am Freitag mache?», fragte sie, als müsste er auch das wissen. «Am Freitag backe ich die verdammten Kekse für den Kuchenbasar. Muss ich es im Kalender eintragen?»

«Nein.»

«Es soll sowieso den ganzen Tag regnen.»

«Tatsächlich?»

«Tut mir leid, Henry, ich würde liebend gern mit dir spielen, aber dann musst du mir früher Bescheid sagen.»

Auch wenn es wie eine triftige Entschuldigung klang, meinte sie es nicht wirklich ernst. Außer ihrer einen Runde in Chautauqua hatten sie jahrelang nirgends gespielt, und von dieser Heuchelei gekränkt, beschloss er mit der Aufrichtigkeit des Verschmähten, allein zu fahren.

Der Mann am Telefon sagte, er brauche keinen Termin, was Henry nicht wahrhaben wollte. Laut Vorhersage sollte es kühl und bewölkt sein, aber nicht kalt genug, um echte Golfer abzuhalten. Der Golfladen öffnete um acht. Er fuhr früh los, brauste im Olds die langen Hügel des Parkway East hinauf, um dem Andrang zuvorzukommen, und fand bei der Ankunft in Buckhorn vier Autos auf dem Parkplatz vor, alle auf der anderen Seite geparkt: Sie gehörten den Angestellten. Er zog seine Schuhe an, bezahlte und schnappte sich einen Wagen. Während er die Zählkarte ans Lenkrad klemmte, wurde ihm klar, dass er bereits gewonnen hatte.

Das Gras war noch feucht vom Tau und durchnässte seine Schuhe und Socken. Selbst mit der Windjacke, die er über seinem Pullover trug, war ihm kalt, doch es würde bald wärmer werden. Der Platz gehörte ihm allein, abgesehen von den Golfwarten, die immer genau da zu sein schienen, wo er hinschlagen wollte. Taub durch ihre Kopfhörer, surrten sie auf ihren Mähern langsam im Kreis und schenkten ihm keine Beachtung. Am vierten Loch, einem Par drei, musste er warten, bis einer von ihnen fertig war und davonzuckelte, und hieb dann den Abschlag in einen Bunker.

«Komm schon, Henry.»

Allein zu spielen war anders. Er spielte schlecht, vielleicht war er zu schnell. Er nahm sich nicht genug Zeit, um den nächsten Schlag vorzubereiten, wie er es bei einem Vierer getan hätte. Da war niemand, der ihn bei der Auswahl des Schlägers beraten, niemand, der eine Entfernungsmarkierung vorlesen, doch vor allem niemand, mit dem er reden konnte. Als er fast einen Chip eingelocht hätte, der klirrend an den Flaggenstock stieß, drehte er sich schnell mit ausgestreckten Armen um, als wollte er sich einem unsichtbaren Publikum zuwenden. Er begriff nicht, wie sein Großvater es gemacht hatte. Vielleicht, wenn er Rufus mitnehmen würde?

Als er am siebten Loch in Richtung Clubhaus zurückkam, sah er in der Ferne einen weiteren Einzelspieler, der mitten auf dem gegenüberliegenden Fairway entlangging. Im Näherkommen erkannte Henry, dass es eine ältere Frau war, o-beinig und sonnengebräunt, eine antike Rolltasche hinter sich herziehend wie ein Gespenst aus einer anderen Zeit. Sie winkte ihm zu, als wären sie Mitglieder desselben Clubs, und Henry winkte zurück.

«Wie ein Ei dem anderen», sagte er, Emily zitierend.

Entmutigt, mit eiskalten Füßen, war er bereit, nach dem neunten Loch aufzugeben, doch er hatte für achtzehn Bahnen bezahlt. Er hielt durch, während der Platz sich füllte, und erzielte schwer verdiente 93 Punkte. Die Karte gehörte ihm, obwohl er versucht war, sie wegzuwerfen. Er verzichtete auf das übliche Sandwich und Bier, brachte bloß den Wagen zurück und streifte auf dem Parkplatz die nassen Socken ab.

Zu Hause brachte er die Schläger sofort nach drinnen und drängte Rufus zurück.

Emily machte sich schon mal an ihre Kekse. «Hattest du Spaß?»

«Ich hatte Golf.»

«So schlimm?»

«Dreiundneunzig.»

Sie pfiff aus Mitgefühl. «Tut mir leid.»

«Wie war's bei deinem Buchclub?»

«Besser als dreiundneunzig. Wenn du schon mal dabei bist, kannst du meine auch gleich wegräumen.»

«Das wollte ich sowieso als Nächstes tun.» Obwohl er in Wahrheit überhaupt nicht daran gedacht hatte.

Zur Strafe nahm er sich ihre zuerst vor. Im Keller, unter dem warmen Licht seiner Werkbank, reinigte er jeden einzelnen Schläger, schrubbte den getrockneten Schlamm und die Grasflecke weg und zog die Plüschhüllen über die Holzschläger. Er stülpte die Haube drüber, um sie vor dem Staub zu schützen, wickelte die obere Hälfte in einen weißen Müllbeutel und verstaute die Schläger dann auf der anderen Seite des Heizkessels, neben den Koffern, wobei die ihn nach England und zur Möglichkeit einer Flucht zurückversetzten – vergeblich, das wusste er, und dennoch stellte er sich vor, Emily mit Flugtickets zu überraschen und mit dem romantischen Plan, all die Orte, an denen sie gewesen waren, noch einmal zu besuchen. Beim Wegräumen seiner eigenen Schläger fragte er sich, warum England, warum nicht ein anderes Land? War es zu spät, um neue Erinnerungen zu schaffen, war es leichter, sich die alten ins Gedächtnis zu rufen, ob freudvoll oder nicht? Sie waren nie in Spanien, Ägypten oder Thailand gewesen und würden jetzt auch nicht mehr hinkommen. Er lehnte seine Tasche an ihre, beide in der dunklen Ecke vermummt und gefesselt wie Gefangene, brachte stirnrunzelnd seine Werkbank in Ordnung und schaltete das Licht aus.

«Danke», sagte sie, als er nach oben kam.

«Gern geschehen», sagte er, als wäre es nicht der Rede wert.

Wie Emily vorhergesagt hatte, goss es am Freitag in Strömen, und sie backte Kekse, ihre Schürze mit Mehl bestäubt, voll gespenstischer Handabdrücke. Im Spülbecken stand ein Berg Geschirr, doch er hütete sich einzugreifen. Er blieb im Wohnzimmer, Rufus zu seinen Füßen, beide verbannt, tappte hin und wieder zum Fenster, um dem Regen zuzusehen, grau und unnachgiebig. Rufus rollte sich auf seinem Platz zusammen und seufzte.

«Ich weiß, Kumpel», sagte Henry. «Das macht keinen Spaß.»

Nach dem Mittagessen ging ihr der Weinstein aus, und sie schickte ihn zum East Liberty Jyggle, um Nachschub zu holen. Er freute sich über die Ablenkung, bis er durch die Schiebetür trat und sich umzingelt sah. Die Abteilungsleiter und Kassierer, der ältere Mann, der die Obst- und Gemüseregale auffüllte, die junge Mutter, die ihr kleines Kind in einem Einkaufswagen schob – alle trugen ihre Steelers-Trikots.

In der Konzentration auf seine Aufgabe hatte er ganz vergessen, dass Football-Freitag war, Pittsburghs einzige große Glaubensbekundung, und dass es während der gesamten Playoffs jede Woche den Football-Freitag geben würde. Obwohl er ein Leben lang Steelers-Fan war, neun Jahre älter als das Team, fühlte er sich mit seiner Pirates-Kappe isoliert und ausgeschlossen, als wäre er auf der falschen Party erschienen.

«Ist es dafür nicht ein bisschen früh?», fragte Emily, doch sie war generell skeptisch gegenüber der Football-Besessenheit in der Stadt und in diesem Moment mehr mit ihren Zimtkeksen beschäftigt.

«Sie dürften die Liga gewinnen.»

«Tun sie doch immer.»

Er zuckte mit den Schultern. «Die Leute stehen auf Gewinner.»

«Und nicht auf deine Pirates.»

«Es ist erst die vierte Woche.»

«Gegen wen spielen sie?»

Es waren die Bills – die glücklosen Bills, die vier Jahre nacheinander zum Super Bowl gefahren waren, jedes Mal verloren und seitdem nichts mehr auf die Reihe bekommen hatten. Am Sonntag war es nicht anders. Das Spiel war eine klare Angelegenheit. Die Steelers brachen nach Belieben innen durch, während die Defense den gegnerischen Quarterback außer Gefecht setzte, und erzielten eine hohe Führung, doch Henry zeigte kein besonderes Interesse. Er versuchte stattdessen, sich die Baseball-Playoffs anzusehen, war aber keinem der beiden Teams zugetan, kam sich deplatziert vor, als wäre die Saison schon vorbei, und schaltete den Fernseher schließlich ganz aus.

Er ging nach unten, wo Emily in das Kreuzworträtsel der *Times* vertieft war.

«Siehst du dir das Spiel nicht an?»

«Hab keine Lust.»

Sie blinzelte argwöhnisch, winkte ihn zu sich und legte

ihm prüfend die Hand auf die Stirn. «Du hast keine erhöhte Temperatur.»

«Ich gehe mal mit Mr. Kindskopf spazieren.»

«Zieh einen Mantel an, es ist ziemlich frisch.»

Er hatte gehofft, sie würde mitkommen, doch als sie draußen in der Sonne waren, war er froh, allein zu sein. Auf der Highland Avenue herrschte nur wenig Verkehr – alle saßen zu Hause und sahen sich das Spiel an. Auf ihrer Runde um den See begegneten sie einer einzelnen Joggerin, einer hochgewachsenen jungen Frau in schwarzer Strumpfhose, Winterhandschuhen und Stirnband. Henry hatte sie schon mal gesehen und wollte die Hand zum Gruß erheben, doch sie trug Kopfhörer und machte einen großen Bogen um sie, als könnte Rufus sie beißen. Blätter fielen herab und trieben auf dem Wasser. Er malte sich aus, dass sie ein Problem darstellten, weil sie sich in den Filtern verfingen und die Rohre verstopften. Seltsam. Ringsum waren die Blätter welk – trocken und verschrumpelt, an die Zäune geweht –, obwohl die Bäume noch lebten. Er fragte sich, ob Dr. Runcos Tod oder sein fünfundsiebzigster Geburtstag etwas mit seiner Stimmung zu tun hatten. Normalerweise mochte er diese Jahreszeit.

Während er weg war, hatte Margaret angerufen – insgeheim war er erleichtert. Emily sagte, sie habe gut geklungen, was auch immer das bedeutete.

Beim Spätspiel trank er ein paar Iron Citys und überließ sich der Geräuschkulisse und dem störrischen Rhythmus des Countdowns, redete mit dem Fernseher und machte sich über die schleimigen Kommentatoren und ihre rosinenpickerischen Statistiken lustig.

«Deshalb werden sie die Stümper genannt.»

«Was?», rief Emily von unten.

«Nichts!»

Kenny, der in der Glanzzeit des Steel Curtain aufgewachsen war, wartete mit seinem Anruf bis nach dem Spiel. Auch er hatte ein paar Dosen Bier getrunken. «Auf geht's, Steelers», grölte er, doch das Rauschen des Lautsprechers ließ ihn abbrechen.

«Ja», sagte Henry. «Auf geht's, Steelers.»

Mr. und Mrs. Henry Maxwell

Jeden Herbst wurde ein Foto von ihnen gemacht, für das Kirchenverzeichnis, eine schmale, schmucklose Sammlung, die beim aktuellen Telefon- und Branchenbuch in der Schublade des Dielentischs aufbewahrt wurde und jetzt, wo so viele ihrer Altersgenossen in Eigentumswohnungen oder Altersheime zogen, ganz nützlich war. Obwohl Henry sich nur ungern fotografieren ließ und in der Calvary Church sowieso alle wussten, wer sie waren, sah er sich als Mitglied des Kirchenpflegeausschusses genötigt, mit gutem Beispiel voranzugehen, und so rasierte er sich am Tag ihres Termins und zog denselben Anzug und dieselbe Krawatte an wie im Vorjahr.

«Ich finde, es ist Zeit für einen neuen Anzug», sagte Emily.

«Der hier gefällt mir.»

«Er ist alt und passt dir nicht mehr.»

«Sitzt doch gut.» Er zeigte ihr die Ärmel, die perfekt die Handgelenke bedeckten.

«Er ist an den Schultern zu eng.» Das stimmte, er war darin eingezwängt. «Wir sollten am Wochenende mal bei Nordstrom vorbeischauen. Die haben bestimmt was Schönes. Du brauchst einen für Sarahs Konfirmation.»

«Die ist erst im Februar.»

«Februar kommt schneller, als du denkst.»

«Der Anzug gefällt mir trotzdem.»

«Weißt du noch, wann du ihn gekauft hast?»

«Keine Ahnung. Als ich noch gearbeitet habe.»

«Also vor mehr als zehn Jahren. Wie viel hast du dafür bezahlt?»

«Weiß ich nicht.»

«Egal wie viel, du bist auf deine Kosten gekommen. Zeit für einen neuen.»

«Und was ist mit der Krawatte?» Marineblau mit diagonalen Goldstreifen – die Farben der Pitt –, die hatte sie ihm vor einer Ewigkeit geschenkt.

«Die Krawatte ist in Ordnung.»

Auf der Fahrt, sein Scheckheft in der Jackentasche, war er immer noch aufgebracht. Ob sie recht hatte oder nicht, ihm würde nie einfallen, ihre Kleidung zu kritisieren. Nicht weil er keinen Sinn für Mode hatte (als Konstrukteur und Bastler glaubte er, einen guten Blick zu haben), sondern weil er sie respektierte. Er war kein Zehnjähriger, der sich für die Kirche herausputzte. Der Anzug war in Ordnung, nur ein bisschen eng, aber wie bei den meisten ihrer kleinen Meinungsverschiedenheiten wusste er, dass er irgendwann nachgeben würde, und sei es nur, weil ihr mehr daran lag.

Beim Fototermin befürchtete er, die Kamera könnte seinen Unmut festhalten, versuchte, ihn mit seinem breitesten Kirchenvorstandslächeln zu verbergen und strahlte ins helle Licht. Der Fotograf, ein junger Schlaks mit Fliege und vor Brillantine glänzendem Haar, war ein Einmannbetrieb, er justierte ständig seine Reflexwände, sah auf einem aufgeklappten Laptop nach und nestelte an seinen Objektiven herum, bombardierte sie unablässig mit Fragen und lachte manchmal, ehe sie antworteten, oder ignorierte sie andernfalls unverhohlen. Er war kokett und theatralisch und verfiel immer wieder in einen nicht ganz britischen Akzent. Er brachte einen Hocker, auf den Henry sich setzen sollte, und ließ Emily hinter ihm stehen, eine Pose, die Henry seltsam fand, auf die er sich aber einließ.

«Wenn der Herr sich jetzt mal nach links drehen könnte, etwa so. Links, links, genau so, ja. Knie zusammen. Und wenn die Dame die rechte Hand auf seine Schulter legen könnte. Den Kopf gerade, das Kinn gereckt. Herrlich. Und wenn der Herr herschauen könnte. Und ein Lächeln. Wunderbar. Und noch mal. Sehr schön. Sie machen das nicht zum ersten Mal, das sehe ich. Sind Sie beide Rechtshänder?»

Im Grundpaket – nicht billig – war ein Zehn-mal-fünfzehn-Abzug enthalten, den sie für das Verzeichnis verwendeten. Wenn sie ihre Wahlmöglichkeiten vorab auf dem Laptop betrachteten, nutzte der Fotograf normalerweise die Gelegenheit, ihnen noch etwas anzudrehen, und warb für Zwanzig-mal-fünfundzwanzig-Abzüge und Brieftaschenbilder, die sie an Familienmitglieder verteilen konnten, woraufhin Henry sich gezwungen sah, höflich abzulehnen, doch dieser Mann hielt sich damit nicht auf.

«Ich bin überrascht», sagte Emily auf der Heimfahrt. «Ist es denn nicht sein Job?»

«Ich nehme an, sie arbeiten auf Provisionsbasis. Bilde ich mir das nur ein, oder war er geschminkt?»

«Er hatte mehr Eyeliner als ich. Und er roch nach Nelken.»

«‹Die Dame.›»

«‹Der Herr.›»

«Er war interessant.»

«Das ist bestimmt kein leichter Job.»

«Nein», sagte er und dachte daran, dass Kenny mit seinem Abschluss die Bilder anderer Leute entwickelte. Henry hatte sich alle Mühe gegeben, ihn zu beraten, befürchtete aber, dass keiner seiner Ratschläge sich anwenden ließ.

Wieder versöhnt, fuhren sie schweigend dahin.

«Wenn du willst, können wir uns morgen nach einem Anzug umsehen», sagte er. «Dann herrscht nicht so viel Verkehr.»

«Ach! Was ist denn plötzlich in dich gefahren?»

«Die Kraft der Suggestion.»

«Vermutlich. Hätte es nicht zehn Jahre gedauert, würde ich sagen, das ging fast zu leicht.»

Am nächsten Tag nahm sie ihn beim Wort und half ihm, einen Anzug auszusuchen, für den er nicht lang genug leben würde, um auf seine Kosten zu kommen, der aber, weil er weit war und Emily glücklich machte, sein Lieblingsanzug wurde. Doch das wahre Vermächtnis des Fototermins ging auf den Fotografen zurück, den sie zu Hause spöttisch nachahmten, wobei sie seine Ticks übertrieben und ihn in eine vertrottelte Karikatur verwandelten. «Die Dame», sagte Henry, wenn er sie auf dem Klo antraf. «Wenn der Herr seinen trägen Kadaver aus dem Weg schaffen könnte.» – «Wenn der Hund heute pinkeln und kacken könnte. Ja, wunderbar.» Sie waren nicht grausam oder wollten es nicht sein. Es war ihre eigene Sprache, nicht mit dem Rest der Welt geteilt und damit von jeglicher Zensur ausgenommen, reine Burleske. Ein Grund, warum sie so oft darauf zurückgriffen, war wohl, dass sie ihn so gern spielten. Ihre Nachahmungen waren ebenso sehr Tribut wie Parodie. Er war eine Figur, die alles tun oder sagen durfte, und als das Verzeichnis eintraf, mussten sie trotz allem zugeben, dass er ein ziemlich gutes Foto gemacht hatte.

Naturbursche

Der Herbst war wie der Frühling von Gartenarbeit geprägt - unendlich viel Laub, die Himbeerstöcke stutzen, die Vogelhäuser abnehmen und Futterröhren aufhängen, Kerne und Talg auffüllen. Wie Druiden warteten sie auf den ersten Frost und betrachteten abends den Himmel. Es war warm, und Henry sah sich gezwungen, ein letztes Mal vorn und hinten zu mähen, und eines Morgens war das Gras überfroren, sah spröde aus und knisterte unter den Füßen. Während ein Eichhörnchen Rufus vom Garagendach aus verhöhnte, bereiteten sie den Garten auf den Winter vor, rissen die verwelkten einjährigen Pflanzen heraus, setzten teure Blumenzwiebeln aus dem Versandkatalog und hüllten die empfindlicheren Stauden in Sackleinen ein. Emily wusste, was man zurückschneiden musste und was man verrotten ließ. Henry verrichtete die Schwerarbeit, schob die Schubkarre zum Komposthaufen und schleppte Säcke voll Kalk oder Torf vom Kofferraum des Olds in den Garten. Es hatte, so wie die Golfschläger wegzuräumen oder das Sommerhaus abzuschließen, etwas Befriedigendes und zugleich Wehmütiges, die Blumenbeete unter einer frischen Mulchdecke zu begraben. Es lag einfach an der Jahreszeit.

Dank Emilys imprägniertem Stein hatte sein Gras, abgesehen von ein paar kahlen Stellen, die Lücken gut ausgefüllt. Sein Plan war, überall nachzusäen und am Frühlingsanfang das Schmelzwasser einsickern zu lassen, eine Methode, die er im Internet gesehen, aber noch nie ausprobiert hatte. Wie bei jeder unerprobten Lösung befürchtete er, sein Geld zu verschleudern.

Um dem Gras eine faire Chance zu geben, musste er sich um das Laub kümmern. Die Platane hatte ihre Blätter schon früh abgeworfen, und an den Zweigen baumelten nur noch Samenkugeln, doch die Sumpfeiche, die den Coles gehörte, war noch belaubt, und bei jedem Windstoß schwebten ein paar unberechenbare Blätter über den Zaun. Wenn Henry mit Rufus an der Verandatür stand und zusah, musste er sich bremsen, um nicht hinauszurennen und sich einen Rechen zu schnappen. Bevor der Baum ganz kahl war, hatte das keinen Sinn, doch er sah mehrmals täglich nach und ärgerte sich, dass die Blätter sich vermehrt hatten.

Vorn war es noch schlimmer. Die Häuser an der Grafton Street standen versetzt, sodass sich gegenüber von ihrem Garten die Lücke zwischen dem Haus der Bowdens und dem der Millers befand, durch die der vorherrschende Wind fegte und alle nicht aufgeharkten Blätter taumelnd über die Straße wehte. Sie sammelten sich im Rinnstein und am Fuß ihrer Treppe, auf dem Rasen, in den Hecken und auf der Veranda, wo er sie morgens als Erstes sah, wenn er nach draußen ging, um die Zeitung zu holen. Der Vorrat schien unbegrenzt, der Wind unermüdlich. Wenn er sie am Abend aufharkte, würden am nächsten Tag wieder welche daliegen. Früher hatte Emily diese Behauptung stets als Übertreibung abgetan, bis er ihr eines stürmischen Nachmittags den Blätterwirbel zeigte, als wäre er ein Naturwunder.

Sie zuckte bloß mit den Schultern.

«Das ist nicht mal unser Laub», sagte er.

«Der Wind weht nie in die andere Richtung.»

«Augenscheinlich nicht oft genug.»

«Du wirst sie nicht alle beseitigen können», sagte sie, als wäre er unvernünftig, was er besonders ernüchternd fand, denn genau das war sein Ziel.

Inzwischen war das Laub abgefallen, nur ein paar Bäume verweigerten sich wie die zwischen den kahlen Ahornen und Platanen stehende Eiche der Coles. Während einige der neuen Bewohner den größten Teil des Samstag- oder Sonntagnachmittags darauf verwendeten, die Blätter auf die altmodische Art zusammenzuharken, Haufen anlegten, in denen die Kinder spielen konnten, und riesige, wie Kürbislaternen aussehende Säcke vollstopften, bezahlten die meisten verlotterte Söldner, die wochentags mit Ohrenschützern und benzinbetriebenen Laubbläsern kamen, ein paar Stunden lang Lärm machten und dann alles abtransportierten. Henry war es egal, wie sie vorgingen. Er wollte bloß, dass sie verschwanden.

Er fand, dass ein guter Nachbar sich um sein Grundstück kümmerte. Die Gärten an der Grafton Street waren bis auf drei Ausnahmen so gut gepflegt wie ihrer. Ein Blick aus dem Schlafzimmerfenster zeigte, wer die Drückeberger waren: die Collucci-Browns, ein zugezogenes Paar mit zwei Kleinkindern an der Ecke Sheridan Avenue, die Emily mit Keksen in der Nachbarschaft begrüßt, mit denen sie aber, nachdem die Frau den Teller zurückgebracht hatte, nicht mehr gesprochen hatten; die Hennings, ein weiteres junges Paar mit kleinen Kindern, doch die wohnten ganz unten an der Farragut Street; und die Hauptschuldigen direkt auf der anderen Straßenseite, die Millers, jetzt bloß noch Kay, allein in ihrem riesigen Haus, die Emily zufolge ernste Augenprobleme hatte.

«Meinst du, ich kann ihr anbieten, den Garten zu harken?»

«Ich will nicht, dass du das tust. Der Garten ist zu groß. Sie dürfte jemanden haben, der das macht.»

«Dafür ist es langsam ein bisschen spät.»

«Ich kann sie fragen. Ist es das, was du willst?»

«Nein», sagte er kraftlos.

«Ich frage sie.»

Direkt zu sein gehörte zu ihren Gaben. Er fragte sich, ob sie preisgeben würde, dass es seine Idee gewesen war.

Nach dem Mittagessen ging sie hinüber. Durch die hauchdünnen Vorhänge beobachtete er, wie sie das Tor entriegelte, die Verandastufen hinaufstieg und klingelte. Sie trat einen Schritt zurück und wartete, klingelte dann noch mal. Schließlich drehte sie sich um und kam zurück.

Sie versuchte anzurufen, doch es meldete sich bloß der Anrufbeantworter.

«Ich weiß nicht, vielleicht besucht sie Peter und Tammy. Sie hat nichts gesagt.»

«Ist schon in Ordnung», sagte er. «Danke, dass du's versucht hast.»

Am Freitag sollte es regnen. Am Donnerstag harkte er trotz der Eiche der Coles und stellte einen schweren Laubsack neben den Müll. Mit dem Regen kam der Wind, und am Morgen war der Garten vorm Haus wieder mit Blättern bedeckt. Es tröpfelte schon, als er Rufus hinausließ und einen Rechen aus der Garage holte.

«Hast du den Verstand verloren?», rief Emily.

«Dauert nur fünf Minuten.»

Das war reines Wunschdenken. Obwohl er sich beeilte, brauchte er eine halbe Stunde bei Dauerregen, die Blätter durchnässt und schwer aufzuharken. Als er ins Haus kam, war er außer Atem und schwitzte, Schlamm unter den Fingernägeln.

Emily las die Zeitung und sah ihn nicht an. «Du solltest das sein lassen. Sonst holst du dir einen Herzinfarkt.»

«Ich sterbe schon nicht, ich bin bloß außer Form.»

«So spielt sich das ab – bei Männern, die wesentlich jünger sind.»

«Wenn ich sie nicht aufharke, ruinieren sie das Gras.»

«Mir geht's nicht um das Gras, sondern um dich.»

Er sah, dass er die Sache falsch eingeschätzt hatte, und obwohl er trotzdem froh war, es rechtzeitig erledigt zu haben, entschuldigte er sich. Als später am Tag ein Fallrohr verstopfte und die Dachrinnen überliefen, willigte er gegen sein Gefühl ein, jemanden dafür zu bezahlen, statt im Regen die Leiter hinaufzusteigen und sich eigenhändig darum zu kümmern. Wie erhofft, wurde sie durch das Zugeständnis besänftigt, doch es kostete ihn mehr als bloß seinen Stolz. Das Zwei-Mann-Team, das am nächsten Morgen erschien, parkte den Lieferwagen falsch herum, entgegen der Fahrtrichtung, und obwohl die beiden die Dachrinne säuberten, entdeckte Henry, nachdem er ihnen einen Scheck ausgestellt hatte und sie davongefahren waren, dass sie ihre Arbeit nur halbherzig ausgeführt und mehrere Dreckhaufen hinterlassen hatten. Er ging mit Schaufel und Müllsack ums Haus und fühlte sich allseits ausgenutzt. Als er sich in der Einfahrt bückte, um ein weiteres Knäuel aus verfaulten Blättern und Ahornsamen aufzuschaufeln, knickte er in der Taille ein, und sein Atem wurde aus ihm herausgepresst. Bevor er die Schaufel unter den Haufen schieben konnte, schnürte es ihm die Brust ab, als hätte er Sodbrennen, und er zuckte zusammen und richtete sich auf. Das Gefühl ging vorbei, verflüchtigte sich wie eine Blähung. Es war bloß ein Zufall, die Kraft der Suggestion, dennoch machte er langsamer weiter, nahm sich Zeit und legte eine kurze Verschnaufpause ein, bevor er sich knirschend auf ein Knie niederließ wie ein Tattergreis.

Versuchung

Statt mit der ganzen Familie zu einem ländlichen Farmstand in Butler County zu fahren und auf einem ruckelnden Heuwagen über die verdorrten Stoppelfelder zu holpern, kauften sie ihre Kürbisse inzwischen auf dem Parkplatz der Shadyside Presbyterian Church – einen für jeden von ihnen und einen kleinen für Rufus, den Emily mit Schnurrhaaren aus flauschigen Pfeifenreinigern verzierte. Sie rechneten mit annähernd dreihundert Süßigkeitensammlern, die meisten von der anderen Seite der Highland Avenue, eine Entwicklung, die Emily beklommen machte, von Henry aber wie die Veränderungen in der Nachbarschaft als das zwangsläufige Ergebnis eines nachlässigen Flächennutzungsplans betrachtet wurde, da die Umwandlung stattlicher alter Einfamilienhäuser in Wohnungen die Bevölkerungsdichte rapide zunehmen ließ. Halloween war ein allgemeiner Wettstreit. Unkostümierte Highschool-Schüler tauchten auf, genauso wie junge Mütter mit Hals-Tattoos, die als Superhelden verkleidete Babys trugen. Letztes Jahr waren ihnen die Süßigkeiten ausgegangen, deshalb hatte Emily ein paar Doppelgutscheine genutzt, eine Extraration gekauft und unten im Kühlschrank verstaut, wo er jedes Mal darauf stieß, wenn er die Tür öffnete, um sich ein Iron City zu holen. Payday-Riegel oder Nestle's Crunch interessierten ihn nicht, aber sie wusste doch, dass er den Reese's Cups nicht widerstehen konnte, warum also kaufte sie sie?

«Nimm einen oder zwei, aber iss nicht die ganze Tüte.»

Auch wenn es stimmte – sobald die Tüte offen war, konnte er nicht umhin, ein paar Riegel einzustecken, sie wie Margaret heimlich hinunterzuschlingen und die Papierchen im Müll zu vergraben –, nahm er ihr die Unterstellung übel und beschloss, gar keinen zu essen. Es war hilfreich, dass Emily mit dem Anlegen der Vorräte bis zum Montag vor Halloween wartete, und dennoch gingen sie ihm die ganze Woche nicht aus dem Kopf. Er gönnte sich abends einen süßlichen Schluck Drambuie, zählte die Tage herunter, schaffte es mit größter Anstrengung, der Versuchung zu widerstehen, und verdiente sich die noch köstlichere Belohnung, Emily Lügen zu strafen.

«Ich bin beeindruckt», sagte sie und leerte eine Tüte in die große Salatschüssel auf dem Dielentisch.

«Warum?»

«Sollte ich wohl nicht sein. Du bist der sturste Mann, dem ich je begegnet bin.»

«Danke.»

«Das ist kein Kompliment.»

«Vielleicht ein kleines.»

Sie hielt ihn fest im Blick. «Nein.»

Sie aßen um halb sechs, damit sie für die Frühankömmlinge bereit waren. Henry zündete ihre Kürbislaternen mit dem Stabfeuerzeug an, und wie jedes Jahr machte Emily ein Foto, um es den Kindern zu schicken. Die Sonne war untergegangen, und die Straßenlaternen erwärmten sich. Das Wetter war mild und trocken, das versprach eine rege Beteiligung. Im Esszimmer warteten die zusätzlichen Tüten, auf dem Tisch aufgereiht wie Beweise nach einer Drogenrazzia.

«Inzwischen frage ich mich, ob das reicht.»

«Das reicht schon», sagte er. «Wenn nicht, schließen wir die Tür ab und schalten das Licht aus.»

Offiziell ging das Süßigkeitensammeln von sechs bis acht. Kaum war die Feuersirene ertönt, konnte sie nicht mehr stillsitzen und rührte in den Süßigkeiten, als wollte sie alles mischen, trat ans Fenster und zog den Vorhang zurück, um auf die Straße zu spähen.

«Da kommen sie.»

«Gut», sagte Henry, als wären sie überfällig.

Als Emily die Tür öffnete, bellte der zur Beruhigung bei laufendem Radio ins Schlafzimmer verbannte Rufus, als würden sie ausgeraubt. Als Erstes kamen zwei kleine Kinder, die ermuntert werden mussten, «Süßes oder Saures» zu sagen. Emily lobte das Vogelscheuchen- und Märchenprinzessinnenkostüm und bückte sich tief, damit die beiden in der Schüssel herumtasten konnten. Zufällig waren etliche Reese's Cups nach oben gewandert. Beide nahmen sich einen.

«Gute Wahl», sagte Henry.

«Was sagt man?», fragte die Mutter.

«Danke.»

«Gern geschehen», sagte Emily. «Frohes Halloween.»

Die Eltern waren neue Bewohner, die er nicht kannte. Emily, mit ihrem Agentennetz, versuchte, sich an ihren Nachnamen zu erinnern. «Sie wohnen gleich um die Ecke an der Sheridan Avenue. Sie haben so kleine Kläffer, die sie dauernd auf die Veranda lassen.»

«Ich weiß, welches Haus du meinst.»

In der ersten Stunde kamen bloß neu Zugezogene, junge Familien, die ihre Freunde ersetzt hatten. Emily kannte einige, und obwohl Henry auf seinen Spaziergängen mit Rufus bei ihnen vorbeikam, grüßten sie ihn stets nur kurz. Früher hatte er jedes Kind gekannt, das an ihre Tür kam, konnte anhand von Größe, Kontur und Augen mit verblüffender

Treffsicherheit erraten, wer unter dem Bettlaken oder hinter der Maske steckte, sodass es für die Kinder ein Triumph war, wenn es gelang, Mr. Maxwell zu täuschen. Inzwischen war er ein Fremder, ein alter Knacker mit Hund, in eine Komparsenrolle gedrängt, seine paar Zeilen bloß hingeworfen.

Als die Nacht anbrach und der Mond sich zeigte, veränderten sich die Besucher, und auf beiden Seiten der Grafton Street wimmelte es von umherziehenden Piratenhorden, Hexen und Linebackern mit Wimperntusche, Schulterpolstern und in echten Peabody-Trikots. Sie kamen mit ihren Kissenbezügen den Weg heraufgestürmt, zertrampelten das Gras, schnitten sich gegenseitig den Weg ab, um als Erste bei Emily zu sein, und die Meute drängelte sich herein und grapschte Händevoll Süßigkeiten.

«Immer mit der Ruhe.» Sie zog die Schüssel weg. «Benehmt euch manierlich. Nehmt bitte nur einen Riegel. Damit für die anderen auch noch was übrig bleibt.»

Hinten riss jemand einen Witz, und eine Mädchenschar lachte. Das waren Arlenes Schüler, scharfzüngig und schnell beleidigt, die ihre Zeit in den verkümmernden Schulen der Stadt absaßen, ehe sie ihren Abschluss machten und, wenn sie Glück hatten, Jobs als Kassierer in einem Fast-Food-Restaurant, Altenpflegerinnen und Briefträger oder gar keinen Job bekamen. Arlene hatte eine Mappe mit vergilbten Zeitungsausschnitten, die von ihren seltenen Erfolgen berichteten, zusammen mit einem überraschend dicken Stapel von Nachrufen.

«Okay», sagte Emily und hielt ihnen die Schüssel wieder hin. «Nur einen einzigen.»

Henry stand neben ihr wie ein Leibwächter, bereit, der Regel Geltung zu verschaffen.

Das war nicht nötig. Sie waren noch Kinder, geschult, ihren Müttern zu gehorchen. Sie warteten höflich und suchten sich dann ihre Lieblingssorte aus, bedankten sich und marschierten in die Nacht hinaus. Er fragte sich, ob irgendwer von ihnen aus der Mellon Street kam, ob durch einen unglaublichen Zufall einer von ihnen vielleicht in seinem alten Zimmer wohnte, sich nachts das Treppenhaus hinunterschlich und die Gassen und Gärten seiner Kindheit aufsuchte.

Dracula, Batman, Catwoman. Zombie-Cheerleaderinnen, blutverschmierte Chirurgen, böse Clowns. Er hätte sich gern hingesetzt, doch der Ansturm ließ nicht nach, und die Süßigkeiten in der Schüssel gingen rasch zur Neige, bis nur noch ein paar Clark-Riegel übrig waren. Als sie ihn losschickte, Nachschub zu holen, blickte er auf die Standuhr. Es war erst zwanzig nach sieben.

Er nahm ein paar 5th Avenues mit, die ihn nicht interessierten, ein paar Baby Ruths und die vorletzte Tüte Reese's Cups. «Ich weiß nicht. Es dürfte eng werden.»

«Wie viele Tüten haben wir noch?»

«Drei.»

Die Reese's gingen zuerst weg und kurz danach auch die Baby Ruths. Ein Batgirl mit Flechtfrisur musterte die 5th Avenues und machte kehrt. In den letzten zehn Minuten war noch mal viel los. Sie mussten die Schüssel ein letztes Mal auffüllen, und plötzlich leerten sich die Gehsteige, als hätte die Sirene geheult. Auf der Veranda der Coles ging das Licht aus. Während der Ruhepause hörten sie das Rauschen des Verkehrs auf der Highland Avenue. Irgendwann hatte Rufus zu bellen aufgehört.

«Er muss bestimmt raus», sagte Emily.

«Wahrscheinlich schläft er.»

«Ich glaube, es reicht gerade so.»

«Wir werden sehen.»

Die letzte Welle war noch seltsamer – zwei Kleinbusse, die oben am Berg stehen blieben, die Kinder aussteigen ließen und ihnen die Straße hinunter folgten, eine triste, wenn auch erfolgreiche Strategie. Aus welcher Gegend sie kamen, war ihm ein Rätsel – Stanton Heights vielleicht oder Morningside –, dennoch kamen sie jedes Jahr wie nach einem festen Zeitplan, vergrößerten ihre Beute und verschwanden. Henry beobachtete, wie sie die Schüssel durchwühlten, und sah mit der Freude des Geizkragens, dass noch Reese's Cups übrig waren.

«Frohes Halloween», rief er ihnen nach und winkte den Fahrern zu.

«Ich glaube, das war's», sagte Emily.

«Da dürftest du recht haben.»

Während sie auf die Sirene warteten und beobachteten, wie die Eindringlinge das Haus der Buchanans heimsuchten und sich wieder in die Busse drängten, rollte ein Streifenwagen lautlos mit kreisendem Blaulicht vorbei, als wollte er die Straße räumen. Drinnen schlug die Standuhr. Noch bevor sie die Stunde abzählen konnte, endete das Heulen, das normalerweise für Brände reserviert war, und der langgezogene, ansteigende Ton erfüllte den Nachthimmel.

«Wir haben's geschafft», sagte er und gab ihr einen Kuss auf die Wange.

«Gerade so.» Sie zeigte ihm die Schüssel. «Das macht sechzehn Tüten. Nächstes Jahr würde es nicht schaden, noch ein paar mehr zu besorgen.»

Im Schatten der Verandalampe war schwer zu erkennen,

was genau übrig war. Erst als sie sich ins Haus zurückgezogen und er Rufus befreit hatte, konnte er die Ausbeute richtig einschätzen. Nur zwei Reese's Cups, eine Enttäuschung. Der Rest waren langweilige 5th Avenues und Nestle's Crunches. Traditionsgemäß stellte sie die Schüssel wie eine Herausforderung mitten auf den Esszimmertisch, wo sie auch blieb, bis er nach drei kurzen, von Kopfschmerzen begleiteten Tagen einen Riegel nach dem anderen verputzt hatte.

Todesfallversicherung

Tot war er mehr wert als lebendig. Genau wie Emily. Während die Aktienkurse stiegen und fielen, war der Tod eine sichere Sache. Das Problem war, wie immer, der richtige Zeitpunkt.

Seit er im Ruhestand war, verwendete er ihre Sozialversicherung, um die Beiträge abzudecken, anfangs ein glücklicher Tausch, in dem sicheren Wissen, dass einer von ihnen (ganz bestimmt Emily) den vollen Betrag erhalten würde, nur dass, bei den jährlichen Beitragserhöhungen der Versicherungsträger und weil Männer nicht so lange lebten, seine Zahlungen inzwischen explodiert waren und er mit jedem Monat, den er noch am Leben war, Geld einbüßte. Viele ihrer Investitionen waren fehlgeschlagen. Ob es stimmte oder nicht, besonders ärgerlich fand er den Gedanken, dass er als Anlage an Wert verlor.

Bei all ihren irreversiblen Kosten war es zu spät auszusteigen, auch wenn ihr Sachbearbeiter ihn gelegentlich zu überreden versuchte, die Risikolebensversicherung in eine Todesfallversicherung umzuwandeln. Der Gedanke war verlockend – auf das Eigenkapital Zugriff zu haben, das sie im Lauf der Jahrzehnte aufgebaut hatten –, aber wenn sie jetzt noch wechselten, würden sie einen Teil des Geldes verlieren, und in ihrem Alter war es gefährlich, sich etwas zu leihen, und sei es von ihnen selbst. Außerdem, und das war der Ursprung seiner Unzufriedenheit, waren die Beiträge für eine Todesfallversicherung höher.

Er wusste, am vernünftigsten war es durchzuhalten, dennoch kam er sich jeden Monat, wenn er einen saftigen Scheck für sich und Emily abschickte und dafür nichts anderes als eine weitere Rechnung bekam, wie ein Trottel vor. Wie bei jeder Investition musste man langfristig denken, was in diesem Fall – wie in keinem anderen – garantiert war. Im Großen und Ganzen, dachte er, war es ein geringer Preis für ein bisschen Seelenfrieden.

Hart im Nehmen

Auch wenn er darüber scherzte, es ließ sich nicht leugnen, dass sein Gedächtnis, genau wie seine Kraft, nachließ. Immer öfter merkte er, wie er mitten im Satz abbrach, außerstande, das richtige Wort zu finden, oder auf halbem Weg durch ein Zimmer stehen blieb und auf dem Absatz kehrtmachte, um ein Werkzeug oder ein Stück Papier zu holen, das er brauchte. Für ein paar quälend lange Sekunden wusste er nicht, wie einfache Haushaltsgegenstände hießen, oder bemühte sich, Namen mit Gesichtern in Verbindung zu bringen. Noch immer so scharfsinnig wie an dem Tag, an dem sie sich kennengelernt hatten, verfügte Emily über einen Wissensschatz, auf den er sich verließ, wenn er sich an irgendwas nicht erinnern konnte – in diesem Fall eine ehemalige Schauspielerin.

«Ich habe keine Ahnung, von wem du redest.»

«Sie war gleich nach dem Krieg ein großer Star. Ich sehe ihr Gesicht vor mir.»

«Blond, brünett?»

«Dunkelhaarig. Große Augen.»

«Bette Davis.»

«Größer.»

«Greta Garbo.»

«Amerikanerin. Damenhaft.»

«Lauren Bacall.»

«Nein.»

«Was für Figuren hat sie gespielt?»

«Frauen, die hart im Nehmen waren.»

«Joan Crawford.»

«Wie Joan Crawford, aber weniger stilvoll. Eher so ein Weibsstück, das immer sein Kaugummi knallen ließ.»

«Ein großer Star, der sein Kaugummi knallen ließ. Jetzt hab ich wirklich keine Ahnung mehr. Tut mir leid.»

«Schon gut. Der Name fällt mir bestimmt wieder ein.»

Als er ihm am nächsten Tag einfiel, klammerte er sich daran fest wie an einem Schatz. «Joan Bennett.»

«Was ist mit ihr?»

«Nichts. Mir ist bloß ihr Name gestern nicht eingefallen.»

Emily schüttelte den Kopf. «Du kannst von Glück sagen, dass ich dich liebe.»

«Ich weiß», sagte er.

Mäusejagd

Die Kälte trieb die Mäuse ins Haus. Ganz egal, wie gut er die Luke abdichtete und die Kellerfenster wetterfest machte, sie konnten sich durch die schmalsten Ritzen zwängen. Wenn er arbeitete, bekam er sie nie zu Gesicht. Sie kamen nachts heraus, wenn es still war, hinterließen ihre Köttel zwischen Emilys Einmachgläsern und Küchenutensilien auf den Regalen und nagten Löcher in Waschpulverkartons und Reinigungsschwämme. Vor Jahren hatte er den Fehler begangen, das Vogelfutter am Fuß der Treppe aufzubewahren, und die unweigerlich verschütteten Kerne boten ihnen ein zufälliges Festmahl. Inzwischen lagerte er es in einem waschbärensicheren Behälter auf der hinteren Veranda. Die Wärme des Heizkessels zog sie ohnehin an. Sie waren Hamsterer und stahlen aus dem Abfallkorb Trocknerflusen, um ihre Nester auszukleiden, als wollten sie sich für den langen Winter niederlassen. Auch wenn Henry ihre Verwandten nicht daran hindern konnte, Chautauqua zu besiedeln, sollten sie nicht von seiner einzigen Zufluchtsstätte Besitz ergreifen.

«Unsere kleinen Freunde sind wieder da.»

«Na prima», sagte Emily. «Sag Bescheid, wenn sie wieder weg sind.»

Wegen Rufus war Gift zu gefährlich. Klebefallen waren grausam. Nachdem er alle Hightech-Alternativen ausprobiert hatte, verbeugte er sich vor der Tradition und benutzte die gleichen Schlagfallen wie sein Vater in der Mellon Street, deren klassische Konstruktion von späteren Erfindergenerationen nie verbessert worden war. Er beköderte die Brettchen mit einem klebrigen Klecks Erdnussbutter, stellte sie behutsam an den Wänden auf und wartete. Lange nach Einbruch der Dunkelheit, wenn er Rufus ein letztes Mal nach draußen gelassen, an der Hintertür die Kette vorgelegt hatte und er und Emily nach oben gegangen waren, würden die Mäuse herauskommen, wie Aufziehspielzeuge über den Boden flitzen und auf der Suche nach leichter Beute die Regale erklimmen. Im Bett stellte er sich vor, wie eine mit im roten Lichtschein des Ladegeräts funkelnden Augen und zuckenden Schnurrhaaren über seine Werkbank krabbelte und am Lederhalfter des schicken Universalwerkzeugs schnupperte, das Kenny ihm zu Weihnachten geschenkt hatte. Sie knabberten Leitungen an, hatten Flöhe und schissen überall hin. Er würde tun, was zu tun war.

Aus Erfahrung wusste er, dass er Geduld haben musste, schlich aber am nächsten Morgen noch vor dem Frühstück wie ein Hummerfischer, der seine Körbe kontrolliert, in den Keller hinunter, um zu sehen, ob er etwas gefangen hatte.

Die Falle unter der Treppe war zugeschnappt und auf die Seite gekippt, von der Wucht des Metallbügels umgeworfen. Mit dem Zeh drehte Henry sie um. Sie war leer, die Erdnussbutter verschwunden.

«Knifflig, knifflig», sagte er und kniete sich hin wie ein Detective, darauf bedacht, am Tatort nichts durcheinanderzubringen.

Die Falle war zweifellos zugeschnappt, doch das Brettchen war leer. Der Bügel hatte das weiche Holz eingedellt, doch es war weder Blut noch Fell zu sehen, kein zurückgelassener rosa Schwanz.

Die übrigen Fallen waren seltsamerweise unberührt. Er

stand mitten im Raum, rieb sich mit einer Hand wie ein Farmer den Nacken und versuchte zu begreifen, warum, und als er über sich Emily hörte, kehrte er nach oben zurück.

«Na, Glück gehabt?», fragte sie.

«Irgendwas hat genascht.»

«Ist das gut oder schlecht?»

«Zu diesem frühen Zeitpunkt», sagte er, «ist das vielversprechend.»

Nach dem Frühstück stellte er die Falle wieder auf, und obwohl die Mäuse sich tagsüber nie hervorwagten, schritt er jedes Mal, wenn er in den Keller hinunterstieg, wie ein Wachmann alle acht Fallen mit einer Taschenlampe ab und kontrollierte sie.

Am nächsten Morgen war dieselbe Falle wieder ausgelöst worden, die anderen ignoriert. Er überprüfte sie an der Werkbank, erst ein Probelauf, bei dem er mit einem Bleistift auf das Holzbrettchen drückte, und dann mit Köder. Emily hörte, wie die Falle zuschnappte, und fragte, ob alles in Ordnung sei.

«Ich führe ein Experiment durch.»

«Ich weiß ein Experiment: Ruf den Kammerjäger an.»

«Danke.»

«Gern geschehen.»

Das Problem war, vermutete er nach mehreren Versuchen, dass die Erdnussbutter zu seimig war und leicht vom Holzbrettchen glitt. Er brauchte etwas Festeres, damit schon das geringste Knabbern die Falle auslöste. Die Lösung, auf die er stieß, war genial: Käse.

«Wie lange hast du gebraucht, um das rauszufinden?», fragte Emily.

«Länger, als mir lieb ist.»

Sie hatte noch aus Chautauqua ein paar übrig gebliebene

abgepackte Scheibletten, die sie ihm überließ. Er rollte etwas Käse zu einer Kugel, die er auf das Holzbrettchen drückte, und spannte den Metallbügel. Er berührte den Käse nur leicht mit dem Bleistift, und der Bügel schnappte zu und brach die Spitze des Stifts ab.

«Glaubst du wirklich, das macht einen Unterschied?», fragte sie.

«Ich halte es für eine Verbesserung.»

Ob es funktionieren würde, war eine andere Frage. Nachdem er zweimal überlistet worden war, rechnete er nicht damit, sofort erfolgreich zu sein, deshalb war er überrascht, als er am nächsten Tag am Fuß der Treppe eine Maus in der Falle vorfand.

Sie lag auf der Seite, war am Hals festgeheftet, und auf dem Holz prangte ein Blutströpfchen aus ihrer Nase. Wie sie so dalag, sah sie klein und harmlos aus, das Maul offen, die rosa Pfötchen gekringelt wie Hände. Statt zu feiern, dachte Henry daran, wie er Duchess zum Tierarzt gebracht hatte, um sie einschläfern zu lassen. Sie hatte genauso auf der Trage gelegen, das Ohr über dem Gesicht, das Vorderbein an der Stelle rasiert, wo sie die Infusion gelegt hatten. Es sollte wie Einschlafen sein. Ihr Blick war starr gewesen, ihr Atem flach, immer langsamer, doch als er und Emily sie streichelten und sagten, dass alles gut werde, sickerte Blut aus ihrer Nase und sammelte sich wie verschüttete Farbe auf dem Metall. Niemand hatte sie darauf vorbereitet, dass dergleichen passieren konnte, und obwohl er nicht wie Emily auf den Tierarzt wütend war, wusste er, es war nicht richtig. Duchess hatte darauf vertraut, dass er auf sie aufpasste, und in jenen letzten Augenblicken hatte er sie im Stich gelassen. Jetzt, beim Anblick der Maus, überkamen ihn ähnliche Schuldgefühle. Ein so kleines, schwaches Wesen zu töten, das war keine große Leistung, sondern nur eine traurige Aufgabe, die ausgeführt werden musste. In den Gutenachtgeschichten, die er Kenny und Margaret vorgelesen hatte, waren die Mäuse immer die Helden gewesen, was ihn in diesem Fall zum Schurken machte.

Die Falle war jetzt nutzlos. Die anderen würden das Blut wittern. Bevor er die Falle wegwarf, hebelte er den Bügel mit einem Schraubenzieher hoch und kippte die Maus in den Müll, als würde er sie befreien.

Die anderen Fallen waren leer. Er hatte noch welche unter der Werkbank, packte eine aus und stapfte nach oben, um Käse zu holen.

«Erfolgreich?», fragte Emily.

Er nickte. «Eine einzige.»

«Du klingst nicht zufrieden.»

«Ist keine angenehme Aufgabe.»

«Ich hab dir doch gesagt, du sollst den Kammerjäger bestellen.»

«Ja, hast du.»

«So teuer kann das nicht sein.»

«Doch.»

«Es könnte sich lohnen.»

«Es ist noch früh», sagte er und nahm die ganze Packung.

«Genau das ist meine Befürchtung.»

Als er die neue Falle spannte und sich fragte, warum sie ihn im Nachhinein kritisierte, rutschte der Stift ab – das nackte Metall übte nicht genug Reibung aus, um ihn festzuhalten –, und ehe er die Hand wegziehen konnte, schnappte der Bügel zu und klemmte seine Finger ein.

«Verdammtes Scheißding!» Er riss die Falle los, schleuderte sie weg und hielt sich die Hand, die bereits pochte.

Emily kam zur Treppe gelaufen. «Alles in Ordnung?»

«Alles klar. Hab mich bloß dumm angestellt.»

Sie konnte der Versuchung nicht widerstehen, die Krankenschwester zu spielen. Sie kam nach unten und hielt seine Hand unter die Arbeitslampe. Der Bügel hatte die Spitze des Zeigefingers eingeklemmt und unterm Nagel eine pflaumenblaue Blutblase hinterlassen.

«Der geht wahrscheinlich ab», sagte sie.

«Wäre nicht das erste Mal.»

Seine Sorglosigkeit war ihm peinlich. Und was noch schlimmer war, mit nur einer Hand konnte er die Fallen nicht spannen. Widerwillig ließ er einen Kammerjäger kommen, der ein halbes Dutzend schwarze, für Haustiere angeblich nicht schädliche Plastikkästen verteilte und versprach, nächste Woche wiederzukommen.

«Wie viel hat es gekostet?», fragte Emily.

«Das willst du nicht wissen.»

«Doch, das will ich», sagte sie und pfiff, als sie den Betrag hörte.

«Ich hab's dir ja gesagt.»

«Ja, das hast du.»

Noch vor der Rückkehr des Kammerjägers erwies sich ihre Prophezeiung als richtig. Die Blutblase wuchs und übte beständigen Druck aus, der abgestorbene Nagel verfärbte sich zu durchsichtigem Grau und löste sich dann. Die Haut darunter war geschwollen und wund, rosa wie Schinken, und jedes Mal, wenn er es vergaß und sein Hemd zuknöpfen, sein Telefon benutzen oder eine Seite der Morgenzeitung umblättern wollte, erinnerte ihn der Schmerz an das Geld, das er verschwendete, und er verfluchte die Mäuse, als wäre es ihre Schuld.

Der vergoldete Hochzeitstag

Weil ihr Hochzeitstag diesmal auf einen Montag fiel, waren die Möglichkeiten begrenzt. Auf dem Mount Washington hatten alle Lokale Ruhetag, genauso wie die meisten schöneren Restaurants in Shadyside. Der Club wäre der letzte Ausweg, das würde sie ihm mit Sicherheit übelnehmen, doch wenn er sie fragte, würde sie sagen, dass es schon in Ordnung sei. Er musste sich etwas einfallen lassen. Über das La Lune Bleu in Aspinwall hatte er nur Gutes gehört, doch das hieß, dass sie mitten in der Hauptverkehrszeit über die Brücke müssten. Das Landing in Verona war angeblich schick. Das Café Sam in Oakland. Henry ging auf Nummer sicher, er sah sich die Speisekarten an und scrollte sich durch die Bewertungen, abgeschreckt durch Beschwerden über fades Essen und schlechte Bedienung. Er fand es riskant, bei einem solchen Anlass etwas Neues auszuprobieren.

Es war ihr neunundvierzigster Hochzeitstag, ein Jahr vor dem großen, als wäre fünfzig die Ziellinie. Emily, Arlene und die Kinder hatten bereits mit der Planung für das kommende Jahr begonnen. Lisa wollte sich daran beteiligen, was Emily ärgerte. Es war nicht einfach, einen Veranstaltungsort zu finden, und dann waren da noch das Essen und die Getränke und ob sie eine Band oder einen DJ engagieren sollten, das Erstellen der Gästeliste und die Einladungen. Henry registrierte, wie sie vorankamen, unruhig wegen der Kosten, äußerte seine Bedenken aber nicht, als käme er dadurch, dass er das Ganze bezahlte, drum herum, sich zu beteiligen. Das lag alles nicht in seiner Verantwortung.

Doch dieser Hochzeitstag schon. Letztes Jahr waren sie im Point gewesen, einem alten Lieblingsrestaurant, und auch wenn das Essen nicht erinnerungswürdig gewesen war, hatte eine Jazz-Combo gespielt, der sie lauschten, als sie an der Bar noch einen Schlummertrunk nahmen. Das war nach dem Wein etwas zu viel gewesen, auf dem Weg zum Wagen hatte sie ihn geküsst, ihr warmer Mund ein Schock, und zu Hause, nach einem Glas Sherry, hatte sie sich für den schönen Abend bedankt. Jetzt durchforstete er die Programme im *Pittsburgh Magazine*, davon überzeugt, dass an einem Montagabend niemand spielen würde.

Früher waren sie mit den Pickerings und den Millers zu Minutello's gegangen und hatten vorn dort strohverkleidete Chiantiflaschen mitgebracht, als Kerzenständer für die hintere Veranda, aber so etwas würde Emily nicht als gutes Essen betrachten. Dasselbe galt für Poli's, für Tambellini's und überhaupt alles in Bloomfield. Sushi schloss er aus, genau wie chinesisch, thailändisch, indisch und mexikanisch – alles zu schwer bekömmlich. Von den wenigen verbleibenden Möglichkeiten war keine besonders gut, und da er wusste, dass es ein Fehler sein könnte, in einem Restaurant zu reservieren, von dem er nicht begeistert war, rief er lieber im Landing an.

Die Frau, die ans Telefon ging, klang britisch und lebhaft, was ihn sofort beruhigte. Er bat um einen ruhigen Tisch mit Blick auf den Fluss.

«Ist es ein besonderer Anlass?»

«Unser Hochzeitstag.»

«Ich notiere es. Herzlichen Glückwunsch übrigens.»

«Danke.»

Er war froh, angerufen zu haben. Es gab ihm ein besseres Gefühl, dass er reserviert hatte, als wäre dann alles Übrige einfach.

Wenn der fünfzigste Hochzeitstag golden war, witzelten er und Emily, war der neunundvierzigste vergoldet. Er würde ihr nichts anderes als Rosen schenken, der Klassiker, und im Lauf des Wochenendes war er von neuem versucht, zwei Tickets nach London für sie beide zu buchen. Er würde, während sie aufs Dessert warteten, den Umschlag über den Tisch schieben und beobachten, wie sich ihr Gesichtsausdruck änderte. Eine dritte Hochzeitsreise, nur sie beide, nordwärts durch Yorkshire, sie würden auf der falschen Straßenseite fahren und zwischendurch halten, um wie Romanfiguren der Brontës durch die windgepeitschten Moore zu wandern. Sie würden in Schlössern übernachten und mit dem Zug die Küste entlang nach Glasgow fahren, Räucherheringe mit Eiern zum Frühstück essen und den ganzen Tag Destillerien besuchen. Auch wenn all das ein Hirngespinst war, lag es daran, dass sie dort glücklich und für eine kurze Zeit von ihrem alltäglichen Leben befreit gewesen waren. Nur sie beide, keine Handys oder E-Mails, die den Zauber brechen konnten, außerdem war es zwanzig Jahre her, und die Zeit hatte die Mühen der Reise abgeschwächt, sodass nur die Höhepunkte übrigblieben - lange, unvergleichliche Abendessen und nächtliche Taxifahrten. Er erinnerte sich, wie er eines Morgens, nachdem er mit ihr geschlafen hatte, nackt am Fenster ihres Gasthofs gestanden, auf die vor der Shakespeare-Statue posierenden Touristen hinabgeblickt und ein seltsames Gefühl verspürt hatte, als hätte er das Geheimnis des Lebens entdeckt. Es wäre jetzt anders, wenn sie noch mal dorthin reisten – dieses körperliche Glücksgefühl nicht mehr möglich –, und dennoch kam ihm der verlockende Gedanke immer und immer wieder. Nächstes Jahr musste er sich etwas Besonderes einfallen lassen, also vielleicht dann. Das erforderte einige Kleinarbeit, er musste eine Mappe zusammenstellen. Diese Aussicht befriedigte ihn, und er fühlte sich beschwingt, als hätte er sie bereits überrascht.

Er trug die Uhrzeit im Kalender ein, aber nicht den Namen des Restaurants.

«Dann gehen wir also essen», merkte Emily an. «Wir wissen bloß noch nicht, wo.»

«Ich schon.»

«Nicht im Club.»

«Nicht im Club.»

«Haben wir da schon mal gegessen?»

«Nein, noch nicht.»

«Langsam wird's interessant.»

«Hoffentlich gefällt's dir.»

«Warum sollte es mir nicht gefallen?»

«Ich weiß nicht. Es ist eine Katze im Sack. Es kann wunderbar oder auch schrecklich sein.»

«Wo hast du davon gehört?»

«Wenn ich dir das erzähle, wäre die Überraschung dahin.»

«Ich hasse Überraschungen.»

«Ich weiß», sagte er.

Er ließ sie bis zum Schluss zappeln. Als sie sich in Schale warfen, bat sie ihn, ihr bei der Halskette zu helfen. Sie saß an ihrer Frisierkommode und neigte den Kopf, während er mit dem winzigen Verschluss kämpfte.

«Du willst es mir wirklich nicht sagen.»

Er hakte die Kette zu, fasste Emily an den Schultern und küsste ihren Nacken. «Du siehst hinreißend aus.»

«Danke, du auch. Aber das beantwortet meine Frage nicht.»

Den ganzen Nachmittag hatte es ununterbrochen geregnet, und es herrschte starker Verkehr. Er hatte eine Verzögerung eingeplant, aber als sie im Feierabendverkehr den Washington Boulevard entlangschlichen, hatte er dennoch Angst, dass sie zu spät kommen würden.

«Der neue Spanier in Aspinwall», sagte Emily und dachte, sie würden die Brücke überqueren.

Schweigend zuckte er mit den Schultern.

«Du bist ein Ekel.»

Als sie an der Ampel ausscherten und flussaufwärts fuhren, schüttelte sie den Kopf, als könnte es nicht stimmen. «Was gibt's denn in Oakmont?»

«Einen sehr schönen Golfplatz, wie ich gehört habe.»

«Ich meine es ernst.»

«Ich auch.»

Obwohl er nur schmal und zweispurig war, kamen sie auf dem Allegheny River Boulevard, einer überlasteten Pendlerstrecke, einigermaßen voran. Er erwartete, dass es nun allmählich besser werden würde, doch statt sich zu lichten und zu beschleunigen, kam der Verkehr ganz zum Erliegen. Alles stand still, die Scheibenwischer schwangen hin und her, und die Rücklichter glitzerten auf der Windschutzscheibe.

«Wir kommen nicht weiter», sagte Emily. «Bestimmt ein Unfall.»

Vor ihnen wendeten Autos.

«Kein gutes Zeichen», sagte sie.

«Ich weiß gar nicht, wo die langfahren wollen.»

«Es muss einen Schleichweg geben.»

«Nicht dass ich wüsste.»

«Vielleicht, wenn man den Fluss überquert und am anderen Ufer zurückkommt.»

«Da muss man ganz an Oakmont vorbei.»

Sie krochen vorwärts und warteten. Im Armaturenbrett sprang die Stunde um. Er dachte, sie hätten noch genug Zeit, doch das stimmte offenbar nicht. Er verspätete sich nur ungern und musste seine aufsteigende Panik bezwingen. Es war Montag, man würde ihren Tisch schon nicht anderweitig vergeben.

«Ich hab langsam Hunger», sagte sie.

«Ich auch.»

Sie standen in einem Tunnel aus Bäumen. Wenn der Wind blies, prasselte Regen aufs Dach. Weitere Autos wendeten, Pick-ups bretterten über den unkrautbewachsenen Mittelstreifen und brausten in die entgegengesetzte Richtung. Der Olds war zu groß, um zu drehen, ein weiterer Grund abzuwarten. Er stellte KDKA ein, doch in den Nachrichten wurde nichts durchgegeben.

«Das ist lächerlich», sagte Emily.

«Stimmt.»

«Ich nehme an, wir kommen zu spät.»

«Das dürfte kein Problem sein.»

«Ich könnte anrufen.»

«Ich hab die Nummer nicht dabei.»

«Trifft sich gut.»

«Bestimmt geht's gleich weiter. Es ist nicht mehr weit.»

Während er dasaß und beobachtete, wie die Minuten heruntertickten, machte er sich Vorwürfe. Er wusste, dass er kein neues Restaurant hätte auswählen sollen. Sie hätten einfach in den Club gehen sollen. Warum hatte er nach all der Zeit immer noch das Bedürfnis, sie zu beeindrucken?

Hinter ihnen heulte eine Sirene, die immer lauter wurde. Ein Streifenwagen raste über die Gegenfahrbahn und ließ seine dröhnende Warnung ertönen.

«Die kommen jetzt erst?», sagte sie.

Genauso verblüfft wie sie, schüttelte er den Kopf, und als es schließlich weiterging und sie an dem Streifenwagen vorbeifuhren, war es gar kein Unfall. An einer Einkaufsmeile waren die Ampeln ausgefallen. In gelber Warnweste stand ein Polizist auf der Kreuzung und regelte mit einer Taschenlampe den Verkehr. Der Spirituosenladen und das Giant Eagle waren dunkel.

«Hoffentlich gibt's da, wo wir hinfahren, Strom», sagte Emily. «Sonst kriegen wir kein Essen.»

«Mal den Teufel nicht an die Wand», sagte Henry zu spät.

Ganz Verona war ohne Strom, von den Bahngleisen bis hinunter zum Fluss. Als sie vor dem Landing hielten, war es dunkel und der Parkplatz leer.

«Ich hab schon von dem Restaurant gehört», sagte Emily. «Es soll sehr gut sein.»

«Ich schätze, das werden wir nie herausfinden», sagte Henry.

An der Tür hing ein handgeschriebenes Schild, so klein, dass man es nicht lesen konnte. Der Kälte trotzend, stieg er aus und ging die Stufen hinauf, um nachzusehen. TUT UNS LEID!, stand darauf, WEGEN STROMAUSFALL GESCHLOSSEN. Als er zurückkehrte, um Emily die Nachricht zu überbringen, ging hinter ihm die Tür auf, und eine energische Stimme rief: «Sind Sie die Maxwells?»

«Ja.»

Es war die Frau, mit der er telefoniert hatte, keine käsige Britin, wie er es sich vorgestellt hatte, sondern tiefschwarz, langbeinig und hübsch, was ihn verwirrte. «Tut mir schrecklich leid. Ich weiß, dass es ein besonderer Anlass ist. Ich kann herumtelefonieren und versuchen, woanders einen Tisch für Sie zu finden, wenn das in Ordnung ist. Ich weiß, dass es in Oakmont keinen Stromausfall gab. Was halten Sie vom Moody's? Man hat einen schönen Blick, und das Essen ist ausgezeichnet.»

Henry zögerte, denn er wollte bei ihrem Schicksal noch immer ein Mitspracherecht haben.

«Es wird Ihnen bestimmt gefallen. Ich rufe rasch meinen Freund Christian dort an.» Sie wählte die Nummer, ehe er widersprechen konnte, und drehte sich um, eine Hand aufs Ohr gedrückt.

Emily ließ das Fenster herunter und winkte ihn zu sich. «Was machen wir jetzt?»

«Sie versucht, uns irgendwo in Oakmont unterzubringen.»

«Das ist nett von ihr.»

«Sie fühlt sich bestimmt verantwortlich.»

«Der Stromausfall ist ja nicht ihre Schuld.»

Die Frau kam die Stufen herunter. «Geht klar. Fragen Sie einfach nach Christian. Er wird sich um Sie kümmern.»

Sie hieß Alison, und sie hatte recht, das Moody's war leicht zu finden und gemütlich. Christian hatte Champagner bereitgestellt, eine aufmerksame Geste, und füllte ihre Gläser nach, bis Henry ablehnte, weil er noch fahren musste. Emily trank während des Desserts weiter, einer weißen Schokoladen-Espresso-Tarte, die sie, mit der Gabel den Teller leerkratzend, bis zum letzten Krümel verputzte.

«Danke», sagte sie im Wagen. «Das war wirklich eine Überraschung.»

«Für mich auch. Alles Gute zum Hochzeitstag.»

«Alles Gute zum Hochzeitstag. Du hast hoffentlich nichts dagegen, wenn ich die Augen zumache. Ich glaube, ich habe zu viel getrunken.»

«Wahrscheinlich eine gute Idee», sagte er, und als sie auf der leeren Straße nach Hause fuhren und die Laternen ringsum leuchteten, begriff er, welches Glück er gehabt hatte.

Halsabschneiderei

Die Inspektionsplakette des Olds lief Ende des Monats aus, und er fragte sich, als wäre es ihm gerade erst aufgefallen, wo das Jahr geblieben war. Er machte bei Marty an der Sunoco einen Termin, brachte den Wagen morgens als Erstes vorbei und bat ihn, wenn sie schon mal dabei seien, auch einen Ölwechsel vorzunehmen. Dort war es billiger als beim Händler, und er vertraute ihnen, deshalb war er erstaunt, als Marty später anrief und sagte, er brauche neue Reifen.

«Ich könnte schwören, dass ich die erst vor kurzem gekauft habe», sagte er, doch er konnte sich nicht mehr erinnern, wann.

«Keine Ahnung, wie alt sie sind, aber sie sind eindeutig wellenförmig abgefahren. Die Hinterreifen kommen wahrscheinlich noch mal durch, aber die Vorderreifen auf keinen Fall. Ich kann Vorder- und Hinterreifen austauschen, dann können Sie fahren, wenn Sie's lieber woanders probieren möchten. Oder wenn Sie einfach nur durch die Inspektion kommen wollen, können wir runderneuerte Reifen aufziehen.»

«Nein.» Er glaubte ihm, und dennoch kam es ihm falsch vor. «Können Sie kurz dranbleiben?»

In seinem Schreibtisch bewahrte er neben den Finanzunterlagen einen Olds-Ordner auf. Aus diesem speziellen Grund waren seine Quittungen chronologisch aufsteigend eingeordnet. Er rechnete damit, die Reifen ziemlich weit vorn zu finden, vielleicht vor zwei, höchstens drei Jahren, doch als er die gelben und rosa Kopien durchblätterte und die Quittung nicht sah, löste sich seine Gewissheit in Luft auf. Dem Ausdruck zufolge, den er schließlich entdeckte, hatte er sie vor sechs Jahren gekauft, was, wenn man bedachte, wie oft er den Wagen fuhr, zu passen schien.

«Okay», sagte er. «Hat keinen Zweck rumzumurksen. Machen wir's.»

«Diese Reifen haben wir nicht auf Lager. Eigentlich werden die nicht mehr hergestellt.»

Natürlich nicht.

Mit Montieren und Auswuchten kostete die Garnitur, die Marty empfahl, mehr als siebenhundert Dollar. Der Betrag war ein Schock, doch die Alternative war, den Wagen zu jemandem zu bringen, den er nicht kannte, und so gab er sein Okay.

«Runderneuerte Reifen», sagte er, nachdem er aufgelegt hatte. Vermutlich gab es Leute, die so etwas machten. Er konnte kaum glauben, dass es legal war.

Emily, die gelauscht hatte, ertappte ihn in der Küche dabei, wie er ein paar Thin Mints aus dem Kühlschrank stibitzte. «Also kaufen wir einen neuen Wagen?»

«Nicht ganz», sagte Henry. «Aber fast.»

Standby

An Thanksgiving waren Kenny und Lisa an der Reihe. Bei ihrem vorigen Besuch hatte Lisa im letzten Moment abgesagt, und Kenny war allein mit den Kindern gekommen, deshalb war Emily skeptisch.

«Wollen wir wetten?»

«Nein.» Er glaubte, dass sie bloß stichelte oder es vielleicht gern so hätte. «Sie haben ihre Tickets schon.»

«Pass auf, sie findet eine Ausrede.»

«Ich dachte, ihr beide seid in Chautauqua ganz gut miteinander ausgekommen.»

«Sie hat kein Wort mit mir geredet.»

«Das meine ich doch.»

«Es ist unhöflich. Sie ist unhöflich. Weißt du noch, was sie letztes Mal über den Erbsenauflauf gesagt hat?»

Er wusste es noch, aber nur weil sie es alle paar Monate erwähnte. Er verschwieg, dass auch er nicht für Erbsenauflauf schwärmte.

Diese Loyalitätstests hörten nie auf, und das war erst der Anfang. Während Emily die alten Schlafzimmer der Kinder herrichtete, bemitleidete sie Betty, deren frühere Schwiegertochter das alleinige Sorgerecht für die beiden Enkel hatte, obwohl es in ihrem Haus schmutzig war. Diese Ungerechtigkeit wurmte Emily. Beim Abendessen überlegte sie, was sie tun würden, wenn Lisa je so etwas versuchte, obwohl es realistisch gesehen eher auf Margaret zutreffen würde.

«Da müssen wir uns wohl keine Sorgen machen», sagte Henry. «Wir sind sowieso zu alt.»

«Du denkst, ich gehe zu hart mit ihr ins Gericht.»

«Ich denke gar nichts.»

«Ich weiß nicht, was ich tun soll. Ich habe mich bemüht, nett zu sein, das interessiert sie einfach nicht. Mir tun Kenny und die Kinder leid.»

Er stimmte ihr zu, doch im Stillen dachte er, dass sie wie bei Margaret zumindest teilweise unrecht hatte. Sein eigener Beitrag war schwerer zu bemessen. Bei ihrer Fehde strebte er, wie bei jeder überflüssigen Reiberei, eine untadelige Neutralität an, verstand beide Seiten und plädierte für Frieden und Zurückhaltung. In Wirklichkeit machte ihn seine Unparteilichkeit nicht zu einem Schiedsrichter, sondern einem Zuschauer, zu einem Zeugen von unschönen Szenen und im Nachhinein einem Fürsprecher. So hatte er sich auch gefühlt, als sie Emilys Mutter in Kersey besucht hatten, wo der Groll der Vergangenheit in dem alten Haus wie ein Gespenst wartete. Er redete sich gern ein, dass er keine Feinde hatte und jeden gleich zu behandeln versuchte, auch wenn er nicht reinen Herzens war. Dieser inbrünstige Hass stellte ihn vor ein Rätsel. Besonders frustrierend war zu sehen, wie wenig sich im Lauf der Jahrzehnte geändert hatte, und als der Mittwoch näherrückte, begann er, statt sich, wie den ganzen Herbst, darauf zu freuen, ihn wie eine Strafe zu fürchten.

Am Dienstag saßen sie gerade beim Abendessen, als das Telefon klingelte.

«Also wirklich», sagte Emily. Wegen der bevorstehenden Wahl waren sie von automatisierten Anrufen geplagt worden, und er zögerte, die Gabel in der Hand, ein Stück geschmortes

Schweinekotelett kauend, und wartete, bis der Anrufbeantworter offenbarte, wer da ihre Privatsphäre störte.

Der Piepton wurde von einem Hintergrundrauschen abgelöst, einem Radio auf der Suche nach einem Sender. Die Stimme, die durchkam, gluckerte wie unter Wasser und wurde immer wieder unterbrochen. «Henry, Emily, hier spricht Jeff. Ich rufe aus dem Krankenhaus an. Ich wollte euch bloß mitteilen, dass Meg in einen Unfall verwickelt war. Sie ist ziemlich lädiert, aber es wird schon wieder.»

Emily, die näher zum Wohnzimmer saß, war vor ihm am Telefon. «Wir sind da. Was ist los?»

«Schalte den Lautsprecher ein», sagte Henry und musste ihr helfen, die richtige Taste zu finden. Sie standen da, und Emily umklammerte ihre Serviette wie ein Taschentuch. Von der Aufregung angelockt, drückte sich Rufus an Henrys Knie.

Sie war im Schnee nach Hause gefahren und von einer anderen Frau gerammt worden. Beide waren von der Straße geschlittert. Niemand war schuld – das hieß, wie Henry begriff, dass Margaret nichts getrunken hatte. Der Wagen hatte einen Totalschaden.

«Sie hat sich das Bein und ein paar Rippen gebrochen. Der Arzt sagt, mit ihrem Kopf ist alles in Ordnung, der sieht nur schlimm aus. Laut Polizei kann sie von Glück sagen, dass sie angeschnallt war. Der Fahrerin des anderen Wagens dürfte es nicht so gut gehen.»

Henry wollte fragen, ob mit ihrem «Kopf» ihr Gesicht gemeint sei.

«In welchem Krankenhaus bist du?», fragte Emily mit gezücktem Stift. «Hat sie schon eine Zimmernummer?»

«Noch nicht. Im Moment wird gerade ihr Bein gerichtet.»

«Ich bin so bald wie möglich da.»

«Du musst nicht herkommen.»

«Will ich aber. Du brauchst jemanden, der sich um alles kümmert, und ich würde sie gern sehen. Ist sie wach?»

«Sie haben ihr Schmerzmittel gegeben, deshalb ist sie nicht ganz da.»

«Das ist nicht gut», sagte Emily.

«Sie haben es nicht gewusst.»

«Aber du hast es ihnen gesagt.»

«Mach ich noch. Ich bin gerade erst angekommen.»

«Wer ist bei den Kindern?», fragte sie.

Als der Schock nachgelassen hatte, begriff Henry nicht, wie es passiert sein konnte, und warum jetzt? Kenny und die Kinder kamen morgen. Während Emily weiter davon redete, einen Flug zu buchen und einen Wagen zu mieten, stellte er sich verbittert die Kette von Ereignissen vor, die zu dem Unfall geführt hatte – der kaltfrontbedingte Schnee, der den Verkehrsfluss behinderte, das Ende von Margarets Schicht, die Autoschlange, die den Parkplatz verließ, und dann die Zufallsfolge von Ampeln, die ihren Kleinbus zur falschen Zeit auf die falsche Fahrspur brachte. Eine kurze Unachtsamkeit, eine von ihnen oder beide zu schnell für die Verkehrsbedingungen. Sie hatte bloß mal wieder Pech gehabt, und dennoch war er wütend, als hätte jemand, der wachsamer war, es vermeiden können – und die Medikamente, ein weiteres Problem.

«Das ist das Letzte, was ich jetzt gebrauchen kann», sagte Emily, als sie aufgelegt hatten.

Sie wollte, dass er sie in die Arme nahm. Erst da, in seiner Umarmung, entrang sich ihr ein ersticktes Schluchzen.

Plötzlich seufzte sie. «Ich muss zu ihr.»

«Ich weiß. Ist nicht der beste Abend dafür.»

«Ich fliege standby. Nach Detroit dürfte es ein Dutzend Flüge geben. Wenn es sein muss, fliege ich morgen früh.»

«Du kannst unsere Meilen benutzen und erste Klasse fliegen, wenn das einfacher ist.»

«Wir werden sehen.» Sie ließ ihn los und ging zur Treppe.

«Willst du nicht erst aufessen?», fragte er.

«Ich glaube, ich krieg im Moment nichts runter.»

«Soll ich das Schweinekotelett aufheben?»

«Ist mir egal. Ja, heb's auf. Du kannst es morgen Mittag essen.»

Er nahm einen Bissen, doch die Zwiebeln waren inzwischen kalt, und er brachte seinen Teller in die Küche, wohin Rufus ihm schwanzwedelnd folgte, als könnte Henry ihm einen Brocken zuwerfen.

«Geh und leg dich hin.»

Er musste Kenny und Arlene Bescheid geben, auch wenn sie nichts tun konnten.

Er fummelte die Schweinekoteletts in eine Tupperware-Sandwichdose, als wären es Puzzleteile, und sah das Knochenmark. Einer seiner seltsameren Gründe, stolz zu sein, war die Tatsache, dass er sich, obwohl er Football gespielt, am Krieg teilgenommen und sich in der Wüste mal mit dem Auto überschlagen hatte, nie einen Knochen gebrochen hatte. So vieles im Leben beruhte auf Zufall. Embree war gestorben, er lebte. Das würde für ihn nie einen Sinn ergeben.

Der Herd war ein Chaos, die Schalter fettbespritzt, der Griff der Gusseisenpfanne noch warm.

«Lass nur», sagte Emily und zog ihren Mantel an. Er hatte sie noch nie so schnell packen sehen, hütete sich aber, es anzusprechen.

Unterwegs erklärte sie ihm, wie man den Truthahn briet. «Du musst bloß daran denken, ihn früh in den Ofen zu schieben und immer mal nachzusehen. Ist nicht so schwer. Arlene kann dir helfen.»

Er konnte ein Fleischthermometer ablesen. Mehr Sorgen machte ihm der Kartoffelbrei, den er am liebsten aß. Und er hatte nur eine ungenaue Vorstellung davon, wie man eine Soße zubereitete.

«Das klappt schon. Halte dich einfach an das Rezept. Es ist so ähnlich, wie ein Bücherregal zusammenzubauen.»

«Das bezweifle ich.»

«Ich wünschte, ich könnte bleiben und helfen. Du musst eine Weile allein zurechtkommen.»

«Schaff ich schon.»

«Ich weiß, dass du's kannst.»

Hinter Carnegie war es dunkel, und Taxis brausten vorbei, eine schwarze Limousine, die nicht blinkte. Hier draußen gab es Hirsche. Die Jagdsaison begann kommende Woche, an dem Tag war überall schulfrei. Sie hatten keinen Grund und keine Zeit gehabt, darüber zu sprechen, doch als er jetzt an der Ausfahrt bremste, wollte er sie aberwitzigerweise begleiten.

«Du hast bestimmt eine schöne Zeit mit ihnen», sagte Emily. «Kenny und Ella werden dir helfen. Lisa dürfte begeistert sein, dass ich nicht da bin.»

«Das stimmt doch nicht.»

«Es stimmt nur zu gut. Lass dich nicht von ihr rumkommandieren. Sie übernimmt das Ruder, wenn du es zulässt.»

Noch während er versprach, sich ihr zu widersetzen, dachte er, dass alles viel einfacher wäre, wenn sie kochen würde.

Trotz eines Streifenwagens, der mit blitzendem Lichtbalken dastand, und eines Polizisten mit Warnweste, der die Leute weiterwinkte, wurde vor der Abflughalle in zwei Reihen geparkt, und die Menschenmenge am Schalter drängte sich bis auf den Gehsteig. Henry musste auf eine Lücke warten, um den Olds näher heranzufahren. Er hielt und ließ den Kofferraum aufschnappen. Bevor er aussteigen konnte, nahm schon ein Gepäckträger Emilys Tasche.

Sie zuckte nur mit den Schultern und gab Henry einen Kuss. «Sobald ich weiß, auf welchem Flug ich bin, rufe ich an.»

«Viel Glück.»

«Kommst du zurecht?»

«Ja. Bestell allen herzliche Grüße.»

«Tut mir leid.»

«Brauchst du Geld?»

«Ich habe zwei Zwanziger aus deiner Kommode stibitzt.»

Sie konnten nicht auseinandergehen, ohne «Ich liebe dich» zu sagen, ein Ritual, das inzwischen fast eine Vorsichtsmaßnahme war, als würden sie sich vielleicht nicht wiedersehen. Sie drehte sich um, stieg auf den Bordstein, bedeutete dem Gepäckträger, ihr zu folgen, und winkte ein letztes Mal, bevor die Schiebetür sie verschluckte.

Ein riesiger Escalade hatte ihn zugeparkt. Statt zu warten, schaltete er in den Rückwärtsgang und fuhr um den Wagen herum. Das Tempolimit betrug wie in Chautauqua fünfundzwanzig Stundenkilometer, was ihn davon abhielt, aufs Gas zu treten. Er nickte dem Polizisten zu, der den Zebrastreifen bewachte, fuhr zur Ausfahrt und dachte daran, dass er am nächsten Tag wieder da sein würde. Als er den Olds die Auffahrt entlangsteuerte, hob gerade ein Flugzeug ab, und seine Lichter durchschnitten die Wolken. Er hätte parken und mit ihr hineingehen sollen, sich vergewissern, dass sie noch am Abend einen Flug bekam, doch sie hatte ihn zur Eile gedrängt. Am liebsten wäre er zurückgefahren und selbst standby geflogen, um sie in Detroit zu überraschen. Sie war eine schauderhafte Autofahrerin, besonders bei Nacht. Er stellte sich vor, wie ein Polizist anrief und sagte, sie habe einen Unfall gehabt, mit nicht zu überhörender Ironie. Er hätte fliegen und sie hätte zu Hause bleiben sollen, doch da es um Margaret ging, war das undenkbar. Emily würde stets diejenige sein, die sie rettete. Und er würde der sein, der nicht verstand, der sie nicht genug liebte. Er hätte gern gesagt, dass es nicht stimmte, gestand aber schließlich ein, dass sie keine Zeit für einen Neubeginn hatten.

Auf dem Highway klangen die neuen Reifen seltsam, lauter, sie dröhnten wie Winterreifen. Es war kalt genug. Jenseits seiner Scheinwerfer herrschte tiefe Dunkelheit, und Hirschrudel streiften unsichtbar durch den Wald. Morgen würde die Kaltfront den Feiertagsverkehr in ein noch größeres Chaos verwandeln. Sie landeten nachmittags. Am Tunnel würde sich der Verkehr meilenweit stauen. Er musste tanken. Er musste die Lasagne und das Knoblauchbrot aufwärmen und einen Salat zusammenstoppeln. Sie blieben vier Tage. Er fühlte sich schon überfordert, blieb auf der linken Spur und raste in Richtung Stadt, als wäre er zu spät dran.

Die Nachricht

Während er auf dem Weg nach Hause war, hatte Emily Kenny angerufen, um ihm Bescheid zu geben.

«Bist du dir sicher, dass wir trotzdem kommen sollen? Wir machen uns Sorgen, dass es einfach zu viel sein könnte.»

So gern Henry sein Angebot angenommen hätte, die Andeutung, er könnte überfordert sein, nahm er ihm übel. Von Emily instruiert, meinte er auch die Handschrift von Lisa dahinter zu erkennen, eine weitere Front in ihrem endlosen Stellvertreterkrieg.

«Es ist besser, wenn ihr kommt, ehrlich. Arlene hilft mir. Wir packen alle mit an. Und außerdem will ich euch sehen.»

«Okay», sagte Kenny, unschlüssig, als würde er einen Fehler machen. «Sag uns einfach, was wir tun können.»

«Keine Sorge, das mach ich schon.»

Sie hatte Arlene nicht angerufen, die nach dem ersten Schock sagte, es sei vielleicht einfacher, wenn sie in den Club gingen.

Er bewunderte ihren Pragmatismus, doch es gab keine Garantie, dass sie einen Tisch reservieren konnten, und er hatte sich bereits für die Herausforderung gewappnet. «Das ist doch kein Thanksgiving.»

Sein Einwand war unfair, da rührselig. Genau wie ihre Mutter liebte sie Feiertage und dekorierte ihr Klassenzimmer den Jahreszeiten gemäß. Auch jetzt würde ihre Tür mit Mais geschmückt sein.

«Ich habe Kuchenzutaten gekauft.»

«Es ist bloß ein Abendessen. Das ganze Wochenende essen wir Reste.»

«Truthahnsuppe.»

«Warme Truthahnsandwiches.»

Sie war zu allem bereit, aber nach ihrem Gespräch fragte er sich, ob sie eine große Hilfe sein würde. Da sie allein lebte, verließ sie sich auf ihre Mikrowelle, füllte die Gefriertruhe mit Lean Cuisine und backte gelegentlich Kekse, um ihr eigenes Leckermaul zu füttern.

Lisa schaute sich Food Network an und druckte Rezepte von der Website aus, um sie an Kenny auszuprobieren. Für Weihnachten bestellte sie ausgefallene Essigsorten und spezielles Olivenöl aus Katalogen, die Emily für reinen Nepp hielt. Die Versuchung bestand darin, zu kapitulieren und ihr das Kommando zu überlassen. Er grämte sich und wollte sich nicht festlegen, aus Angst, dass Emily es als Verrat ansehen würde, wenn er Lisa die Kartoffeln überließ. Besser, es selbst auszuprobieren und nicht hinzukriegen. Er konnte bereits hören, wie sie es in einigen Jahren rund um den Tisch erzählten wie eine alte Lieblingsgeschichte.

An den Kühlschrank hatte Emily den Speiseplan und eine lange Einkaufsliste geklebt. Einzig aufs Abendessen konzentriert, hatte er die verschiedenen Appetithappen vergessen, zu denen Emily sie immer den ganzen Nachmittag nötigte, während sie Football guckten – Spinatdip, gefüllte Pilze und Chicken Curry Puffs in Blätterteig, Krabbencocktail und Räucherlachs mit Dillsoße auf Pumpernickel-Canapés, eine Schieferplatte mit Hillshire-Farm-Salami und drei verschiedenen Käsesorten von Penn Mac. Es war zu viel. Wenn es Abendessen gab, waren sie schon satt, und dennoch war es eine Tradition, und die Parade der Köstlichkeiten spiegelte die überquellende Fülle ihres Lebens wider.

Geräucherte Kapern, frischer Salbei, 3 Zitronen, 1 Liter Sahne-Milch-Mischung, 2 Dosen Krabbenfleisch, 100 g gehackte Walnüsse. Ihre Handschrift war mit Recht ein Grund, stolz zu sein, und er war froh darüber. Am nächsten Tag würde das Jyggle ein Tollhaus sein, doch es war zu spät, um noch an diesem Abend zu fahren. Sie konnten Bier gebrauchen, wahrscheinlich ein paar Flaschen Rotwein, und er musste an Margaret denken, die den Tag in ihrem Krankenzimmer verbringen und ihre Thanksgiving-Mahlzeit von einem Tablett essen würde.

Rufus war ihm in die Küche gefolgt und blickte zur Hintertür.

«In Ordnung», sagte Henry. «Aber beeil dich.»

Bei der Kälte trat er nicht auf die Veranda hinaus, sondern schaute durchs Fenster zu, und als Rufus wieder ins Haus getrottet kam, gab er ihm einen Hundekuchen. Das Geschirr war sauber, also räumte er es weg und hängte das Geschirrtuch zum Trocknen über den Backofengriff. Er schenkte sich einen Scotch ein, ging nach oben und sah sich eine Sendung über einen Mord in einer Kleinstadt an.

Saß sie schon im Flugzeug? Hatte sie deshalb nicht angerufen? Jeden Moment erwartete er das Klingeln des Telefons, mit der Mitteilung, dass sie an Bord sei und noch mal mit Jeff gesprochen habe, dass Margaret bei Bewusstsein sei, aber es kam nichts, und als die Stunden verstrichen und der reale Kriminalfall von den Nachrichten abgelöst wurde, befürchtete er, dass sie noch immer im Flughafen saß und er hinausfahren müsse, um zu verhindern, dass sie die ganze Nacht dort verbrachte.

Sie musste im Flugzeug sein. Um diese Uhrzeit flog keine Maschine mehr, es sei denn, sie hatte Verspätung.

Am nächsten Tag sollten fünf bis zehn Zentimeter Schnee fallen.

«Na toll.»

Am Ende der Nachrichten, angeregt durch die Musik, stand Rufus auf und streckte sich, kam herübergetappt und legte den Kopf auf Henrys Knie.

«Ich weiß, Kumpel. Ich müsste auch längst ins Bett.»

Er wählte ihre Nummer, erreichte aber nur die Mailbox. «Ich bin's bloß. Offenbar hast du einen Flug bekommen. Melde dich mal.» Als sie nach ein paar Minuten noch nicht zurückgerufen hatte, schloss er unten ab und machte sich bettfertig, putzte sich gemächlich die Zähne und wusch das Gesicht, als wollte er Zeit schinden.

Normalerweise kümmerte sie sich um die Heizdecke, deshalb waren die Laken kalt. Er las eine Weile, das Telefon neben ihm auf dem Nachttisch, und stellte sich vor, wie sie in der falschen Richtung vom Parkplatz der Mietwagenfirma bog und die Dunkelheit vereinzelte Glatteisstellen verbarg. Er verstand nicht, welchen Zweck es hatte, hier zu sein. Sie war doch der Grund, warum sie kamen, nicht er.

Es war schon nach Mitternacht, als er das Licht ausschaltete. Er glaubte nicht, dass er Schlaf finden würde, doch er musste geschlafen haben, denn als ihn sein Telefon weckte, war es kurz vor zwei. Der Klingelton schrillte immer wieder, und Rufus tappte grummelnd zum Fußende des Betts.

«Ich hab's geschafft», sagte sie. «Ich musste über Chicago fliegen, aber ich hab's geschafft.»

«Ich hab mir Sorgen gemacht.»

«Dachte ich mir. Ich habe deinen Anruf gesehen.»

Es gab keine Neuigkeiten. Jeff schien klarzukommen. Sie hatte noch nicht mit den Kindern gesprochen. Die Besuchszeit begann um acht. Sie musste ins Bett, wenn sie halbwegs in Form sein wollte.

«Du hast morgen auch einen wichtigen Tag. Ich wollte es dir schon im Wagen sagen, ich habe im Jyggle einen Tafelaufsatz bestellt.»

«Bleib dran. Ich hole bloß einen Stift, um es aufzuschreiben.»

«Wahrscheinlich eine gute Idee.»

«Es ist ruhig hier», sagte er.

«Nicht mehr lange.»

«Rufus vermisst dich.»

«Gib ihm einen Stubser und eine Umarmung von mir.»

In diesem Moment wäre es nicht hilfreich gewesen zu sagen, dass er wünschte, er wäre mitgeflogen, deshalb verkniff er es sich. «Ich lass dich jetzt besser in Ruhe. Sag Bescheid, wenn du irgendwas weißt.»

«Mach ich.»

Er hätte sich nicht sorgen sollen. Trotz ihrer Fahrerei wusste sie, was in Situationen zu tun war, in denen er nicht weitergewusst hätte. Er begriff, dass er sich kindisch benahm, empört, weil sie ihn zurückgelassen hatte. Obwohl er sich wegen des bevorstehenden Tages noch Sorgen machte, war ihre Stimme beruhigend gewesen, und es gelang ihm zu schlafen, doch am Morgen war das Zimmer grau und düster, und er hatte keine Lust, aus dem Bett aufzustehen.

Laufbursche

Sie rief an, während er im Jyggle das riesige, unübersichtliche Archipel der Obst- und Gemüseabteilung durchstreifte und versuchte, Frühlingszwiebeln zu finden. Über den Griff seines nahezu leeren Einkaufswagens gebeugt, konnte er sie nur schlecht verstehen und presste sich das Telefon ans Ohr. Sie habe keine Zeit gehabt, die Badezimmer sauberzumachen. Wegen der Hundehaare müsse das ganze Haus gesaugt werden, und die Kerzenständer seiner Großmutter könnten eine Politur vertragen. Ob er Arlene bitten könne, die gute Leinentischdecke zu bügeln? Die aus dem Dielenschrank, die von Ostern her noch in der Schutzhülle von der chemischen Reinigung stecke.

«Ich weiß, das klingt albern, aber kannst du sie bitten, sich auch um die Servietten zu kümmern?»

«Durchaus nicht albern. Sonst noch was?»

«Ich habe bestimmt irgendwas vergessen. Margaret schläft, deshalb sitze ich hier und mache mir Sorgen.»

Ringsum durchwühlten andere Kunden die Süßkartoffeln oder wogen Tomaten ab. Er war nicht begeistert von Handys und fand Leute, die ihre Privatangelegenheiten öffentlich ausposaunten, unhöflich. Unwillkürlich flüsterte er und versuchte, das Gespräch so schnell wie möglich hinter sich zu bringen. «Wie geht's ihr?»

«Sie haben sie mit Medikamenten vollgepumpt. Das Atmen tut wahrscheinlich weh, wegen der Rippen.»

«Hast du mit ihr gesprochen?»

«Ja. Sie sagt, sie kann sich an nichts erinnern. Sie ist ziemlich von der Rolle. Der Arzt hat gesagt, dass ihr Knie einige Arbeit erfordert.»

«Ich wusste nicht, dass es ihr Knie erwischt hat.»

«Das kommt anscheinend häufiger vor, weil es so weit oben ist.»

«Verstehe.» Er konnte geradezu vor sich sehen, wie die Kniescheibe gegen das Armaturenbrett stieß. Er wollte sich nach ihrem Kopf erkundigen, dachte aber, dass Emily etwas davon gesagt hätte.

«Wenigstens war sie angeschnallt. Ich hab die Familie der anderen Fahrerin in dem kleinen Aufenthaltsraum hier gesehen. Sieht nicht gut aus.»

Obwohl Jeff gesagt hatte, niemand habe Schuld an dem Unfall, fragte er sich reflexartig, ob Margaret heimlich getrunken oder sich bekifft hatte, und schämte sich dann für die Verdächtigungen. Warum dachte er stets nur das Schlechteste von ihr? Sie würde vielleicht nie die Lektion lernen, die das Leben ihm erteilt hatte – dass schon eine kurze Unachtsamkeit nachhaltige Auswirkungen haben konnte –, aber das hier war etwas anderes. Sie war unschuldig und verletzt, und er erinnerte sich, wie sie sich als kleines Mädchen an einer Muschelschale den Fuß aufgeschnitten und er sie über den Rasen zum Sommerhaus getragen hatte, wo Emily alles wieder in Ordnung brächte.

«Ich bin froh, dass du dort bist.»

«Ich auch. Sie ist so hilflos, ganz furchtbar. Ich schätze, sie und Jeff sind nicht gut klargekommen, und das hier hilft auch nicht.»

«Nein», stimmte er zu.

«Wie sieht der Tafelaufsatz aus?»

Das war keine Frage. Es war eine Erinnerung, weil sie dachte, er könnte ihn vergessen haben, und das stimmte auch. «Ich weiß nicht. Ich bin gerade erst hergekommen.»

«Warte kurz. Nein», sagte sie zu irgendwem, «Sie stören nicht.»

Sie müsse jetzt leider los. Die Tagesschwester war gekommen, um irgendwas mit Margarets Infusion zu machen, und Emily wollte mit ihr sprechen. Sie würde es später noch mal probieren. «Viel Glück», sagte sie und legte auf, ohne eine Antwort abzuwarten.

ANRUF BEENDET, stand auf dem Display.

«Na schön», sagte er.

Die Liste war lang, und er hatte immer noch keine Ahnung, wo sich die Frühlingszwiebeln befanden. Er dachte, er sollte erleichtert sein, dass es nur Margarets Knie war, doch mit all seinen neuen Aufgaben hatte er das Gefühl, an Boden zu verlieren, und wohl wissend, dass er den Tafelaufsatz vergessen würde, wenn er sich nicht sofort darum kümmerte, gab er seine Suche auf und stellte sich, wie er es gleich hätte tun sollen, in der Blumenabteilung an. Er wartete gut fünf Minuten, während die Leute vor ihm ihre Sträuße einpacken ließen, und als er endlich an die Reihe kam, war der Tafelaufsatz noch nicht fertig.

Der allerbeste Gastgeber

Der Website der Airline zufolge war ihr Flug pünktlich. Arlene bügelte, er saugte und sammelte den Kot auf. Das Haus war fertig, es blieb nichts mehr zu tun, und dennoch hatte er das Gefühl, er könnte noch ein paar Stunden gebrauchen – und heute war der einfachste Tag. Die «fünf bis zehn Zentimeter» waren nur eine dünne Schneedecke, es gab erstaunlich wenig Verkehr und keinen Stau beim Einkaufszentrum in Robinson, sodass er früh dran war. Er stellte sich an den Fuß der Rolltreppe, die zur Gepäckausgabe führte, und war Zeuge einer Unmenge von freudigen Wiedersehen, doch nach einer Weile taten ihm die Knie weh, und er musste sich setzen. Er wünschte, er hätte sein Buch mitgenommen, und schlug die Zeit damit tot, den stetigen Menschenstrom zu betrachten. Er bemühte sich, die Lautsprecherdurchsage zu hören, doch die von der Decke kommende Stimme zerstreute sich in der lauten Halle. Zweimal glaubte er, Boston gehört zu haben, und sah auf der Anzeigetafel nach. Beim dritten Mal hieß es, ihre Maschine sei vor fünf Minuten gelandet. Wahrscheinlich saßen sie bereits in der Bahn.

Er war es gewohnt, dass bei den Kindern Emily alles in die Hand nahm. Ohne sie fühlte er sich unvorbereitet. Es bestand kein Grund für seine Verzagtheit. Es war ja nicht so, dass er wildfremde Leute bewirten sollte, warum befürchtete er dann, er habe ihnen nichts zu sagen? Er sah unbehagliche Momente am Esstisch voraus, sah, wie Arlene drauflosplapperte und versuchte, das Schweigen zu durchbrechen. Schon daran zu denken, wie viel Energie eine belanglose Plauderei kostete, ermüdete ihn.

Schließlich erschienen sie auf der rechten Rolltreppe, Sam und Ella als Erste, und winkten, während sie nach unten glitten. Er ging hinüber und stellte sich an der Seite auf, damit sie den anderen Passagieren nicht den Weg versperrten.

Sam ließ sein Handgepäck stehen und warf die Arme um Henrys Taille, sodass er einen Schritt zurück machen musste.

«Immer sachte, Kumpel», sagte Henry und zerzauste sein Haar.

Ella, bezopft und nach Erdbeerkaugummi riechend, stellte sich auf die Zehenspitzen, um ihm einen Kuss zu geben. «Hallo, Grampa.»

«Selber hallo.»

Kenny und Lisa kamen hinterhergezockelt. Um den besten Flugpreis zu bekommen, hatten sie um fünf aufstehen und über Philly fliegen müssen, und sie bewegten sich mit schleppenden Schritten.

«Wie war euer Flug?»

«Lang», sagte Lisa.

Kenny zuckte mit den Schultern. «Ist halt USAir.»

«Darf ich deine Tasche nehmen?»

«Das wäre wunderbar», sagte sie. «Danke.»

«Ist das alles? Wir müssen hier lang. Ich war früh dran und hab einen vernünftigen Parkplatz gefunden. Eigentlich sollte es schneien, aber es ist kaum was runtergekommen. Emily ist zwar nicht da, aber ihre Lasagne. Hoffentlich seid ihr hungrig.» Wie um ihre Erschöpfung wettzumachen, spielte er den aufgekratzten Gastgeber und zeigte eine pausenlose

Begeisterung. Er öffnete den Kofferraum und half Kenny mit dem Gepäck. «Na bitte, passt perfekt.»

Erst auf der Autobahn erkundigte sich Lisa nach Margaret. Er fragte sich, wie viel Emily Kenny erzählt hatte. Nach der Genfer Konvention musste man, wenn man gefangen genommen wurde, dem Feind nur seinen Namen, den Rang und die Matrikelnummer nennen.

«Alles kommt wieder in Ordnung», sagte er und sah sie im Rückspiegel an, «es dauert bloß eine Weile.»

«Das ist gut.»

«Die Ärzte haben gesagt, sie hat großes Glück gehabt.»

«Klingt, als hätte es wesentlich schlimmer sein können», sagte Kenny, der neben ihm saß.

«*Wesent*lich schlimmer. Gut, dass sie angeschnallt war.»

Mehr wollte er im Augenblick nicht sagen. Er erwartete, dass sie später, wenn die Kinder ins Bett gegangen waren, darauf zurückkommen würden.

«Wie geht's Emily?», fragte Lisa mit übertriebenem Ernst, als wäre auch sie verletzt worden.

«Gut. Sie bedauert, euch nicht zu sehen, ist aber froh, dass sie dort ist. Ich auch.»

«Jeff ist bestimmt froh über ihre Hilfe.»

«O ja», sagte er, obwohl er mit Emily nicht näher darüber gesprochen hatte, und war erleichtert, als Lisa sich zurücklehnte. Es war kurz vor Beginn der Stoßzeit, und er begnügte sich damit, sich auf die Straße zu konzentrieren.

Zu Hause wurden sie von Arlene begrüßt und von Rufus, der sich beim Anblick der Kinder jaulend hin und her wand und mit dem Schwanz gegen den Dielentisch schlug. Die Zeitplanung stimmte. Während sie sich einrichteten, schob Henry die Lasagne in den Backofen und bereitete das Brot vor. Arlene war für den Salat zuständig, der normalerweise seine Aufgabe war.

«Was kann ich tun?», fragte Lisa.

«Nichts. Ein Glas Wein trinken und dich entspannen.»

«Das wäre wunderbar. Ich hab das Gefühl, immer noch in Bewegung zu sein.»

Kenny holte ihm von unten ein Bier und stieß mit ihm an. «Danke für die Einladung. Ich weiß, dass es viel Arbeit ist.»

«Ist uns ein Vergnügen», sagte er aus Gewohnheit und deutete im Nachhinein mit dem Kopf auf Arlene. «In unserem Alter nehmen wir jeden Vorwand.»

Auch wenn es nicht ganz logisch klang, die Freude war echt. Bei der hereinbrechenden Dunkelheit draußen und einem Feuer im Kamin, Rufus ausgestreckt, den Kopf auf Ellas Schoß, war das Haus bevölkert und warm, wie es sich für einen Feiertag gehörte. Als er das Brot in den Backofen schob, brodelte die Lasagne, und der Duft brachte ihm aus dem Wohnzimmer Komplimente ein. Arlene half den Kindern, den Tisch zu decken, während er eine zweite Flasche Rotwein öffnete. Er hatte nur vergessen, den geriebenen Parmesan aus dem Kühlschrank zu holen, damit er nicht kalt war.

Anstelle von Emily saß Arlene am Kopf des Tisches.

«Sieht wirklich gut aus», sagte Kenny, und Henry war so stolz, als hätte er die Lasagne selbst gemacht.

Sie hielten sich an den Händen, während Ella das Tischgebet sprach und es mit den Worten beendete: «Und bitte mach, dass Tante Margaret wieder gesund wird.»

«Sehr schön», sagte Arlene.

Die Auflaufform war heiß, deshalb füllte Henry allen auf.

«Für Sam nur ein halbes Stück, bitte», sagte Lisa. Er war

pingelig – Emily zufolge war er verzogen – und ließ sein Gemüse stets auf dem Teller liegen. Statt es am Tisch mit ihm auszufechten, wie Emily oder Henrys Mutter es getan hätten, ließ Lisa ihn auf alles, was er nicht mochte, verzichten, mit dem Resultat, dass er manchmal nur Brot aß. Sein Salatteller war leer. Henry dachte, Lasagne sei kein großes Problem, doch Sam sezierte sein halbes Stück, Schicht für Schicht, mit der Geduld eines Hirnchirurgen, schabte die Soße, das Rinderhack und den Käse ab und aß bloß die Nudeln.

«Du lässt dir ja das Beste entgehen», sagte Henry.

«Das ist sein Pech», sagte Lisa, eine Philosophie, mit der Henry nicht einverstanden war, doch er behielt seine Einwände für sich.

«Kannst du dich noch an die Sache mit dir und Großmutter Chase und der Leber erinnern?», fragte Arlene.

Das war eine Geschichte, die alle schon mal gehört hatten und die zeigen sollte, wie stur sie beide sein konnten. Er war damals sieben oder acht gewesen, ihre Eltern aus irgendeinem Grund nicht zu Hause. Lange nachdem Arlene ihren Nachtisch gegessen hatte und losgerannt war, um sich *Little Orphan Annie* anzuhören, hatte er noch mit der Serviette auf dem Schoß dagesessen und das kalte graue Fleisch auf seinem Teller stirnrunzelnd angestarrt, während Großmutter Chase wie ein Gefängniswärter auf der anderen Seite des Tisches saß. Er hatte mehrere Bissen geschafft, indem er sie in Brötchenstücke gehüllt und mit Milch hinuntergespült hatte, aber jetzt waren das Brötchen und die Milch nicht mehr da, und sie würde ihn erst aufstehen lassen, wenn er alles gegessen hatte. Leber war ihm noch immer zuwider, genauso wie die Erinnerung. Es war nur dieses eine Mal vorgekommen, hätte er zu seiner Verteidigung sagen können, doch er saß schweigend da, als wäre er bestraft worden, und wartete, bis die Erzählung damit endete, dass er die letzten Bissen nicht aß und ins Bett geschickt wurde, die Moral der Geschichte, falls es überhaupt eine gab, schwer nachzuvollziehen.

«Und isst du Leber jetzt gern?», fragte Lisa.

«Nein. Es ist nun mal Leber. Die isst niemand gern.»

«Granny Chase war ein harter Brocken», sagte Arlene.

«Das stimmt», pflichtete er ihr bei. «Ich erinnere mich dunkel, dass jemand anders mit Limabohnen Probleme hatte.»

«Das war was anderes», sagte Arlene.

«Ich weiß noch, wie ich mal Aspik essen musste», sagte Kenny, bemüht, eine Geschichte über sich zu erzählen.

«Was ist Aspik?», fragte Sam und zog bei Kennys Schilderung ein Gesicht, das alle zum Lachen brachte.

«Siehst du?», sagte Henry. «Lasagne ist eigentlich nicht so schlimm.»

«Es schmeckt köstlich», sagte Lisa.

Wie zum Beweis bat Kenny, genau wie Ella, um einen Nachschlag.

Henry reichte den Brotkorb herum und ermunterte sie, alles aufzuessen. «Es soll nichts übrigbleiben.»

Mit derselben Einstellung tranken sie die zweite Flasche aus und widmeten sich dem Kaffee mit Nachtisch, Arlenes Version des cremegekrönten Maismehlpuddings ihrer Mutter, eine Lieblingsspeise der Kinder, genau wie damals für ihn. Während sie satt am Tisch saßen, erinnerte er sich an das Haus in der Mellon Street, an den verschnörkelten Kamin und sich selbst als kleinen Jungen, herausgeputzt, wie Sam darauf wartend, dass er aufstehen durfte, und er fragte sich, wie oft er in der einen oder anderen Form dieses Essen verzehrt hatte. Im Leben gab es eine geheimnisvolle Kontinuität, die beruhigend war, auch wenn ihm die wahre Bedeutung entging.

Die Kinder halfen abzuräumen und verschwanden mit Rufus nach oben. Als Kenny mit dem Geschirrspülen fertig war, zogen sich die Erwachsenen ins Wohnzimmer zurück und setzten sich rings ums Feuer, das Licht stimmungshalber gedämpft. Henry hob sein Glas, um die flackernden Flammen in seinem Scotch zu bewundern – der Glenfarclas, den ihm Arlene geschenkt hatte, nussig und dann sherrysüß. Wie zu erwarten, wandte sich das Gespräch Margaret zu.

«War ein schweres Jahr für sie», sagte Lisa.

«Jammerschade», sagte Arlene, «denn sie hat wirklich hart an sich gearbeitet. Ich glaube, sie wird sich langsam darüber klar, was sie tun muss.»

«Du meinst wegen Jeff», sagte Lisa – sie stochert im Trüben, dachte Henry.

«Wegen allem. Alles hängt zusammen.»

«Ich glaube, es ist schwer für sie», sagte Kenny, «weil er immer da war. Was ist, wenn es nicht gut läuft und plötzlich niemand mehr da ist?»

«Hat sie Angst, die Kinder zu verlieren?», fragte Lisa.

«Darum geht es bestimmt. Wenn sie rückfällig wird, gibt es kein Sicherheitsnetz.»

«So was würde Jeff nicht tun», sagte Arlene.

Bei dieser Frage behielt Henry seine Meinung für sich. Es waren sowieso nur Vermutungen. Die Menschen taten, was sie taten. Von einem bestimmten Alter an hatte er aufgehört zu glauben, er könne ihr Leben beeinflussen.

«Ihm bliebe nichts anderes übrig», sagte Kenny. «Wenn sie so ist wie vor zwei Jahren, dann müsste er die Kinder nehmen.»

«Das war am schlimmsten», sagte Lisa.

Waren sie in Chautauqua gewesen? Es war frustrierend, dass er sich nicht daran erinnern konnte.

«Sie will nicht allein sein», sagte Kenny. «Das kann ich ihr nicht verdenken.»

«Nichts gegen Jeff», sagte Lisa, «aber es wird nicht besser, wenn sie bei ihm bleibt. Er tut alles für sie.»

War es nicht das, was Eheleute füreinander tun sollten? Er war versucht, sich einzumischen und zu sagen, dass es sie nichts anging. Zugleich wollte er sie nicht unterbrechen und Gefahr laufen, etwas zu verpassen. Wie bei dem Gespräch mit Emily im Wagen hatte er das Gefühl, in Geheimnisse eingeweiht zu werden, von denen er sonst nichts erführe, und saß an seinem Scotch nippend da wie ein Spion.

«Wie läuft's denn so?», fragte Emily später, nachdem sie ihn über Margarets Fortschritte informiert hatte. Die Knieoperation sei ein Routineeingriff. Sie hätten den Arzt gebeten, ihr etwas Nicht-Narkotisches zu geben.

«Ganz gut», sagte er. «Heute Abend war der einfache Teil.»

«Du machst das schon. Du musst bloß die Anweisungen befolgen und darfst nicht alle fünf Sekunden nachschauen. Den Tafelaufsatz hast du geholt.»

«Ja.»

«Ich fand, er sieht festlich aus.»

«Stimmt.» Er hatte neunundzwanzig Dollar gekostet und sah aus wie ein Bündel von Halloween übriggebliebener lackierter Kürbisse, die zusammengebunden waren und aus einem kleinen geflochtenen Füllhorn quollen.

«Das Horn sollte vom Gastgeber weg- und den Gästen zugekehrt sein.»

«Das hätte ich nicht gewusst.»

«Deshalb sage ich's dir ja. Wenn es nach dir ginge, hätten wir gar keinen Tafelaufsatz.»

«Doch, er sieht schön aus.»

«Was ist mit Weihnachten? Hast du Lisa wegen Ellas Perlen gefragt?»

Obwohl er die Halskette von früheren Weihnachtsfesten her kannte (Sarah hatte eine dazu passende), konnte er sich nicht erinnern, dass Emily sie in letzter Zeit erwähnt hatte, aber um nicht beschuldigt zu werden, dass er nicht zugehört habe, spielte er mit und setzte es auf seine Liste.

«Du fehlst mir», sagte er.

«Du mir auch. Schlaf jetzt ein bisschen. Du hast morgen einen langen Tag.»

«Du auch», sagte er, aber als er aufgelegt und das Licht gelöscht hatte, fielen ihm ständig Sachen ein, die er bestimmt vergessen würde, wenn er sie nicht aufschrieb, zum Beispiel, dass er die Dose Cranberrys in den Kühlschrank stellen musste, und er musste sich herumrollen und auf seinem Nachttisch nach Stift und Block tasten. Aus Protest tappte Rufus zur anderen Seite des Betts und legte sich schnaufend hin.

«Schon gut», sagte Henry.

Er träumte davon, wie Duchess vom Steg aus einem Tennisball nachsprang, und erwachte um fünf, überrascht, Emilys Kissen verlassen vorzufinden. Es war Winter. Sie war in Michigan. Normalerweise wurde er um zwei oder drei wach, um auf die Toilette zu gehen, und beglückwünschte sich, sechs Stunden durchgeschlafen zu haben, doch als um acht der Wecker klingelte, roch er Speck – wahrscheinlich Lisa, die, während er schlief, die Küche in Besitz genommen hatte, aber als er unten nachsah, war es Kenny, der den Kindern weichgekochte Eier machte.

Keine feindliche Übernahme, sondern eine Hommage. Sie nannten es Grandma-Frühstück, eine weitere Tradition, die sie verband, wie das Anschauen der Macy's Parade oder der Spaziergang um den See mit den Kindern in der Halbzeit des ersten Spiels. Wie leer das Haus ohne sie in Emilys Abwesenheit sein würde, und plötzlich begriff er – erstaunt über seine Scrooge-mäßige Beschränktheit –, dass sie nicht gekommen waren, um seine Fähigkeiten als Gastgeber zu erproben, sondern um ihn vor dem Alleinsein zu bewahren.

Er bereitete nicht halb so viel Essen zu wie Emily, und dennoch war ziemlich viel Vorbereitung erforderlich. Arlene sollte gegen elf kommen und ihm bei den Appetithappen helfen. Vermutlich würde sie zu spät sein, und so war es auch. Als sie mit dem Kuchen eintraf, hatte er seine Hähnchen-Blätterteigtaschen und Wurstschnecken schon im Backofen und schnitt Gemüse für den Dip. Da er früher Projektleiter gewesen war, hatte er das Fett in seinen Zeitplan eingebaut. Noch bevor das erste Spiel anfing, war das Fett schon verdampft, und die Uhr wurde zu seinem Feind.

«Wie kann ich helfen?», fragte Lisa von der Tür her, Kenny direkt hinter ihr.

«Das kriegen wir allein hin, danke.»

«Sagt Bescheid, wenn ihr Hilfe braucht.»

«Machen wir.»

«Dad, ein Bier?», fragte Kenny.

«Klar, wenn du runtergehst.»

«Arlene», fragte Lisa, «hättest du gern ein Glas Wein?»

Nein, dachte Henry. Das war Sabotage. Nach zwei Gläsern würde sie nutzlos sein.

«Sehr gern, danke.»

Er konnte nicht protestieren. Den ganzen Nachmittag zu trinken, während sie sich die Spiele ansahen, war eine Tradition, der sie nicht frönen konnten, wenn Margaret zu Besuch war. Beim Abendessen würden sie blau sein, ihr Besteck fallen lassen und über die albernsten Sachen lachen. Das gehörte genauso zum Feiertag, wie sich zu überfressen. Er konnte nur hoffen, dass Arlene sich nicht in den Finger schnitt.

Emilys Rat beherzigend, wollte er den Truthahn früh in den Backofen schieben, doch die Füllung dauerte länger als erwartet. Statt die Temperatur zu erhöhen und zu riskieren, dass der Vogel austrocknete, verschob er das Abendessen auf halb sieben. Sie konnten warten. Nach den Appetithappen hätte sowieso noch niemand Hunger.

Es waren zu viele Speisen, zu viele Zutaten, und die Rezepte, die Emily ihm überlassen hatte, verwirrten ihn nur. Er musste die Kartoffeln und Süßkartoffeln schälen, den Erbsenauflauf aufsetzen und die scharfen Zwiebeln, die keiner mochte. Er trank sein Bier in kräftigen Schlucken und wollte eine grüne Paprika entkernen. Als hätte er mit dem Gedanken an Arlene einen Fluch auf sich gezogen, rutschte er mit dem Messer ab, und die Klinge fuhr ihm in die Fingerkuppe.

«Mutter», sagte er, und als er an der Wunde saugte, schmeckte er Blut. Es brannte.

«Alles in Ordnung?», fragte Arlene.

«Ich werd's überleben.»

Es hörte nicht auf zu bluten, und er ging in den Keller und

klebte eins der Heftpflaster drauf, die er auf der Werkbank aufbewahrte. Als er wieder nach oben kam, kauerte Lisa vor dem Backofen und spähte durch die Scheibe.

«Wie sieht er aus?»

«Gut. Er riecht auch gut. Sag Bescheid, wenn du Hilfe brauchst. Ich hab nichts zu tun.»

«Hast du Lust, Kartoffeln zu schälen?», fragte Arlene.

«Kann ich machen», sagte Lisa.

Hätte Emily geblutet, hätte sie gesagt, dass sie alles unter Kontrolle hatten, und hätte sie aus der Küche gescheucht. Henry konnte das nicht und entkernte seine grüne Paprika, während Lisa und Arlene Seite an Seite arbeiteten und die nassen Schalen streifenweise ins Spülbecken schnippelten.

«Du bist schnell», sagte Arlene.

«Alles Übung.»

Die Kartoffeln, die Süßkartoffeln, die Zwiebeln und, gesondert verpackt, Hals, Herz und Leber für Rufus. Der Herd hatte vier Platten, normalerweise mehr als genug. Doch jetzt war alles vollgestellt, in den Töpfen köchelte es vor sich hin, und das Fenster über dem Becken beschlug. Er stellte sich vor, wie Emily eine Stunde nach ihm dieselben Gerichte zubereitete und wie es seine Mutter vor Jahren in der Mellon Street getan hatte.

«Mist!» Er hatte vergessen, den Beutel Erbsen aus der Tiefkühltruhe zu holen.

«Stell sie in die Mikrowelle», sagte Lisa. «Dazu ist sie doch da.»

«Hast du so was hier schon mal gemacht?»

«Zwanzig Jahre lang zweimal im Jahr.»

«Würde es dir was ausmachen, ihn zuzubereiten?»

«Meiner geht ein bisschen anders. Statt Zwiebelringen

mache ich eine Kruste wie bei einer Pastete. Dauert genauso lange, und die Kinder essen ihn lieber.»

«Schon in Ordnung», gestand er ihr zu und dachte daran, was Emily gesagt hatte. Lisa erschlich sich sein Vertrauen nicht, er war bloß pragmatisch. Ein guter Projektleiter wusste, wie er seine Talente einsetzen musste.

Der Truthahn wurde schön braun, und Süßkartoffeln und Kartoffelbrei hatte er im Griff, doch die Käsesoße für die Zwiebeln ging über seinen Horizont. Lisa nahm das Heft in die Hand und hob mehrere Händevoll geriebenen weißen Cheddar unter, bis sie die richtige Konsistenz hatte. Später, als alles andere fertig war, brauchte er ihre Hilfe auch bei der Bratensoße.

Der Truthahn geriet perfekt. Der Tisch war gedeckt, die Wein- und Wassergläser gefüllt. Sie reichten sich die Hände, neigten die Köpfe, und Ella sprach das Tischgebet.

«Wofür seid ihr dankbar?», fragte Arlene, eine weitere Tradition, und, angefangen beim Jüngsten, ging es reihum.

Sam war dankbar für den neuen *Krieg der Sterne*-Film.

«So wie wir alle, da bin ich mir sicher», sagte Arlene.

«Ich bin dafür dankbar, dass Tante Margaret wieder gesund wird», sagte Ella, und mit ernstem Nicken pflichteten sie ihr bei.

«Ich bin dankbar für dieses köstliche Essen», sagte Kenny, «aber ich sehe keine Cranberrysoße.»

«O nein!», sagte Arlene.

Im Zuge der ganzen Vorbereitungen hatte er sie vergessen. «Sie steht noch im Kühlschrank.»

«Ich hole sie», sagte Kenny, doch Henry hielt ihn zurück.

Emily hätte die Soße vorzeitig herausgeholt, damit sie sich erwärmen konnte, und auch daran gedacht, ihre Salz-

und Pfefferstreuer im Truthahndekor auf den Tisch zu stellen.

«Tut mir leid», sagte er. «Das ist noch Neuland für mich.»

«Der Truthahn ist schön saftig», sagte Lisa.

«Hmm», stimmte Kenny ihr mit vollem Mund zu.

Sie brauchten nicht darauf hinzuweisen, dass die Füllung trocken war.

«Keine Ahnung, wie das kommt. Ich hab mich ans Rezept gehalten.»

«Schmeckt gut», sagte Arlene.

«Nett, dass du das sagst.»

«Stimmt doch.»

Im Großen und Ganzen hatte er seine Sache gut gemacht. Der Kartoffelbrei war cremig, die Süßkartoffeln lieblich, und auch wenn alle von Lisas Bratensoße schwärmten, war er froh über ihre Hilfe. Er machte Kaffee zu Arlenes Kürbiskuchen und blieb vor seiner Tasse sitzen, während die Kinder den Tisch abräumten. Das Schwierigste war geschafft. Er und Kenny mussten das gute Porzellan von Großmutter Chase noch von Hand spülen, doch vorerst konnte er sich entspannen und voll Stolz auf den Tag zurückblicken.

Später, als die Kinder sich oben *Kevin – Allein zu Haus* anschauten, rief Emily an. Er ging mit dem Telefon ins Arbeitszimmer und schloss die Tür.

«Und», fragte sie, «wie war dein Thanksgiving ohne mich?»

Obwohl sie ihm gefehlt hatte, war es ein schöner Tag gewesen. Sie waren alle gut miteinander klargekommen, doch das durfte er nicht sagen. Zugleich hatte es keinen Zweck zu lügen. Am Ende würde sie ihm die Wahrheit entlocken.

«Arbeitsreich», sagte er. «Und deins?»

Der alte Laternenanzünder

Vielleicht lag es an seiner kulturellen Bildung oder Emilys Mangel daran, doch er konnte sich am Schmuck in der Weihnachtszeit mehr erfreuen als sie. In der Mellon Street hatten seine Mutter und Arlene immer den Kaminsims abgeräumt und ihn mit süßlich riechenden Kiefernzweigen und Myrtenwachskerzen dekoriert, während er, in einen bauschigen Schneeanzug gehüllt, seinem Vater draußen half, die Kränze und blinkenden Lichter aufzuhängen. Später, als seine Eltern nach Fox Chapel zogen, kauften sie ein Rudel dürre weiße Hirsche, von denen einer roboterhaft alle dreißig Sekunden den Kopf auf den Rasen senkte, als würde er grasen. Neben ihrem mundgeblasenen Zierrat und der Modelleisenbahn hatte Henry ihre Liebe zu den Feiertagen geerbt und ließ in einer Ecke des Wohnzimmers die Vergangenheit wiederaufleben. Emily überstand dieses unbefugte Eindringen in ihr Reich mit der Großzügigkeit einer absoluten Herrscherin und wartete auf den Dreikönigstag, um ihm zu helfen, alles wieder wegzupacken. Wäre er sich selbst überlassen, würde er die Sachen das ganze Jahr stehenlassen.

Normalerweise kauften sie ihren Baum am Samstag nach Thanksgiving. Als die Kinder noch klein waren, hatten sich alle in den Kombi gezwängt, waren zu einer Farm im Butler County gefahren und hatten die verschneiten Reihen mit einer geliehenen Säge durchstreift, um sich ihren eigenen Baum zu schneiden. Inzwischen wählten er und Emily einen von einer Wagenladung aus Quebec aus, die auf den netzlosen Tennisplätzen der Gehörlosenschule nach Arten unterteilt war – nicht so romantisch und zugleich teurer, aber, wie er betonte, für einen guten Zweck gedacht.

Er sagte, er könne warten, bis sie nach Hause komme.

«Bitte nicht», sagte sie. «Das könnte noch eine Weile dauern.»

Er machte es zu ihrer gemeinsamen Mission, froh, eine Aufgabe zu haben, die sie sich teilen konnten. Er konnte darauf zählen, dass Kenny, Arlene und Ella ihm halfen. Sam war von seinem Gameboy in Anspruch genommen, gab aber nach, als Kenny sagte, dass er ihn mitnehmen dürfe. Lisa, die am Kamin saß und las, fragte, wie kalt es sei. Da sie als Einzige übrig war, ergab sie sich schließlich den Überredungskünsten.

Rufus wollte ebenfalls mit und sprang auf, als Henry, wie um seine Leine zu holen, den Dielenschrank öffnete. «Tut mir leid, Kumpel.» Er legte auf der Stereoanlage Weihnachtslieder auf, damit Rufus Gesellschaft hatte, und drückte auf Wiederholen. Beim Aufbruch winkten sie ihm zu, und er beobachtete von der Verandatür aus, wie sie den Garten durchquerten.

Die Gehörlosenschule war, wie Emily sagen würde, auf dem absteigenden Ast. Obwohl es der erste Tag war, war die Auswahl gering, die Bäume noch in Maschennetz gehüllt, am Zaun aufgereiht wie Gefangene. Er sah keine Kränze, und der einzige Ehrenamtliche – ein rundlicher Mann mit Steelers-Zipfelmütze – war damit beschäftigt, für den einzigen anderen Kunden einen Stamm mit einer Sawzall abzusägen. Sam lief vor und suchte Bäume aus, die Kenny geradehalten musste. Hinter dem Zaun war das Gras gelblich verfilzt und gefroren, die Eichen kahl. Henry wünschte, es würde schneien.

«Wissen Sie, was Sie möchten?», fragte der Ehrenamtliche. «Wir haben welche mit festen Nadeln und welche mit weichen. Weiche sind teurer.»

Diesen Spruch hatte Henry noch nie gehört und war überzeugt, dass es nicht stimmte.

Der Mann zog einen Handschuh aus. «Fühlen Sie mal. Das ist eine Waldkiefer. Die hat feste Nadeln. Und das hier ist eine Douglasfichte.»

Zu Henrys Leidwesen hatte er recht.

«Das ist schön», sagte Arlene.

Ella und Sam probierten es aus.

«Die tun auch barfuß nicht so weh», sagte der Mann.

Selbst wenn es stimmte, Henry ließ sich nicht gern übers Ohr hauen. Der Baum kostete sechsundfünfzig Dollar, und als sie ihn auf dem Dach des Olds befestigt hatten und nach Hause fuhren, hatte er – Wohltätigkeit hin oder her – das Gefühl, reingelegt worden zu sein.

Um Platz zu schaffen, schob er seinen Sessel neben den von Emily, verbannte seine Lampe und seinen Beistelltisch in den Keller und tauschte sie gegen das Podest ein, das sein Vater angefertigt hatte, weiß gestrichen, damit es nach Schnee aussah, das Gleis schon darauf montiert. Sobald er und Kenny den Baum im Ständer festgeschraubt und an seinen üblichen Platz gestellt hatten, machten sie eine Mittagspause. Die Weihnachtsbeleuchtung, der Baumschmuck, der Zug, die Krippen und Kiefernzapfenkränze, die Stoff-Eisbären, die thematischen Dekokissen und der Buntglas-Fensterschmuck – das alles war auf dem Dachboden gestapelt und musste durch die Klappe hinuntergereicht werden, eine Tortur, auf die Emily mit Freuden verzichten würde.

Der Dachboden war ungeheizt und eiskalt. Als sie im letzten Herbst das Eichhörnchenproblem gehabt hatten, war der Boden mit Eicheln übersät gewesen. Jetzt freute er sich zu sehen, dass, abgesehen von ein paar hereingewehten Platanensamen, alles sauber war und das Drahtgitter am Belüftungsfenster fest an seinem Platz saß. Er zog die Plastikplane von dem Stapel und reichte die Schachteln zu Kenny hinunter, der sie, auf der Leiter hockend, an Lisa, Arlene, Ella und Sam weitergab, die sie nach unten ins Wohnzimmer schleppten. Sie besaßen genügend Weihnachtsschmuck, um drei Bäume zu dekorieren. Maishülsenengel, mit Goldfarbe eingesprühte Kiefernzapfen, die verblassten Papierketten, die Margaret in der Vorschule gebastelt hatte – Emily hatte alles aufbewahrt. Als sie den Stern für die Spitze gefunden hatten, ging alles schnell.

Unter dem Zierrat, der ein Dutzend in der Handschrift seiner Mutter beschriftete Schachteln füllte, befand sich auch ihre Dickens'sche Ortschaft, eine Sammlung von Keramikhäusern und Läden, deren Schaufenster immer reifbedeckt waren, die Schornsteinaufsätze schneegekrönt. Jedes Jahr hatte sein Vater ihr ein weiteres Gebäude geschenkt, und das Städtchen drohte über das Podest hinauszuwachsen, ein Running Gag, bis ihre Diagnose kam. Henry wusste nicht, warum, doch am ersten Weihnachtsfest nach ihrem Tod war er überrascht zu sehen, dass sein Vater alles so aufgebaut hatte wie seine Mutter immer, der Bahnübergang an der Bäckerei, das rotierende Mühlrad, der alte Laternenanzünder, der in Schal und verbeultem Zylinder seine Leiter erklomm. Wie diese falsche, zerbrechliche Welt sie überdauert hatte, war ihm auch jetzt noch ein Rätsel, wo er die Häuser aus ihren quietschenden Styroporsarkophagen nahm. Sein Vater hatte noch ein Dutzend Jahre gelebt. Als er in seine Wohnung gezogen war, hatte er nicht mehr genügend Platz gehabt, um das Städtchen aufzubewahren, deshalb hatte er es ihnen angeboten, und wie hätte Emily ihm das abschlagen sollen?

Henry musste nichts tun. Ella zeigte Sam, wie man die Straßen auslegte, Plastikmatten, bedruckt mit einem Kopfsteinpflastermuster. Das Zubehör war teuer und aufwendig gearbeitet - kahle Eiben und schmiedeeiserne Zäune, Parkbänke und Briefkästen, ein achteckiger Musikpavillon, ein Fahnenmast mit dem Union Jack. Pferdegespanne zogen Kutschen durch die Stadt, während Flaneure sich in den Schaufenstern die Weihnachtsauslage ansahen, Kinder liefen auf dem Mühlteich Schlittschuh, Hunde streunten herum, und auch wenn der Zug unverhältnismäßig groß war und aus einer anderen Zeit stammte, spielte das keine Rolle. Ella und Sam, die seine Mutter nicht mehr kennengelernt hatten, wussten, wo alles hingehörte.

Das Städtchen sah wie der Baum nach Einbruch der Dunkelheit am beschaulichsten aus, jedes Fenster verbreitete ein gemütliches gelbes Licht, und als das Abendessen beendet war, zündete Henry ein Feuer an, und sie saßen mit vom Licht beschienenen Gesichtern da und erinnerten sich, wie Margaret und Jeff hinten auf der Veranda versucht hatten, einen Truthahn zu frittieren, und fast das Haus abgebrannt hätten. Sam und Ella ließen abwechselnd den Zug so fahren, wie Henry es ihnen gezeigt hatte, drosselten am Tunnel das Tempo und ließen an jedem Bahnübergang die Pfeife ertönen. Der Uhrenturm des Rathauses schimmerte, die Zeiger auf allen vier Seiten erstarrt. Ihr Flug ging am nächsten Tag gegen neun, und ihm blieb genug Zeit bis zum Spätgottesdienst.

«Und», sagte Arlene, «jetzt, wo Thanksgiving vorbei ist, was wollt ihr alle zu Weihnachten haben?»

«O Gott», sagte Lisa. «Dafür ist es aber noch zu früh.»

«Das sind nur vier Wochen. Wenn ich was bestellen muss, wüsste ich gern, was ihr haben wollt.»

«Und was willst *du*?», fragte Kenny.

Jedes Jahr führten sie das gleiche Gespräch. Das Mühlrad drehte sich, das Wasser plätscherte. Rufus schlief auf dem Kaminvorleger, und Ellas Hand lag auf seinem Bauch. Vom Feuer und einem Schluck Scotch gewärmt, dachte Henry: Das hier.

«Klingt, als hättet ihr zusammen eine schöne Zeit gehabt», sagte Emily.

«Hatten wir auch.»

«Ich hab hier den ganzen Tag Wäsche gewaschen.»

«Tut mir leid.»

«Deshalb bin ich ja hier.»

«Wie geht's Margaret?»

«Ist schlecht drauf. Sie wollen sie erst nach Hause lassen, wenn sie auf Krücken gehen kann.»

«Wann wird das sein?»

«Hoffentlich bald. Ich glaube, sie wird hier drin langsam wahnsinnig. Das gilt jedenfalls für mich.»

Er konnte sie nicht aufmuntern und ließ sie schließlich das Gespräch beenden, selbst bekümmert, als wäre der ganze Tag ruiniert.

Am Morgen schaltete Henry als Erstes die Beleuchtung am Baum ein. Als er vom Flughafen zurückkam, erwartete der Baum ihn wie ein Geschenk, zusammen mit Bachs *Weihnachtsoratorium*, einem von Emilys Lieblingswerken, das das Haus mit freudvollen Hörnerklängen erfüllte. Er ließ die Musik an, während er in der Kirche war, und sie lief den ganzen Nachmittag, während er sich ansah, wie die Jaguars die Bengals schlugen und Rufus einen seiner Hausschuhe als Kissen benutzte. Er musste die Laken und Handtücher waschen, hatte dazu aber keine Lust. Er legte sich aufs Sofa und zog eine Decke über die Beine. Das Spätspiel fand in Buffalo statt, wo es so stark schneite, dass die Linien nicht zu erkennen waren. Als der Tag ausklang, wurde es im Zimmer dunkel, der Fernseher spiegelte sich in der Scheibe des Bücherschranks seines Vaters, wo die Spieler in die falsche Richtung rannten. Er döste gerade ein, als Rufus die feuchte Nase unter seine Hand schob und sein Futter verlangte.

«Verstanden», sagte er, obwohl noch zehn Minuten Zeit waren.

Draußen dämmerte es, in der Luft vereinzelte Flocken. Der Flur war grau. Um den Bann nicht zu brechen, machte er kein Licht, ließ Rufus vorangehen und seine Hand über das Geländer gleiten. Von unten verkündeten Hörner die frohe Botschaft. Er schaltete die Außenbeleuchtung und die Lichter des Städtchens an und stand einen Augenblick da, fasziniert von dem im Teich schimmernden Baum, bis Rufus zurückkam, als hätte er ihn vergessen.

«Okay, okay, krieg dich ein.»

Er dachte, ein Spaziergang könnte ihn wach machen. Inzwischen war es stockdunkel und kalt draußen, der Schnee wirbelte vor den Straßenlaternen. In der Sheridan Avenue waren drei Veranden hintereinander mit weißblauen Eiszapfen dekoriert, die asynchron blinkten.

«Davon bin ich kein großer Fan», sagte Henry.

Auf einer Rasenfläche stand angestrahlt ein aufblasbarer Schneemann, so groß wie ein Hartriegel. Er hatte welche im Home Depot gesehen und sich gefragt, wer um alles in der Welt so was kaufte. Schneemänner mussten aus Schnee gebaut werden, von Kindern, die schulfrei hatten. Wie die künstlichen Eiszapfen schienen sie ein Beweis für den Niedergang des allgemeinen Geschmacks – wenn nicht gar des gesunden Menschenverstands – zu sein, den er entmutigend fand. Als er sein Urteil über die nächste Präsentation fällen wollte, hörte er geradezu, wie Emily ihn als grummeligen alten Knacker bezeichnete, und verkniff es sich.

«Also gut», sagte er zu Rufus, «erledige dein Geschäft.»

Als sie nach Hause kamen, hatte er Hunger. Er musste in der Küche das Licht anschalten, um seinen Resteteller in der Mikrowelle aufzuwärmen, und sobald er gegessen hatte, schaltete er es wieder aus. Er setzte sich mit einem Scotch ans Feuer, bewunderte den Baum und lauschte wie am Abend zuvor dem Wasserrad, aber es war nicht dasselbe. Alles in allem war es ein schöner Besuch gewesen. Er hätte nicht so nervös zu sein brauchen. Jetzt bedauerte er, dass sie fort waren. Jetzt, wo Margaret bettlägerig war, würde an Weihnachten niemand kommen. Normalerweise hätte ihm der Gedanke gefallen, er und Emily zusammen allein, doch infolge der Abreise der Kinder kam es ihm falsch vor, und der Scotch verschlimmerte alles nur. Als er ausgetrunken hatte, schwang er sich aus seinem Sessel, brachte sein Glas in die Küche und ging dann nach oben, um die Betten abzuziehen.

Und dann gab's keines mehr

Als er die Handtücher einsammelte, entdeckte er auf der Bademattе, die den vorderen Teil des Toilettenbeckens umschloss, einen Fleck, der einem verschütteten Kaffeetropfen glich. Daneben, auf den Fliesen, das eine Ende verkrustet zu einem dunklen Klecks, der wie ein Streichholzkopf aussah, prangte ein Streifen getrocknetes Blut. Er erstarrte und trat einen Schritt zurück, als handelte es sich um forensisches Beweismaterial, legte den Armvoll Handtücher auf die Ablage und ging in die Hocke, um nach weiteren Flecken zu suchen.

Das war alles. Er tupfte mit der Fingerspitze auf die Matte. Der Finger blieb trocken. Der Streifen war nicht breiter als ein Schnürsenkel und bröckelte bereits, das Blut in den porösen Mörtel zwischen den Fliesen gesickert.

Seit Emily weg war, leistete Rufus ihm morgens im Bad Gesellschaft, auf der Matte ausgestreckt, während er wartete, bis Henry aus der Dusche kam und ihn nach draußen ließ. Henrys erster Gedanke war, dass er sich die Pfote aufgerissen hatte.

Er pfiff, und Rufus kam die Treppe heraufgepoltert.

«Braver Junge. Platz.»

Er kniete sich hin, um seine Pfoten anzusehen. Die Ballen waren vom kalten Wetter rau und zerschrammt, aber Henry entdeckte nichts.

«Okay, reiß dich zusammen. Nein, dafür kriegst du kein Leckerli.»

Der zweitbeste Verdächtige war er selbst. Trotz seiner Pillen hatte er wegen des üppigen Essens Fußschmerzen gehabt. Sie kamen ohne Vorwarnung, bei Tag oder Nacht, wie eine Nadel, die ihm durch die Sohle gestoßen wurde. Er hatte es Emily nicht erzählt, da man nichts dagegen tun konnte und es sie nur beunruhigen würde. Seine Zehen waren empfindlich, seine Haut dünn. Er hatte nichts gespürt, doch es zeigten sich rätselhafte Schnittwunden und blaue Flecke, an deren Ursache er sich nicht erinnern konnte, als wäre er beim Schlafwandeln gestürzt.

In der Erwartung, eine blutige Angelegenheit vorzufinden, setzte er sich auf die Bettkante und zog Schuhe und Socken aus. Abgesehen vom eingerissenen Nagel des großen Zehs war alles in Ordnung.

«Hmm.»

Am vorigen Abend hatte Arlene die Toilette im Erdgeschoss benutzt. Also blieben noch seine Gäste. Es war ein Rätsel wie bei Agatha Christie oder einer Folge von Emilys *Masterpiece Theatre*. Er stand in der Tür, sah sich den Tatort noch mal an und versuchte, auf logischem Weg dahinterzukommen, warum jemand auf der Toilette bluten würde, und beschämt, dass er so lange gebraucht hatte, zählte er zwei und zwei zusammen und begriff, mit seiner tief verwurzelten Zimperlichkeit und Unkenntnis weiblicher Hygiene kämpfend, dass es wahrscheinlich Lisa gewesen war, da Ella noch zu jung war.

Vermutlich würde er es nie erfahren. Man konnte so etwas nicht fragen, deshalb faltete er mehrere Blatt Papier zusammen und befeuchtete sie unterm Wasserhahn, kniete sich hin, nahm den Klumpen Klopapier mit spitzen Fingern, als könnte er sich an dem Blut infizieren, wischte es weg, warf das Papier in die Toilette und betätigte die Spülung. Die Matte wusch er gesondert ab. Als sie trocken war, legte er sie zurück und war froh, dass er die Ordnung wiederhergestellt hatte. Später, nach einem weiteren in Soße ertränkten Resteessen, nahm er die Toilette wieder in Besitz, im Beisein von Rufus, und dennoch war es ein seltsames Gefühl – als hätte gerade erst Lisa da gesessen.

Um die Zeit totzuschlagen, sah er fern und dachte um neun Uhr daran, die Heizdecke einzuschalten, was in Emilys Abwesenheit unerlässlich war. Die Regler, separat und voreingestellt, waren unter der Bettkante verborgen, damit Rufus sie nicht auslösen konnte. Henry stützte sich am Bettpfosten ab, um den Knopf mit der Fußspitze zu drücken. Als er auf seiner Seite damit beschäftigt war, entdeckte er auf dem Kissenbezug einen nahezu schwarzen Fleck von der Größe einer Zehn-Cent-Münze.

«Seltsam», sagte er.

Er hatte wohl im Schlaf Nasenbluten gehabt und war irgendwann auf die Toilette gegangen. Hatten andere das Blut gesehen und sich gewundert? Er dachte, dass an seinem Schlafanzug Spuren zu finden sein müssten, doch der war sauber. Keine Flecke auf dem Teppich, keine benutzten Papiertaschentücher im Abfallkorb. Der Fleck war unbestreitbar, auch wenn er sich an nichts erinnern konnte. Jetzt erschien ihm sein Verdacht gegen Lisa noch beschämender, als hätte er sie verleumdet, und er kam sich dumm vor, der große Detective, der alle möglichen Indizien fand, obwohl er selbst der Täter gewesen war.

Bon Appétit

Die Zwiebeln hatte er aufgegessen, und an den Süßkartoffeln hatte er kein Interesse, doch es war noch so viel Kartoffelbrei, Füllung und Erbsenauflauf übrig, dass es eine Woche lang reichte, und im Keller wartete noch eine Extraportion Truthahn mit Bratensoße. Für den Fall, dass Emily länger wegblieb. Sie hatte einen Zehn-Kilo-Truthahn besorgt, ausreichend für sieben Personen, von denen zwei Kinder waren. Mehr als einmal hatte sie ihm am Telefon überflüssigerweise gesagt, er solle die Karkasse nicht wegwerfen, sie könne damit Suppe machen, die ihr ohnehin lieber sei als das Thanksgiving-Essen, ein Bekenntnis, das er als verletzend empfand. Es war sein Lieblingsgericht. Das Mittag- und das Abendessen bereitete er auf demselben Teller zu, machte eine Kuhle für die Bratensoße in den Kartoffelbrei und deckte alles mit Frischhaltefolie ab, holte es mit Topfhandschuhen aus der Mikrowelle und füllte die Cranberrysoße in eine extra Schüssel. Er aß am Frühstückstisch und sah sich die Nachrichten an, das hieß, dass er sie dreimal zu sehen bekam und die Berichte sich wiederholten, bis er genau wusste, was der in der Nähe des Brands, der Drogenrazzia oder des Einbruchs wohnende Nachbar sagen würde. Lisas Zimtschlagsahne hatte er ziemlich schnell aufgebraucht, und obwohl er den Kürbiskuchen für sein Sodbrennen verantwortlich machte, aß er ihn gern. Neben ihm wartete Rufus und hoffte auf ein Stück Kruste.

Es machte ihm nichts aus, so oft allein zu essen, doch im

Lauf der Woche stellte er zu seinem Erstaunen fest, dass es ihm fehlte, das Geschirr vorzuspülen. Speziell das Abendessen fand er unvollständig. Da keine Rührschüsseln, Küchenmaschinenteile oder Töpfe und Pfannen zu reinigen waren, konnte es Tage dauern, bis die Spülmaschine voll war. Jedes Mal, wenn er seinen Teller vorspülte und in den Geschirrkorb stellte, betrachtete er es als Verlust.

Emily machte sich Sorgen, dass er in ihrer Abwesenheit nichts Richtiges zu sich nahm. «Was hast du zu Abend gegessen?»

«Reste.»

«Bäh. Hast du die nicht langsam satt?»

Als sie in der Bastogne eingekesselt gewesen waren, hatten sie ein Pferd gegessen, das sie gefroren in einer dem Erdboden gleichgemachten Scheune gefunden hatten. Das Pferd war klein, und die Ratten hatten sich daran gütlich getan. Der Witz war, dass es das Pony irgendeines Kindes war. Sie brutzelten das Fleisch über dem Feuer und stellten sich mit ihrem Essgeschirr wie bei einer normalen Mahlzeit an. Beim Essen lachten sie und leckten sich das Fett von den Fingern. Es war zu üppig für ihre leeren Mägen, und ihnen wurde übel, die halbe Kompanie erbrach sich in den Schnee. Als das Licht aus war, wieherte Embree in seinem Schlafsack. Wie oft hatte Henry in jenem Winter vom Thanksgiving-Essen seiner Mutter geträumt?

«Nein», sagte er. «Die esse ich gern.»

«Ich dachte, du sollst auf deinen Salzkonsum achten.»

«Ich soll auf alles Mögliche achten.»

«Genieße es, mein Freund, denn ab Sonntag wird alles anders sein.»

«Versprechungen, nichts als Versprechungen.»

«Stimmt aber. Ob sie will oder nicht, sie kommt morgen nach Hause, und dann verschwinde ich schnellstens von hier.»

«Klingt gut.»

«Da bin ich mir nicht so sicher, aber ich hab es satt, mich mit ihr zu streiten.»

Er feierte mit einem Stück Kuchen - ein Fehler, wie er später feststellte, als er ein Glas Wasser nach dem anderen trinken musste, um den sauren Reflux niederzuhalten. Als er sich in der Bastogne satt gegessen hatte, waren ein paar wilde Träume die einzige schlimme Auswirkung gewesen. Doch inzwischen hielt ihn ein Stück Kuchen die halbe Nacht wach.

Jetzt, wo er wusste, dass sie nach Hause kam, verspürte er nicht das Bedürfnis, sich anders zu ernähren - ganz im Gegenteil. Am ersten Tag nach ihrer Rückkehr würde sie einkaufen gehen und eine Suppe machen. Seine Aufgabe bestand jetzt darin, den Kühlschrank zu leeren, und das nahm er zielgerichtet in Angriff. Jede Mahlzeit erfüllte einen doppelten Zweck, indem er verzehrte, was übrig war - er aß den Kuchen auf, dann die Cranberrysoße, den Kartoffelbrei und die Füllung und zu guter Letzt den Erbsenauflauf und ließ eine Maschine voll Tupperware laufen -, und es so einzurichten versuchte, dass bei ihrer Ankunft alles verschwunden sein würde.

Weihnachtszeit

Er hatte gedacht, sie würden nach Emilys Rückkehr in die gewohnten Abläufe zurückfallen, aber durch ihre Zeit bei Margaret war sie um gut eine Woche in Verzug geraten. Während ihrer Abwesenheit hatte sie Listen erstellt. Sie war dankbar, dass er alles dekoriert hatte, sah jedoch sofort – noch bevor er die Hintertür öffnete –, dass Kränze fehlten. Sie hoffte, dass die Altargilde ein paar Weihnachtssterne übrig hatte. Mit dem eigentlichen Einkauf hatten sie noch nicht mal angefangen. Sie hatte bisher nichts für Sam oder Lisa, und es musste ja alles verschickt werden. «Ich weiß nicht, wie ich das Ganze in zwei Wochen schaffen soll.»

Eigentlich blieben ihr achtzehn Tage, aber das sagte er nicht. Die Feiertage versetzten sie stets in Alarmstimmung, und seit Thanksgiving kannte er das Gefühl.

«Sag mir, was ich tun kann», sagte er, ein Angebot, das sie mit einem herablassenden Blick von sich abprallen ließ, als hätte er einen Scherz gemacht.

Ihre erste große Aufgabe war, die Weihnachtskarten zu verschicken, das Foto von der ganzen Familie in Chautauqua auf dem Rasen. Gestärkt durch eine Tasse Tee und Musik von Händel, setzte sie sich an den Esszimmertisch, ging den Stapel von letztem Jahr durch und brachte dabei ihr Adressbuch auf den neuesten Stand. Wie oft hatte er ihr angeboten, die Hauptliste in seinen Computer einzugeben, damit sie bloß eine Taste drücken musste, um die Umschläge zu bedrucken, doch sie beharrte darauf, sie selbst zu beschriften.

Auf ihre Handschrift konnte sie stolz sein, doch wegen ihrer Arthritis musste sie immer wieder eine Pause einlegen und die Finger kneten. Es war ein Vorhaben, und sie drohte, es ihm zu überlassen oder ganz damit aufzuhören, und dennoch kämpfte sie sich jedes Jahr durch den Stapel.

Wie aus Mitgefühl verbrachte er den Morgen an seinem Schreibtisch, ordnete die Steuerbelege und lauschte, wie sie leise vor sich hin murmelte. Er brummelte selbst und zählte gerade eine lange Kolonne Behandlungskosten zusammen, als sie ihm eine Frage stellte, die er nicht ganz mitbekam.

«Augenblick», rief er und ging hinüber. Rufus lag unterm Tisch, halb in der Sonne. «Wie läuft's?»

«Sind die Beardsleys nicht umgezogen? Ich könnte schwören, sie sind umgezogen.»

«Haben wir letztes Jahr von ihnen eine Karte bekommen?»

«Ich bin mir ziemlich sicher, das hier ist ihre alte Adresse. Kennen wir jemanden namens Gregory?» Sie deutete auf einen roten Umschlag, der in einer schnörkeligen, mädchenhaften Schrift adressiert war. «Sie sind nicht in der Kirche. Ich hab im Verzeichnis nachgesehen.»

«Keine Ahnung.»

«Und was ist mit diesem Knapp?»

«Das ist Fred.» Henry kannte ihn seit mehr als vierzig Jahren, doch Emily konnte sich seinen Namen nicht merken.

Sie legte sich einen neuen Umschlag zurecht und nahm wieder ihren Füller. Er beugte sich vor, um einen Kuss zu ergattern. «Okay. Verschwinde.»

Er ließ sie in Ruhe, damit sie ihren Rhythmus fand. Als die Uhr eins schlug, machte sie eine Pause, um etwas zu essen.

Sie beklagte sich, der Rücken und die Augen täten ihr weh.

«Ich hab zu spät angefangen. Normalerweise bin ich um diese Uhrzeit schon fertig.»

«Du kriegst das schon hin. Das meiste ist ja örtliche Post. Die ist nur ein, zwei Tage unterwegs.»

«Davon rede ich nicht. Ich kann erst etwas anderes tun, wenn ich damit fertig bin. Heute ist schon der Neunte. Ich muss noch Geschenke für alle kaufen, sie einwickeln, alles in Kartons packen und an zehn verschiedene Orte schicken.»

«Beim Verschicken kann ich dir helfen.»

«Nein, kannst du nicht, denn ich hab sie noch nicht besorgt. Ich kann sie erst kaufen, wenn ich mit den blöden Karten fertig bin.»

«Na schön.»

«Das ist nicht hilfreich», sagte sie. «Weißt du, was du tun kannst, du kannst mir hundert Briefmarken besorgen. Das wäre hilfreich.»

«Irgendeine spezielle Sorte?»

«Ist mir egal. Das kannst du ausnahmsweise mal selbst entscheiden.»

Im Wagen machte er geltend, dass er ständig Entscheidungen traf. Er verstand, dass sie überfordert war, doch das war keine Entschuldigung. Er hatte ihr seine Hilfe angeboten. Was sollte er denn sonst noch tun?

In der Schlange auf dem Postamt ging es nur langsam voran, die anderen Kunden balancierten wackelige Paketstapel, wie zum Beweis, dass Emily recht hatte. Es gab drei Schalter, doch nur einer war geöffnet. «Will irgendwer bloß was abgeben?», rief ein Mitarbeiter mit Pirates-Kappe, und etliche Leute, die hinter Henry gestanden hatten, stellten ihre Kartons auf den Tresen und gingen. Als er an der Reihe war, musste er sich zwischen einem schlichten grünen Kranz und einer vergoldeten Renaissance-Madonna mit Kind entscheiden, die Emily in einem Museum gefallen würde, aber für ihre Weihnachtskarten vielleicht zu katholisch fand. Die Kränze waren langweilig. Vorsichtshalber kaufte er hundertzwanzig Stück.

Sie dankte ihm und entschuldigte sich, ohne vom Tisch aufzustehen. «Ich muss die hier nur schnell fertigkriegen, dann ist alles in Ordnung.»

«Verstehe», sagte er, aber sobald sie fertig war, geriet sie in Panik, weil sie nicht das perfekte Geschenk für Sarah fand, weil ihnen nicht genug Zeit blieb, um alles wegzuschicken, und weil sie nicht wusste, was sie jetzt, wo sie bloß zu zweit waren, an Weihnachten kochen sollte. Das war normal, und es war töricht von ihm, etwas anderes zu erwarten. Während ihrer Abwesenheit hatte er vergessen, wie eindringlich sie ihre Gefühle kundtat, die das Haus wie eine Art Nervengas erfüllten. Jetzt gewöhnte er sich allmählich wieder daran und konnte sich kaum noch an ihr Fehlen – an diese kurze Ruhephase – erinnern. Sie konnte sarkastisch, schroff und gedankenlos sein, doch trotz all ihrer Schwächen freute er sich, dass sie wieder zu Hause war, wenn er neben ihr in der Küche arbeitete, ihr nach dem Abendessen zusah, wie sie ihre Listen durchging, oder ihr im Bett beim Schlafen zuhörte.

Wohltätigkeit

Es war die Jahreszeit des Gebens, und alle wollten Geld. Die Herzgesellschaft und die örtliche Tafel, die Special Olympics und Goodwill – lauter gute Zwecke, die er in Erwägung gezogen hätte, wenn sie ihn gebührlich gefragt hätten. Stattdessen schickten sie Werbepost, nachlässige computergenerierte Briefe, und hofften einfach, er würde anbeißen. Emily wurde mit Anfragen vom Carnegie Museum und dem Heinz-Geschichtszentrum, dem Sinfonieorchester und dem Frick bombardiert, der höheren Klasse von Bettlern. Jeden Tag kam mehr Post, die ihren Briefkasten füllte. Habitat for Humanity und die Kleinen Schwestern der Armen. Es war geradezu komisch. Sie mussten in irgendeinen Verteiler geraten sein, denn er konnte sich nicht erinnern, dass es schon mal so schlimm gewesen war.

Die Feiertage waren teuer genug. Neben den anstehenden Kreditkartenabrechnungen, die sich wie Eisberge türmten, erwarteten alle ein Trinkgeld. Mary, der Zeitungsausträgerin, gab er vierzig Dollar, was vermutlich zu viel war. Ihr Briefträger durfte von Rechts wegen kein Trinkgeld annehmen, doch Henry hinterlegte auch für ihn vierzig Dollar in einem weihnachtlichen Umschlag. Emily gab Betty ihre Zulage erst kurz vor Weihnachten, als wäre sie ein Geschenk – hundert Dollar in brandneuen Zwanzigern, die er extra bei der Bank holte, dazu Zwanziger für die Müllmänner und seinen Friseur.

Auch wenn Henry sorgsam mit ihrem Geld umging, unterstützte er gern Organisationen, zu denen er eine persönliche Bindung hatte. Emily stellte mit vollem Recht Schecks für das YWCA, die Bücherei, QED, das Phipps Conservatory und die Oratorio Society aus. Als Vater und guter Nachbar hatte er sein Kontingent an Tombolalosen der Little League, Marschkapellenschokoriegeln und Pfadfinderinnenkeksen gekauft. Er betrachtete Spendenveranstaltungen als einen Teil des Gesellschaftsvertrags. Und jetzt kam er sich schäbig vor, weil er die selbstklebenden Adressetiketten des Tierschutzbunds, um die er nicht gebeten hatte, trotzdem behielt und den Rest wegwarf, doch wenn er allen, die ihm ein Geschenk zukommen ließen, etwas spendete, wären sie irgendwann pleite.

Die einzige Organisation, der er jedes Jahr im Dezember einen Betrag überwies, war das Calvary Camp, ein Sommerlager am Lake Erie, in dem die Kinder Tennis, Bogenschießen und Rettungsschwimmen gelernt hatten. Seine Mutter hatte im Vorstand gesessen, und er spendete im Angedenken an sie, ein Vermächtnis. Wie ihre allmonatliche Spende für die Kirche war auch diese steuerlich absetzbar, doch als am Donnerstag unter anderen der jährliche Bittbrief lag, stellte er, statt froh zu sein über die Gelegenheit, etwas ihm am Herzen Liegendes zu unterstützen, voll Entsetzen fest, dass die empfohlene Obergrenze für Spenden auf zehntausend Dollar gestiegen war.

Als ehemaliger Vorsitzender der Kapital-Kampagne der Kirche verstand er die Botschaft. Auch wenn nur wenige Familien das letzte Kästchen ankreuzen konnten, übte es einen sanften Druck auf alle übrigen aus, mehr zu spenden. Bisher hatte er fünfhundert Dollar überwiesen, auch letztes Jahr, nach dem Börsenkrach. Am Ende des Monats würde er dem Calvary Camp fraglos einen Scheck ausstellen, die einzige

Frage war, über welchen Betrag. Vorerst stopfte er den Brief wieder in den Umschlag und steckte ihn hinter die anderen Rechnungen, damit er ihn nicht ständig vor Augen hatte.

Die Kirchenvorstandssitzung in der Woche darauf eröffnete Alan Humphries großspurig mit den Worten: «Siehe, ich verkündige euch große Freude.» Sie hofften, irgendwann im Frühling von einem Engel, der zwar anonym bleiben wollte, aber, wie Alan verschämt durchblicken ließ, Evvie Dunbar war, einen mittleren sechsstelligen Betrag zu erhalten. Henry, der jahrelang versucht hatte, Spenden für eine neue Heizungsanlage einzutreiben, war begeistert, aber auch neidisch und tröstete sich mit dem Umstand, dass das Geld höchstwahrscheinlich von ihrem Vater stammte, einem Banker, der durch Heirat mit den Mellons verbunden war. Die Steuerberater der Diözese, hieß es, besprächen noch mit der anderen Seite, wie man die Schenkung am besten gestalten solle, damit es keine öffentliche Bekanntmachung gebe, doch die Sache sei praktisch in trockenen Tüchern.

Normalerweise konnte Henry es kaum erwarten, solche Neuigkeiten Emily mitzuteilen, doch er bewahrte Schweigen. Er dachte, dass sie schon bald selbst darauf stoßen würde, und was, wenn es nicht zustande kam? Was bedeutete «ein mittlerer sechsstelliger Betrag»? Die Möglichkeiten verschlugen ihm den Atem. Mit der Hälfte davon könnte er einen Treuhandvertrag über den Tod hinaus schaffen, um auf ewig die Steuern für das Sommerhaus zu bezahlen. Evvie hatte keine Familie, für die sie sorgen musste. Sie hätte der Kirche das Geld genauso gut in ihrem Testament hinterlassen können, warum tat sie es also jetzt?

Er wusste, dass er kleinlich war. Es war nicht Evvies Schuld. Er wollte gern glauben, dass er an ihrer Stelle genauso gehandelt hätte. Wenn seine Reaktion ein Gradmesser war, fand er es klug von ihr, anonym zu bleiben.

Früher wurde über die Feiertage in der *Post-Gazette*, unter einer Cy-Hungerford-Karikatur eines rundlichen Mannes mit falschem Bart und einem prallen Sack über der Schulter, auf der ersten Seite immer eine Liste von Leuten und Firmen abgedruckt, die dafür gespendet hatten, dass für die armen Kinder der Stadt Geschenke gekauft werden konnten. Als er noch ein Junge war und das Kleingeld von seiner Zeitungsroute zurückgelegt hatte, wollte auch er auf dieser Liste stehen, als wäre es eine Ehre. Er hatte nie verstanden, warum jemand lieber anonym bleiben wollte. Obwohl er es inzwischen besser wusste, hatte sich daran nichts geändert.

Die Gas- und die Stromrechnung waren am Fünfzehnten fällig. Als er das erledigt hatte, war nur noch der Umschlag mit dem Camp-Logo übrig, die urige Nurdachkapelle in den Strahlen des Sonnenuntergangs am Lake Erie. Der Wunsch, klar Schiff zu machen und basta, war stärker als sein Verlangen, die Aufgabe noch mal aufzuschieben, und mit demselben Gesichtsausdruck wie beim Bezahlen von Gas- und Stromrechnung beugte er sich über das Scheckheft, dachte an Evvies Geschenk, an seine Mutter und an ihr eigenes schrumpfendes Portfolio und stellte den gleichen Betrag aus wie jedes Jahr.

Ein paar Tage später musste Emily einen Scheck für Betty ausstellen und sah die eingetragene Summe.

«Da warst du aber großzügig», sagte sie, als wäre er verschwenderisch gewesen, und er erinnerte sich an die junge Frau, die über ihre Ausgaben bis zum letzten Penny Buch geführt und darauf bestanden hatte, getrennt zu zahlen. Ausgerechnet sie verstand es.

«Stimmt», sagte er.

Gewirr

Emily wollte keine Magnete an ihrem neuen Kühlschrank. Sie seien unschön, sagte sie, und fielen ständig herunter. Kurzerhand verbannt, drängten sich die Plexiglasbilder der Enkelkinder, die Plastikclips, die Karikatur-Lastwagen mit den Nummern des Klempners und des Heizungsinstallateurs und die Spielpläne der Pirates, Steelers und Penguins vom Bierlieferanten an dem alten, avocadogrünen GE im Keller, denn das war Henrys Bereich, und ihr kostbares Edelstahlgerät blieb makellos. Das einzige Zugeständnis, das sie machte, war an der Seite des Wandtelefons. Dort hing für den Notfall, befestigt mit einem schlichten schwarzen Scheibenmagnet, Dr. Runcos Visitenkarte, die Henry eines Morgens beim Auf-und-ab-Gehen bemerkte, als er sich in der Warteschleife der Kabelfirma befand. *Joseph P. Runco, M. D.* Er konnte kaum glauben, dass er sie in all den seither vergangenen Monaten nicht gesehen hatte, und bekam ein schlechtes Gewissen, als hätte er ihn vergessen, und auch wenn die Praxisnummer dieselbe geblieben war, rupfte er die Karte mit der freien Hand unter dem Magnet hervor, zerknüllte sie, trat auf den Hebel, der den Deckel aufklappen ließ, und warf sie in den Abfalleimer.

Hörst du, was ich höre?

Das Weihnachtsspiel in der Calvary Church lockte die meisten Besucher im Jahr an, mehr als Ostern oder der Mitternachtsgottesdienst an Heiligabend, und das mit gutem Grund. Unter der Leitung von Susie Pennington und nach einem von ihnen selbst verfassten Skript führten die vereinten Sonntagsschulklassen das Krippenspiel auf, mit Witzen zu aktuellen Themen, genuschelten Dialogen und einer Menagerie von gemieteten Tieren, die unverhofft blökten, pissten und furzten. Henry und Emily saßen in der ersten Reihe, in diesem Fall kein reines Vergnügen. Einmal, als die drei Könige in Ehrerbietung vor der Babypuppe, die Jesus darstellte, niedergekniet waren, hatte ein Kamel, das Emily die Sicht versperrte, so laut und ausdauernd wie ein Nebelhorn gefurzt, dass sie fast erstickt wäre, und dann war da noch das Lamm gewesen, das sich aus den Armen des kleinen Hirten gewunden hatte und wie ein geölter Blitz herumgeflitzt war, bis einer der Betreuer es in der morgendlichen Kapelle zu Boden warf. Gleich einem Jahrmarkt brachte die Aufführung eine spielerische Atmosphäre der Anarchie mit sich. Alles Mögliche konnte passieren, und so glaubte Henry, es habe etwas mit Tieren zu tun, als weiter hinten ein Tumult ausbrach, während Maria und Josef in der diesjährigen Aufführung in den Gassen Bethlehems nach einer Herberge suchten, und war überrascht zu sehen, wie Ed McWhirter und zwei Sanitäter den Gang entlanggeeilt kamen und einer von ihnen etwas schleppte, das wie ein Angelkasten aussah.

Zwanzig Reihen hinter ihnen hatte sich die Menge geteilt. Jemand lag flach auf der Bank, und eine silberhaarige Frau kümmerte sich um die Person, bis die Sanitäter die Sache übernahmen. Das Weihnachtsspiel wurde nicht unterbrochen, was Henry falsch fand.

«Kannst du sehen, wer es ist?», fragte Emily.

Die Sanitäter trugen blaue Latex-Handschuhe, als rechneten sie mit Blut. «Keine Ahnung.»

Er dachte, dass es wahrscheinlich ein Schlaganfall oder ein Herzinfarkt war – eine begründete Furcht inzwischen, der plötzliche, alles beendende Schlag. Falls das sein Schicksal sein sollte, würde es hoffentlich schnell gehen. Sein Vater war nach dem letzten Schlaganfall rechtsseitig gelähmt gewesen, der Mund verzerrt, ein hängendes Lid, als wäre er schläfrig. Im Krankenhaus war er zu schwach gewesen, um sein Wasserglas zu halten, und hatte, den Kopf gesenkt, mit den Lippen nach dem Strohhalm geangelt.

«Ich glaube, das war Sally Burgess, die geholfen hat», sagte Emily. «Sie ist Krankenschwester.»

«Was für ein Glück, dass sie da war.»

Er fand es geschmacklos, hinüberzustarren und drehte sich wieder um. Das Weihnachtsspiel zog sich hin, ein nicht mehr allzu dringliches Spektakel. Mit Pferdeschwanz und einem Heiligenschein aus Lametta verkündete das Engel-Mädchen von der Kanzel herab die frohe Botschaft, und als das Mikrophon ausfiel, wiederholte es die wichtige Zeile in blanker Ungeduld. «Suchet ihn beim Licht eines Sterns.»

Das Dröhnen der Orgel erschreckte den Esel, und alle erhoben sich. Eine Schar Kindergartenkinder, als Sterne gekleidet, lief im Zickzack den Gang entlang, gefolgt von Hirten, die Lämmer trugen. Wie Paparazzi beugten sich auf beiden Seiten die Eltern vor, um Fotos zu machen, und ihre Kameras klickten.

Es ist ein Ros entsprungen, sang die Gemeinde, *aus einer Wurzel zart*, während die Sanitäter sich an ihrem Patienten zu schaffen machten.

Als Nächstes kamen die drei Weisen, die das diesjährige Kamel führten, der Betreuer daneben, eine Hand auf der Schulter des Tiers. Als die gesamte Prozession vorübergezogen war, ging einer der Sanitäter nach hinten und kehrte mitten in «Jauchzet, ihr Himmel, frohlocket» mit einer fahrbaren Trage zurück. Ed McWhirter hielt das Gestell fest, während sie den Patienten hinaufhoben – nach den dunkel bestrumpften Füßen zu urteilen, eine Frau. Sobald sie sie festgeschnallt hatten, klappten sie die Trage hoch und schoben die Frau davon, gefolgt von einer Angehörigen, einer Tochter, wie Henry vermutete, die Handtasche und Schuhe ihrer Mutter trug.

«Vielleicht eine von den Dewhursts», sagte Emily. «Das Mädchen sah aus wie Gerry.»

Nein, dann hätten sie Brooks gesehen, doch er wollte den Spekulationen keine Nahrung geben. «Wir werden es bestimmt erfahren.»

Erst mussten sie noch «O du fröhliche» singen, den Mitwirkenden den üblichen stürmischen Beifall spenden, mit einem Blumenstrauß für Susie Pennington, und sich dann gegenseitig Frieden wünschen, stets ein chaotisches Bild.

Bei den Vermeldungen sagte Pater John, es habe offenbar einen medizinischen Notfall gegeben, und bat sie, die Familie in ihre Gedanken und Gebete einzuschließen. Er dankte Susie und den Mitwirkenden für ihre harte Arbeit und versicherte allen Gästen und Neulingen in der Calvary Church, die Gottesdienste seien normalerweise nicht so ereignisreich, was weder Henry noch Emily ein Lachen entlockte.

Noch seltsamer wurde das Ganze, als Henry beim Abendmahl den Kopf zum Kelch neigte und eine halb untergetauchte Hostie im Wein schwamm, als hätte jemand danebengegriffen oder sie ausgespuckt. Zurück in ihrer Bankreihe, warf Emily ihm einen entsetzten Blick zu.

Er zuckte mit den Schultern. «Ist halt das Weihnachtsspiel.»

«Es lockt den Pöbel an.»

Beim Kaffeetrinken erfuhren sie, für wen die Sanitäter gekommen waren – niemand von den Dewhursts, sondern Phyllis McGovern, die er vom Wohltätigkeitsbasar kannte. Kein Herzinfarkt. Laut Judy Reese war sie in Ohnmacht gefallen. Sie könne sprechen, und ihre Worte hätten einen Sinn ergeben. Es gehe ihr gut, doch man wolle sie sicherheitshalber im Krankenhaus untersuchen.

«Das kann man verstehen», sagte Emily.

«Es ist vorgeschrieben», sagte Judy, als wüsste sie das aus persönlicher Erfahrung. «Bei jedem ungeklärten Bewusstseinsverlust.»

«Ich glaube eher, es ist ein Versicherungsproblem», sagte Henry.

«Jedenfalls ist es beängstigend», sagte Martha Burgwin. «In der Kirche rechnet man mit so was nicht.»

Keiner von ihnen konnte sich erinnern, dass dergleichen schon einmal vorgekommen war, als würde das die Bedeutsamkeit des Vorfalls bestätigen, was das übliche Händeringen über die Zukunft der Calvary Church angesichts des Alters der Gemeindemitglieder nach sich zog. Er war froh, dass es nichts Schlimmes war, aber auch als sie wieder zu Hause waren, sich umgezogen hatten und er sich das Spiel der Steelers ansah, ließ ihn der Gedanke nicht los. Von allen Todesarten fand er die Möglichkeit, ausgerechnet in der Kirche tot umzufallen – hingekniet zum Gebet, am besten nach dem Abendmahl –, reizvoll. Vielleicht wenn die Kirche leer war. Er wollte kein Publikum haben. Es war bestimmt egoistisch von ihm, aber er wollte nicht, dass die Kinder hergeflogen kamen, an seinem Bett standen und auf seinen letzten Atemzug horchten. Der einzige Mensch, den er dabeihaben wollte – zugleich die Einzige, der er unbedingt ersparen wollte, es mitansehen zu müssen –, war Emily.

Er war töricht und stellte sich seinen Tod vor, als hätte er die Kontrolle darüber, obwohl er genau wusste, dass es sich nicht so abspielen würde, und schüttelte den Kopf, um den Tagtraum zu verscheuchen.

Beim Third-and-Goal lief Kordell Stewart nach außen, ließ den Ball fallen, schnappte ihn sich wieder und warf einen miserablen Pass, der mühelos abgefangen wurde.

«Was für ein Idiot, hm?», sagte Henry und kraulte Rufus hinter den Ohren. «Was für eine hohle Nuss.»

Frohes Fest

Fühlt sich nicht wie Weihnachten an», sagte Emily, und obwohl er sie gern vom Gegenteil überzeugt hätte, stimmte es. Ohne die Kinder kam ihm das Haus leer vor, der Baum reine Formsache. Am Kamin hingen nur drei Strümpfe, der mittlere für Rufus, bis zum Rand vollgestopft. Es bestand kein Grund, früh aufzustehen und in Morgenmantel und Hausschuhen nach unten zu gehen. Sie duschten und zogen sich an, als wäre es ein normaler Tag, und Rufus bekam seine neuen Spielzeuge, Erdnussbutterkekse und einen knorrigen Kauknochen, den er ins Wohnzimmer mitnahm.

Es gab kein großes Familienfrühstück, keinen Champagner.

«Tja, vielleicht einen Kir», sagte Emily.

«Frohe Weihnachten», sagten sie und stießen am Kamin miteinander an.

«In Ordnung», sagte sie, «bringen wir's hinter uns.»

Normalerweise dauerte das Geschenkeauspacken Stunden, Henry teilte sie aus wie der Weihnachtsmann, und Kenny oder Jeff hielten eine Mülltüte auf, um das zerknüllte Weihnachtspapier aufzufangen. Das ganze Jahr lang, noch bevor sie ihre Wünsche geäußert hatten, hortete Emily Geschenke für die Kinder, und kaufte aus Angst, es könnte nicht reichen, im letzten Moment noch mehr. Wenn es zu viel war, wie Lisa und Margaret beteuerten, machte Emily eine Lektion daraus und wies darauf hin, wie glücklich sie sich schätzen mussten. Doch jetzt wirkte der Stapel neben ihrem Sessel wie eine dürftige Anerkennung, und er wünschte, er hätte das Geld für eine dritte Hochzeitsreise ausgegeben, statt genau das zu besorgen, worum sie gebeten hatte.

«Wetten, ich weiß, was es ist?», sagte sie, und als sie das Papier mit dem grinsenden Schneemann aufriss, kam das Eddie-Bauer-Logo zum Vorschein. «Woher hast du das bloß gewusst?»

«Du hast's mir gesagt.»

Sie stand auf und gab ihm einen Kuss. «Danke.»

«Wetten, ich weiß, was es ist?», sagte er und hob das Geschenk hoch, das hoffentlich ein Makita-Exzenterschleifer mit verstellbarer Drehzahl war.

«Mach's auf und schau nach.»

Es war ein Exzenterschleifer, aber ein DeWalt, die Eigenmarke des Home Depot, mit nur einer Geschwindigkeit. «Sehr schön.»

«Der, den du haben wolltest, war nicht vorrätig, aber der Verkäufer hat gesagt, der hier ist gut. Ich hab die Quittung aufgehoben, damit du ihn notfalls umtauschen kannst.»

«Nein, der ist perfekt», sagte Henry und gab ihr einen Kuss.

Ella machte gerade einen Töpferkurs und hatte eine Schüssel mit Kobaltglasur für sie angefertigt, die Emily für sich beanspruchte, sodass Henry der lederne Geldbeutel blieb, den Sam im Sommerlager zusammengeschnürt hatte. Sarah und Justin hatten ihr Geld zusammengelegt für eine raffinierte durchsichtige Futterröhre, die sich mit Saugnäpfen am Fenster befestigen ließ. Emily war dafür, sie über dem Spülbecken anzubringen.

Von Kenny und Lisa bekam er ein schickes Dremel-Werkzeugset, das er sich letztes Jahr gewünscht hatte.

«Erstaunlich, dass sie das noch wussten», sagte er.

«Sie führt bestimmt Listen.»

Durch irgendeine Verwechslung hatten auch sie für Emily den Eddie-Bauer-Pullover gekauft. Da er den Karton noch besaß, würde es einfacher sein, seinen zurückzuschicken, aber das hieß eigentlich, dass er ihr nichts zu Weihnachten geschenkt hatte.

«Ich könnte noch einen Kir gebrauchen», sagte sie.

«Ich sogar zwei.»

«Wir trinken einfach den ganzen Tag.»

Wie jedes Jahr bekam er von Margaret und Jeff Golfbälle. Es waren Titleists, seine Lieblingsmarke, doch die von letztem Jahr lagen noch immer im Keller.

«Du solltest wohl mehr Bälle verlieren», sagte Emily.

«Das nehme ich mir für nächstes Jahr vor.»

Passenderweise war das letzte Geschenk am größten, eine Messing-Sonnenuhr für Chautauqua, die Emily zu teuer fand. «Wann hatte sie denn Zeit zum Einkaufen?»

«Das war bestimmt Jeff.»

«Sie gefällt mir.»

«Mir auch», sagte er. «Ich weiß bloß nicht, wo sie hinsoll.»

«Sind wir fertig?»

«Ja.»

«Gott sei Dank.»

Sie tranken die Gläser aus. Später, bei den Basketballspielen im Fernsehen, stieg er auf Bier um. Draußen war es grau, und es fühlte sich wie ein Samstag an. Arlene kam zum Abendessen, und Louise Pickering, die sie im letzten Moment noch eingeladen hatten.

«Ich lege mich ein bisschen hin, wenn das in Ordnung ist», sagte Emily.

«Hast du Lust auf Gesellschaft?»

«Ich habe letzte Nacht schlecht geschlafen. Irgendwer hat geschnarcht.»

Während sie ein Nickerchen machte, unternahm er mit Rufus einen Spaziergang rings um den See, ohne jemandem zu begegnen. Es war kalt, und die Straßen lagen verlassen da, als herrschte in der Stadt Ausgangssperre, nur Vögel saßen in den Bäumen. Alle waren zu Hause. Als sie den Park verließen und die Highland Avenue entlanggingen, schlug in East Liberty eine Glocke leise die Stunde, und er erinnerte sich, wie er in der Mellon Street an Heiligabend wachgelegen und auf die Glocke des theologischen Seminars gehorcht hatte, die Mitternacht schlug und die Novizen zum Gottesdienst rief. Er stellte sich vor, wie der Geist seines Onkels, angelockt von dem Klang, über die dunklen Häuser und Straßenbahngleise schwebte, sein Tod und sein Glaube ein unlösbares Rätsel, auch wenn Henry mitunter nah dran war, indem er ihm in seinen Träumen begegnete und Gespräche mit ihm führte, die all seine Fragen beantworteten, nur dass sich beim Erwachen stets alles verflüchtigte. Er hatte seit Jahren nicht mehr von ihm geträumt, was ihm falsch vorkam, als hätte er ihn im Stich gelassen. Das hier waren dieselben Häuser, dieselben Straßen, vielleicht sogar dieselben Kirchenglocken, die sein Onkel Henry, seine Eltern und Großmutter Chase mit ihrem Missionarskreuz vor einem Jahrhundert gehört hatten, alle tot, wie auch er es bald sein würde, ein Grabstein die einzige Spur, die er hinterließ. Als Kind hatte er sich gefragt, warum sich jemand wünschen sollte, ewig zu leben. Doch inzwischen fand er die Verheißung notgedrungen verlockend, auch wenn er immer noch nicht verstand, wie es funktionieren sollte.

Rufus musste kacken und hockte sich vorsichtig ins nasse Gras.

«Ein Geschenk», sagte Henry. «Komm, ich pack's dir ein.»

Zu Hause machte sich Emily gerade an die Zubereitung des Abendessens. Sie war geschminkt und trug das schwarze Samtkleid von ihrem Hochzeitstag.

«Ihr habt mir einen Schreck eingejagt», sagte sie. «Als ich aufgewacht bin, wart ihr beide weg. Ich hätte länger schlafen können, aber ich habe rasende Kopfschmerzen. Eigentlich hab ich keine Lust auf Gäste.»

«Ich weiß.»

«Margaret hat angerufen.»

«Wie geht's ihr?»

«Weiß der Geier. Tut mir leid, das war schroff. Wir haben nur kurz gesprochen – sie hat gerade Abendessen gemacht. Hörte sich gut an. Und sie war dankbar für den Scheck.»

«Tut mir leid, dass ich sie verpasst habe.» Das stimmte und war, um ehrlich zu sein, auch eine Erleichterung. Nach dem Spaziergang war er müde und wünschte, er hätte ein Nickerchen gemacht. «Soll ich den Tisch decken?»

«Der ist schon gedeckt, aber danke. Rasierst du dich heute noch?»

«Mach ich», sagte er, als hätte er es sowieso vorgehabt, und ging nach oben.

Er rasierte sich, kleidete sich neu an und kam rechtzeitig nach unten, um die Kerzen auf dem Kaminsims anzuzünden und eine CD von Charlie Brown einzulegen. Im Haus roch es nach Schinken und braunem Zucker, und als er Rufus hinausließ, schwebten Schneeflocken in der Luft.

Er rief sie. «Sieh doch, weiße Weihnachten.»

«Scheint nicht liegen zu bleiben.»

«Zählt aber trotzdem.»

«Gerade mal so.»

Louise kam zu früh, brachte eine Flasche Chardonnay mit und gab Geschichten über Daniels Immobiliengeschäfte zum Besten. Zwei starke Eggnogs später erschien Arlene mit einem Kirschkuchen, einer Flasche Scotch für Henry, einer schicken italienischen Nudelmaschine für Emily und ihrem traditionellen Geschenk für das Sommerhaus, humoristisch angepriesen, aber durchaus nützlich, dem neuen Chautauqua-Kalender. Das Hochglanzfoto des Glockenturms veranlasste Louise dazu, die Geschichte zu erzählen, wie Daniel und Margaret eines Nachts mit dem Kanu rausgefahren waren, um sich zu bekiffen, und wie sie abgetrieben wurden und Douglas und Henry sie mit dem Motorboot aufspüren mussten, woraufhin Arlene erzählte, dass Henry und Emily dasselbe getan hatten, jedoch nicht um sich zu bekiffen, woraufhin Henry wiederum zu seiner Verteidigung erzählte, wie Arlene als Studentin mit ihrem Verehrer auf der Hollywoodschaukel auf der Veranda gesessen und ihr Vater stets gewusst hatte, wann die beiden knutschten, weil die Schaukel dann zu quietschen aufhörte. Der Eggnog war in der kristallenen Punschschüssel seiner Mutter auf der Anrichte. Als sie sich an den Tisch setzten, hatten sie alles weggesüffelt. «Könnt ihr euch noch an unsere Grog-Partys erinnern?», fragte Louise. «Tödliches Zeug.» Der Schinken war salzig, fett und süßlich, das Kartoffelgratin cremig, und er öffnete eine zweite Flasche Merlot. Irgendwann musste er die CD gewechselt haben, denn es sang Nat King Cole. Sie lachten darüber, wie Douglas Daniel mal an Silvester aus dem Gefängnis holen musste und Margaret den Zaun der Prentices demolierte. Ohne die Kinder konnten sie offen über alle möglichen Katastrophen reden. Als alte Freunde hatten sie keine Geheimnisse voreinander, und während Wein und Geschichten flossen, war Henry froh, dass Louise gekommen war.

«Ich auch», sagte Emily, als alle gegangen waren und sie die Türen abschlossen. Sie war betrunken, und es tat ihr leid, dass sie vorher so miesepetrig gewesen war.

«Schon in Ordnung.»

«Danke, Schatz. Es war zwar nicht Weihnachten, aber trotzdem schön.»

Und obwohl es inzwischen ununterbrochen schneite und die Grafton Street unter einer Schneedecke lag, pflichtete er ihr bei. Er schaltete die Lichter des Städtchens und die Weihnachtsbeleuchtung aus, fasste Emily an der Hand und half ihr die Treppe hinauf.

In Memoriam

In der letzten Woche des Jahres hatten die Nachrichten nichts Besseres zu tun, als ihnen all die Prominenten ins Gedächtnis zu rufen, die gestorben waren – Sonny Bono und Harry Caray und Dr. Spock und Gene Autry. Genau wie Emily fand Henry es makaber, aber auch falsch. An Berühmtheiten musste man nicht erinnern. Die Welt hatte ihr Hinscheiden schon zur Kenntnis genommen. Was war mit Dr. Runco und dem Rest von ihnen – zählten sie nicht? Er sagte sich, dass er nicht neidisch war, doch jedes Mal, wenn ein Bericht zum Gedenken an Henny Youngman, Roy Rogers oder Frank Sinatra lief, musste er sich eines aufwallenden Grolls erwehren, als hätten sie den ihm gebührenden Platz eingenommen.

Aber nicht bei Maureen O'Sullivan. Die hatte er immer gemocht.

Zeichen und Wunder

Nach ihrer Ausschweifung an Weihnachten waren sie an Silvester zurückhaltend und sahen sich an, wie die Kugel fiel, gingen dann unverzüglich ins Bett und erwachten bei Sonnenaufgang. In der Wettervorhersage hatte es geheißen, es würde über Nacht schneien, aber als er die Jalousien hochzog, war es trotzdem eine Überraschung - zehn bis zwölf Zentimeter bedeckten die Kabel und Zweige und umhüllten die Autos. Der Himmel war wolkenlos, sommerlich blau. Wie als kleiner Junge schlang er sein Frühstück hinunter, damit er in den Park gehen konnte.

Rufus hörte den Knauf des Dielenschranks und sprang ums Sofa herum.

«Möchtest du mitkommen?», fragte er Emily, doch sie trug die Termine in ihrem neuen Kalender ein.

«Jim soll die Einfahrt machen.» Sie ließ ihn nicht mehr Schnee schaufeln, aus Angst, sie könnte ihn auf dem Boden ausgestreckt finden. In diesem Fall hatte er nichts dagegen.

«Den Gehsteig mache ich später.»

«Das sehen wir dann.»

«Ja.»

Rufus polterte durch die Fliegentür und tollte im Garten herum, wälzte sich und schnappte mit irrem Blick nach dem Schnee, sprang auf und bellte, damit Henry mit ihm spielte.

«Ja, ich weiß», sagte Henry. «Es ist ungeheuer aufregend.»

Die Sonne war trügerisch, und er war froh, seinen Schal zu haben. In der Luft gefroren seine Nasenhaare, der Schnee war pulverig, gegen die Vordertreppe geweht. Noch hatte niemand geschaufelt, alle schliefen ihren Rausch von letzter Nacht aus. Als er die Highland Avenue entlangstapfte, funkelten die glatten Rasenflächen wie Glimmer. Rufus pflügte voran, blieb stehen, blickte zurück, die Zunge hing ihm aus dem Maul.

«Ich komm ja schon.» Henry warf einen Schneeball nach seinem Hinterteil, verfehlte es aber. «Dussel.»

An einem Tag wie diesem würden alle hinterm See, wo die Straße sich zum Zoo hinabschlängelte, Schlitten fahren. Der Hügel hatte keinen Namen, er war bloß der Schlittenhügel, und das ganze Viertel würde sich dort versammeln. Als Henry noch klein war, war ihr Vater mit ihnen hingegangen, hatte die Kufen eingewachst und ihn auf seinem Schoß sitzen lassen, und wieder dachte er, wie schade es war, dass Sarah und Justin nicht kommen konnten. Vielleicht nächstes Jahr.

Schnee bedeckte die beiden Statuen, die den Eingang des Parks bewachten, und verhüllte die Blumenbeete rings um den leeren Springbrunnen. Ein Eichhörnchen krabbelte einen Baum hinauf, und Rufus zog an der Leine und verharrte in angespannter Haltung, als wäre Henry ein Jäger. Die Straße und die breite Treppe, die zum See führte, lagen unberührt da. Er erwartete, oben auf Langläufer zu treffen, doch sie waren allein, die einzigen Spuren waren die winzigen Dreizacke der Vögel. Auf dem Wasser schwamm eine Gänseschar wie eine ankernde Flotte und drehte sich mit dem Wind. Außer Atem vom Aufstieg, lehnte sich Henry ans Geländer und hielt das Gesicht in die Sonne. Sie waren ihr schutzlos ausgesetzt, der Himmel ein weites, ununterbrochenes Blau. Als er die Augen schloss, hörte er eine Krähe schimpfen, und in der Nähe antwortete eine zweite. Ausnahmsweise war kein

Verkehr, es herrschte nur eine unermessliche Stille, die ihn an die Kirche erinnerte.

Rufus stupste seine Hand an.

«Wart mal, Mr. Ungeduldig. Ich mach dir einen Vorschlag, lauf du schon mal vor, und wir treffen uns wieder hier.»

Wenn der Boden unbedeckt war, dauerte die Runde eine halbe Stunde. Bei dem Schnee war es richtig Arbeit. Schon bald geriet er ins Schwitzen, und sein Atem benetzte seinen Schal. Sein Knie knirschte. Er dachte an Dr. Prasad und beschloss, unverzüglich abzunehmen. Er hatte es satt, mit kribbelnden Fingern aufzuwachen. Jetzt, wo die Feiertage vorbei waren, gelobte er, weniger zu trinken und sich mehr zu bewegen. Das würde Emily glücklich machen, ein Ziel, das jedes Opfer wert war.

Er würde versuchen, netter zu Margaret zu sein. Sie würden an Ostern kommen, ein Ersatztermin. Bis zum Frühling war es nicht mehr besonders lange hin – Tage im Garten, Baseball im Radio. Golf, die Gesellschaft alter Freunde.

Er wollte mehr Zeit in Chautauqua verbringen. Vielleicht konnten sie früher hinfahren. Er musste im Kalender nachsehen.

Sie hatten Geld, doch ums Geld würde er sich immer Sorgen machen. Allzu sehr konnte ein Mensch sich nicht ändern.

Sie waren fast am anderen Ende, wo der Überlauf in einen Bach voller Felsen mündete, der an den Überresten ihres alten Clubhauses vorbeifloss, als Rufus plötzlich reglos stehen blieb und irgendetwas anstarrte. Henry folgte seinem Blick. Unten in der Mulde, unter einem Apfelbaum ins Gras gebettet, als hätte es für die Nacht Schutz gesucht, lag ein Rudel Hirsche.

Sie waren grau und geschmeidig, dicht an dicht um den Stamm gruppiert wie auf einem mittelalterlichen Wandteppich. Er dachte, sie würden beim Anblick von Rufus aufschrecken, aber das taten sie nicht. Majestätisch und breitbrüstig beäugte der einzige Bock Henry voller Gelassenheit.

Rufus jaulte.

«Scht», sagte Henry.

Hätte er doch bloß eine Kamera dabei, damit er es Emily zeigen könnte. Das Licht war klar, sodass sie noch näher zu sein schienen. Er sah, wie ihre Tasthaare zuckten und ihr Atem sich wie Rauch kräuselte, als er in die niedrigen Zweige stieg.

Rufus bellte.

«Aus», sagte Henry, doch es war zu spät, sie erhoben sich und drehten um. Still wie in einem Traum beobachtete er, wie sie in den Wald marschierten, und regte sich erst, als alle verschwunden waren.

Später würde er es als Vorahnung sehen, doch im Gegensatz zu Emily hatte er keine übersinnliche Wahrnehmung. In diesem Augenblick hatte er keinen Grund, der Sache eine dunklere Bedeutung beizumessen. Das Licht war rein, der Park still. Während er verzückt mit Rufus dastand, wusste er nur, dass er etwas Seltsames und Sakrales wie die Vision eines Heiligen erlebte, und war dankbar, überwältigt von seinem Glück. Wie ein Regenbogen oder eine Sternschnuppe kam es ihm vor, wie ein Segen für das kommende Jahr. Als er durch die strahlend helle, perfekte Welt nach Hause stapfte, konnte er es kaum erwarten, Emily davon zu erzählen.

Danksagung

Wie immer möchte ich mich bei meinen treuen Erstlesern für ihre Klugheit und Großzügigkeit bedanken:

Paul Cody
Lamar Herrin
Michael Koryta
Trudy O'Nan
Alice Pentz
Mason Radkoff
Susan Straight
Luis Urrea
Sung J. Woo

Und für ihre endlosen Bemühungen, meine Bücher in die Hände der Leser zu bringen, gilt mein ewiger Dank David Gernert, Rebecca Gardner, Ellen Goodson Coughtrey, Will Roberts und Anna Worrall von der Gernert Company, Sylvie Rabineau und Carolina Beltran bei WME und Paul Slovak, Jess Fitzpatrick, Roland Ottewell, Chris Smith, Haley Swanson, Shannon Twomey und Alan Walker bei Viking. Ohne euch wäre ich bloß ein Mensch, der in einem Zimmer vor sich hin murmelt, darum herzlichen Dank.